RACHEL

La dernière lettre de mon amant

DU MÊME AUTEUR

Déborah - La Rencontre Interdite
Echappées Belles
Quatre
Un Amour de Confinement
Le Secret de Sarah
Le Code Makeda
Le Noël de la Seconde Chance
La Danseuse Disparue

Rejoignez la communauté d' Hélène Tavelle

www.helenetavelleecrivain.fr

Facebook : helenetavelleecrivain
Instagram : helenetavelleecrivain
Twitter : HTavelleAuteur
YouTube : helenetavelleecrivain
TikTok : helenetavelle

Hélène Tavelle

RACHEL

La dernière lettre de mon amant

roman

Elle avait compris qu'elle ne pouvait pas lutter,
mais seulement capituler, accepter cet amour, car il resterait caché au fond de son cœur aussi longtemps qu'elle vivrait.
Lucinda Riley

Sephora, Paros Island

1

Rachel n'a jamais oublié la beauté de Sephora, la majestueuse demeure grecque de son parrain, dont elle vient d'hériter. Vingt-quatre ans après y avoir vécu un été inoubliable, elle revient à l'île de Paros par un coup du destin qu'elle n'aurait jamais pu imaginer.

On appartient toujours à un lieu. Pour Rachel, c'est cette île, un havre de paix unique au monde, le genre d'endroit qui vous fait dire, quand vous posez vos valises, que c'est là que vous voulez passer le reste de vos jours. Pas une évidence pour celle qui se décrit comme « un rat des villes ».

Rachel passait toutes ses grandes vacances dans ce paradis sur terre, depuis qu'elle était en âge de voyager seule, c'est-à-dire à dix ans à peine. Dès la première fois, après une traversée en bateau idyllique, elle avait ressenti un vertige incomparable pour ce petit bijou insulaire de la Méditerranée et la palette de couleurs qui s'offrait à elle. Les maisons blanches et bleues, rappelant fièrement les couleurs du drapeau grec, se dressaient devant elle, tandis que le ciel azur, invariablement sans nuages, et les eaux turquoise d'une mer cristalline se mêlaient pour créer des plages somptueuses.

Mais Paros n'est pas seulement une île de carte postale. La petite Rachel s'est immédiatement sentie happée par cette oasis de sérénité où l'on se sent en osmose avec la nature et où chaque souffle de vent, chaque rayon de soleil est une invitation à la contemplation. Loin derrière elle, le tumulte stressant et la pollution de la France, les buildings impersonnels et les hivers glaciaux.

Ici, elle prenait le temps de rêvasser, ce qui ne lui arrivait jamais dans la vraie vie constamment rythmée par les obligations : l'école, le Talmud Torah, les loisirs… Elle se surprenait à s'ennuyer, à s'arrêter, à suspendre le temps, à observer les papillons virevolter autour des fleurs sauvages. Qu'il était bon de sombrer dans l'oisiveté créative en se glissant dans des rôles de héros de livres ou de films, à sa guise ! Enfant, elle s'imaginait aussi belle et innocente que Blanche Neige, ornant ses cheveux roux flamboyants, d'un ruban de velours rouge. Telle une princesse tout droit sortie d'un conte de fées, elle était dotée du pouvoir de parler aux animaux. Elle écoutait le chant joyeux et assourdissant des oiseaux à qui elle confiait ses secrets les plus intimes, découvrant avec eux une complicité magique bien plus profonde que l'amitié. Elle avait recueilli leurs sons bien distinctifs dans un carnet, comme une langue qu'elle aurait voulu apprendre.

« tsit…tsit….tsit… » « zizi » « pu-ie » « kiou » « woup woup woup » « tu tu tu tu tu …djiit djiit djiiit» « psi psi – du du du du du » « vuih vuih vuih vuih vuih vuih vuih » « ku koo » « koo – kooh – ku »

Les soirées à Paros étaient tout aussi enchanteresses que les journées. Rachel avait le privilège de sortir après 18 heures. Le soleil se couchait lentement, teintant le ciel de nuances roses et oranges qui se reflétaient dans les eaux paisibles du port. Les tavernes, illuminées par des lanternes en papier, invitaient les visiteurs à déguster la cuisine grecque aux saveurs alléchantes. Les conversations insouciantes des habitants et des voyageurs se mêlaient au doux son de la musique traditionnelle, créant une atmosphère chaleureuse et conviviale qui lui a donné l'envie des rencontres. Ici, il ne pouvait rien se passer de mal.

Rachel avait découvert un véritable trésor à Paros, bien plus précieux que n'importe quel bien matériel. Elle pouvait se laisser emporter par la beauté simple de l'existence. Chaque été passé sur cette île était une évasion, un retour à l'essentiel, une pause salvatrice dans son monde austère. Un vent de liberté soufflait dans sa vie, brisant les chaînes d'une tradition religieuse stricte. En voyant les rares photos que Rachel daignait prendre, sa mère s'extasiait, émerveillée :

— C'est une vraie féerie, cette île !

Rachel se gardait bien de tout commentaire, car elle tenait à préserver ce Jardin d'Éden secret, pour elle seule. Hors de question que ses parents et ses frères et sœurs débarquent dans ce qu'elle appelait sa « cachette », sinon le charme aurait été rompu. Ces vacances devaient demeurer son privilège exclusif pour toujours.

Dès son plus jeune âge, elle prenait le bateau comme on prend le bus en France, explorant les autres îles des Cyclades, accessibles en une courte traversée de ferry. Mais rien n'égalait le bonheur de retrouver le marbre blanc et les paysages typiques de sa chère île de Paros. Les collines et les vallons couverts d'oliviers et de vignes l'invitaient à la flânerie, tout comme les ruelles blanches et fleuries des petits villages insulaires. Chaque matin, elle se rendait sur l'une de ses plages paradisiaques. Plus elle grandissait, plus des spots incroyables émergeaient, attirant les touristes et les people du monde entier. Au fil des années, elle s'émerveillait de chaque transformation.

Son parrain, pour qui la religion n'avait pas grande importance, était, paraît-il, un cousin éloigné de son père. Mais ce lien de parenté avait toujours été flou pour Rachel qui n'avait jamais demandé de précisions, ni à celui-ci ni à sa famille. N'ayant pas eu d'enfant, il s'était rapidement attaché à Rachel, l'aînée de la famille Cohen-Solal, la considérant presque comme sa propre fille, dès qu'il avait découvert son joli minois et qu'on lui avait attribué ce titre protecteur. Ainsi, elle séjournait chez lui durant les mois de juillet et d'août et elle ne s'en plaignait pas.

En France, Rachel refusait de vivre ses émotions amoureuses et se réfugiait dans ses livres et sa foi religieuse. Ces vacances annuelles représentaient une bouffée d'oxygène dans une vie truffée d'obligations contraignantes. Sur cette île, elle osait porter des maillots de bain deux pièces, raccourcir ses jupes et laisser ses jambes nues. C'était un véritable bonheur et un lâcher-prise inespéré pour la jeune fille à l'éducation juive orthodoxe qu'elle était.

Lorsque l'été touchait à sa fin, c'était un déchirement qu'elle comparera plus tard à une rupture amoureuse, tant la douleur était violente. Puis, la vie reprenait son cours et elle n'avait plus qu'à attendre l'été suivant. Les années en France représentaient en fait de longues parenthèses avant les étés à Paros, où, pendant plusieurs semaines, elle volait de ses propres ailes.

Pourtant, de longues années se sont écoulées sans qu'elle ne foule à nouveau le sol de l'île des Cyclades, cette perle rare de la mer Egée qui occupait une place si spéciale dans son cœur. Durant huit étés d'affilée, de 10 à 18 ans, elle l'avait considérée comme son sanctuaire estival, puis soudain, l'oubli. Quel événement avait bien pu interrompre si abruptement ce rituel qu'elle chérissait tant ? Elle l'ignore, mais les ombres du passé semblent cacher un mystère que le temps n'a pas encore dévoilé.

*

Héritage

Aujourd'hui, elle est l'héritière de Sephora, cette villa magnifique qui représente bien plus qu'une simple résidence pour elle. Elle incarne la mémoire de son parrain tant aimé et de ses vacances merveilleuses, une terre bénie où elle compte bien se ressourcer pour mieux affronter l'avenir. Rachel, qui n'avait jamais envisagé que cette propriété lui reviendrait un jour, se sent plus que jamais reconnaissante envers sa bonne étoile qui n'avait pas brillé beaucoup jusqu'alors.

Sephora, la villa de l'île de Paros

2

Devenue femme au foyer et mère de trois enfants, Rachel avait enterré ses rêves de carrière pour fonder une famille, avec pour toute distraction ses activés associatives. Aujourd'hui, divorcée d'un mari qu'elle n'a jamais aimé, elle se brûle les ailes dans des relations toxiques ou sans lendemain.

L'héritage de cette villa grecque est-il une opportunité providentielle ? Elle le croit profondément et se lance à corps perdu dans cette nouvelle aventure. Cet événement inattendu la replonge dans les souvenirs joyeux de sa jeunesse insouciante. Il tombe à merveille alors qu'elle était en train de remettre en question toutes ses années de compromis.

Est-il trop tard pour recommencer à zéro ? Elle se le demandait jusqu'à ce miraculeux cadeau. Elle perçoit cette succession comme une véritable bénédiction, un coup de pouce du destin, un cadeau de son ange gardien, vers lequel il faut foncer tête baissée. A croire que le Bon Dieu, comme elle aime le nommer, l'a écoutée quand elle était au bord de la crise de nerfs il y a quelques semaines, et qu'elle avait rugi, furibarde et désabusée :

— J'vais partir. J'vais me barrer au bout du monde. Vendre cet apparte où je croupis depuis vingt ans et qui me sort par les yeux. J'vais me casser de cette ville que j'supporte plus. Je veux voir des nouvelles têtes. Me tirer quelque part où j'emmerderai personne. C'est clair ?!

Le seul hic c'est que cette sentence, elle l'avait déjà proclamée, hurlée, imaginée mille fois, sans jamais avoir eu le cran de la mettre à exécution. C'est bien elle ! Ne pas avoir suffisamment de force de caractère pour tout quitter et recommencer. Car qui dit nouveau départ, dit avant tout changement de décor, c'est-à-dire de résidence, de relations, d'amis, de métier… Comment pourrait-elle construire quelque chose de neuf sans modifier ces éléments de base ? Il aurait donc fallu qu'elle ait le courage d'abandonner tout et de s'envoler loin vers de nouveaux horizons. Et ça, elle ne l'avait jamais osé. Alors elle restait là, tiraillée entre ses désirs et ses peurs, en attendant un signe qui la guiderait vers la voie de l'aventure et de l'inconnu.

Ce qui venait de déclencher cette nouvelle révolte chez Rachel, c'était le message lapidaire qu'elle venait de recevoir sur *Messenger*. L'expéditeur était un homme sur lequel elle avait fondé de nouveaux espoirs. Bien qu'ils ne soient pas encore sortis ensemble, les prémices semblaient prometteuses. Cette déconvenue était la goutte d'eau qui faisait déborder le vase. Comment ne pas succomber à la désillusion et à l'abandon ?

Rachel en était arrivée à la conclusion amère qu'elle ne pourrait jamais être heureuse en amour. Cet homme, c'était sa dernière chance, une opportunité tombée du ciel sans crier gare, qui s'avérait fantastique. Son élan a été stoppé net par ces quelques lignes sans appel, envoyées par le moyen le plus impersonnel qui soit, les réseaux sociaux.

Alain
En ligne il y a 5 min

Suis désolé Rachel j'y croyais vraiment et tout s'est écroulé
ne me demande pas pourquoi
Peut-être la distance le fait que c'était difficile de se voir
Je n'ai rencontré personne
Hier soir je n'avais pas envie de venir mais je te l'avais promis
Et là j'ai compris que le feu que j'avais pour toi était éteint
Encore une fois désolé nous sommes allés trop vite ne m'en veux pas
Restons amis si tu le veux moi j'aurais plaisir à te revoir
Je t'embrasse

Rachel a lu et relu inlassablement le message lâche que cet individu, qui paraissait franc et honnête, venait de lui écrire. Ces mots étaient le reflet de la triste réalité de sa vie actuelle, jonchée de déceptions amoureuses, de désenchantements et d'erreurs de casting.

Pourquoi a-t-elle donné du grain à moudre à cet homme qui n'était pas extraordinaire ? Séduisant, certes, mais pas vraiment beau, subtil mais pas brillant, avec une certaine allure mais rien d'aérien. Pourquoi avait-elle accepté son jeu de questions-réponses, sans conviction, mais de manière suffisamment régulière pour lui laisser croire que tout était possible ? Si elle n'avait pas encouragé ce début de relation, elle ne serait pas là, à nouveau abattue, à tout remettre en question, se détestant et rêvant de tout plaquer.

Elle s'en veut terriblement d'adopter cette attitude d'adolescente attardée contre laquelle elle lutte depuis sa plus tendre enfance. Elle aimerait décider et ne pas subir. Et cela, elle n'y parvient toujours pas.

Rachel souffre d'un retard considérable en matière de séduction et de relations amoureuses. Autant de mots qui sonnent dans sa tête comme des interdits. Telle est la marque indélébile d'une éducation juive orthodoxe, transmise de génération en génération, et inscrite dans ses gènes. Ses parents ont tracé, pour chacun de leurs six enfants, un droit chemin auquel ils ne doivent pas déroger. Tradition, religion, mariage avec un juif ou une juive et fondation d'une famille constituent les pierres angulaires de leur existence. Chacun des enfants est doté d'un prénom puisé dans les pages de la Bible : Déborah, Joseph, Daniel, Rébecca, David et enfin Rachel qui vient de l'hébreu « brebis ». Prénom qui lui va à merveille tant Rachel est disciplinée, sage dans le troupeau, obéissante quoi qu'il arrive. Mais elle préfère dire qu'elle s'appelle comme l'héroïne déjantée de la série *Friends*, plus glamour et extravertie. C'est sa petite rébellion à elle.

Malgré les efforts de Rachel pour se libérer des chaînes morales qui la retiennent prisonnière, elle peine à échapper à l'emprise étouffante de cet enseignement rigide où des règles immuables font loi. Par moments, elle réussit à dépasser les préjugés qui entravent sa route, mais elle ressent immédiatement de la culpabilité. Elle retombe invariablement dans cette mentalité archaïque qui la somme de ne pas dévier de la ligne tracée, à ne pas se laisser emporter par des sentiments défendus, considérés comme immoraux.

La difficulté, c'est que cette famille, aux apparences si strictes et intransigeantes, repose sur l'amour inconditionnel et la protection des siens. Comment leur en vouloir ? Ils ont une telle confiance en leurs enfants qu'il est impossible de les décevoir. Leur naïveté et leur candeur sont uniques à voir, car ils sont purs et bienveillants. Rachel les aime plus que tout au monde, ces parents qui font tout pour son bien-être et celui de ses frères et sœurs. Ils iraient jusqu'au sacrifice pour eux. Malheureusement, ils sont également la source de son désespoir et de son malheur, elle qui se trouve enfermée dans une existence qui n'est pas la sienne, dictée par des coutumes d'une autre époque.

*

La case divorce

Rachel a osé donner un coup de pied dans la fourmilière en décidant de divorcer de son mari. Là encore, si elle avait suivi les conseils de ses parents, elle serait restée liée à Paul Danan, cet homme politiquement correct avec qui elle a eu trois enfants. Juif, avocat ténor du Barreau et religieux pratiquant, il cochait toutes les cases. Le Rabbin avait vanté ses mérites auprès des parents de Rachel, qui l'avaient convaincue d'accepter sa demande en mariage. La jeune et ingénue Rachel avait été attirée par l'idée d'un mariage de princesse avec des festivités somptueuses. Elle avait donc accepté d'épouser Paul sans éprouver cet émerveillement enivrant de la passion qui donne des ailes pour l'éternité. C'était son éducation. Elle était formatée pour épouser un gars comme lui.

Paul ne la séduisait pas le moins du monde et un simple baiser de sa part la répugnait. Cet homme, le cheveu rare et grisonnant, d'une taille inférieure à la sienne et de quinze ans son aîné, ne suscitait en elle aucune attirance physique, voire même un certain dégoût. Quelque peu en surpoids, il transpirait au moindre effort physique. Il ne disait jamais non à un verre de whisky et empestait l'alcool tous les soirs.

Rachel appliquait les préceptes d'une éducation juive stricte à l'instar des tradwives, le mouvement ultraconservateur qui prône le retour de la femme au foyer. « Je mets les désirs de mon mari avant les miens ». Pour sa nuit de noces, elle s'est cachée pour pleurer. Leur vie sexuelle s'est donc limitée à ce qu'il est convenu d'appeler le devoir conjugal, durant leurs vingt années de vie commune.

Mais, lorsque Rachel a découvert que Paul la trompait, elle a remis en question toutes ses concessions et ses abnégations. Elle a enfin osé braver l'interdit : rompre.

Son infidèle de mari a eu beau la supplier de rester, de lui pardonner, de penser à leurs enfants, de jurer qu'il ne recommencerait plus, elle n'a pas cédé. Elle a tenu bon et a mené jusqu'au bout une procédure qui a duré deux longues années. Se battre contre un individu dont la profession d'avocat le protégeait auprès de la justice, n'a pas été une mince affaire. Mais son aveu d'adultère enfin révélé lui a coûté cher : une pension alimentaire mensuelle de 2000€ pour Rachel, ainsi que la jouissance de leur domicile. De plus, chaque enfant bénéficie, depuis, d'une pension accompagnée de la prise en charge des frais de scolarité jusqu'à ce qu'ils décrochent un emploi. Ce fut le jackpot pour Rachel qui se trouva à la fois débarrassée du joug de ce mari encombrant et à l'abri des difficultés matérielles.

Elle a célébré cette victoire inespérée autour de coupes de Champagne, lors d'un dîner entre amies juives dans le seul restaurant casher de la ville, à Villeurbanne. Vous vous rappelez de « Sex and the City » ? Eh bien, imaginez une version juive orthodoxe de cette série, et vous avez cette tribu d'amies de Rachel ! Et je vous assure, ça n'est pas moins drôle et moins loufoque que l'original. Elles sont quatre et essentielles à leurs vies. Shana, Priscilla, Jessica et Rachel se sont rencontrées à l'âge de 12 ans au Talmud Torah alors qu'elles préparaient assidument leur Bat Mitzva. Aujourd'hui, elles tentent de concilier vie familiale, professionnelle et sentimentale. Et ce n'est pas simple. Carrière, maternité, sexe et même engagement… ce qui les tracasse le plus et elles le crient haut et fort : c'est l'Amour ! Leurs destins se sont croisés au cours des années. Leur soutien mutuel sans faille dans les périodes de turbulences qu'elles traversent leur apporte réconfort et foi en l'avenir. Quoi qu'il advienne, nos quatre amies reviennent toujours plus en forme que jamais !

Ce divorce réussi a donc été un premier triomphe pour Rachel, mais elle savait que tout restait à faire face à cet avenir nouveau et incertain qui se profilait devant elle.

Rachel porte le même prénom que l'héroïne de Friends.

3

À l'aube de ses 40 ans, Rachel s'interroge : qu'a-t-elle fait de sa vie ? En amour, elle a bien du mal à trouver chaussure à son pied. Elle se retourne sur son passé et en déduit que son existence est jalonnée par une suite d'échecs sentimentaux, en grande partie par sa faute. Elle a systématiquement opté pour les mauvais choix en étant souvent victime de sa naïveté et a longtemps accepté l'inacceptable. Elle était devenue exactement celle qu'elle ne voulait pas être.

Elle s'était entichée d'un homme marié qui jurait de quitter sa femme, mais qui ne divorça jamais. Elle s'était même jetée dans les bras d'un homosexuel notoire, espérant le changer, peut-être inspirée par la chanson « Ziggy - C'est un garçon pas comme les autres ». Les prétendants qu'elle croisait lui faisaient de nombreuses promesses, mais aucun ne les tenait.

Elle a été séduite par des créatures de rêve alors qu'elle était en couple. Au lieu de s'emballer pour ces coups de cœur, elle a toujours choisi de réfréner ses ardeurs et de refuser ces rencontres plus que tentantes, par souci d'honnêteté envers ses partenaires. Par exemple, elle avait retrouvé, grâce aux réseaux sociaux, Anthony, un vieux pote de lycée qu'elle trouvait « divin » à l'époque, la coqueluche de toutes les filles de la classe. Ils se sont revus autour d'un cocktail, un après-midi d'hiver, romantique au possible, où la neige tombait à gros flocons. Elle n'a pas culpabilisé lorsqu'il lui a proposé de la revoir, mais cette fois-ci le soir. Malgré plusieurs rendez-vous et alors qu'il la troublait terriblement, il ne s'est jamais rien passé. La raison ? Elle sortait alors avec un certain Laurent et avait refusé ne serait-ce qu'un simple baiser. Elle savait que franchir ce premier pas aurait mis en péril sa relation. Elle s'est donc abstenue. Peu de temps après, ce même Laurent la plaquait pour une gamine plus jeune que lui de vingt ans, avec laquelle il a eu un enfant en quelques mois seulement de vie commune. Encore un choix malheureux de la part de Rachel !

Ce fut une expérience tout aussi désastreuse avec Christophe. Leur histoire avait été autrefois longue et passionnelle, faite de rendez-vous brûlants et de désirs inouïs, sans pour autant déboucher sur une union ou un projet d'avenir commun. Ils n'ont cessé de se perdre de vue, de se retrouver, de s'aimer follement puis de se quitter.

Rachel garde la sensation d'avoir laissé passer une chance unique lorsqu'il l'a appelée, un matin, après une bonne année de silence. Elle était persuadée qu'il se trouvait à l'autre bout de la France, dans une contrée perdue au cœur du Massif Central. Et pourtant, il était là, à quelques mètres d'elle. Ils se sont retrouvés au Café de la Place. Son cœur avait bondi en l'apercevant. Et l'impensable s'est produit : il lui a annoncé son retour définitif à Lyon et il lui a proposé... de s'installer chez elle. Elle aurait dû se jeter, sans hésitation, dans cette perspective tant rêvée, avec cet officier de police si désirable, gracieux et parfait en tous points. Mais elle a fait la sourde oreille à ses avances.

Pourquoi ? Parce qu'à cette époque, Rachel était engagée dans une relation sérieuse avec un autre homme, un certain Norbert. Elle partageait son temps entre son appartement grenoblois à lui et le sien à Lyon. Convaincue que cet homme lui apporterait la stabilité et l'harmonie recherchées, elle avait décliné l'offre de Christophe qui avait plus que mal réagi. Il lui avait écrit un e-mail incendiaire, affirmant qu'il ne lui pardonnerait jamais son refus.

L'attitude de Rachel reflète un manque d'assurance et de discernement en matière de sentiments. Elle jugeait Christophe trop beau pour être fidèle, incapable de s'engager avec une seule personne. En revanche, son compagnon représentait pour elle une valeur sûre, un refuge contre les tempêtes amoureuses.

Elle tomba cependant de haut lorsque, six mois plus tard, le Grenoblois en question la quitta brusquement, sans aucune explication autre qu'un texto bâclé, juste après leurs vacances en Corse, où ils étaient partis en amoureux :

Je suis parti

Rachel s'en voulut terriblement d'avoir rejeté Christophe. Elle tenta de revenir sur sa décision, mais ses messages d'excuse demeurèrent sans réponse. La rancune de Christophe s'avéra tenace.

Elle réalisa qu'elle avait fait fausse route en privilégiant la sécurité à la passion. Elle comprit qu'il ne fallait jamais laisser passer une chance lorsqu'elle se présentait.

Rachel traversa alors l'une des périodes les plus sombres de son existence, où chaque jour semblait être un combat contre le désespoir. C'est à ce moment-là qu'elle éprouva le besoin de noyer son chagrin à coup de Champagne, seul remède possible pour son cœur meurtri. Elle allait piocher dans les bouteilles stockées dans la cave, depuis des lustres, en vue des grands événements, Hanouka (ndlr : Noël des Juifs), anniversaires etc. La flûte quotidienne se transforma rapidement en une bouteille entière. A chaque déception, elle retombait dans le cercle infernal de la boisson addictive. Ses ruptures lui laissaient des cicatrices indélébiles qui s'ajoutaient aux précédentes, sans jamais réellement apaiser la douleur qui rongeait son âme.

Il était temps de se réveiller et de sortir de ce marasme. Mais, à chaque fois qu'elle se décidait à tout bouleverser dans sa vie morose, à tout quitter pour recommencer ailleurs, elle renonçait vite. Elle continuait sur sa lancée et, d'échec en échec, elle se remettait de plus en plus difficilement de ces épreuves.

Malgré ses remords concernant son dernier choix malheureux, cela ne signifie pas pour autant que son épisode mélodramatique avec Christophe lui avait servi de leçon. Elle tenta ensuite de trouver l'amour grâce à une application de rencontres. Rachel jouait avec aisance aux célibataires 2.0, affichant qu'elle était un cœur à prendre.

Et c'est ainsi qu'elle vécut le pire de ses déboires amoureux. Elle tissa une relation virtuelle avec un homme prétendant résider à des milliers de kilomètres d'elle, à Los Angeles. Carrément ! Il exerça un rôle de mentor à son égard et a su lui insuffler une confiance en elle qu'elle n'avait jamais connue auparavant. À travers leurs échanges, il lui donna l'envie de s'épanouir et de s'affirmer pleinement avec sa véritable personnalité. Il l'encouragea à trouver un emploi, l'aida à adopter un style plus glamour et sexy. Grâce à lui, elle se métamorphosa en une toute autre femme, révolutionnant sa garde-robe, sa coiffure, son maquillage, et allant jusqu'à porter des talons aiguilles… Elle était persuadée d'avoir déniché la perle rare.

Malheureusement, cet homme était un imposteur, un séducteur sans scrupules cherchant à la tromper et à la manipuler. Il a fini par lui avouer, en visio, sa véritable identité, lui révélant qu'il habitait à une demi-heure de chez elle et qu'il vivait avec une autre femme. Elle s'est ainsi retrouvée victime de ses mensonges, de sa fourberie et de sa duplicité. De rage, elle a mis un terme à cette relation toxique. Elle en a souffert car elle était devenue addicte à leurs conversations quotidiennes, à l'exception des week-ends bien entendu. Mais il fallait se rendre à l'évidence, elle perdait son temps et elle ne pouvait tolérer les tromperies.

C'est ainsi que sa vie sentimentale est devenue un enchaînement d'échecs cuisants, de ratages douloureux et de déceptions amères. Chaque histoire semblait vouée à s'effondrer, chaque nouvelle flamme s'éteignant aussi vite qu'elle avait jailli. Il fallait se résoudre à l'idée que le destin s'acharnait contre elle, que chaque opportunité de bonheur ne se produisait pas au bon moment ou impliquait de mauvais choix. Elle accumulait les désillusions, les trahisons et les malchances, comme autant de plaies béantes jamais refermées.

Les désastres se multipliaient, les déloyautés se succédaient et les ruptures semblaient s'abattre sur elle comme une pluie de flèches acérées. Elle refusait de tomber dans la banalisation des aventures, pourtant c'est ce qu'elle vivait. Elle qui rêvait d'amour se voyait désormais vouée à une libido récréative, ce qu'elle abhorrait par-dessus tout.

Ce constat amer ne laissait guère entrevoir une issue positive pour l'avenir. Sa propension à succomber à des hommes peu adaptés à ses attentes demeurait une énigme irrésolue. Bien que consciente de sa part de responsabilité, elle peinait à remédier à cette situation, ce qui la conduisait irrémédiablement vers des amourettes sans lendemain.

Un jour, elle s'est dit : « Je vais miser le tout pour le tout.

J'ai envie d'écrire une lettre à tous mes ex-amoureux. Je verrai ce qu'ils me répondent. Je pense à chacun d'entre eux. Je ne les ai pas oubliés et chaque séparation a été un déchirement. J'attends. »

Elle n'a reçu qu'une seule réponse de « L'Imposteur de Los Angeles ». Il lui a reproché sa vision manichéenne des choses, arguant que tout n'était pas blanc ou noir, etc... Il lui a confessé à quel point elle lui manquait terriblement, tout en promettant qu'il serait bientôt libre. Face à ces engagements convaincants, elle a fini par consentir à reprendre une relation virtuelle avec lui. Bref, son talent de manipulateur avait encore fait mouche chez la crédule Rachel qui gobait toutes les promesses qu'on lui faisait.

*

Le syndrome du nid vide

A un peu plus de 40 ans, il est temps pour Rachel d'écrire un nouveau chapitre de sa vie.

Alors qu'elle était fraîchement mariée à Paul, ils avaient investi dans une maison de ville chic, avec un jardin à l'anglaise et une roseraie multicolore, sur les Pentes de la Croix-Rousse dans le 1er arrondissement de Lyon. Elle n'a jamais quitté cet endroit, même après son divorce et le départ prématuré de ses enfants à peine sortis de l'adolescence. Ses jumeaux, Lisa et John, ont intégré, à l'âge de 16 ans, la School Academy de Londres, une prestigieuse école de violon fondée par le virtuose Yehudi Menuhin, tandis que son fils aîné, Michaël, a choisi, à 18 ans, de poursuivre sa passion pour le théâtre à New York.

Rachel s'est donc retrouvée seule, libérée de ses obligations familiales, depuis maintenant cinq ans. Au début, elle a savouré cette sensation d'indépendance enivrante, mais la solitude a vite fini par l'assaillir.

Comme toujours en cas de panique générale et de débâcle dans sa vie affective, à défaut de partir, Rachel a tout à coup procédé à un grand nettoyage. Elle a déplacé les meubles et bazardé des bennes entières de vêtements, objets et paperasses de toutes sortes. Elle a fait le vide dans les placards pour faire le vide dans sa tête et repartir sur de nouvelles bases. Ce processus de purification était pour elle une manière de se réapproprier son espace et de préparer le terrain pour les prochains épisodes de sa vie.

Il restait à s'attaquer au plus difficile émotionnellement, les chambres des enfants. En effet, elle a été victime du syndrome du nid vide. A leurs départs, elle passait des heures, assise sur leurs lits, à contempler les murs tapissés de posters en regrettant le bon temps des bruits, des bagarres et des éclats de rire qui animaient autrefois la maison.

Elle s'est dirigée vers une première chambre, celle de son fils aîné, qui l'avait laissée désemparée dans cet immense appartement déserté. Cette pièce était devenue un véritable musée intouchable, comme pour refuser ce déracinement et les années qui passent. Il était temps de passer à autre chose. Elle a vidé tiroirs et placards, bien résolue à transformer enfin cette chambre en un bureau-studio-photo. Elle pourrait l'utiliser pour s'adonner à son nouveau métier de critique et journaliste culinaire, auteure d'un blog à succès sur les recettes juives revisitées, de toutes les traditions séfarades et ashkénazes. Cette idée lumineuse lui était venue de « L'Imposteur de Los Angeles ». Elle concoctait déjà volontiers des plats d'exception inspirés de la cuisine juive d'Algérie de sa grand-mère et de sa mère. Il lui avait suggéré de se mettre aux fourneaux, non pour être cuisinière ou chef, mais influenceuse. Ses recettes de plats cultes, comme la chakchouka repensée avec du poisson, font un malheur auprès de tous les publics, de tous les âges. Et ce fut un succès immédiat avec des followers qui grimpaient en flèche à chaque post.

Dans la chambre bleue pastel des jumeaux, elle pourrait plancher sur ses conférences ou ses discours pour les associations dans lesquelles elle milite depuis son plus jeune âge, la LICRA et le CRIF.

Voilà de quoi l'encourager dans cette tâche de relooking des chambres inoccupées de ses enfants, sans laisser place au blues de la mère juive quelle est viscéralement ! S'approprier l'intégralité de sa villa qui avait abrité cinq personnes, dont elle-même, semblait une perspective alléchante désormais.

C'est en s'affairant à ranger l'un de ces placards qu'elle remarqua une pochette en plastique coincée entre les albums de vacances, soigneusement alignés par ordre chronologique. Intriguée, elle s'efforça de l'attraper à bout de bras, car l'étagère était la plus haute du dressing. La couche de poussière témoignait qu'elle n'avait été ni touchée ni nettoyée depuis des lustres, c'est-à-dire depuis son emménagement dans cette charmante maison, alors qu'elle n'était encore qu'une jeune femme de 20 ans. Du haut de son escabeau, elle fit tomber tout le contenu de la pochette sur le sol. Avec précaution, elle descendit et ôta ses chaussures pour s'asseoir par terre, les jambes croisées. Éberluée, elle découvrit des lettres et des enveloppes jaunies par le temps, qu'elle avait complètement oubliées. D'un geste délicat, elle les éparpilla du bout des doigts, tel un jeu de cartes, afin de mieux voir les textes et les auteurs de ces missives.

Perplexe, elle retrouva toutes les lettres d'amour de son

adolescence. Elle fut submergée par une envie irrésistible de se plonger dans ces messages, illustrés de cœurs et de fleurs, qu'elle avait effacés de sa mémoire après tant d'années. C'était l'époque des lettres envoyées par la poste et des messages passionnés glissés d'une main fébrile pour déclarer sa flamme, bien loin des textos, des e-mails et des messages sur *WhatsApp* ou *Messenger*.

De minuscules enveloppes mauves renfermaient les lettres de Dave, le frère de sa correspondante anglaise, son premier amour platonique. Les phrases étaient empreintes d'un romantisme désuet qui l'avait enchantée du haut de ses seize ans. Elle se remémorait encore la magie que ces courriers lui inspiraient lorsqu'elle les lisait, blottie sous sa couette. Dave, magnifique rouquin plus âgé qu'elle de cinq ans, avait su faire chavirer son cœur de femme-enfant avec ses mots doux, son accent british craquant et sa vie passionnante d'étudiant interne à Cambridge. Elle se souvient qu'il lui avait enseigné la voile et qu'il lui offrait des coquelicots, comme celui qu'elle avait fait sécher et conservé précieusement avec ce message « A poppy in my heart ».

Puis, elle trouva quelques photos aux couleurs passées de celui qui allait devenir son fiancé lorsqu'elle était tout juste sortie de l'enfance et qu'elle plaqua pour épouser son mari.

Curieusement, aucun courrier de cet époux mal-aimé ne figurait parmi les trésors dévoilés dans cette pochette en plastique. Rien d'étonnant, après réflexion, car Paul ne possédait pas la moindre once de poésie. Les déclarations d'amour étaient loin d'être son fort. Ce constat n'était donc guère surprenant, compte tenu du caractère taciturne et peu enclin aux démonstrations d'affection de son mari. Ils s'étaient mariés en l'espace de quinze jours, le temps de publier les bans, alors que Rachel n'avait que dix-huit ans. Leur union avait été conclue dans la hâte, sans laisser de place aux émois des premiers rendez-vous et aux papillons dans le ventre.

C'est alors qu'elle aperçut une lettre au format A4, soigneusement pliée en deux, sans enveloppe. Elle la prit avec une infinie précaution, craignant de la déchirer, car la pliure était noircie, témoignant de toutes ces années où elle n'avait pas été ouverte. Elle découvrit plusieurs pages abondamment écrites à la main, recto verso, au feutre, avec application. Intriguée, elle fronça les sourcils, se demandant qui pouvait bien être l'auteur de ce courrier plus que prolixe, le plus abondant de toutes ses petites reliques. Elle tourna le précieux document pour arriver à la signature. Mais là, grande déception, son nom avait été raturé de plusieurs traits de feutre.

A ce moment-là, elle a cru se souvenir de cet amour d'été impossible avec un certain... Le prénom caché était typiquement arabe, il fallait donc le dissimuler, car Rachel était juive et ce garçon musulman. Mohamed ? Abdel ? Elle ne s'en rappelait plus. Juste avant la signature, une phrase écrite avec passion et simplicité résumait le poids de leur rencontre :
« Je n'ai jamais aimé personne comme je t'aime. »

Ils s'étaient rencontrés en Grèce, lors des dernières vacances que Rachel avait passées sur sa chère île de Paros. Elle s'acharna fiévreusement à fouiller dans les placards et les albums pour retrouver des photos de ses étés chez son parrain… En vain. A cette époque, on ne prenait pas souvent de photos, il fallait posséder un appareil et s'organiser pour en prendre. Si bien que les photos étaient réservées aux événements spéciaux, et non au quotidien. C'était bien avant l'ère du numérique, des stories, des posts, et des clichés de plats ou de vacances publiés pour faire baver son auditoire, en laissant penser que sa vie était exceptionnelle et bien plus captivante que celle de ses abonnés.

Pourquoi avait-elle oublié cette rencontre pourtant apparemment si passionnelle ? Mystère. Cet amour était-il à sens unique ? À en juger par le contenu des textes, elle ne lui avait pas répondu et avait écarté toute perspective de projet avec lui.

Cambridge, l'Université où étudiait Dave,
le correspondant anglais de Rachel.

4

Dès l'annonce de l'héritage de la villa grecque de son défunt parrain, Rachel met immédiatement en branle un déménagement express pour rejoindre l'île de Paros, qu'elle avait quittée il y a vingt-quatre ans. Elle abandonne avec plaisir sa maison, tout en la rendant habitable pour en faire un pied à terre à ses trois enfants qui ne prêtent guère attention à cette nouvelle. Leurs vies sont ailleurs désormais. Elle expédie les affaires courantes, puis réserve son transport au prix fort, le délai étant court. Elle fait don de certains meubles ainsi que de tous ses vêtements à l'association Emmaüs.

— Je redémarre à zéro ou pas ? se lance-t-elle comme un défi, craignant d'hésiter à prendre une décision aussi importante.

Un simple bagage contenant des objets essentiels fait l'affaire. La maison de ses souvenirs à Paros regorgeait de meubles et était décorée avec goût. Elle s'en contentera aisément. D'ailleurs, peut-être qu'elle retrouvera ses vêtements dans son dressing. Sa taille n'a pas changé, un joli et séduisant 36, et même si cette garde-robe risque de paraître démodée vingt ans plus tard, elle sera d'une grande utilité pour commencer sa nouvelle vie.

Elle s'en veut de n'avoir jamais pris la peine de correspondre avec son parrain tout au long de ces années. Peut-être craignait-elle qu'il la ramène dans la bonne direction qui avait toujours été pour lui celle de la liberté. Il était bien placé pour le savoir, lui qui avait fait le choix de tout plaquer du jour au lendemain pour partir à l'aventure, avant de succomber au charme envoûtant de l'île de Paros. Il avait occupé les pires petits boulots avant de devenir un homme d'affaires averti, faisant fortune dans la vente de résidences exceptionnelles à des milliardaires du monde entier. C'est ainsi qu'il avait pu s'offrir cette splendide demeure à l'architecture atypique et au charme iconique de la Grèce.

Le document succinct du notaire énonce avec concision le legs de la fortune et de la propriété à sa chère et tendre Rachel, qu'il avait toujours considérée comme sa fille adoptive. Après renseignements, Rachel apprit également qu'il était mort paisiblement dans son sommeil, à l'âge de 79 ans. Par bonheur, il avait pris soin de rédiger ses dernières volontés, même si rien ne laissait présager ce décès prématuré.

Rachel n'en revient pas d'un tel bouleversement dans sa vie. Elle informe rapidement ses parents qu'elle doit se rendre à l'enterrement de son parrain, sans leur révéler que ce départ est définitif. Ils auraient tenté de la convaincre de rester en France et de ne pas faire une telle folie.

Elle n'a rien à perdre ! Cette annonce tombe à pic, précisément au moment où elle voulait tout larguer. Le hasard l'aide enfin à réaliser ses vœux les plus profonds. Bien qu'elle ignore encore le montant exact de l'héritage, la propriété en elle-même suffirait à subvenir à ses besoins. De plus, la pension conséquente que lui verse son mari représente déjà un confortable revenu pour un Grec moyen. En tout état de cause, elle serait prête à accepter n'importe quel emploi dont l'île touristique regorge, pour s'en sortir.

Dans le train qui l'emmène vers son nouveau destin, Rachel ressent une folle excitation. Elle sait qu'elle a enfin l'opportunité de réinventer sa vie. Plutôt que de choisir l'avion, elle a opté pour un voyage en train et bateau. Son itinéraire la conduit d'abord en train jusqu'à Venise, puis en bateau jusqu'à Athènes, où elle prendra une voiture de location avant de repartir en bateau pour atteindre enfin sa destination finale : l'île de Paros. Une véritable épopée de trois jours certes, au lieu d'un vol de trois heures, mais ô combien inspirante ! Rachel nourrit une véritable passion pour le train, probablement liée à sa peur irraisonnée de l'avion. Étant une amoureuse inconditionnelle du voyage, elle privilégie toujours ce moyen de transport chaque fois que cela est possible. Pour elle, il incarne l'essence même du voyage, lui offrant l'opportunité de travailler, d'admirer les paysages et de gérer ses réseaux sociaux. Les voyages en train ont déjà été le théâtre de moments mémorables et extraordinaires dans sa vie. Pour elle, le train, représente un véritable art de vivre.

*

L'île bleu-blanc

Le choix du train se justifie encore davantage aujourd'hui, car, a priori, elle doit rester longtemps à l'île de Paros. Elle peut donc se permettre de sacrifier quelques jours à voyager. Elle n'a pris qu'un aller simple. L'aventure commence ici !

Elle vénère les premières fois, l'inconnu et tout ce qui se profile à l'horizon.

— Je vais partir loin où je ne connaîtrai personne. C'est un véritable rêve éveillé que je vis ! se dit-elle.

Après le train, elle voyage donc par la mer, à la manière d'Ulysse. Elle atteint finalement sa destination par l'un des nombreux ferries depuis Le Pirée, près d'Athènes. Ce port est carrément gigantesque ! C'est l'un des plus grands du monde en termes de trafic de passagers. Enfant, Rachel était impressionnée à chaque fois qu'elle transitait par cet endroit où des millions de touristes passent chaque jour. Aujourd'hui encore, elle ne peut s'empêcher d'être époustouflée par son atmosphère grouillante. Dès son arrivée, elle ressent déjà un goût d'évasion qui fleure bon les vacances.

Elle arbore une allure passe-partout et légère, vêtue d'une robe en lin camel. Son sac XXL renferme toute sa vie administrative (livret de famille, passeport, actes divers tels que son divorce, ses titres de propriété…), sa trousse de maquillage, son vernis à ongles nude et discret, une brosse à cheveux large pour discipliner sa tignasse, des ballerines pour courir au cas où, une casquette à visière…. Une chatte n'y retrouverait pas ses petits. Elle cultive l'art de la discrétion en y apportant des variantes fashion. Jetée sur l'épaule, cette besace lui permet de tirer sa valise-cabine avec élégance, sans se voûter comme la plupart des voyageurs.

Le notaire a fixé le rendez-vous à 14 heures pétantes. Rachel n'a que deux petites heures pour se rendre à son bureau. Elle a laissé sa voiture de location, prévue uniquement pour le trajet Athènes-Paros. La file d'attente des taxis est impressionnante car la saison estivale bat son plein en cette date cruciale du 1er juillet. Elle saute dans le premier véhicule disponible, même si les vitres ouvertes révèlent l'absence de climatisation.

Le chauffeur, en costume noir des plus douteux, traverse Paros à la vitesse de l'éclair, se prenant pour le héros du film « Taxi ».

— Vous savez quoi ? Paros, c'est la troisième île des Cyclades, juste après Andros et Naxos. C'est vraiment au milieu de tout, donc vous pourrez facil'ment visiter les autres îles super chouettes de l'Egée pendant votre séjour. Si ça vous dit, je peux vous accompagner et même réserver vos billets de bateau. Pas de stress, j'm'occupe de tout pour que vous profitiez un max de vos vacances. Vous pouvez compter sur moi, c'est sûr ! lui dit-il dans une tirade qu'il doit servir à tous ses passagers.

Comme de nombreux Grecs, il parle couramment le français, bien qu'il roule les « r » comme si c'était une caractéristique de la langue de Molière. Manifestement, cet homme peu scrupuleux l'a prise pour une touriste lambda. Il manque de s'étouffer lorsqu'elle lui déclare triomphalement, sûre de son effet :

— Je m'installe à Paros !

— Pour combien de temps ?

— Pour toujours !

Elle frissonne en retrouvant l'île paradisiaque de sa jeunesse, avec ses façades d'un blanc éclatant et ses volets bleus. Paros combine, de façon unique et singulière, modernité et tradition. Rachel a toujours été émerveillée par ce mélange d'architecture traditionnelle des Cyclades, de vie nocturne animée, d'interminables plages de sable blond, de villages ruraux enchanteurs et de monuments historiques. Cette île a réussi, comme nulle autre destination touristique, à préserver un magnifique paysage naturel sur 120 km de côtes, avec des montagnes verdoyantes et des villages perchés à profusion.

Comment a-t-elle pu ne pas penser à ce refuge dans les périodes tourmentées de sa vie ? Elle n'a même pas eu l'idée de faire découvrir à ses enfants cet endroit privilégié où elle avait connu tant de bonheurs. Peut-être était-ce sa manière à elle de préserver son jardin secret.

Le taxi s'arrête net devant la petite maison où la plaque en bronze du notaire brille de mille feux. Devant, une femme à l'allure élégante mais simple, tambourine avec la pointe de son parapluie sur les pavés pour marquer son impatience. Elle tient une laisse au bout de laquelle sautille un Jack Russell blanc aux taches noires, mourant d'envie de retrouver sa liberté.

Rachel reconnaît immédiatement cette chère Pénélope, qui se jette dans ses bras en larmes. La gouvernante éplorée a toujours été fidèle au poste. Elle s'occupait chaque jour de la propriété de son parrain pour qu'elle soit impeccable et rutilante. Grâce à elle, le linge sentait bon la lavande, les meubles étaient lustrés tant elle les astiquait. Elle était exemplaire et regagnait à vélo son domicile chaque soir vers 19 heures après avoir préparé un dîner de Chef étoilé.

La nuit, Rachel restait seule avec son parrain. Enfin, la plupart du temps, car elle avait déjà surpris Pénélope à la première heure, au petit déjeuner, ce qui laissait supposer qu'elle avait dormi à la villa. Rachel soupçonnait donc depuis longtemps une relation bien plus intime qu'un simple lien patron-employé entre Pénélope et lui. Cependant, ni elle ni son parrain n'avait jamais rien avoué. Rachel se demandait pourquoi d'ailleurs. Après tout, ils étaient libres tous les deux. Son parrain chérissait sans doute son indépendance et cette situation devait lui convenir. En tout cas, la prude Rachel n'aurait jamais osé lui poser de questions à ce sujet. Rien que d'y penser, elle en rougissait. Elle subit ce défaut, véritable plaie qui ne la quitte pas, même à son âge, et pique un fard à la moindre situation gênante.

Ils pénètrent ensemble, timidement, dans l'austère cabinet du notaire dont le visage criblé de verrues, le col de chemise élimé et le pantalon trop court, ne semblent pas trop le prédisposer aux batifolages et à la joie de vivre.

Le testament s'avère d'une clarté limpide, sans ambiguïté, désignant Rachel comme unique légataire, à l'exception d'un appartement, de quelques bijoux et tableaux, ainsi que d'une rente mensuelle attribuée à la fidèle gouvernante. Cette dernière s'excuse auprès de Rachel, comme si elle lui prenait une part de son héritage. Pourtant, Rachel estime qu'elle mérite bien plus qu'elle, d'hériter de la fortune de ce cher homme. Elle ne peut s'empêcher de ressentir un profond sentiment de culpabilité, elle qui s'est éloignée de lui depuis un quart de siècle.

En sortant du bureau de l'homme de loi, aussi froid et antipathique qu'un huissier, Rachel s'adresse solennellement à Pénélope. Elle lui demande si elle est d'accord pour continuer à s'occuper de la vaste demeure où elle vivra désormais. Pénélope, ayant recouvré son calme, ne peut retenir ses larmes et fond à nouveau en sanglots, exprimant sa profonde gratitude envers Rachel pour sa grande générosité.

La gouvernante, visiblement émue, lui tend alors la laisse en cuir qui retient le petit Jack Russell frétillant, en lui expliquant ce qu'elle avait apparemment prémédité :

— Ton parrain venait juste de l'adopter. Il en parle pas dans son testament, du coup. Mais je suis sûre qu'il aurait aimé qu'il reste à Sephora. Tu veux bien t'en occuper ? Il sera mieux avec toi.

Comme s'il avait compris, le petit compagnon à quatre pattes se met à aboyer gaiement, tout en bondissant sur les jambes de Rachel.

— Pour lui, c'est d'accord, on dirait ! lance Pénélope en riant de bon cœur.

Rachel s'empare de la laisse du bout des doigts, ne sachant pas comment la tenir. Elle n'a jamais eu de chien. Sa mère disait toujours : « Chez nous, on n'a pas d'animaux… ». Par « chez nous », elle sous-entendait « Chez les Juifs » … Rachel avait donc perpétué la tradition. Ses enfants l'avaient souvent suppliée d'en adopter un, mais juste au moment où elle allait craquer, ils ont quitté le domicile pour suivre leurs études ailleurs.

Comment pourrait-elle refuser d'héberger celui qui a accompagné son parrain jusqu'au bout et qui semble si désœuvré dans les mains de la gouvernante ?

— C'est juste que… bafouille Rachel.

— Tu veux pas ?

— C'est pas ça… mais j'ai pas l'habitude. Je saurai pas m'en occuper, j'ai jamais eu d'chien.

— Mais si… Tu sauras faire ! Par contre, c'est encore un bébé. Je te conseille de mettre toutes tes chaussures en hauteur, sinon il va te les bouffer, enchaîne Pénélope sans écouter les réserves de Rachel.

— Eh ben, ça promet ! répond Rachel pour qui ce chien devient une contrainte imprévue.

— Ah ! J'allais oublier… Il s'appelle Bob. C'était l'année des B, et puis ça lui va bien. Il fait très mec… Il a son caractère, tu verras… Mais c'est un amour de toutou.

Rachel voulait se sentir libre de tous ses mouvements, sans fil à la patte, mais elle ne peut faire autrement que d'accepter cette mission imprévue. Elle doit bien cela à son cher parrain. De toute façon, Pénélope a déjà tourné les talons, laissant Bob entre les mains maladroites de Rachel. Elle a bien pensé à déposer à ses pieds, un immense sac de croquettes dans un élégant filet à provisions pailleté gris argenté, mélange de coton et de fil métallisé.

— Chuuut… Sois sage, Bob ! Bon, allez ! On rentre à Sephora, qu'en dis-tu ? dit Rachel se réjouissant finalement de ne pas arriver seule dans son nouveau foyer.

Bob, le Jack Russell du parrain de Rachel

5

Rachel dépose sa valise sur les dalles, brûlantes sous le soleil écrasant de l'été. Le paysage qui se déploie devant elle la laisse bouche bée, tellement elle est subjuguée par sa beauté singulière. Elle respire profondément pour se ressaisir, puis s'approche de la porte. Avec une émotion palpable, elle compose le fameux code qui n'est autre que la date de naissance de son parrain disparu. Elle se remémore avec une pointe de nostalgie le temps où il cachait la clef sous un pot de fleurs à l'entrée de la villa, bien avant l'ère de l'informatisation.

Sephora lui apparaît majestueuse à l'instant où elle franchit la grille en fer forgé de laque indigo. Tous les souvenirs des instants merveilleux passés dans cette demeure ressurgissent comme un immense bol d'air. Cette maison exsude la quiétude. Elle est magnifique et donne déjà l'impression d'être en vacances.

Dotée d'une piscine extérieure à débordement et d'une terrasse d'un blanc immaculé, Sephora offre une vue spectaculaire sur la ville de Kampos Paros. Le paysagiste le plus célèbre de l'île a dessiné un jardin de caractère, inspiré de Majorelle à Marrakech, avec exactement le même bleu outremer, composé de plantes exotiques et d'espèces rares. Comme son parrain ne voyageait jamais, il les faisait importer du monde entier. La phrase d'Yves Saint Laurent, propriétaire du célébrissime jardin, est dessinée au pochoir sur le mur : *« Nous fûmes séduits par cette oasis où les couleurs de Matisse se mêlent à celles de la nature. »*. En disant « nous », il parlait bien sûr de lui et de son compagnon Pierre Bergé.

A l'intérieur, la fraîcheur était tout aussi remarquable grâce à une climatisation installée dès son invention. Son parrain ne se refusait aucun luxe, surtout au nom du confort. Une douche à l'italienne, d'au moins dix mètres de long, faisait les délices de la petite Rachel qui la considérait comme un jeu. Au fil du temps, se doucher était devenu une sorte de rituel pour Rachel, presque un toc. Elle ne se sentait pas bien si elle ne pouvait pas prendre une douche cinq ou six fois par jour. Désormais, elle a réussi à se limiter à une le matin et une le soir, mais ce moment reste essentiel pour elle. Elle avait acquis cette habitude lorsqu'elle était enfant, en raison de cet espace gigantesque aux mosaïques en pâte de verre bleu irisé, mais aussi des deux salles de bains de Sephora. Comme son parrain vivait seul ou uniquement avec elle durant les deux mois d'été, elle se demandait à quoi pouvait bien servir cette deuxième salle de bains. Alors, il fallait en profitait, et elle se plaisait à se laver tantôt dans l'une, tantôt dans l'autre, dans un bain blindé de sels minéraux.

— C'est la définition même du luxe, lui répondait son parrain, quand elle lui posait la question.

— Ah bon ? répondait-elle, interloquée.

— Oui, ma chérie, le luxe c'est l'art de l'inutile, expliquait-il en gloussant de rire.

Cet homme bon et généreux assumait sa situation de nanti et de capitaliste dans un pays où les inégalités sociales ne sont pas une légende. Et pour cause ! Son argent ne lui était pas tombé du ciel. Il n'en avait pas hérité. Il avait dû se retrousser les manches et travailler dur pour passer de « pauvre » à « riche rentier », à cinquante ans à peine.

Rachel reste immobile sur le seuil de la villa aux couleurs éclatantes, transportée instantanément dans les moments heureux de sa jeunesse. Elle ressent la douce caresse de l'air marin sur son visage tandis que les vagues se brisent contre les rochers. Le parfum enivrant des fleurs qui s'épanouissent dans les jardins ensoleillés flotte jusqu'à elle, ravivant un torrent d'émotions. Elle s'imprègne à nouveau des rires joyeux des enfants qui couraient sur les plages de sable fin, des repas gargantuesques que son parrain organisait chaque soir, des histoires captivantes qu'il lui contait jusqu'à tard dans la nuit.

Sephora surplombe la mer, avec ses murs blanchis à la chaux, ses colonnes de marbre et ses terrasses ombragées. Un vrai joyau de l'architecture méditerranéenne, semblant avoir été sculpté dans le roc par les mains d'un dieu jaloux de sa beauté. Et pourtant, cette splendeur a une signature : celle de son parrain, qui l'avait bâtie de ses propres mains, avec l'élégance et le talent qui le caractérisaient.

*

Installation tout feu tout flamme

La climatisation n'avait probablement pas été mise en marche depuis un bail. Il fait une chaleur étouffante dans l'imposante bâtisse de pierre, même si les persiennes de bois bleu sont closes. Bien que la maison soit ultra-connectée, son parrain avait tenu à préserver l'authenticité des maisons grecques typiques des îles des Cyclades, blanches, enduites de chaux et ornées de volets bleus.

Rachel entend encore cette brave Pénélope pour qui la température était tout un programme.

— J'ouvre les fenêtres orientées ouest et sud, le matin. Après, entre 10h et 10h30 environ, je les referme, rabâchait-elle dès l'arrivée de Rachel pour ses vacances d'été.

Cette méthode traditionnelle n'avait forcément pas pu être appliquée depuis le décès du propriétaire.

Toutes ces phrases et ces sensations résonnent dans sa tête comme une vague de souvenirs intenses. Elle avait plongé dans l'oubli ces moments de vie dans la Maison du Bonheur. Revenir sur les lieux de ses étés idylliques ravive sa mémoire comme par enchantement. Ses yeux s'emplissent de tristesse à l'idée que son parrain ne sera plus jamais là pour l'accueillir et partager ces journées faites de douce oisiveté et de petits plaisirs.

Une porte claque. Elle sursaute. Elle avait établi un courant d'air en ouvrant largement les nombreuses fenêtres pour ramener de la fraîcheur à la maison. Ses sourcils se froncent. Elle a l'impression que son parrain va surgir du salon pour l'aider à s'installer. Pourtant, il faut se rendre à l'évidence, à part en tant que fantôme, il ne pourra plus réapparaître. Tout à coup, elle prend conscience de la mission colossale qui repose désormais sur ses frêles épaules, celle de prendre la relève de cet immense domaine.

— Comment j'peux faire fonctionner cette maudite clim' ? maugrée-t-elle avec irritation.

Enfant, Rachel était une fille chouette, un peu canaille et bordélique, mais malgré tout très sage.

Sa chambre ressemblait à celle des gosses de son âge, un vrai capharnaüm : des vêtements en pagaille par terre, des maillots de bain séchant sur les radiateurs, des serviettes sales traînant ici et là… Pourtant, personne ne la réprimandait, ni Pénélope qui rangeait derrière elle sans mot dire, ni son parrain pour qui ce joyeux désordre incarnait la joie de vivre et l'insouciance de la jeunesse. Rachel ne se rappelle pas qu'il lui ait jamais adressé la moindre remarque durant tous ces étés passés chez lui.

Mettant de côté ce problème d'intendance, Rachel s'affaire à ranger les quelques courses qu'elle a faites dans la charmante petite épicerie du village. Elle transpire à grosses gouttes et souffle d'agacement. Tout ce qui est appareil électrique semble avoir été débranché, à l'exception d'un réfrigérateur vide et nettoyé méticuleusement à la javel. On n'attendait visiblement plus personne ici, et le ménage a été fait avec une minutie digne d'un hôtel de luxe. Pas une trace de poussière sur les meubles, les dizaines de vitres toutes plus impeccables les unes que les autres… Seules les magnifiques plantes du jardin commencent à piquer du nez et à souffrir du manque d'eau. Rachel en déduit que personne n'avait remis les pieds dans la propriété depuis le décès de son parrain, survenu cinq jours auparavant.

Son meilleur ami Brice, un homo sensible et adorable, une vraie copine à qui elle peut se confier sans préjugés, lui téléphone, car il trépigne d'impatience de connaître les nouvelles péripéties de Rachel.

— Je peux venir te rejoindre ? J'ai rien prévu pour ces vacances…

— Oui ! Débarque ! La maison est grande ! J'ai besoin de main forte pour organiser ma nouvelle vie. Et on pourra se faire des soirées barbecue sur la terrasse, répond Rachel spontanément.

— My darling ! T'es une lucky girl ! C'est crazy ce qui t'arrive, répond-il tout excité à la perspective de partager avec elle cette aventure incroyable.

Brice s'exprime souvent dans un sabir d'anglais-français, sans le faire exprès. C'est sa langue à lui et c'est ce qui fait son charme si particulier. Cette habitude, qui pourrait désarmer certains, est tout à fait familière à Rachel.

— Oui, j'ai l'impression que c'est un tournant dans ma vie, confirme-t-elle.

— Chiche que tu trouves l'amour là-bas ! La testostérone doit grimper en flèche avec la chaleur, répond Brice, enthousiaste.

— Arrête d'être vulgaire, Brice. Tu sais que c'est pas mon truc, ce genre de plan.

— D'accord, ma chère ! Je saute dans le premier avion et je te plonge dans les bras. À nous, les plages de sable fin, les cocotiers et les Mojitos !

Rachel raccroche, le sourire aux lèvres, comme à chaque fois qu'elle discute avec Brice. C'est un véritable rayon de soleil, un boute-en-train toujours de bonne humeur malgré les difficultés qu'il a rencontrées dans sa vie sentimentale depuis qu'il s'est amouraché d'un homme qui saute sur tout ce qui bouge, de préférence avec des biceps sculptés et des tablettes de chocolat. Lui aussi a dû affronter le dilemme de rentrer dans le rang en respectant les us et coutumes de sa famille juive traditionaliste ou d'affirmer son identité sexuelle singulière. Rachel lui a été d'un grand soutien dans son affirmation de soi. Ils s'apportent mutuellement au nom de cette belle amitié d'enfance jamais ternie par des querelles. Lorsqu'il évoque leur relation, Brice cite toujours Montaigne et La Boétie : « Pourquoi vous êtes amis ? Parce que c'est lui, parce que c'est moi. » Entre eux, règne l'harmonie la plus parfaite. C'est beau à voir !

*

Summer Love

Rachel se dirige vers sa chambre de jeune fille. Elle s'arrête net en franchissant l'entrée de cette pièce. Ornée de trompe-l'œil pastels sur les murs, elle semble avoir été figée dans le temps, exactement telle qu'elle l'a laissée il y a vingt-quatre ans. Tout est intact, comme si son parrain avait minutieusement veillé sur chaque objet, chaque meuble, à la manière d'un musée où chaque élément est aussi précieux qu'une relique. Il devait certainement espérer la voir revenir l'été suivant pour partager à nouveau des moments inoubliables avec elle.

— Le pauvre ! murmure Rachel. Comment j'ai pu l'oublier à ce point ?

Elle ne peut retenir ses larmes devant ces souvenirs qui la transportent dans une époque bénie de son existence. Cet homme brillant, qui n'était pas seulement son parrain mais aussi son confident, avait été un refuge essentiel contre les contraintes d'une vie familiale stricte. Il représentait un véritable pilier sur lequel elle pouvait s'appuyer dans les moments difficiles, un phare dans la tempête. Aujourd'hui qu'il n'est plus de ce monde, son geste de lui léguer tous ses biens, gagnés si difficilement, exprime encore plus son attachement à sa chère filleule. Elle aurait tant aimé lui exprimer toute sa gratitude, mais elle ne pourra plus jamais le faire. De son vivant, il lui avait montré son attachement indéfectible, et aujourd'hui, cet héritage magnifique est le témoignage vibrant de son amour sincère pour elle. Rachel se sent portée par cet amour inconditionnel qui a su la réconforter dans toutes les épreuves qu'elle a traversées et lui a fait espérer un avenir meilleur.

Elle ouvre avec fébrilité les portes du dressing et redécouvre une rangée impressionnante s'étalant sur toute la longueur d'un mur de dix mètres. Etagères, penderies, tiroirs… Elle brûle d'impatience de retrouver ses trésors de jeunesse.

Ses livres sont toujours soigneusement alignés dans la

bibliothèque de sa chambre de princesse de quelques soixante mètres carrés, un véritable appartement. Son parrain voulait tellement qu'elle se sente chez elle qu'il avait fait abattre une cloison alors qu'elle avait tout juste 15 ans et réuni deux pièces pour n'en faire qu'une, à la mesure de l'affection qu'il portait à sa filleule. Rachel le suspectait d'avoir entrepris ces travaux uniquement par intérêt, pour mieux l'appâter et la garder près de lui.

*

Cher journal intime

Rachel se lance avec frénésie à la recherche d'un objet qui détient pour elle une valeur sentimentale inestimable. Un cri de victoire s'échappe de ses lèvres lorsqu'elle l'aperçoit, coincé entre deux romans lus et relus, « Les Quatre Filles du Docteur March » et « Rébecca » de Daphné du Maurier. Elle le saisit du bout de ses doigts et commence à le feuilleter avec curiosité. Deux cent cinquante-deux pages, écrites à la main, jour après jour, témoins de ses nombreux étés passés à Sephora. Elle a retrouvé son journal intime ! Un vrai bottin, agrémenté de quelques post-it fluo marquant probablement des passages importants, corné et usé à force d'avoir été manipulé, mais en parfait état. Elle pourrait en tirer un roman dont le titre serait tout trouvé « Mes étés à Sephora ». Plus elle grandissait, plus elle se répandait dans ses phrases soigneusement écrites sur chaque ligne de ce cahier d'écolier, sans en sauter une. Heureusement, sinon un seul journal n'aurait pas suffi.

Au fil des années, la jeune Rachel s'était éprise de cette île bleue et blanche, de cette maison au charme authentique, de cet hôte si bienveillant. Loin du carcan familial et des conventions étouffantes, elle avait trouvé en Sephora une oasis de liberté et d'amour. Cependant, dès que la fin août approchait, ses parents la harcelaient chaque jour pour revenir au bercail, prétextant des obligations incontournables telles que fêtes religieuses, fiançailles, mariages, baptêmes, bar mitzvah, etc Evidemment, la disciplinée Rachel ne pouvait qu'obtempérer face à une telle pression, au grand dam de son parrain qui finissait par renoncer à la « séquestrer », comme il se plaisait à dire avec humour.

Pourtant, vingt-quatre ans auparavant, au cours du fameux « Dernier été à Sephora », la jeune fille avait osé braver les ordres et prolonger son séjour. Rachel fait défiler les pages jusqu'à la fin du journal et atteint la date du 15 septembre. Une véritable révolution ! Elle avait dépassé de deux semaines, l'échéance de ses vacances rituelles en Grèce. Elle lit avec étonnement :

« Kippour

Cette année je ne ferai pas le jeûne avec Mamili et Papili »

(C'est ainsi qu'elle nomme sa mère et son père.)

Si on connaît l'importance de cette fête annuelle pour les Juifs, en particulier pour les orthodoxes, ne pas la pratiquer en famille relève du crime de lèse-majesté. Pourtant, Rachel avait fait ce choix. Elle se gratte la tête en tentant de se rappeler la raison de cet acte impensable à l'époque, pour la jeune fille obéissante qu'elle était. Elle ne se souvient pas de l'événement précis, mais elle se rappelle en revanche avoir vécu des émois inconnus jusqu'alors.

Cette année-là, la jeune fille avait commis un acte audacieux qu'elle avait relaté dans ce journal intime. C'est sans doute la raison pour laquelle elle l'avait laissé derrière elle, enfermé à Sephora, dans l'espoir probable qu'il soit retrouvé un jour par une âme bienveillante qui l'aiderait à trouver le bonheur. Car dans ces pages, Rachel avait partagé ses sentiments les plus profonds, ses désirs les plus secrets, ses rêves les plus fous. Des émotions que sa famille ne pouvait imaginer, et qui pourtant ne faisaient de mal à personne, si ce n'est de s'affranchir de la morale étroite imposée par les siens et de vibrer comme n'importe quelle fille de son âge. Qu'avait-elle bien pu révéler de si confidentiel ? Elle ne parvient à se rappeler que de sa volonté de le cacher et d'avoir connu des moments prodigieux, mais qu'elle devait garder confidentiels.

Vingt-quatre années se sont écoulées, et Rachel est de retour à Sephora. C'est avec une certaine excitation qu'elle s'apprête à se jeter dans la lecture de ce journal soigneusement dissimulé. Elle se rappelle ces étés enchanteurs passés ici, loin des pesants principes religieux, aux côtés de son parrain qui avait su forger pour elle un cocon douillet et protecteur sur cette île du bout du monde. Pourtant, elle était consciente à ce moment-là, que son retour à la réalité était inévitable, que ses parents l'attendaient de pied ferme pour la soumettre à nouveau à leurs règles et à leur autorité.

Aujourd'hui, rien ne revêt plus d'importance que de retrouver les pages jaunies de son journal intime, symbole de cette jeunesse perdue et des rêves qu'elle avait osé nourrir. Elle éprouve une certaine satisfaction à tenir cet objet précieux entre ses mains, sans se cacher, sans craindre que ses secrets inavoués et inavouables ne soient divulgués. Etrangement, elle débute sa lecture par les dernières pages, curieuse de découvrir ce qu'elle avait bien pu raconter lors de son dernier été à Sephora.

D'une voix claire et sans la moindre hésitation, elle déclame son texte, écrit avec soin à l'encre noire de son stylo-plume, sans la moindre rature.

« 14 septembre
J'ai fait une rencontre magique avec un garçon à la gueule d'ange. Je n'avais jamais ressenti un tel plaisir, un tel trouble que je tentais de cacher, mais que je trahissais par la rougeur de mon visage. Je me déteste !
Toutes mes pensées lui sont dédiées. Ce soir-là, j'ai essayé de m'intéresser à d'autres personnes, mais rien n'y faisait. J'étais comme aimantée par lui. Et depuis, chacun de nos rendez-vous me fait battre le cœur si fort que j'ai l'impression qu'il va exploser. J'ai mal au ventre rien qu'en pensant à lui. Je ne peux plus rien avaler, pourtant j'ai l'impression d'avoir faim. Qu'est-ce qui m'arrive ? Je ne me reconnais pas. J'aimerais juste pouvoir effacer de ma mémoire son sourire magnétique, sa voix cassée, ses yeux marine qui me dévoilent au plus profond de mon être, sa présence si charismatique. Il hante mes pensées jour et nuit.
Mais je sais que je dois le rayer de mon existence parce qu'il est arabe. Comment oublier un amour si fort et intense ? Je suis perdue dans mes rêves, noyée dans mes sentiments, et je crains de ne jamais pouvoir me libérer de cette emprise amoureuse. LUI… LUI… LUI… Pour toujours ! A jamais !
Demain, je rentre en France et tout sera terminé, je le sais. Il le faut ! Je referme ce journal jusqu'à l'été prochain. Que se sera-t-il passé entre-temps. J'aimerais être devin pour le savoir. »

Elle avait dû verser des larmes en écrivant ces lignes, car elle se heurte à des taches à plusieurs endroits, rendant certains passages quasiment illisibles.

Bien que d'origine séfarade, la famille de Rachel résidait en France depuis plusieurs générations. Ils étaient propriétaires d'un modeste hôtel deux étoiles à Lyon, acquis pour une bouchée de pain par son arrière-grand-père qui avait fui l'Algérie pour connaître la France, son Eldorado. C'est la raison pour laquelle ses aïeuls avaient connu la seconde guerre mondiale, les rafles et les pogroms. Aussi, la mère de Rachel aspirait à incarner un exemple de tolérance et d'antiracisme. « Ma grand-mère et mon arrière-grand-mère ont été déportées en 1943 au camp d'extermination d'Auschwitz-Birkenau. », racontait-elle. « Mon arrière-grand-mère a été gazée. Seule ma grand-mère est revenue. C'était une femme exceptionnelle qui, après avoir vécu l'horreur des camps, ne pouvait concevoir la violence entre les humains. Elle était engagée pour la paix ».

Pourtant, Rachel n'avait jamais eu le courage d'avouer à cette femme si exemplaire qu'elle était éperdument amoureuse d'un « arabe ». Peut-être, cette mère protectrice aurait-elle accepté cette union. Rachel ne le saura jamais. Par manque de courage, elle n'avait jamais osé évoquer cette aventure avec elle. Il était plus confortable de rentrer dans le rang. En réalité, c'était elle qui n'assumait pas l'idée d'une telle liaison. Elle doit maintenant se rendre à l'évidence.

Curieusement, les souvenirs de cet épisode mélodramatique se sont estompés dans l'esprit de Rachel. Mais en observant les pages tachées d'encre baveuse, elle réalise que son passé renferme des chagrins soigneusement étouffés. Des larmes, des mots qui s'effacent, des souvenirs qui s'évanouissent. Pourquoi avait-elle pleuré en écrivant ces confessions ? Rachel met ces épanchements sur le compte d'un romantisme exacerbé, alimenté par son goût pour les romans du XIXème siècle, qui la faisait vivre chaque émoi intensément. En réalité, elle serait incapable de décrire cet homme tant adulé. Elle ne peut se rappeler ni le nom ni le visage de celui qui a déclenché un tel tourbillon émotionnel en elle. C'est comme si la force de cette famille traditionaliste lui avait fait gommer son moi profond pour se conformer aux attentes de son éducation juive, ce qui la révolte aujourd'hui. Elle est allée jusqu'à étouffer cette passion unique.

Pourquoi écrivait-elle qu'elle devait l'oublier ? Parce qu'il n'était pas juif, pire encore, il était arabe. C'est la seule raison officielle que Rachel évoque pour expliquer ce renoncement. Ou peut-être était-il plus âgé qu'elle, peut-être même marié…

— Quelle horreur ! souffle-t-elle en pensant à ce qu'aurait pu être la réaction de ses prudes parents si elle avait révélé cette passion interdite dans ces deux derniers cas.

Rachel est déterminée à briser les chaînes du passé et à explorer sa véritable personnalité. Elle ne souhaite pas claquer la porte de sa famille, mais seulement s'affirmer aujourd'hui. Il est grand temps pour elle de trouver le bonheur. Elle a déjà perdu trop d'années. Elle le mérite. Pour cela, elle doit agir selon ses propres désirs plutôt que de se plier aux exigences des autres et au qu'en-dira-t-on. Elle se jure de ne plus jamais laisser les conventions sociales dicter ses actes et de vivre selon ses propres aspirations, peu importe les conséquences.

Ce qu'elle ignorait au moment où elle se répandait dans son journal intime, c'est qu'il n'y aurait pas d'été suivant à Sephora. Ce n'est qu'à présent, des années plus tard, que le destin la ramène sur cette île paradisiaque et qu'elle ouvre à nouveau ce précieux témoin de ses confidences, comme une porte sur le passé qu'elle avait laissée fermée derrière elle.

— J'ai bien fait de ne pas l'jeter, murmure-t-elle en serrant fort son cahier contre elle.

A l'heure des réseaux sociaux, Rachel pourrait considérer cet objet comme incongru et obsolète. Cependant, elle le perçoit, au contraire, empreint de vérité et de tendresse, tel une introspection de son inconscient. Elle lit les émotions de cette adolescente qu'elle était, et qui lui semble totalement étrangère. C'était pourtant bien elle qui se livrait sur ses états d'âme. Le temps et les échecs l'auraient-ils usée ? Rachel a totalement effacé de sa mémoire cet homme qui semblait pourtant inoubliable dans ces lignes bouleversantes. Comment est-ce possible ? Elle essaie de forcer sa mémoire à se souvenir de cette rencontre. Elle réalise que, par la suite, elle n'a jamais ressenti ce vertige de l'amour, ni avec ce mari choisi par raison, ni avec ses aventures ratées.

Elle s'installe sur le bord de son lit à baldaquin, après avoir posé dessus son journal intime et une boîte remplie de photos de toutes sortes, en noir et blanc et en couleurs, entières et découpées, petites et grandes. Sur l'étiquette d'écolier jaunie par le temps, elle avait soigneusement inscrit : « Summer Memories ».

Comment ne pas établir de lien entre cet amoureux mystérieux et les lettres qu'elle avait retrouvées dans son appartement de Lyon ? Plusieurs d'entre elles étaient pliées en deux et contenaient des pages magnifiquement rédigées, mais elle avait masqué la signature par plusieurs coups de feutre noir. Cet inconnu lui avait donc écrit lorsqu'elle était revenue en France. Mais, visiblement, elle ne lui avait jamais répondu ou peut-être brièvement pour lui faire savoir que tout était fini.

Pourquoi avait-elle caché le nom de l'auteur de ces lettres d'amour ? Et pourquoi avait-elle rayé certains mots de manière insistante pour qu'on ne puisse pas deviner certains éléments de leur relation ? Elle croyait se souvenir que c'était parce qu'il était arabe. Cette autobiographie lui confirme qu'elle avait raison. Rachel se pose mille et une questions sur cette personne secrète qui lui écrivait avec autant de tendresse et dont elle ne voulait pas dévoiler le nom ni même l'existence.

C'est lui ! C'est sûr. C'est la même personne. Après cet été brûlant, il lui aurait écrit et elle serait restée sourde à ses prières. Elle l'explique clairement dans son journal, elle savait qu'ils ne se reverraient pas. Il ne fallait pas. Elle ne pouvait pas.

Elle regrette de ne pas avoir emporté ces lettres avec elle pour se replonger dans les sentiments passionnés de cet homme. Rachel aurait pu comparer leurs pensées respectives grâce au journal intime et analyser si cet amour était partagé. Elles sont, hélas, restées chez elle en France. Heureusement, elle en a fait des captures d'écran, mais ce n'est pas tout à fait comme de les avoir en main. Néanmoins, elle se souvient des phrases déchirantes de celui qui se lamentait que Rachel l'ait abandonné, ne voulant même pas répondre à ses courriers et le laissant dans le désespoir le plus total. Pourtant, elle avait gardé précieusement ses courriers, c'est donc qu'elle vibrait tout autant que lui… Sauf qu'elle ne l'exprimait pas ou ne voulait pas l'admettre. La raison de cette indifférence apparente était donc uniquement que cet amour était interdit, parce qu'il était arabe et elle juive. Elle tente de fouiller dans sa mémoire, espérant que revenir sur les lieux de cette histoire puisse raviver ses souvenirs, comme dans une séance de psychanalyse.

*

La mémoire retrouvée

La nuit porte conseil, dit-on, mais elle a également le pouvoir de réveiller les souvenirs enterrés depuis des décennies. Ils remontent à la surface soudainement, tel un noyé surgissant des profondeurs d'un océan qui cherchait à l'engloutir. C'est exactement ce qui arrive à Rachel, qui renoue miraculeusement avec son passé oublié.

Dès six heures du matin, elle émerge en sursaut d'un sommeil agité. C'est tant mieux puisqu'on se souvient plus facilement des rêves faits juste avant le réveil.

1er juillet

Cette date est à nouveau gravée dans son esprit. La rencontre avec cet individu, dont le prénom échappe encore à la mémoire de Rachel, fut vécue par Rachel comme une fulgurance. À peine arrivée chez son parrain pour un séjour de deux mois, elle découvrit, bien en vue dans l'entrée de la magnifique propriété en bord de mer, une belle carte illustrée de sa meilleure amie de vacances.

Hey ma belle, c'est le jour J !
Je t'invite à ma Birthday Party.
18 ans ça se fête !
Pose tes valises et viens me rejoindre à partir de 19h. On passera la night ensemble, comme dans le bon vieux temps. Et t'inquiète, ton parrain est déjà au courant, donc zéro excuse pour ne pas venir.
Allez, please !
Dis Ouiiii !!
Kissss
Ta best Summer Friend
LNA

Héléna se plaît à écrire son prénom avec ces trois lettres. Cette femme allie l'élégance à la beauté et à la gentillesse. Cet endroit est magique. On dirait que le soleil et la splendeur des paysages transforment toutes les personnes en êtres gentils, aimables et courtois. Héléna s'exprime toujours ainsi en franco-anglais, tant cette île cosmopolite abolit les barrières d'une seule langue. Même cette façon de parler symbolise une impression de liberté pour Rachel.

Harassée par un vol interminable en raison d'un retard

prodigieux dû aux grèves d'Air France, Rachel était « flagada », selon son expression. Pourtant, elle n'aurait raté cette occasion de faire la fête pour rien au monde. Ce contraste immédiat avec sa vie quotidienne stricte en France était saisissant, mais elle s'y était accoutumée avec satisfaction. Elle n'avait pas vraiment eu le temps de se pomponner, pourtant cette soirée allait se révéler idyllique. Elle s'était simplement contentée de retourner plusieurs fois la taille de sa jupe plissée et de retirer ses collants opaques pour troquer l'uniforme Loubavitch contre le style d'une jeune fille moderne et bien dans sa peau.

Les lumières de la demeure victorienne brillaient au loin. Rachel n'avait que quelques mètres à parcourir à pied, les propriétés de son parrain et d'Héléna étant voisines. Elle s'est annoncée à l'interphone. A sa grande surprise, c'est une voix masculine qui lui a répondu. La porte d'entrée semblait bloquée en raison d'un problème électronique. Rachel a donc sonné à nouveau avec insistance. L'homme a traversé l'allée, éclairée par quelques réverbères, pour venir lui ouvrir. Plus il s'approchait, plus ses yeux bleu azur captivaient l'innocente Rachel.

En avançant lentement à ses côtés jusqu'à l'entrée de la villa, Rachel n'a pas prononcé un mot, tant elle était impressionnée par l'allure princière de son hôte. A l'intérieur, la fête était déjà bien engagée avec un DJ déchaîné aux commandes et la climatisation à son maximum, car la canicule sévissait sur l'île.

C'est à cette époque qu'elle est tombée amoureuse pour la première fois, sans jamais oser l'avouer à ses parents. Pour une bonne raison… Son amoureux s'appelait Amir. Elle se souvient parfaitement de son prénom maintenant, ce qui avait d'ailleurs porté à confusion, car il n'était pas aussi marqué que Nourredine ou Nasser.

La soirée s'est passée à danser contre lui. Puis, il l'a entraînée sur la terrasse, loin du vacarme. Ils ont discuté pendant des heures, assis sur deux chaises de jardin inconfortables, mais peu importait. Une symbiose absolue s'est installée entre eux et elle ne voyait personne d'autre que lui.

Finalement, elle a demandé à ce beau brun ténébreux comment il s'appelait, une question apparemment anodine qui a pourtant généré en elle une sacrée perturbation.

— Amir, a-t-il dit.

— Amir… C'est hébreu ? T'es Israélien ? a-t-elle enchaîné, enthousiaste à l'idée de rencontrer quelqu'un de son pays adoré.

— Pas du tout ! a-t-il répondu, laissant planer un mystère.

— Alors, tu viens d'où ?

Elle s'en voulait de sa maladresse, elle qui répliquait toujours qu'elle n'était pas une pièce de bœuf quand on l'interrogeait sur son origine, en apprenant son nom « Cohen-Solal ».

C'est alors qu'il lui a révélé qu'il était marocain, musulman de surcroît. Cependant, il a assuré ne pas pratiquer la religion et s'est déclaré résolument athée. Rachel était tellement subjuguée par sa peau dorée, sa voix cassée et son allure de golden boy qu'elle ne voyait aucun obstacle à leur union. De toute façon, les vacances permettaient toutes les audaces. Loin de sa famille, elle s'autorisait des écarts impensables en France où elle vivait en permanence sous le regard inquisiteur des siens.

Durant ces deux mois d'été, bouleversés par leur amour passionnel, ils n'ont eu de cesse de s'enlacer, de s'embrasser, de se parler. Chaque caresse, chaque baiser, chaque étreinte renforçait leur amour grandissant. Elle était certaine d'avoir trouvé en lui son âme sœur. Quant à Amir, il était ébloui par la grâce naturelle couplée à une charmante timidité de Rachel. C'était comme si le reste du monde avait disparu, ne laissant que leur amour. Cette jeune fille naïve, à peine sortie de l'enfance, succombait peu à peu à la sensualité. Ils se promettaient de ne jamais se séparer, de demeurer unis pour l'éternité. Ils vivaient la magie de ces instants uniques où l'on voudrait que le temps s'arrête.

Hélas, les vacances touchèrent à leur fin, emportant avec elles les promesses d'amour. Rachel rentra en France et lui à Paris. Amir lui écrivit des lettres enflammées que Rachel dissimulait avec précaution, craignant que sa mère ne les découvre. Elle les conservait pourtant jalousement mais effaçait soigneusement le prénom « Amir » qui trahissait sa religion musulmane. Sa famille aurait fermement désapprouvé cette relation illégitime et l'aurait même sévèrement punie si elle était tombée sur ces courriers compromettants. Elle craignait le courroux de sa mère plus que tout. Aussi, quand Amir lui demanda de la revoir, Rachel mit fin définitivement à leur histoire.

Rachel est admirative de la famille d'Amir qui, bien que pieuse et pratiquante, n'a jamais mis le holà sur sa relation avec une fille juive. Leur tolérance la fait rêver. Amir avait mis leur réaction en avant pour convaincre Rachel d'en parler à ses parents qui réagiraient probablement de la même manière. Mais, c'était mal les connaître. De toute façon, Rachel n'aurait jamais pris le risque de se dévaloriser à leurs yeux, en révélant une telle mésalliance.

Quoi qu'il en soit, même si sa famille avait donné son accord, comment aurait-elle pu affronter le jugement implacable de la communauté juive, dans laquelle elle était et est toujours active, si elle avait épousé un musulman ? Elle aurait subi les critiques acerbes de ses coreligionnaires qui considéraient inacceptable toute alliance avec ceux qu'ils percevaient comme les ennemis des juifs. Plus tard, elle n'aurait jamais pu accéder à la présidence du CRIF (ndlr : Conseil Représentatif des Institutions Juives de France) ni obtenir l'unanimité des membres de cette association, avec une vie privée si controversée.

— Mais est-ce que ce sacrifice en valait la peine ? se demande-t-elle à présent.

Est-il préférable d'être reconnu socialement ou bien heureux en amour ? Aujourd'hui, elle n'hésiterait pas une seconde à choisir la deuxième option. Il lui aura fallu presqu'une vie entière pour comprendre cette évidence. Comme elle s'en veut !

Vingt-quatre ans se sont écoulés sans qu'ils se voient.

En repensant à ces lettres enflammées, découvertes fortuitement lors d'une séance de grand ménage, Rachel prend conscience qu'elle avait peut-être laissé échapper la chance de sa vie. Elle aurait dû faire fi des préjugés et rejoindre l'homme qui faisait chavirer son cœur. Mais à cette époque, la barrière semblait infranchissable. Rien que le fait de fréquenter ou d'épouser un non-juif était perçu comme une hérésie, alors un musulman ! A dix-huit ans, Rachel n'avait ni la force de lutter contre sa famille ni le courage de tout quitter pour l'amour d'un homme.

Inutile de se tourmenter. Les cimetières sont peuplés de gens qui ont eu des remords. Cette belle histoire appartient désormais au passé. Elle ne le reverra plus et il est probablement marié, avec des enfants… Même si elle voulait le retrouver, elle ne connaît pas son nom de famille et se souvient seulement qu'il avait été invité par un voisin d'Héléna. Elle ne pourrait donc pas retrouver sa trace par son intermédiaire. Elle doit penser à l'avenir et ne pas s'enliser dans une époque révolue qu'elle ne peut pas changer.

*

L'âge de raison

Revenir à Sephora, ce lieu culte où elle a toujours affirmé sa véritable personnalité, lui permet de tout remettre en question. Avant de recevoir la nouvelle de cet héritage, elle avait dressé un bilan désastreux de sa vie privée. Elle avait fait l'amer constat que ses choix s'étaient souvent révélés néfastes. La soumission aux traditions familiales lui avait causé bien des désagréments.

Elle a perdu de longues années précieuses. C'est pourquoi elle compte bien saisir cette opportunité pour recommencer à zéro. Son installation définitive à Sephora représente un nouveau départ pour Rachel. Elle est déterminée à vivre libre, épanouie et heureuse, prête à suivre son instinct, même si cela implique d'aller à l'encontre de son éducation.

Géographiquement éloignée en Grèce, loin de sa famille, de son ex-mari, de ses amis et de ses voisins, elle compte bien tirer parti de cette situation. Elle ne pourra plus subir les foudres de ses proches. Ils ne sauront rien d'elle. Cette expatriation l'aidera à atteindre ses objectifs. Une nouvelle aventure commence !

Après tout, demain il fera jour !

Le village de l'île de Paros

6

Dans l'esprit de Rachel, son parrain avait choisi le nom de Sephora dans la Bible. Bien que cet homme juif se revendiquait résolument athée et ne pratiquait aucun rite religieux, elle pensait qu'il avait opté pour ce nom sacré en raison de sa signification symbolique.

La villa se nommait « Calypsa » lorsqu'il l'avait visitée, en référence à la nymphe grecque des mers, « Calypso », à laquelle on avait ajouté un « a » pour la féminiser. Mais il voulait trouver une dénomination plus personnelle à cette propriété fraîchement acquise. C'est ainsi qu'après de longues recherches, il avait décidé de la rebaptiser « Sephora ». Persuadée de sa bonne intuition, Rachel lui avait demandé pourquoi il s'était inspiré de l'Ancien Testament, malgré son athéisme déclaré.

— D'abord la Bible, c'est pas la religion, c'est avant tout l'histoire, avait-il répondu à Rachel.

En fait, la vérité était toute autre puisque son parrain avait pensé à la Sephora de Botticelli dans la fresque « Les épreuves de Moïse » de la chapelle Sixtine.

Rachel décide de ne rien changer en son hommage, souhaitant ainsi perpétuer le souvenir de cet homme qu'elle chérissait tant. Elle n'a pas non plus l'intention d'entreprendre les moindres travaux dans ce domaine qui lui a toujours transmis de bonnes ondes. Elle se contentera de réaménager les espaces. Elle a d'autres priorités que de perdre son temps dans des préoccupations matérielles futiles.

D'ailleurs, tout lui plaît dans cette maison : les murs blanchis à la chaux qui reflètent la clarté éclatante du soleil, le bleu intense des volets et des portes qui rappelle la couleur de la mer. Une fois à l'intérieur, le charme continue d'opérer. Les pièces spacieuses sont décorées avec goût dans un style méditerranéen, avec des meubles en bois naturel, des tissus colorés et des éléments décoratifs inspirés de la nature. Les fenêtres laissent entrer la lumière du jour et offrent une vue sur le jardin ou sur la mer. Le parfum des plantes aromatiques comme le romarin, le thym et la lavande flotte dans l'air et ajoute une touche supplémentaire à l'atmosphère envoûtante de la villa. Les terrasses et les patios en plein air invitent à la détente et à la contemplation des vagues qui se brisent sur le rivage. Cette villa grecque typique dégage une qualité exceptionnelle : le luxe pas tapageur.

Rachel lui décerne la note parfaite de 20 sur 20. Elle s'installera définitivement ici, en se sentant chez elle. Elle n'aurait pas pu choisir mieux en terme d'architecture ou de décoration. Elle se sent privilégiée d'avoir obtenu un tel cadeau inestimable, tout en ressentant le manque de celui qui hante déjà les lieux, son parrain adoré.

Elle déambule dans toutes les pièces, son ordinateur portable blotti sous le bras, comme elle le fait souvent. Elle prend plaisir à le porter comme un bébé, et surtout comme quelque chose de précieux dont elle ne saurait se séparer. Elle finit par le poser sur le plan de travail de la cuisine afin de consulter ses e-mails. La connexion s'établit sans le moindre souci, et elle se félicite de la qualité du réseau. Elle craignait que son parrain ne se soit pas préoccupé de ce détail. Il n'en est rien. En vingt-quatre ans, il s'en est passé des choses au niveau de la technologie. Heureusement, il avait suivi le mouvement. D'ailleurs, un ordinateur dernier cri, arborant fièrement la légendaire pomme, trône dans son bureau, preuve qu'il utilisait lui-même internet. Rien ne manque donc au confort de Rachel. Elle affirmait toujours que, sur une île déserte, elle ne pourrait se passer ni de son téléphone, ni d'internet, et donc de son ordinateur. Ces éléments sont indispensables à son bonheur. De plus, ainsi, elle pourra entretenir son blog culinaire et publier ses recettes juives. Ce serait vraiment dommage d'abandonner cette activité lucrative, enrichissante et réalisable où que l'on soit sur la planète.

*

L'arrivée de Brice

Brice doit arriver par avion demain à Athènes et Rachel a hâte de l'accueillir. Elle s'active pour lui préparer une chambre avec vue imprenable sur la mer. Elle change draps et serviettes afin de lui assurer un séjour cinq étoiles. Il a prévu de passer deux ou trois jours dans la capitale grecque qu'il a toujours rêvé de visiter, avant de rejoindre sa copine. Il a cassé sa tirelire, mis bout à bout tous ses comptes épargne pour se lancer dans cette aventure à ses côtés, laissant derrière lui un passé peu glorieux. A mi-chemin de sa vie, il se jette à l'eau pour prendre un autre cap.

Les deux amis partagent le même sentiment d'urgence à vouloir changer leur existence. Rachel a eu le privilège d'obtenir ce nouveau départ sur un plateau. Brice saisit l'opportunité de se joindre à ce coup de chance. Ils sauront s'apporter mutuellement sans jamais empiéter sur leurs platebandes respectives. Ils se comprennent à 100%, sont complices dans les rires et les chagrins. Ils se livrent toujours sans filtre sur leurs pensées les plus intimes, persuadés qu'il n'existe entre eux que de l'affection et pas de jugements, des encouragements et pas des empêchements de tourner en rond. Brice est la famille qu'elle s'est choisie. Et vice versa.

— On appuie sur Reset et on recommence, ma chérie ! lui a-t-il dit, de sa voix efféminée et joviale, à l'idée de la rejoindre bientôt.

Satisfaite de la villa qui sent bon une fraîcheur retrouvée, Rachel contemple le résultat en arpentant les mètres carrés de la demeure. Elle a repris vie sous ses mains habiles. Elle peut à présent vaquer à ses occupations habituelles.

Elle balaye rapidement l'avalanche de mails par un survol efficace et beaucoup de suppressions. Trois jours sans les consulter ont généré un millier de messages, parmi lesquels les indésirables, les spams et les publicités virales, pour ne garder qu'une poignée de messages fiables. Elle commence à répondre aux premiers et s'arrête net, attirée par l'un d'entre eux : une invitation personnalisée avec le logo du CRIF. Elle n'a pas présenté sa démission de son poste de Présidente Région. Elle pensait qu'elle pourrait agir à distance en se disant que, si cela ne convenait pas aux administrateurs, elle rendrait son tablier sans la moindre hésitation

— Déjà ? Ils peuvent pas se débrouiller sans moi pendant une semaine ? s'exclame-t-elle, effarée.

Mais à mesure qu'elle parcourt attentivement l'invitation, elle perçoit son importance. Elle s'installe plus confortablement au fond de son siège de velours ocre jaune, pour comprendre précisément ce qu'on attend d'elle.

— Mais c'est super, ça ! s'écrie-t-elle finalement après avoir lu le texte succinct.

Sa nouvelle vie à Sephora semble décidément bien aspectée et elle est convaincue que la chance lui sourira désormais.

INVITATION

13ème conférence internationale du B'nai Brith
Ile de Paros
Hôtel Poséidon
Jeudi 15 juillet
18h-19h30

Table ronde avec :
Charles O. Kaufman, Président du B'nai B'rith International
Yonathan Harfi, Président du CRIF
Yossi Amrani, Ambassadeur d'Israël en Grèce
Abraham Lévy, Conservateur du Musée de l'Holocauste Athènes

— Si tu ne viens pas à Lagardère, Lagardère ira à toi ! Ça se passe à l'île de Paros… Mais c'est génial, ça ! s'exclame Rachel, sidérée par cet énième coup de chance.

Elle n'a pas sitôt mis les pieds en Grèce, que sa vie sociale d'antan, à laquelle elle était pourtant prête à renoncer même si elle était l'une de ses rares sources de satisfaction, s'offre à nouveau à elle.

Cet événement aura lieu dans dix petits jours, le temps de s'installer tranquillement dans sa nouvelle destinée, de prendre ses marques et de se refaire une beauté. Elle est déterminée à abandonner son style tristounet pour adopter des tenues légères et colorées, en harmonie avec cette île ensoleillée où elle résidera désormais en permanence. Elle a bien fait de remiser au placard ou de donner à des œuvres caritatives les vêtements d'hiver, manteaux et bottes, pour n'emporter dans son unique valise que quelques robes fluides. Cette invitation sera l'occasion de tester son nouveau look. Brice se fera un plaisir de lui prodiguer ses conseils avisés pour cette métamorphose.

En France, sa vie ressemblait à une prison. A Paros, un vent de liberté souffle sur son esprit et ses mouvements, comme si elle était désormais perpétuellement en vacances.

Brice a prévu de passer deux ou trois jours à Athènes.

7

Il n'y a pas qu'une vie dans la vie.

Rachel en est persuadée aujourd'hui alors qu'elle s'apprête à se lancer dans une nouvelle aventure.

Son parrain avait une profonde considération pour les traditions culinaires religieuses de Rachel, qu'il appliquait à la lettre lorsqu'elle vivait sous son toit. Manger du porc et des fruits de mer ne le dérangeait pas, mais il n'en consommait pas en présence de sa filleule. Rachel était viscéralement attachée à ces interdits alimentaires, ancrés dans ses gènes. Passer outre porterait malheur. Ainsi, elle n'avait pas eu besoin de lui demander de respecter ses coutumes, car il était toujours désireux de lui faire plaisir et de ne pas la contrarier. Son parrain était irréprochable. Rachel pratiquait la religion machinalement, sans analyser ni comprendre les raisons de ces contraintes. Ce qui la faisait vibrer, c'était le sionisme et la lutte contre le racisme et l'antisémitisme.

Elle se replonge dans son passé de militante, sa plus grande réussite. Devenu véritablement une vocation, le militantisme s'est imposé à elle dès l'enfance. Il lui a permis de sortir de sa routine quotidienne et de s'investir dans une cause qui lui tenait à cœur. La jeune Rachel a fréquenté le Talmud Torah (ndlr : catéchisme des juifs) avec ses frères, a passé ses week-ends aux E.I. (ndlr : Eclaireurs Israélites de France) et a célébré sa Bat Mitzva à l'âge de 14 ans en maîtrisant parfaitement la lecture des livres de prières. Elle forçait l'admiration de ses parents, pour qui filles et garçons devaient étudier l'hébreu, contrairement aux autres familles moins orthodoxes où seuls les garçons étaient initiés à cette langue sacrée. Rachel en était extrêmement fière et ne considérait nullement cette occupation chronophage comme une corvée. Elle lisait la Bible comme on lit plusieurs romans en un seul, se passionnant pour toutes les histoires d'amour, les meurtres et les success stories.

Elle possède une édition rare de l'Ancien Testament en papier bible, similaire aux livres de la collection de La Pléiade, si fin que les milliers de pages sont contenues dans un tome unique. Enfant, ce précieux ouvrage trônait en permanence sur sa table de chevet, pour qu'elle puisse en consulter des passages au gré de son humeur. Elle l'a emporté avec elle, ne pouvant se séparer de ce talisman qui ne la quitte jamais.

Ensuite, elle s'est tournée vers les associations d'étudiants, comme l'UEJF (ndlr : Union des Etudiants Juifs de France). C'est à ce moment-là qu'elle s'est passionnée pour la politique et qu'elle s'est inscrite à Sciences Po. Cependant, son mariage, très vite suivi de la maternité, lui a fait abandonner les bancs de la fac. Elle aimerait y revenir, à présent qu'elle est dégagée de ses obligations familiales.

Femme au foyer, elle a rejoint les rangs du CRIF, poussée par une amie qui lui faisait miroiter les bons côtés de cette association d'envergure nationale, notamment les voyages, les dîners dans des restos chics, les vœux annuels à Paris avec la crème des politiques... Rachel s'est laissée facilement convaincre. Comme elle était disponible puisque sans emploi, elle a été élue à l'unanimité Présidente et entame actuellement son deuxième mandat.

Ce militantisme l'a sortie du ronron de la maison, des devoirs et des cours des enfants, ainsi que de l'absence de son mari. Bien qu'elle soit bénévole, elle s'est investie dans cette cause comme si c'était un métier. Les déplacements étaient, malgré tout, sujets à discussion car sa famille n'acceptait pas de la voir s'évaporer du domicile, chacun ayant toujours besoin d'elle. Elle parvenait, cependant, à mener à bien ses actions prenantes au sein de cette association, parfois qualifiée de lobby, puisqu'elle représente la communauté juive auprès des pouvoirs publics.

Rachel s'était imaginée que son départ en Grèce précipiterait la nomination d'un nouveau Président pour tenir les rênes de cette structure. De plus, ses détracteurs auraient pu en profiter pour l'écarter de ce poste en vue. Pourtant, à sa grande surprise, elle reçoit cette invitation à participer à une conférence internationale prestigieuse en tant que représentante du CRIF. S'exiler n'est donc pas mal perçu et semble plutôt être un atout. On lui a même proposé de participer aux Conseils d'Administration et aux Assemblées Générales en visio. Il est rassurant et flatteur de savoir qu'on tient à la garder, elle qui pensait parfois ne pas être à la hauteur de cette tâche, face aux médias surtout.

— Le match a lieu à domicile, en plus ! s'exclame Rachel, en se frottant les mains à l'idée que l'événement se déroule à l'île de Paros.

Elle bénit ce hasard incroyable qui la maintient active sans faire d'efforts. Cette manifestation lui offre une chance inespérée de se faire remarquer, de briller à un niveau élevé et de renforcer sa notoriété au sein de la communauté. Elle ne laissera pas passer cette conjoncture en or pour tirer profit de son exil imprévu. Elle compte bien en retirer tous les avantages et acquérir une certaine aura par l'occasion.

En parallèle de l'invitation, elle reçoit un mail adorable de son cher trésorier, soutien indéfectible en cas de tempêtes personnelles et de querelles communautaires.

Ma Rach,
Je suis content pour toi.
C'est une chance d'être invitée à un tel événement.
En plus, ça se passe chez toi !
J'essaie de venir, mais je ne te promets rien.
J'aurais trop aimé te faire un petit coucou.
Tu me manques déjà !
Claude Teboul

*

J-2 avant la conférence

Brice a pris ses aises dans la jolie maisonnée qui est passée de la grise morosité à une gaieté éclatante. Elle a repris des couleurs sous les mains de Rachel et de Brice. Ce dernier a l'intention de s'installer définitivement à Sephora, une perspective qui réjouit la nouvelle propriétaire des lieux. C'est un vrai soleil, bourré d'énergie et monté sur ressorts. Ils ont passé des après-midis shopping à Athènes et dans les boutiques branchées de l'île. Rachel en a profité pour rencontrer les commerçants qui vivent, comme elle, sur l'île en permanence ou six mois par an. Ainsi, elle a découvert une véritable communauté de Français qui ont émigré dans ce paradis sur un coup de tête ou dans le cadre de missions précises, notamment dans des hôtels. Ils ne reviendraient pas en France pour tout l'or du monde, ce qui rassure Rachel. Il est toujours bon de s'enrichir des expériences des autres.

Les commandes sur internet ont complété sa garde-robe. Dans ce déménagement, elle a perdu une taille, ce qui l'enchante. Les plages ne supportent ni les rondeurs ni les petits ventres bedonnants. Elle s'entretient en faisant du sport tous les matins dans une pièce que son parrain avait dédiée à sa salle de gym personnelle. Elle se contente de ses trois appareils de prédilection et pratique ces activités physiques à son rythme, sans se mettre la pression.

En cette matinée déjà caniculaire, elle déboule sur la terrasse, après son heure de gym, short et tee-shirt moulant trempés de sueur, grande serviette blanche en écharpe autour du cou. Brice l'attend impatiemment.

— Alors, ma caille, on les choisit tes fringues pour ton event ? demande Brice.

— Deux secondes ! Je respire ! répond Rachel en s'emparant d'une grande bouteille d'eau minérale qu'elle vide comme après une traversée du désert.

— Ah ben, oui ! T'es rouge comme un coquelicot, ma chérie !

Après une douche fraîche et revigorante, Rachel rejoint Brice, qui a ouvert grand les placards dans sa chambre. Il se permet toutes les audaces et les indiscrétions avec elle, ce qui ne la dérange absolument pas, car elle est habituée à ce comportement frère-sœur sans gêne. Devant elle, s'étale un panorama joyeux de vêtements soigneusement triés par couleurs. Une paire de chaussures est disposée sous chacun d'entre eux pour simplifier le choix de la tenue idéale en toutes circonstances.

— Il faut que tu sois canon, ma puce ! s'exclame Brice.

— Euh ! Il faut surtout que je reste discrète. C'est pas un mariage ! répond Rachel.

— Je sais bien… Tu me prends pour qui ? Alors moi, je t'imagine en tailleur hyper cintré pour mettre en valeur ta taille de guêpe, une jupe qui t'arrive aux genoux et des talons de 7 cm. C'est pas pour te vexer, ma chérie, mais il faut qu'on te grandisse, sinon, petite comme t'es, on n'a aucune chance de te repérer.

— Ah, ben, merci ! C'est gentil ça ! rétorque Rachel en pouffant de rire, pas vexée le moins du monde par ces piques bon enfant. Je suis pas si petite que ça ! 1m65, c'est bien ! Ni grande ni petite. Moyenne… Voilà, c'est ce que je suis, moyenne… Ni belle ni vilaine. Ni grosse ni maigre. Ni super intelligente ni sotte. Moyenne… dit-elle en accompagnant sa description peu flatteuse d'une petite moue.

— Arrête de te faire du mal, ma puce. T'es divine ! Outrageuse de beauté ! Une bombe atomique. Et si tu laisses tomber carrément tes jupes longues et tes bras couverts, tu feras des ravages. T'as vu tes yeux ? Ils sont extraordinaires, tes yeux. On croit qu'ils sont bleus, mais pas du tout. Ils ont des paillettes et ils changent de couleur avec la lumière. Au soleil, ils deviennent carrément verts, comme des pierres précieuses ! T'es une vraie sorcière en fait !

Brice sort d'un tiroir deux perruques, l'une avec de longs cheveux blonds, l'autre avec des boucles auburn. Il les brandit et les fait tourner au-dessus de sa tête.

— Non, sérieux ! Tu portes des perruques, comme les Loubavitch ? J'y crois pas ! Ma Rachou avec une perruque !

— Mais non, donne-moi ça ! répond Rachel en tentant de s'emparer des deux trophées.

Elle saute à pieds joints pour les attraper, comme les pompons des manèges. Ils se lancent alors dans une course folle à travers toute la villa. Leurs rires retentissent, emplissant chaque pièce d'une joyeuse cacophonie. Ils tourbillonnent, comme deux gosses de dix ans pris dans une frénésie de jeux. Finalement, ils tombent dans les bras l'un de l'autre.

— Je les avais laissées là depuis le dernier été, y'a plus d'vingt ans ! J'ai jamais voulu porter ça, au grand désespoir de ma mère et de mes sœurs. Tu sais qu'je suis une rebelle, moi !

— Ouf ! Je suis rassuré !

Ces moments de légèreté et de délire sont précieux pour eux, et ils savent apprécier chaque instant de complicité dans leur nouvelle vie à Sephora.

Les petites filles Loubavitch suivent une formation stricte qui commence à l'âge de deux ans. Elles doivent cacher bras et jambes dès leur plus tendre enfance. Elles ne portent pas de pantalon, mais des jupes longues et des collants, été comme hiver. Rachel avait enfreint les directives prescrites par sa famille. Elle avait refusé de dissimuler ses cheveux après son mariage et n'avait jamais porté de foulard ou de perruque. Son mari s'en était offusqué, mais, pour une fois, elle n'avait pas fait acte d'obéissance. Elle irradie par son roux vif et flamboyant. Si aujourd'hui cette nuance fait sa force, cette coloration naturelle, héritée de son grand-père, n'a pas toujours été un atout à ses yeux. Enfant, elle faisait la risée de ses camarades de classe qui la surnommaient « poil de carotte » ou pire « la passoire ». Adulte, elle s'est mise à vénérer sa crinière fournie, lisse, soyeuse et épaisse qui suscite l'envie chez toutes les femmes. Elle joue souvent avec, en la retenant avec des tresses qu'elle dispose en couronne autour de la tête. Une vraie princesse !

En tant qu'aînée de la famille, elle ne ressemble pas du tout à la lignée familiale, tous plus typés les uns que les autres, chevelure brune ébène et frisée, voire crépue, yeux noirs de type « olives Crespo ». Cette énigme l'amenait à se demander si sa mère, Batshevah, n'avait pas eu une liaison avant le mariage avec un autre homme que son père. Mais, aucune révélation n'avait jamais filtré à ce sujet. Face à ce manque de similitude, celle-ci avait une explication toute trouvée, affirmant avec aplomb que son « pauvre » père avait des cheveux roux, des yeux bleus et un teint rosé (ndlr : « pauvre » est une expression utilisée pour les défunts). Affaire classée.

En réalité, Rachel affiche une ressemblance frappante avec feu son parrain, roux comme un Prince d'Angleterre. Pourtant, cet homme bienveillant, aimant et protecteur à son égard, qui l'a toujours traitée comme sa propre fille, n'a jamais émis la moindre observation à ce sujet. Ce n'est que grâce aux remarques des voisins et des passants lors de ses vacances que Rachel a pris conscience de cette analogie, sans quoi elle n'y aurait probablement pas prêté attention. Lorsqu'ils étaient ensemble, c'était flagrant. Cependant, chaque fois qu'elle abordait le sujet, elle ressentait de sa part, une certaine réticence, comme si c'était un sujet tabou. Elle avait fini par déduire que son physique était tout simplement la résultante du lien de parenté entre son père et son parrain, puisqu'on lui avait toujours affirmé qu'ils étaient cousins éloignés. Par quel intermédiaire ? Mystère !

*

Conférence - Jour J

Rachel se fait déposer à la conférence par Brice, qui a investi dans une location de voiture longue durée, jaune flashy. Il a appris que les conducteurs de voitures de couleur vive sont plus heureux.

— Waouh ! Ma poule ! Sublime, ce Resort ! Amuse-toi bien. Tu me bipes une heure avant la fin et je viens fissa te chercher. OK ? dit Brice en plantant un baiser sonore sur la joue de sa copine.

Rachel se plante, admirative, devant ce magnifique hôtel & spa de luxe surplombant la plage immaculée de Golden Beach, dans le plus idyllique des décors.

Elle pénètre dans le lobby et demande à l'hôtesse, en uniforme blanc, où se trouve le centre de congrès. Celle-ci lui conseille de suivre tout simplement le flux des personnes. Rachel observe la marée d'invités en costumes et tailleurs ultra chics. Ils se dirigent tous avec assurance vers le lieu de l'événement qui débutera dans moins de vingt minutes. Ils se distinguent aisément des touristes en maillots de bain ou en peignoirs blancs au sceau du palace brodé en lettres dorées.

Pour son apparition devant ce parterre de notoriétés, Rachel a radicalement changé d'aspect.

La jeune femme arbore désormais un carré long avec des bouclettes et a opté pour une robe verte métallisée, personnalisée par Brice qui a tout d'un futur styliste. Cette nouvelle allure lui va à ravir et cette couleur s'accorde à merveille à sa chevelure et surtout à son regard. Elle se concentre pour ne pas se tordre les chevilles avec ses talons vertigineux assortis. Si Rachel rayonne d'élégance, le moins que l'on puisse dire c'est qu'elle a de la concurrence. Toutes les participantes se sont mises sur leur 31.

Il a tout bon, ce cher Brice ! Alors que Rachel voulait porter un tailleur strict noir, il a rétorqué « Tu veux quoi ? Te fondre dans le paysage ? ». Et il avait raison ! Elle est à la fois classe et jolie, mais surtout visible. Il faut dire qu'elle peut se permettre cette fantaisie avec sa ligne sculpturale.

Côté maquillage, là aussi, Brice s'est révélé de bon conseil.

— C'est tout un art de se maquiller beaucoup tout en ayant l'air d'être naturelle ! lui a-t-il affirmé.

Multiples pinceaux dans un pot, palettes multicolores, gloss de tous les brillants possibles… Brice a dessiné le contour de ses yeux, de ses lèvres et de son visage, tel Modigliani face à une toile. Rachel peine à se reconnaître après cette œuvre d'art. Elle semble avoir rajeuni de dix ans, avec un teint retour de vacances. Cet ensemble lui donne une aisance bienvenue.

Elle ignore pourquoi elle flotte sur un nuage. Elle pressent que cette journée sera à marquer d'une pierre blanche. Pourtant, elle est coutumière des réceptions, tables rondes, conférences… Alors pourquoi celle-ci serait-elle différente ? Sans doute parce qu'elle associe difficilement sa nouvelle résidence au travail. L'île de Paros évoque davantage le farniente que le labeur quotidien.

Une des nombreuses hôtesses s'approche d'elle et lui prend son carton d'invitation des mains. Avec tact, elle lui indique une place au troisième rang. L'amphithéâtre est immense et très high-tech. Il doit pouvoir accueillir au moins mille personnes. Elle se sent honorée d'être installée si près de la scène. Pour l'instant, elle est la seule à être assise dans ce carré VIP.

Brice lui textote :
Et rappelle-toi : toujours la tête relevée !

Un sourire se dessine sur le visage de Rachel en lisant cette recommandation. Brice lui a prodigué un véritable cours de maintien. Sous prétexte qu'elle marche toujours la tête baissée, vêtue de vêtements informes et sombres, il s'est donné pour mission de booster sa personnalité.

Chassez le naturel, il revient au galop. Bien qu'elle ait suivi au début les conseils de « L'Imposteur de Los Angeles » en adoptant une apparence glamour, elle est vite retombée dans un style familier, plus confortable et rassurant, après avoir coupé les ponts avec cet individu malsain.

— Le b.a.-ba de l'élégance, c'est de savoir marcher ! lui a expliqué Brice.

Il a commencé à lui apprendre à se déplacer avec des ballerines, puis il est passé aux talons hauts. Après ces leçons à domicile, ils ont testé sa nouvelle démarche à l'extérieur. Rachel a constaté que les passants la regardaient différemment et engageaient parfois la conversation, alors qu'auparavant, elle passait inaperçue et ne suscitait aucun intérêt. Les regards de convoitise des hommes qu'elle croisait étaient évocateurs. Elle devenait carrément désirable.

— Quelle élégance ! Tu nous fais rêver. L'élégance et la classe, un cocktail 100% gagnant, ma chère ! s'est félicité Brice.

— Toi, t'as un vrai talent ! Il faut devenir créateur, t'es fait pour la mode !

— Oui… Oui… J'y pens'rai… a-t-il répondu, sceptique sur sa capacité à percer dans ce monde impitoyable de la haute couture.

— Faut pas se maquiller que pour les grandes occasions ! C'est tous les jours qu'il faut te faire belle. C'est à toi que tu dois plaire d'abord ! lui a-t-il recommandé.

Si seulement les parents de Brice l'avaient écouté, il aurait réalisé son rêve d'intégrer une école de stylisme. Malheureusement, selon eux, ce métier était réservé aux femmes. En réalité, tout ce que faisait Brice ne correspondait pas aux goûts et aux attentes traditionnelles d'un homme. Mais, ils refusaient obstinément d'admettre son homosexualité, pourtant évidente aux yeux de tous.

— Chez nous, on n'est pas homo ! Dieu préserve ! avait répondu sa mère, en se tenant la tête entre les mains, catastrophée, lorsqu'il avait osé faire son coming out.

— Mais maman… avait-il commencé par répondre, pour se faire entendre.

— Et qui c'est qui va me faire des p'tits enfants, si t'es homo, mon fils chéri ? avait-elle ajouté.

Il avait donc dû se résoudre à quitter cette prison pour s'affirmer enfin. En cela, Rachel et Brice avaient subi le même supplice de la soumission face à cette culture judéo chrétienne profondément enracinée de génération en génération. Il était difficile de se rebeller contre cette réalité. S'écarter de la norme était perçu comme une révolution. Pourtant, Rachel et Brice n'avaient nullement l'intention de renier leur religion, bien au contraire. Ils en étaient très fiers, mais ils refusaient de se conformer à des codes qui allaient à l'encontre de leur véritable personnalité. Quoi de mal à cela ?

*

Les trois coups retentissent et le rideau s'ouvre

Le gigantesque amphithéâtre s'est rempli peu à peu. Il est maintenant à son comble. L'impatience est palpable dans l'air tandis que les organisateurs montent sur scène pour ouvrir la conférence.

Les intervenants se succèdent avec brio, captivant l'audience par leurs déclarations engagées, parfois cinglantes. Rachel prend des notes pour relater l'événement sur le blog du CRIF dont elle est responsable. De temps en temps, elle se soulève de son siège pour capturer en images, des moments qui illustreront son article. Elle est encadrée, à sa gauche, par un vieillard aux magnifiques cheveux argentés et aux yeux bleu pâle, qui lui parle en messe basse régulièrement avec un accent polonais à couper au couteau. A sa droite, une dame à l'allure respectable et à l'embonpoint élégant… La fille de Sean Connery et de Simone Veil (Rachel s'amuse toujours à attribuer des parents improbables aux gens qu'elle croise).

Quelques polémiques font monter les *houh !* de désaccord dans la foule et les répliques acerbes des orateurs. Des doigts se lèvent pour les interpeller. Rachel, quant à elle, ne bronche pas, détestant attirer l'attention sur elle.

Au bout de deux bonnes heures de show médiatique, le rideau se ferme et le public se lève d'un mouvement synchronisé impressionnant. Rachel suit calmement l'allée centrale, puis se fond dans le flot de personnes se dirigeant vers la sortie. Elle gravit les marches jusqu'au sommet de l'amphithéâtre pour regagner le hall de l'hôtel.

Elle rejoint le Salon Ulysse où se tiendra un cocktail en petit comité. Elle s'enfonce dans un fauteuil de velours rouge carmin, si profond qu'elle se sent minuscule. Elle pose machinalement son dossier de presse sur une table basse en verre. Elle ne connaît personne et laisse transparaître son ennui en consultant ses messages sur son téléphone, dans l'attente du début de la réception.

Un groupe composé de filles et d'un garçon unique fait son entrée en riant et en conversant dans un mélange de français, d'anglais et d'italien. Rachel perçoit leurs voix sans pour autant tourner la tête. Elle n'a absolument aucune envie de discuter ou de faire des rencontres. L'éclairage tamisé et le décor écarlate confèrent un aspect de boudoir romantique à cet espace cosy.

Soudain, l'homme du groupe passe devant elle, se penche et saisit son document. Il s'écrie à voix haute :

— Rachel Cohen-Solal…

Pourtant, il est écrit Rachel Danan, puisque Rachel a conservé son nom de femme mariée, par habitude et parce qu'il est plus facile à porter que son nom de jeune fille.

— Excusez-moi… Vous ne seriez pas Rachel Cohen-Solal, par hasard ? insiste-t-il en la fixant, d'un air étrange, comme s'il avait vu un fantôme.

Affalée dans son large siège, Rachel le dévisage, interloquée. Elle se demande si elle a choisi le bon endroit pour patienter. Elle se trouve en plein passage des invités. Elle se sent ridicule, coincée et empêtrée dans cette situation. Qui est donc cet homme qui connaît son nom de jeune fille ? En jetant un œil sur son dossier, elle constate que sa photo trône juste à côté de son nom écrit en lettres bien lisibles. Il l'a sûrement reconnue.

— Ça fait bien longtemps qu'on m'a pas app'lée comme ça, répond Rachel avec politesse et curiosité à la fois.

— C'est bien vous ? J'me suis pas trompé ? Je reconnaîtrais ces yeux n'importe où, déclare-t-il, littéralement subjugué par Rachel.

— J'ai dû changer pourtant… depuis le temps où je portais ce nom.

— On change forcément en vingt ans, mais je n'ai pas oublié votre regard, vos cheveux, votre sourire.

— Bon, allez, ciao ! lancent les deux copines ou collègues de l'homme pour le laisser entreprendre son approche tranquillement.

Elles le laissent à ses souvenirs et poursuivent leur bonne humeur en apostrophant les gens de manière familière... L'antithèse de Rachel.

— Mais qui êtes-vous ? demande Rachel.

— Votre parrain, votre amie Héléna, Sephora, les pique-niques sur la plage… Et votre garde du corps, la diabolique

Pénélope. Elle me faisait peur… Fallait pas vous approcher ! Que de souvenirs !

— Ah oui… Vous connaissez tous ces gens ? Vous savez tout de moi, alors… Vous pouvez pas inventer tout ça !

— J'étais fou amoureux de vous…

— Ah bon ? demande Rachel en piquant un fard qui rend son visage instantanément cramoisi.

Son embarras monte d'autant plus qu'elle ne se souvient absolument pas de lui. Elle accepte la coupe de Champagne qu'il lui tend galamment, l'invitant à trinquer à leurs jeunes années. Elle se lève machinalement et le trouve très grand. Elle est si impressionnée par sa présence magnétique qu'elle n'arrive pas à s'exprimer clairement, se contentant de mots balbutiés et rudimentaires, des « oui », des « merci », des « bien sûr ». Elle se sent stupide et s'en veut terriblement mais ne peut rien changer à son attitude. C'est plus fort qu'elle. On ne s'improvise pas « femme libérée » du jour au lendemain.

Soudain, l'alarme incendie retentit dans l'enceinte monumentale de l'hôtel. A peine se sont-ils revus, que ces deux-là se trouvent catapultés au cœur d'une mésaventure qu'ils auraient préféré éviter. Panique totale dans l'assistance qui semblait pourtant très détendue et festive autour d'un cocktail de chef. Tout le monde se bouscule pour regagner la sortie dans les cris d'effroi et l'affolement général. Le Président du B'nai B'rith prend le micro pour lancer un appel au calme et rassurer le public, mais la confusion persiste.

Sans un mot, l'inconnu se prétendant ami empoigne le bras de Rachel et l'entraîne vers une porte de secours ignorée de tous. Ils s'échappent de l'hôtel en un temps record, alors que de nombreuses personnes demeurent agglutinées à l'intérieur, en se ruant vers la même issue.

Ils marchent à pas pressés mais sans courir et se dirigent vers une rue adjacente. Tapis dans la cour d'un immeuble, ils observent à distance le manège des services de sécurité, des vigiles, de la police… Une vérification des lieux est effectuée pour écarter tout danger. Fort heureusement, les choses rentrent dans l'ordre au bout d'une demi-heure environ et le calme s'installe à nouveau autour de l'établissement. Plus de peur que de mal !

— Quelle maîtrise ! lui dit Rachel, admirative du sang-froid de ce personnage aux airs de héros.

— Je vous ai exfiltrée. C'était plutôt cool comme opération ! répond-il tout sourire.

— Exfiltrée ? Mais vous êtes qui ? Vous savez tout de ma jeunesse. Vous me sauvez la vie. Et je ne vous connais pas.

— Je vous l'ai déjà dit... Je suis votre ex amoureux… Je suis un peu vexé que vous n'ayez aucun souvenir de moi mais bon… je compte bien vous rafraîchir la mémoire.

Il la dévore de ses yeux marine. C'est à cet instant précis que, dans un éclair de lucidité, elle se souvient de lui. Tout devient clair à présent. Comment avait-t-elle pu effacer de sa mémoire cet épisode brûlant de sa jeunesse ? Tout le passé qu'elle croyait enfoui, refait surface comme par enchantement, juste à travers son regard.

C'est lui, l'auteur de ces lettres enflammées de plusieurs pages qu'elle avait retrouvées dans une pochette en plastique, cachée dans une armoire en France. C'est son prénom qu'elle avait raturé de plusieurs traits pour qu'il ne soit plus lisible, car elle avait honte de cette relation. Cet amour était interdit ! Lui était arabe et elle juive. Pas de mariage mixte et encore moins avec un musulman. Ses parents l'auraient reniée, avait-elle craint à l'époque.

— Amir ! Vous êtes Amir ! s'écrie Rachel.

— Ah, ça y est ! La mémoire vous revient.

— Pardon… Oui… Bien sûr… Mais c'est si vieux…

— Pas pour moi ! Je vous ai jamais oubliée. Vous m'avez beaucoup fait souffrir.

— Ah bon ? Pardon… C'est que… Je ne pouvais pas… s'excuse Rachel.

— Oublions le passé ! Je vous ai retrouvée par hasard. C'est ce genre de miracles de la vie que je bénis.

— C'est quand même incroyable, cette histoire ! Se revoir ici, tant de temps après. En plus, vous me reconnaissez alors que je suis de dos et que je ne porte pas le même nom. On n'aurait pu, tout aussi bien, ne jamais le savoir si vous n'aviez pas été aussi perspicace, dit Rachel, éberluée par ce concours de circonstances qui tient de la sorcellerie.

Les sirènes ayant cessé leur vacarme, ils cheminent vers l'entrée de l'hôtel en marchant côte à côte sans se toucher, mais avec une émotion évidente.

L'animateur de la conférence prend la parole pour apaiser l'assemblée et les inviter à rejoindre la terrasse du Resort où le cocktail reprend, mais à l'extérieur cette fois.

— Vous avez envie d'y retourner ? demande Amir.

— Non ! répond spontanément Rachel, tétanisée par cette attirance surnaturelle envers cet homme surgi du passé.

Ils s'envolent joyeusement vers la plage. Il retire ses élégants mocassins bateau, portés sans chaussettes. Rachel, qui a une aversion pour les pieds sans en connaître la raison, trouve les siens magnifiques, longs et fins. A son tour, elle abandonne ses talons vertigineux et ils foulent le sable ensemble, dans une parfaite harmonie. Pourtant, elle refuse la main qu'il lui tend, toujours troublée par ce magnétisme qu'elle ne parvient pas à maîtriser.

Le crépuscule étend son voile sur l'horizon. La plage reprend ses droits, désertée à présent par les touristes. Elle leur appartient à nouveau, comme il y a vingt-quatre ans, lorsqu'ils se sont dit au revoir pour la dernière fois sous un ciel étoilé. C'était un adieu en réalité, mais ils l'ignoraient. Rachel devait quitter l'île de leurs amours, le lendemain, pour regagner la France et son cortège d'obligations. Ils ne devaient plus se revoir jusqu'à aujourd'hui, jour béni de leurs retrouvailles, un quart de siècle plus tard.

— Tu te souviens de notre nuit à la belle étoile sur la plage ? demande Amir, nostalgique, comme s'il lisait dans les pensées lointaines de Rachel.

Elle constate qu'il est passé, sans prévenir, au tutoiement familier mais ne le reprend pas.

— Comment oublier ça ? répond-elle.

— C'était magique ! J'en rêve très souvent et quand je me réveille, je suis en nage, persuadé que tu seras là, allongée à côté de moi. Et puis, mes espoirs s'évanouissent en sentant la place vide dans mon grand lit froissé.

— On était si jeunes ! répond Rachel comme une litanie.

— C'est cette pureté qui me manque. Tu étais tellement fraîche. Un ange tombé du ciel. Je n'avais jamais rien connu d'aussi naïf et droit que toi. Tu étais entière. Personne d'autre que moi ne comptait à tes yeux. La chaleur, le sable, la passion… Cet été passé à tes côtés a été si intense que je porte encore en moi chaque sentiment, chaque sensation. Tes mots, tes gestes, je les ai gravés à jamais dans mes souvenirs, explique Amir, bouleversé.

— Pourquoi n'as-tu pas essayé de me retrouver ? demande Rachel.

— J'ai voulu, bien sûr ! Mes lettres sont restées sans réponse. J'ai compris que tu voulais pas d'moi. J'ai bien senti que tu pouvais pas avouer à ta famille que tu fréquentais un arabe. Quelques années après, j'ai voulu te rejoindre. On m'a appris que t'étais mariée, que t'avais un enfant et que t'attendais un autre bébé. Je voulais pas te perturber. Je me suis dit que c'était bel et bien fini. Qu'il fallait que je me rende à l'évidence.

— Et moi, j'ai cru que t'avais vécu notre histoire comme un banal amour de vacances, regrette Rachel, mélancolique, alors qu'elle sait pertinemment que c'est elle qui l'avait ignoré.

— Tu plaisantes ? Comment tu peux dire ça ? J'étais fou de toi ! J'aurais donné ma vie pour toi ! J'aurais renoncé à tout, ma famille, mes amis, ma religion, pour toi. C'était d'ailleurs inutile parce que mes parents n'ont pas bronché quand j'ai dit que j'aimais une juive. Ils m'ont même béni en disant qu'il y'avait rien de plus beau que l'amour et que c'était une chance d'aimer. Mais chez toi, c'était pas l'cas apparemment, assure Amir.

— Quand je suis rev'nue en France, tout s'est accéléré. On m'a collé un type dans les bras en me disant qu'il était bien pour moi. Je me suis mariée, j'ai fait des enfants. Et me voilà vingt ans plus tard, de retour sur l'île que j'aime par-dessus tout, comme si toutes ces années n'avaient jamais existé.

A présent que Rachel se rappelle de cet homme au charme ravageur, tout lui revient à l'esprit dans les moindres détails. Elle réalise qu'elle avait refoulé ces souvenirs et les avait volontairement effacés de sa conscience. On parle de déni de grossesse, mais jamais de déni d'amour, pourtant c'est ce qui s'est produit.

Elle se remémore, comme si c'était hier, cet épisode marquant de sa jeunesse. Qu'y a-t-il de plus merveilleux que de passer une nuit sous les étoiles, à danser jusqu'au petit matin au rythme d'une musique romantique ? Rachel n'avait jamais retrouvé une expérience aussi inoubliable, à discuter assis dans le sable durant des heures, puis à se blottir l'un contre l'autre pour se réchauffer de la fraîcheur nocturne. Au réveil, ils s'étaient embrassés passionnément, en se promettant de ne jamais se quitter. Pourtant, le destin en a décidé autrement.

Rachel est arrachée à ses pensées nostalgiques par la voix éraillée d'Amir.

— Regarde comme c'est beau ! lui dit-il.

Ils s'émerveillent du spectacle emblématique de l'île de Paros qui s'offre à leurs yeux. Une image d'une divine splendeur qui semble leur être réservée en exclusivité. L'eau de la Méditerranée reflète la lune. Ils se croient seuls au monde à pouvoir admirer cette vue unique.

— Ça te dit de voir un film en plein air ? Ils appellent ça le cinéma de la plage. On mange, on danse et tout… Tu verras, c'est super ! Ils passent « Casablanca » en plus. C'est toujours ton film préféré ?

— Super idée ! Attends, j'envoie juste un texto à mon copain pour pas qu'il s'inquiète.

— Ton copain ? demande Amir, le visage blême.

— Oui, mon copain… c'est juste un copain, c'est mon meilleur ami. Il vit chez moi… enfin à Sephora. Il aime que les mecs, si ça peut t'rassurer.

Coucou
J'ai rencontré un vieux pote
Je rentrerai tard
A demain

Réponse du tac au tac de Brice, avide d'infos.

Jure !
Tu vas te le faire ?
Je t'ai glissé un préservatif dans ta pochette au cas où…
J'ai bien fait !

Elle sourit devant un tel appel au crime de Brice mais ne répond rien, se sentant observée par Amir. Et puis, elle veut savourer chaque seconde de cette nuit qui promet d'être idyllique. Elle verra bien après.

*

Le cinéma de la plage

Amir était déjà doté d'une imagination fertile à l'époque. Ce cinéma en plein air s'annonce comme un moment romanesque garanti. Elle a des papillons dans le ventre. Elle sait qu'elle est en train de vivre un instant de bonheur qui restera marqué dans les annales de son existence.

Elle se sent si fière à ses côtés ! Il est grand, beau, d'une classe phénoménale. Elle ne sait pas s'il est réellement tout ça, d'ailleurs, mais c'est ainsi qu'elle le voit. Et cela, elle ne l'a jamais éprouvé avec un autre homme.

Aujourd'hui, elle peut comparer. Lors de leur dernier été à Paros, elle avait l'impression que l'avenir lui appartenait, avec cette conviction que rien ni personne ne pouvait lui résister. A la lumière de ses expériences désastreuses, elle comprend maintenant à quel point ce sentiment était unique, exceptionnel et qu'elle avait eu la chance de le vivre.

Chaque femme est destinée à un homme. Le tout est de le rencontrer un jour. Rachel a reçu ce magnifique cadeau mais l'a laissé filer. Pour quelle raison ? Pour répondre aux attentes des autres, pour se conformer à des règles politiquement correctes. Mais quelle importance peut bien avoir l'opinion publique par rapport à son propre bonheur ? Elle est bourrée de regrets en songeant au temps perdu à cause de ses faiblesses et de son manque de caractère. Elle se considère comme un piètre exemple de confiance en soi.

Beaucoup de Grecs sont déjà installés face à un écran panoramique d'au moins dix mètres de largeur, avec le ciel rougeoyant pour toile de fond.

Amir demande à Rachel de le suivre. Cette fois-ci, elle prend sa main et se laisse guider. Il choisit des places en bordure de ligne « pour pouvoir partir si ça les saoule » explique-t-il. Elle n'émet aucune objection à ses décisions. Exécuter le moindre de ses désirs lui procure une agréable sensation. Soudain, la soumission ne lui pèse plus du tout.

C'est parti pour une soirée d'anthologie ! Elle en avait grand besoin. Elle a l'impression de faire l'école buissonnière, mais elle ne culpabilise absolument pas. Elle est déterminée à faire ce qu'elle veut et à suivre ses envies.

Les intervenants et ses homologues des associations juives, ne la voyant pas revenir à la conférence, vont probablement penser qu'elle a été effrayée par l'alerte.

— Belle image ! se dit-elle, persuadée de passer pour une trouillarde.

Le public est essentiellement composé de locaux, exclusivement des couples. Rachel apprécie cet anonymat qui lui permet de se fondre dans le paysage. Ainsi, elle pourra agir à sa guise sans susciter la curiosité des spectateurs. Ils sont déjà tous occupés à échanger des baisers torrides alors que le film n'a pas encore commencé. Les publicités défilent en attendant que la pénombre s'installe totalement.

Elle s'attend à passer des heures exceptionnelles avec les étoiles pour témoins. Amir se montre attentif envers elle et elle adore ses manières très comme il faut. Soudain, il se lève et l'abandonne après lui avoir tendrement caressé la joue. Il revient les mains chargées de deux cocktails démesurés dans d'énormes verres ornés de fruits multicolores. Rachel ne peut résister à l'appel des tranches d'orange appétissantes et les déguste aussitôt avec délice.

— Tu es si sensuelle quand tu grignotes, hummm… lui déclare Amir, très entreprenant.

— Ça démarre fort, se dit Rachel qui s'en veut de rougir instantanément.

C'est vrai quoi ! Elle n'est plus une gamine. Il sort de sa poche des friandises grecques traditionnelles.

— Ça nous permettra de tenir jusqu'au dîner, annonce-t-il fièrement.

— Jusqu'au dîner ? demande Rachel.

— Oui… Après, je t'emmène dans un endroit culte, the place to be à Paros. Tu me fais confiance ?

— Oui… Je me laisse faire.

— Tout un programme ! relève-t-il devant cette invitation à une complicité totale.

Ils sont conscients de vivre un bonheur absolu où tout est simple et émouvant. L'inconnu qui se profile devant eux ne les effraie pas. Ils ont la certitude que leur amour les portera et que chaque pas en avant sera accompli main dans la main, dans la confiance et la certitude que tout se déroulera magnifiquement. Ils vivent ce présent prodigieux comme si rien d'autre ne revêtait d'importance.

— C'est le programme préféré des Grecs pour une douce soirée d'été, déclare Amir, conquérant. Y'a pas beaucoup de touristes, c'est ce qui me plaît ici. Et toi, t'aimes cet endroit ?

Il est toujours attentif à Rachel, veillant à ce qu'elle se sente bien et qu'elle ne manque de rien.

Texto de Brice
Montre-moi sa tronche !

Rachel fait mine de lire un message sur son téléphone pour prendre discrètement une photo d'Amir qu'elle envoie à son « curieux » préféré. Mal cadrée, en très gros plan, elle pourrait ne pas être flatteuse. Et pourtant ! Elle constate qu'Amir est divinement beau. Ses tempes grisonnantes ajoutent à son charme irrésistible. Il est terriblement craquant. Absorbé par le programme de la soirée qu'il étudie attentivement en lisant le flyer posé sur chaque chaise de jardin, il ne prête pas attention à la manœuvre de Rachel. Elle est extrêmement fière de l'avoir à ses côtés. Partager ces émotions avec son cher ami Brice est une vraie réjouissance.

Elle accompagne son message d'un court texte ponctué de smileys évocateurs :

Clic Clac Kodak !
Ni vu ni connu !

Réponse de Brice
Il est trop sexy avec sa barbe de 3 jours !
Eclate toi bien ma chérie
Je te kiss

Que pouvons-nous dire ? Rachel est en train de vivre un véritable coup de foudre. Dès le tout premier instant, une étincelle s'est allumée en elle. En réalité, ce n'est pas simplement un coup de foudre, mais plutôt un deuxième coup de foudre, surgissant deux décennies plus tard, avec le même homme. C'est comme si le temps s'était suspendu à ce premier sentiment puissant et qu'il s'était assoupi durant une longue période pour rejaillir à la première occasion.

Immergée dans ses rêves romanesques, Rachel s'est légèrement assoupie lorsqu'Amir étend son bras pour l'envelopper tendrement. Elle tourne lentement son visage vers lui. Elle sent son souffle effleurer sa peau, leur proximité créant une intimité tangible. Il murmure des mots à son oreille, à peine perceptibles dans le bruit ambiant. Elle se sent enivrée par la chaleur moite, le bruit des vagues s'échouant sur la jetée tandis que les étoiles scintillent dans cette nuit d'été, formant une toile céleste prodigieuse.

La chanson « As Time Goes By », entonnée par la voix éraillée de Sam dans le film « Casablanca », inonde l'assemblée frissonnante, enveloppant leur étreinte d'un désir incontrôlé. Les spectateurs se lèvent dans un élan naturel et se mettent à danser. Amir tend la main à Rachel l'invitant à en faire autant. Ils tournoient en un slow langoureux qui les transporte dans les astres. Rachel entrouvre la bouche. Leurs lèvres, humides d'émotion, se rejoignent inexorablement, aimantées l'une à l'autre. Ils se perdent en un baiser passionné où leurs âmes fusionnent irrésistiblement.

*

Dîner aux chandelles au Siparos

— T'as envie de quoi ? demande Amir à Rachel en quittant le cinéma de la plage.

Elle pense en elle-même :

— De toi…

Mais elle répond :

— Tu veux dire quoi ?

— T'as envie de poisson ? Je sais que tu manges pas de fruits d'mer mais je connais un spot à Paros avec du poisson qui vient d'être pêché et une cuisine typiqu'ment grecque. Et en plus…

— Oui ?... En plus ? poursuit-elle.

— En plus, y'a une vue imprenable sur la mer ! On dîne sur la plage. Dès que les touristes déblayent vers 18h, ils dressent tables, chaises, nappes et le tour est joué. Cerise sur le gâteau : le service est top ! Allez, on y sera vite, c'est juste à côté ! C'est ce que j'aime dans cette île… Tout est proche !

— Tu avais prévu ça de toute façon, non ? C'est bien ton endroit préféré à Paros ? Alors allons-y… dit Rachel, prête à le suivre où qu'il aille.

Au bout de quelques mètres, Amir désigne du doigt « Le Siparos » qui apparaît au loin en lettres lumineuses. Une file d'attente conséquente témoigne du succès de cet endroit, recommandé par tous les sites internet de voyages. Les touristes, guides à la main ouverts à la page du restaurant, semblent inquiets à l'idée de se faire rejeter. Amir se faufile sur le côté, interpelle un individu moustachu affairé et lui glisse quelques mots. Puis, il fait un signe de la main à Rachel l'invitant à le rejoindre. Elle obéit avec discrétion, craignant de s'attirer les foudres des vacanciers qui patientent apparemment depuis longtemps en espérant obtenir une place. Certains sont prêts à s'entasser à six ou huit autour d'une table prévue pour quatre, en affirmant qu'ils se débrouilleront.

Ce restaurant, aux airs de paillotte, investit une plage et ne possède donc pas de porte. Le barman est obligé de nager pour s'approcher des tables. Barman ou plongeur ? Le serveur entre dans la mer jusqu'au cou pour servir des clients allongés sur des transats au-dessus de l'eau, provoquant l'indignation d'autres clients.

— Voilà le miracle du tourisme : un serveur nage pour apporter les commandes, ironise l'un d'entre eux.

Mais cet épisode ne doit pas gâcher le moment privilégié que Rachel et Amir sont en train de vivre ensemble.

— On veut manger du bon poisson ! La pêche a été bonne, Dimitri ? demande Amir, tout sourire, à un serveur vêtu différemment des autres et qu'il semble connaître à la perfection.

— Vous voulez déguster de l'excellent poisson ? Vous avez frappé à la bonne porte, si j'ose dire, répond Dimitri, avec une pointe d'humour, sachant que le restaurant se situe en plein air.

Il bombe le torse, très fier de sa répartie.

— Tu l'appelles par son prénom ? T'es un habitué, on dirait ! chuchote Rachel à Amir.

— Tu sais, c'est pas sorcier. Tous les Grecs s'appellent Dimitri ! s'exclame Amir en riant.

Le jeune-homme, en tee-shirt marin rayé bleu et blanc, flairant le dîner en amoureux, les accompagne vers une table isolée au bord de la mer. Il leur présente la carte, en gardant une main dans son dos, comme le font les professionnels formés à l'Ecole Hôtelière. C'est un restaurant chic et il tient à le faire savoir. Puis, il conseille Rachel, sachant qu'Amir commande toujours la même chose.

— Laissez-vous tenter par une moussaka… ou des pâtes aux crevettes ou un poulpe grillé ou encore un souvlaki. Accompagné d'un délicieux rosé local, vous allez vous régaler, dit-il en désignant les plats sur une ardoise plantée dans le sable, tout en restant raide comme la justice.

Amir suit une partie de ses recommandations et commande une moussaka puis le poisson du jour. Désireuse d'être en fusion totale avec cet amoureux retrouvé, tombé du ciel, Rachel fait exactement le même choix, en précisant qu'elle ne veut pas de viande dans l'entrée. Evidemment, Amir a bien écarté les suggestions de fruits de mer, interdits dans le régime casher de Rachel. Loin dans sa tête, la conférence et les « huiles » qu'elle devait rencontrer. L'amour est désormais sa priorité absolue.

Certains sont arrivés au restaurant en voilier et ont trouvé cet endroit idéal pour dîner ou échanger avec les gens du pays dans ce *sunset bar* de renommée internationale.

— Tu te rappelles nos soirées à admirer le ciel et à faire des plans sur la comète ? lui demande Amir avec des trémolos dans la voix.

Lui n'a rien oublié. Quant à elle, la mémoire lui revient progressivement depuis qu'elle l'a revu, comme dans une séance d'hypnose où les souvenirs enfouis ou refoulés ressurgissent, en se replaçant dans l'environnement d'origine.

— Maintenant, oui ! Il faut dire que face à cette vue de dingue, on ne peut que se pâmer de ravissement, répond Rachel avec lyrisme.

Ils admirent le coucher de soleil époustouflant où le ciel se pare d'une palette de couleurs captivantes, allant d'un orange chaleureux à un violet envoûtant. La lumière dorée du jour décline lentement, enveloppant la plage d'une aura magique. Les nuages, teintés de nuances rosées et pourpres, ajoutent une touche de mystère à ce spectacle naturel. Les rayons du soleil embrasent l'horizon, créant des reflets étincelants sur les eaux paisibles de la mer Égée. Un sentiment de sérénité et d'émerveillement envahit leur être tout entier.

Ils se laissent emporter par la beauté saisissante de ce tableau céleste.

— C'est le plus beau coucher de soleil des îles grecques ! s'extasie Amir.

— Jamais vu quelque chose d'aussi sublime ! confirme Rachel.

Soudain, une lueur de gravité traverse son regard tandis qu'elle s'engouffre dans les abysses de ses souvenirs perdus. Elle est déterminée à en apprendre davantage sur cette rencontre qui s'était avérée exceptionnelle, mais à laquelle elle avait pourtant décidé de mettre un terme abrupt.

— On s'est quittés comment ? Je t'avais fait des promesses ? demande-t-elle.

— Pas du tout ! Tu m'as planté sans un mot, sans un numéro de téléphone, sans rien du tout, du jour au lend'main. Mais tu devais juste rentrer chez toi. Alors, j'étais persuadé qu'on se retrouv'rait très vite, en France ou, au pire, l'été d'après à Paros, puisque t'y revenais tous les ans. N'ayant plus de nouvelles, j'ai voulu savoir ce que tu devenais. J'ai questionné tes amis, ton parrain, cette sacrée bonne femme de Pénélope pour obtenir des renseignements. J'ai pu juste récupérer ton adresse. Du coup, je t'ai écrit immédiatement. La suite, tu la connais.

— Vraiment ? murmure Rachel, embarrassée par son comportement incompréhensible, qui ne lui ressemble absolument pas.

— Quand tu m'as laissé, je croyais que j'allais devenir fou, se lamente Amir.

— Désolée, répond Rachel.

— Tu te souviens de notre chanson ? On la chantait à tue-tête et on terminait par notre pacte « A la vie à la mort, à la vie à l'amour ».

Rachel se demande si elle n'est pas frappée d'amnésie, tant sa mémoire, d'ordinaire vive, lui fait défaut. Tout ce qui est lié à Amir a été gommé comme par mystère. Elle devait avoir une telle force de caractère qu'elle a persuadé son cerveau d'oublier cet amour d'été pourtant intense mais qu'elle jugeait impossible.

Amir hèle le serveur et s'adresse à lui en catimini. La chanson « Ximeroni », interprétée en live par Nana Mouskouri et Demis Roussos, s'interrompt brusquement pour laisser place à « leur » chanson, dans la moiteur de cette soirée d'été, digne d'une comédie romantique hollywoodienne.

— Perfect ! C'est vrai que je la connais par cœur cette chanson, mais bizarrement je l'ai pas associée à toi, ni à qui que ce soit d'autre d'ailleurs. J'adore Ed Sheeran ! s'exclame Rachel jouant les midinettes.

Amir semble furtivement vexé qu'elle ait omis ce détail si important à ses yeux, mais il se met à chanter avec le talent affirmé d'un artiste numéro un des charts. Etonnamment, il interprète ce passage en français sur la voix de l'artiste anglais. Rachel est persuadée que c'est pour elle qu'il apprécie ce tube mais qu'il doit le trouver un peu nunuche. Chaque parole qu'il prononce, chaque note qui s'échappe de ses lèvres, trouve une signification dans leur histoire. A cet instant précis, les doutes et les souvenirs confus s'évanouissent, laissant place à une certitude grandissante : leur amour demeure toujours aussi vibrant qu'autrefois, et il ne demande qu'à s'épanouir à nouveau.

« J'ai trouvé un amour fait pour moi
Chérie, jette-toi simplement à l'eau et suis-moi
J'ai trouvé une fille, belle et douce
Je n'aurais jamais cru que tu étais celle qui m'attendait
Car nous n'étions que des enfants quand on est tombés amoureux
Ne sachant pas ce que c'était
Je ne te laisserai pas partir cette fois-ci
Mais chérie, embrasse-moi doucement, ton cœur est tout ce que je possède
Et, dans tes yeux, je vois que tu possèdes le mien
Bébé, je danse dans le noir, avec toi dans mes bras
Pieds nus dans l'herbe, en écoutant notre chanson préférée
Quand tu as dit que tu ne ressemblais à rien, j'ai murmuré tout bas
Mais tu m'as entendu, chérie, tu es parfaite ce soir ! »

En terminant, Amir se lève de sa chaise et dépose un baiser sur le visage de Rachel en frôlant dangereusement ses lèvres. Elle savoure cette douce attention. Tout ce qu'il fait lui plaît. Rien ne l'agace en lui, contrairement à ceux qui se sont révélés être de piètres aventures sans lendemain.

— On adorait cette chanson parce que c'est sur cette musique qu'on s'est rencontrés, à l'anniversaire de ta copine Héléna. On en avait une autre aussi, « Il y a trop de gens qui t'aiment ». Enfin, c'était plutôt la mienne. Je devais être conscient que t'allais me quitter, explique Amir en détournant pudiquement le regard, craignant de dévoiler sa tristesse.

— J'ai retrouvé des lettres que tu m'as écrites. Par contre, je n'ai aucun souvenir de t'en avoir envoyé, lui avoue avec honnêteté Rachel.

— Pourtant si ! Tu m'en as envoyé une, une seule. Je l'ai en tête comme si c'était hier, cette lettre. Ah ça, elle était pas longue mais claire. Tu me disais que tu voulais plus me revoir, que je devais poursuivre ma vie et que j'devais plus jamais t'écrire.

— C'est raide ! Et pas très sympa, reconnaît Rachel.

— T'étais pas méchante… T'as jamais été méchante. T'étais juste limpide pour que je ne t'importune plus. Je suis sûr que t'avais peur que mes courriers soient interceptés par ta mère.

— Franch'ment, j'me souviens de rien. C'est fou, ça ! se désole Rachel.

Rachel saisit son téléphone, au fond de sa large pochette en cuir blanc. Elle cherche fiévreusement parmi les albums de ses milliers de photos. Elle les parcourt avec excitation et s'arrête sur celui intitulé « Lettres de jeunesse ». Elle pousse un cri de victoire en arrivant enfin aux captures d'écran attendues. Amir, trop impatient, se penche au-dessus d'elle par curiosité. D'un revers d'épaule, elle l'écarte pour garder la primeur de sa découverte.

— Non, mais ! Tu veux bien attendre ? lui lance-t-elle tendrement, avec un sourire provocateur.

— OK… OK… Pardon… J'attends…

— Tu vas pas y croire... Tu sais que j'avais complètement zappé notre rencontre ? s'exclame Rachel.

— Oui… Hélas…

— Juste avant de venir ici, j'ai vidé mes placards et je suis tombée sur une pochette en plastique où j'avais rangé des lettres d'ados…

— Des lettres d'amour ? précise-t-il.

— Oui… C'était gentillet quand même… Mais effectiv'ment, c'était des lettres d'amour oui… confirme Rachel.

— Et… Tu veux me montrer des photos de tes ex amoureux ? demande Amir, perplexe.

— Non, quand même pas ! Je suis tombée sur des lettres où le nom était rayé au feutre pour qu'on ne puisse pas le lire. Y'en avait quelques-unes, poursuit Rachel.

— Et ?

— Eh bien, c'était les tiennes ! Maintenant, j'arrive à tout recouper et la mémoire me revient.

— Tu avais caché la signature ? demande Amir.

— Oui ! Et certains mots…

— Je peux savoir pourquoi ?

— Devine…

— Parce que t'avais honte d'aimer un arabe ? proclame Amir avec lucidité.

— Oui… J'avoue… J'avais tellement la trouille que ma mère tombe dessus que j'avais raturé tous les mots compromettants… Ton prénom et les mots « juive » et « arabe ». Elle m'aurait tuée ! affirme Rachel.

— T'aurais pu les jeter ces lettres, c'était plus simple… suggère Amir.

— Voilà ! Justement ! Je les ai pas jetées. C'est la preuve que j'y tenais et surtout que je tenais à toi… reconnaît Rachel, rougissante.

— Oui… mais à part une carte de trois lignes où tu m'interdisais de t'écrire et de t'appeler, ou de rentrer en contact avec toi d'une manière ou d'une autre, mes lettres sont restées sans réponse. C'était un échange épistolaire à sens unique, dit-il amer.

— Tu te souviens de tout ce que tu m'écrivais ? lui demande Rachel.

— Pas vraiment… C'était au siècle dernier, tout ça. Je me rappelle juste que j'étais effondré et que je guettais la boîte aux lettres chaque jour, dans l'espoir d'une enveloppe de Lyon.

Elle se prépare à lui lire à voix haute la dernière lettre qu'elle a reçue de lui. Enfin, plutôt les deux lettres, recto verso, écrites sur une seule feuille, à une semaine d'intervalle. Deux en une. Cette façon de faire témoigne de la passion qui brûlait en lui. Il ne pouvait s'empêcher de lui écrire, même s'il n'attendait plus aucune réponse de sa part. Pourtant, il avait finalement osé les poster. L'une est rédigée au stylo bleu, à l'exception du mot « l'été », tandis que l'autre est entièrement écrite en rouge.

— Tu devais être en colère. C'est pour ça que t'as choisi cette couleur agressive. C'était pour me faire réagir, affirme Rachel.

— Et ça n'a pas fonctionné ! Pas plus que mes autres méthodes, répond Amir.

— Mieux vaut tard que jamais… Aujourd'hui, on est ensemble.

— Par un coup du sort incroyable ! Je vais aller mettre un cierge…

— T'allumes des cierges toi ? demande Rachel, sceptique.

— C'est une image ! Je vais remercier Dieu de t'avoir remise sur ma route.

Elle entame la lecture et, dès le début, sa voix s'étrangle d'émotion. Face à lui, elle ne peut retenir son trouble en parcourant ces messages à la fois mélancoliques et passionnés. Les mots s'échappent de ses lèvres avec une intensité brûlante et font résonner les échos d'un amour qui transcende le temps. Chaque phrase tisse un fil invisible qui la relie à lui, en traversant les frontières du passé pour s'ancrer profondément dans le présent. Chacune de ces lignes témoigne de la patience admirable de l'auteur, du désir inextinguible de la comprendre et de toucher son âme. Le texte d'Amir, à la fois délicat et puissant, touche Rachel en plein cœur.

La première lettre, écrite à l'encre bleue sur du papier blanc, révèle les sentiments profonds d'Amir, tourmenté par l'incompréhension. Mais ce qui provoque en elle un frisson indescriptible, c'est le titre écrit en rouge vif : « l'été... ». Un mot qui brille comme un soleil embrasant le ciel de leur histoire. Choisi avec nostalgie et suivi de trois points de suspension, il évoque une promesse, une période surannée où les rêves semblaient réalisables. Amir déploie tous les arguments imaginables pour la convaincre de revenir à lui. Pourtant, à l'époque, Rachel se souvient d'avoir survolé ce texte sans s'attarder sur les plaintes légitimes d'Amir, cet amour d'été inavouable. S'il l'avait su, il aurait été encore plus découragé.

Le verso, quant à lui, se révèle comme une déclaration d'amour écarlate, un torrent d'émotion, rouge comme la passion qui étreint cet amoureux éconduit. Chaque syllabe, chaque virgule, semble se consumer dans un brasier ardent.

Rachel se sent dévastée par la force de ces lignes bouleversantes, par l'intensité des interrogations qui y sont contenues. Son cœur s'ouvre à nouveau, blessé à la fois par la douleur des années écoulées et ému par la beauté de ce qu'ils ont vécu. Elle regrette amèrement son attitude et n'a qu'une envie, lui demander pardon.

En face d'elle, se tient l'auteur de ces lettres, son Prince Charmant, son amour d'antan. Elle croit rêver ! Dans son regard, elle lit le reflet de leurs souvenirs et les promesses qu'ils se sont jurés d'accomplir.

Des larmes perlent au coin des yeux bleus transparents de Rachel. Son cœur se remplit d'un mélange tumultueux de questions. Comment avait-elle pu passer à côté de cette histoire merveilleuse ? Pourquoi était-elle restée de marbre face à ces effusions et ces suppliques déchirantes ? Au nom de quoi avait-elle complètement occulté cette magnifique rencontre ? Comment cela avait-il été possible ?

Par la suite, elle a toujours été en quête de retrouver les mêmes sentiments, sans toutefois oser se l'avouer. Elle le réalise aujourd'hui. Mais personne n'a égalé le romantisme et l'amour inconditionnel d'Amir pour elle. Il lui avait fallu presque toute une vie pour comprendre ce qui était capital. Une passion d'une telle pureté était unique. Elle n'aurait jamais dû passer à côté. Au diable les préjugés religieux, les barrières du racisme ou les différences culturelles. Elle le sait désormais. Mais à dix-huit ans, une telle idée lui était tout simplement invraisemblable. Un Arabe et une Juive ! Une éventualité trop complexe à envisager. Elle n'avait pas la force d'esprit ni le tempérament pour lutter contre ce tabou et affirmer ses sentiments.

Aujourd'hui, rongée par les échecs amoureux qu'elle a endurés, elle s'en veut terriblement. Quelle aurait été sa vie avec cet homme qu'elle aimait si passionnément, tel un miracle de l'existence ? Loin des siens probablement, mais heureuse. Un mariage mixte avec des enfants qui ne seraient ni juifs ni musulmans ? Encore aujourd'hui, cette perspective lui paraît inconcevable. Amir aurait été dans l'obligation de se conformer à sa religion à elle et à ses coutumes. Leur union n'aurait pu se réaliser qu'à cette condition. Mais pourquoi ne lui a-t-elle pas proposé ce compromis, au lieu de le rejeter sans discussion ? Son amour pour elle était si profond qu'il aurait certainement accepté ses exigences. Après tout, le judaïsme se transmet par la mère. Tout le monde se serait plié à cette loi. Le Rabbin aurait été contraint d'accepter la circoncision, les Bar-Mitzvah et autres cérémonies de leurs enfants…

Si elle devait tisser le fil chronologique de sa vie, voilà comment il se déroulerait. Succinct mais fidèle à la réalité, synthétique mais exact :

Elle renie son amour de jeunesse parce qu'il est Arabe.
Elle contracte un mariage de raison avec un Juif.
Elle donne naissance à trois enfants qu'elle adore mais qui prennent leur envol dès l'adolescence.
Elle subit le syndrome du nid vide et bascule dans la dépression.
Elle divorce en découvrant les infidélités de son mari.
Elle s'éprend d'hommes qui se moquent d'elle et passe d'aventure en aventure, et surtout de rupture en rupture.
Elle hérite de la propriété de son parrain.
Elle décide de tout abandonner et de s'installer à l'île de Paros.
Elle retrouve son amour d'enfance, le bel Amir et ses traits angéliques.

La boucle est bouclée !

— Bon, je peux commencer à lire maintenant ? T'es prêt ? demande Rachel en émergeant de ses songes.

Amir s'installe confortablement au fond de son siège, un verre de rosé piscine servi bien frappé à la main. Il veut savourer cet instant à sa juste valeur.

— Ah ! Tu bois du vin, toi ? Je croyais que l'alcool était interdit dans ta religion, poursuit Rachel.

— Ben oui… Tu te souviens pas ? J'ai jamais été un pratiquant acharné, tu sais !

Rachel reprend sa respiration et entame sa lecture.

« 2 Déc.
Rachel, l'été…
Je refusais de penser à toi pour déficeler ma conscience et la faire sortir de temps en temps – Elle a besoin de prendre l'air, tu sais – Elle a besoin de voir ses champs fleuris – Je ne voudrais pas qu'elle croise le passé qui passe son temps à sécher ses larmes et si j'intervenais, qu'aurais-je eu à dire ? – La bouche gluante et la tête bourdonnante, je les regarderai s'enlacer et mon sourire prendra la parole comme pour mettre fin à leur étreinte mais avec sa pudeur au fond des yeux et sa timidité bien maquillée comme lorsqu'elle a trop bu un jour de fête, il les laissera faire – Je refusais de penser à toi pour ne point rater mes rendez-vous avec ce rayon de soleil qui venait chaque matin s'infiltrant dans ma chambre par les persiennes – Il était ponctuel quelle que soit l'humeur du soleil et dans son costume de tous les jours, il venait s'asseoir sur le bord du lit pour me glisser à l'oreille : tu peux rêver, j'ai mis à la porte ta nuit blanche – Je refusais de penser à toi pour vivre un peu avec les autres et lorsqu'il me restait encore du temps, je me prenais par la main pour me mettre devant la glace et me poser des questions – Je n'avais jamais cessé d'être un xxxx et toi une xxxx – Je refusais de penser à toi pour mieux me rappeler les adresses de mes élans de joie et lorsque, n'y arrivant pas, parce qu'il faisait trop sombre dans ma mémoire, je retournais mes poches et mes tiroirs sans déranger tes souvenirs pour retrouver une tranche d'adolescence qui me fusillait du regard et moi, tendrement, la prenant par la taille, je l'emmenais dans le creux de mon lit – Ton souvenir a une rose sur le cou et une robe rouge qui traînait sur le sol, de grands yeux et des cheveux courts, des boucles d'oreilles et des lèvres douces – Au nom de ce souvenir, je t'écris en habillant cette lettre de mes plus sincères sentiments – Je termine en tirant

doucement les rideaux épais de ce monde qui n'est pas le mien.
Xxxxxxxx »

Rachel a lu les mots « arabe » et « juive », pourtant hachurés et rendus illisibles, de la phrase : « Je n'avais jamais cessé d'être un arabe et toi une juive. »

Très émue, elle a de la peine à déglutir. Les yeux embués, elle fixe Amir avec attention, cherchant à sonder sa réaction. Il semble tout à son image, aussi bouleversé par ces mots presque suicidaires qui ravivent en lui le triste souvenir de son désespoir passé. Rachel se ressaisit, tout en continuant à l'observer, bien décidée à lire l'intégralité de cette double lettre, envoyée en une seule fois.

— Le verso maintenant… Celui qui est entièrement en rouge flashy ! T'avais pas dû oser envoyer ta première lettre… Et t'en as écrit une deuxième, un peu plus tard, sur la même feuille. C'est pas mignon, ça ? demande Rachel.

Amir acquiesce d'un hochement de tête empreint de chagrin. Il doit ressasser les pensées dramatiques qui l'assaillaient à l'époque où il écrivait ces suppliques.

« 10 Déc.
Très chère,
Je t'écris souvent, je te parle souvent mais l'instant de réflexion qui suit chaque fin de lettre m'empêche de la poster – Cette lettre a eu un peu plus de courage que les autres – Lis-la chaudement pour ne pas la décevoir – Je t'ai vue dans la rue et ça m'a fait un drôle d'effet – Je m'excuse auprès de la personne qui t'accompagnait, j'étais surpris et troublé à la fois – Après ce bref instant « classique » de retrouvailles, je suis resté longtemps rêveur – Je t'implore pour la seconde fois de tendre les bras à mes sincères sentiments – S'il t'arrive de t'ennuyer pendant tes heures creuses, prends un stylo et

du papier et parle-moi de cette recherche de « la paix de l'âme » dont tu me parlais si bien autrefois – cette âme si légère et si artificielle… l'est-elle encore ?
Je t'embrasse
Xxxxxxxx »

Rachel achève sa lecture et quitte l'album photos de son téléphone dans un grand soupir. Elle se souvient à présent de ce samedi après-midi où elle avait croisé Amir comme un fantôme, Place Bellecour à Lyon, lors d'une promenade avec sa mère. Passé le choc, elle avait poursuivi sa route, l'ignorant comme si elle ne le connaissait pas. Heureusement que ces lettres ont consigné cette période d'absence, sans quoi elle aurait été incapable de se remémorer ce lointain chapitre de son existence.

— J'étais si jeune ! Je n'suis pas certaine d'avoir saisi la tragédie de la situation. Maintenant que j'me souviens de tout, j'ai adoré notre été à Paros, notre rencontre et tout ce qu'on a fait ensemble. Je regrette rien. Mais quand je suis rentrée, tout s'est remis en ordre dans ma tête. Je suis rev'nue dans le droit chemin. Mes jupes se sont rallongées. J'étais à nouveau conforme à ce qu'on avait façonné de moi. Pour moi, notre relation était… comment dire… déshonorante. Je pouvais pas en parler. J'avais honte. Du coup, j'ai tout gommé et j'ai prié pour ne plus te croiser. J'avais qu'une peur, c'est qu'on tombe sur tes lettres d'amour.

— Oui… Je me doutais bien qu'un Arabe avec une Juive, c'était pas facile à assumer, explique Amir.

— Je t'ai aimé, j'étais sincère ! Je te le jure ! Mais j'avais pas d'autre choix que d'oublier cette histoire, poursuit Rachel.

— Tu t'imagines pas à quel point j'ai souffert ! J'ai pas d'instinct suicidaire, mais j'arrivais plus rien à faire, ni mes études, ni le tennis, ni même manger… J'arrivais pas à avaler une pomme ! T'étais devenue une obsession, une terrible obsession. J'arrêtais pas de penser à toi, dit Amir encore traumatisé par cet épisode de sa vie.

— Pardon ! Désolée ! J'étais si jeune, réitère Rachel pour se trouver une excuse.

— J'étais fou d'amour… ou plutôt de passion irraisonnée pour toi. J'en ai vraiment bavé. C'était très dur pour moi. Encore maintenant, je garde les séquelles de cette déception, confie Amir visiblement ému.

— Désolée vraiment ! insiste Rachel, en baissant timidement les yeux.

Amir sort de son portefeuille une mèche de cheveux, précieusement enrobée dans du papier transparent, retenue par un nœud de satin rouge. Des cheveux roux, identiques à ceux de Rachel.

— Tu te souviens ? Avant de nous séparer, je t'avais demandé quelque chose de toi. Sans hésitation, tu as pris une paire de ciseaux dans le tiroir et tu as coupé une mèche de tes cheveux. Je l'ai gardée comme un trésor au cours de toutes ces années. C'est le souvenir des jours heureux, le doux mirage d'un été.

*

Le syndrome du cœur brisé

Rachel reste incapable d'analyser comment elle a pu effacer complètement cette histoire de son esprit. Si elle avait vraiment compté pour elle, elle aurait dû la conserver dans un petit coin de sa mémoire.

— Après le choc de cette rupture, je suis tombé dans un état de sidération total. Fourmillements dans la mâchoire. Coma de trois jours. Un médecin m'a expliqué que c'était le syndrome du cœur brisé ou le syndrome de tako-tsubo, raconte Amir.

— Vraiment ? s'étonne Rachel. C'est incroyable, ce truc ! Et t'as pu guérir ?

Amir esquisse un sourire attendrissant qui fend le cœur de la sensible Rachel.

— Oui… Heureusement… Je suis sorti pratiquement indemne de cet infarctus. Enfin, c'était pas un infarctus, mais c'était du même acabit. J'ai effectué un énorme travail de développement personnel. J'ai appris à ne pas être trop dur avec moi-même, déjà. J'ai arrêté de me culpabiliser, de penser que cette rupture était d'ma faute. J'ai pratiqué la relaxation. Il m'a fallu quatre ou cinq ans pour retrouver mes capacités. J'ai suivi toute une thérapie. J'écoutais de la musique, par exemple « Stayin' Alive » des Bee Gees, parce que le rythme suit les battements du cœur, explique Amir à renfort de détails précis.

— Pam Pam Pam Pam… Stayin' Alive… Ah ouais ? Ça suit le rythme du cœur, ça ? s'étonne Rachel.

— Eh oui ! La musique peut sauver des vies. J'ai appris ça dans mon profond chagrin. Elle améliore le bien-être mental et physique. Elle peut même dicter le bon tempo dans une réanimation cardiaque, ajoute Amir.

— J'étais à cent lieues d'imaginer un truc pareil. Je veux dire que j'étais absolument pas consciente des dégâts que j'avais causés. En plus, je déteste faire souffrir les autres. Dans ma vie, j'ai plutôt été la victime que le bourreau. Et je peux te dire que les types que j'ai connus n'ont pas eu d'états d'âme par rapport à ma détresse.

— Ma pauvre chérie ! répond Amir, compatissant.

— Merci… Si seulement je n'avais pas effacé complètement de ma mémoire notre rencontre ! Mais c'est comme si je l'avais jamais vécue. C'est incroyable ce que le mental peut faire !

— Oui ! Je suis bien placé pour le savoir, confirme Amir.

Rachel lui prend la main qu'elle embrasse tendrement à plusieurs reprises. Il poursuit :

— D'ailleurs, je pourrais avoir peur de replonger, en te revoyant autant d'années après. Etrangement non, c'est pas l'cas ! J'éprouve une certaine sérénité. La vie pourrait s'arrêter là. Je ne regretterais rien. C'est si bon d'être avec toi, de te voir, de te toucher, de passer du temps avec toi… J'ai l'impression de t'avoir inventée. Je vais me pincer, je vais m'réveiller et je serai en train de parler à un revenant, à un être féerique !

— Mais non ! Je suis bien réelle, je te rassure ! En chair et en os. Comme la Rachel d'avant, avec juste quelques rides en plus, s'écrie Rachel en riant.

— T'es toujours aussi belle, fraîche, naturelle, pétillante, unique ! Je t'ai jamais oubliée. Comment aurais-je pu occulter cette rencontre avec un ange ? s'exclame-t-il plus épris que jamais.

— Tu vas me faire rougir. Heureus'ment que tu m'as reconnue à la conférence. Dans toute cette foule et avec mon nom de femme mariée, c'est à peine croyable ! En plus, je te tournais le dos et j'étais assise. C'est dingue ! Ça relève de la sorcellerie, de la magie noire. A croire qu'une force surnaturelle t'a attiré vers moi.

— Exactement ! J'étais comme aimanté ! Et puis, quand j'ai vu ta photo sur ton dossier de presse, j'ai tout de suite su que c'était toi.

— Tu viens souvent à l'île de Paros ? Moi, j'y suis jamais retournée depuis mes 18 ans. Peut-être pour ne pas te rencontrer d'ailleurs… Je me suis toujours demandée pourquoi je n'avais pas revu mon parrain après ce fameux été. J'aurais pu passer des vacances avec mes enfants chez lui. Mais non, jamais je n'ai eu cette idée.

— Moi j'y retourne tous les ans ! Comme un pèlerinage. Chaque fois, je te cherche partout. J'essaie d'avoir de tes nouvelles par les gens que tu connais, ton parrain, sa gouvernante. Ils t'ont jamais rien dit ? s'étonne-t-il.

— Jamais ! Mais c'est vraiment dégueulasse ! Pourquoi est-ce qu'ils ne m'ont jamais parlé de toi ? J'aurais réagi ! répond Rachel, déconcertée.

— Ou pas ! enchaîne Amir, désabusé.

Rachel, tout en se creusant les méninges pour comprendre son état d'esprit à cette époque, poursuit :

— En même temps, à leur décharge, je ne les appelais jamais. Je m'en veux assez d'avoir négligé mon parrain. C'était peut-être ma manière de zapper ce dernier été avec toi et notre histoire d'amour. J'avais tellement l'impression que j'avais fait des grosses bêtises !

Rachel reste abasourdie devant un tel amour inconditionnel. Inévitablement, elle compare Amir aux hommes qu'elle a rencontrés après lui : son mari et les autres… Des individus fourbes, intéressés, versatiles. Un jour, ils prétendent l'aimer, le lendemain, ils lui jettent des reproches à la figure. C'est sans commune mesure avec cet amour d'été qui était profond et loin d'être un feu de paille.

Quel regret de ne pas avoir entretenu une relation privilégiée avec cet homme séduisant, au charisme remarquable, aux yeux ravageurs et à la douceur qui l'émeut toujours autant !

Un texto de Brice vient briser le cours de ses pensées.

Alors comment ça va ma poule ?

Bien !

Tu pourrais être plus loquace !

Je te dirai après

Il s'appelle comment l'heureux élu ?

Amir

Jure ! Il est feuj ?

Euh non… justement

Elle interrompt l'échange intrusif avec son *best friend* qui reste sur sa faim tellement il avait hâte de connaître les sentiments de Rachel envers cet homme sorti de nulle part. Elle veut consacrer tout son temps à Amir dont elle boit les paroles. Elle fond irrésistiblement devant sa présence fascinante. D'un geste délicat, il effleure sa joue du bout des doigts, puis glisse sa main sous sa chevelure soigneusement lissée en un chignon flou, tout en maintenant son regard dans celui de Rachel, d'un air à la fois malheureux et transi d'amour. Un frisson parcourt le corps de la jeune femme. Si un geste peut la faire chavirer, c'est bien celui-là. Il possède un pouvoir mystérieux sur elle. Comment peut-il deviner ce qui la fait craquer ? C'est un sorcier, un sorcier bien-aimé exerçant un charme surnaturel sur elle. Qu'il est bon d'aimer un homme qui vous aime en retour ! Un amour partagé, elle en rêvait.

Et pourtant, elle avait connu cette passion à peine sortie de l'adolescence, mais elle y avait renoncé… Quel gâchis ! Des années plus tard, il se présente à nouveau à elle, avec une ferveur identique. Elle ressent même encore plus d'attirance pour lui aujourd'hui. Dans sa jeunesse, elle avait l'impression que tout était possible, que rien ne pouvait se refuser à elle. Après avoir traversé tant de drames et de déceptions, elle apprécie d'autant plus cet élan qui les bouleverse tous deux, l'un pour l'autre. Elle voudrait que le temps s'arrête, que cette soirée soit éternelle. Aucune pensée négative ne l'effleure. Ni leurs différences religieuses. Ni leur lointaine rupture. Ni leur passé respectif. Tout recommence à présent, ou plutôt tout commence. Elle ne laissera pas cette seconde chance lui échapper.

Amir lui propose tout à coup d'aller chez lui. Il possède un pied à terre dans le centre de Paros.

— C'est un studio avec loggia. Sympa, mais rien à voir avec la propriété de ton parrain.

— Euh ! Non… Vaut mieux pas… répond Rachel, le visage cramoisi.

— T'as peur ?

— Pour l'instant, je préfère qu'on en reste là.

— Ok ! Je comprends, dit-il, en la guidant vers sa petite voiture de location.

La chaleur moite est rapidement oubliée dans le véhicule à la température proche de celle d'un frigo. Amir enclenche sa playlist de manière machinale, pour ce court trajet. Evidemment, c'est Ed Sheeran qui entonne « Perfect ». Ils reprennent en chœur ces paroles qui les avaient tant émus, des dizaines d'années auparavant. En chantant « *Bébé, je danse dans le noir, avec toi entre mes bras* », il ose poser sa main sur la jambe de Rachel. Elle ne la retire pas. Il y a de la magie dans l'air.

Il dépose Rachel devant la villa Sephora dans un coup de frein sec. Pris par l'élan de ces vers poétiques et suggestifs, il avait oublié qu'ils étaient arrivés à destination. Rachel sort de la voiture la première. Il fait de même, dans un silence pesant. Rachel tape si nerveusement le code qu'elle s'y reprend à trois fois, tant ses doigts tremblent pour composer les six chiffres de la date de naissance de son parrain. La grille s'ouvre majestueusement, les invitant à pénétrer dans le jardin féerique devenu impressionnant dans l'obscurité. Le portail se referme derrière eux, avec un grincement désagréable auquel ils ne prêtent pas attention. La nuit est tout juste éclairée par les lumières automatiques au sol qui longent l'allée.

Rachel se sent toute tracante et hésitante. Dans son esprit, elle essaie de se préparer à la réaction qui sera de bon ton, au cas où il tenterait de l'embrasser à nouveau. Ce qui est indéniable, c'est qu'elle en meurt d'envie. Après toutes ces caresses, ces chansons, ces souvenirs, son désir s'est émoustillé. Cependant, elle ne voudrait pas paraître trop légère à ses yeux en acceptant de se donner à lui aussi facilement. Pourtant, comment pourrait-elle espérer trouver le sommeil après cela ? Elle aimerait avoir le courage de lui demander de la suivre à l'intérieur, mais elle n'arrive pas à prononcer le moindre mot. De son côté, il attend qu'elle fasse le premier pas. Rien n'avance dans ces circonstances.

A cet instant précis, la lumière du vestibule s'éclaire et Brice, tout échevelé, sort en hurlant :

— C'est à cette heure-là qu'tu rentres ma Rache ?

Il dévale à sa rencontre, de manière légère grâce à son poids plume. Le visage d'Amir pâlit. Il fixe Rachel d'un air interrogateur.

— Brice, je te présente Amir, mon amour de jeunesse, se surprend-elle à dire.

— Bonjour, répond Amir en lui serrant la main d'une poigne ferme sans le quitter du regard.

— Amir, voici Brice, mon meilleur ami. Il est venu me rejoindre à Paros. Il vit chez moi. C'est bien ! Comme ça, je me sens moins seule, ajoute-t-elle gaiement en tenant Brice affectueusement par les épaules.

Un soulagement se lit sur le visage d'Amir lorsqu'il constate que la relation entre Rachel et Brice est bel et bien purement amicale, une amitié dont elle lui avait déjà parlé d'ailleurs mais qui gagnait à être vérifiée.

— Ravi, mon cher ! lance Brice, en toisant Amir de la tête aux pieds.

Ainsi, la stratégie de Rachel pour ne pas se séparer de son nouvel amoureux n'a plus lieu d'être. Dépitée mais ne le montrant pas, elle prend congé d'Amir qui lui demande de lui tendre la main. Il la retourne et inscrit son numéro de téléphone au stylo noir sur sa paume tremblotante.

— Sinon, je suis tous les matins au bar du village, pas loin du resto où on a dîné tout à l'heure. Je savoure mon café sur les braises. J'adore cet endroit où chacun refait le monde, déclare-t-il, en lui donnant une foule d'idées pour le retrouver.

Rachel s'efforce de mémoriser toutes ces précieuses informations. De toute façon, l'île de Paros est si petite qu'ils finiront forcément par se recroiser. Elle préfère que les gens viennent à elle, c'est dans sa nature. Elle sent déjà qu'elle attendra qu'Amir la recontacte.

Brice, qui la connaît comme sa poche, apostrophe Amir avec une pointe d'espièglerie :

— Puis-je avoir votre petite mimine, très cher ?

D'un geste ferme, il lui arrache littéralement son stylo, puis, d'une écriture hâtive, griffonne grossièrement dix chiffres énormes.

— C'est le 06 de votre dulcinée. Rassurez-vous, c'est pas l'mien. Elle est si timide que vous risquez d'attendre longtemps sinon…

Amir éclate d'un rire sincère, touché par cette manière originale d'intervenir dans son histoire avec sa meilleure amie. Cette gentillesse inattendue et ce soutien inespéré semblent être de bon augure pour bâtir une relation solide.

— Oui, c'est ce que j'ai cru comprendre, répond Amir en quittant, à son grand regret, cette paire de potes si attachante.

Rachel dans sa villa de Sephora

8

Après le départ d'Amir, Brice guide Rachel à l'intérieur de Sephora en la tenant affectueusement par les épaules. Mais ses jambes flageolent et elle se tord la cheville droite sous le poids de toutes les émotions vécues avec son amour retrouvé. Prévenant, Brice la porte dans ses bras, à la manière des mariés découvrant leur nouvelle demeure.

Ils retrouvent enfin avec bonheur leur espace cocoon bien à eux. Brice pose délicatement Rachel par terre dans le hall, en s'informant de son état.

— C'est juste que mes jambes étaient en guimauve. Tout va bien maintenant., dit-elle pour le rassurer.

— Ça te fout pas les choquottes, ce type qui débarque dans ta vie, qui te raconte que vous étiez amoureux, alors que toi, tu t'en souviens pas ? demande Brice.

— Il a pas pu inventer tout ça. En plus, progressivement, je me rappelle de tout. Et puis, y'a les lettres que j'ai retrouvées dans mes placards à Lyon, avant de venir ici. Je les ai prises en photos, regarde, argumente Rachel en les cherchant activement sur son téléphone.

— Des lettres où t'as barré la signature, donc tu ignores si elles sont de lui. Tu pourrais le jurer qu'elles sont de lui ?

Oui ? Non ? répond Brice, en daignant à peine regarder ses preuves.

— Non… Bien sûr… Mais… bafouille-t-telle, prise de court par cet interrogatoire de Brice.

— Est-ce que tu lui as posé des questions par rapport à ces lettres ?

— Non… Oui… Enfin, j'en sais rien. Je lui en ai lu. Il n'avait pas l'air étonné.

— C'est bien ce que je dis. Tu sais pas si elles sont de lui, ces lettres. Bon ! Alors ma p'tite, fais gaffe.

— Gaffe à quoi ? Qu'est-ce que tu veux qu'il me fasse ? demande Rachel, agacée au plus haut point.

— T'es Juive. Il est Arabe.

— Oui et alors ?

— Il t'a branchée où ? demande Brice.

— A la conférence du B'nai Brith ! Tu le sais très bien…

— Mais bien sûr ! Y'avait que des juifs et des journalistes à cette conf'. Qu'est-ce qu'il fichait là-bas, alors ? C'est peut-être un terroriste infiltré.

— C'était ouvert à tous, cette conférence ! T'es parano ! Qu'est-ce que tu vas chercher ? argumente Rachel qui défend bec et ongles Amir.

— Encore fallait-il le savoir ! Comment pouvait-il être au courant, lui ? Et en quoi ça peut l'intéresser ?

— J'ai une idée pour en avoir le cœur net et savoir si c'est bien celui que j'ai connu quand j'avais dix-huit ans. Je dois avoir des photos de lui. Je me souviens qu'on en avait pris plein ensemble. Je les ai toutes laissées ici. Tu penses bien… je voulais pas que mes parents apprennent que j'étais sortie avec un Arabe. Elles doivent être quelque part dans la maison. Tu m'aides à chercher ? demande Rachel, résolument positive.

— Si tu veux, ma poule. C'est vrai que c'était l'époque où on imprimait les photos.

— Puisque t'es aussi méfiant, pourquoi tu lui as donné mon numéro de téléphone alors ? Je peux savoir ? demande Rachel, malicieuse.

— A voir tes yeux de merlan frit, j'ai bien compris que t'étais raide dingue de lui, répond Brice.

— T'as eu pitié de moi, quoi !

— Voilà, t'as tout compris ! Question importante… Est-ce que t'as des p'tits papillons dans l'ventre ? s'enquiert Brice, en mimant les frissons.

— Ce que je sais, c'est que j'peux plus rien avaler. C'est tout noué dans mon estomac.

— Ouais, ben t'es amoureuse ! Tu vis une rom com quoi, conclut Brice.

— Une quoi ? demande Rachel.

— Une comédie romantique… Ecoute ma caille, tu peux t'éclater avec les mecs que tu veux. Mais méfie-toi, ce gars-là, je l'sens pas !

— N'importe quoi ! Tu s'rais pas jaloux toi, par hasard ?

— Ben quoi c'est vrai… Il s'rait capable de t'embarquer en Syrie sous les bombes et d'te convertir à l'Islam, affirme Brice avec véhémence.

— T'es complèt'ment bargeot ! Et raciste en plus ! C'est ahurissant ! J'aurais jamais cru ça de toi.

— Il a l'air intello et ça c'est pire que tout, poursuit Brice pour enfoncer le clou.

— Excuse-le d'être intelligent ! réplique Rachel, narquoise.

— T'as pas peur de t'afficher avec lui ? Dans tes associations juives, ils vont pas voir d'un bon œil que tu traînes avec un arabe, à mon avis.

— Ça y est ! Ça commence ! J'y crois pas ! Je suis même pas sortie avec lui qu'on me bassine déjà avec juif et arabe. Franch'ment, tu me déçois, je te croyais plus tolérant, s'insurge Rachel.

— Je défie quiconque, sinon ce serait malhonnête, de dire « je ne suis pas raciste », réplique Brice en jouant aux philosophes et en prononçant bien chaque syllabe pour marteler sa sentence.

— Peut-être… Mais bon, Juifs et Arabes, on se ressemble… C'est pas comme noir et blanc, ou asiatique et blanc… dit Rachel.

— Bla, bla, bla… Je me sens responsable de toi, ma cocotte. Viens ! On va chercher ta boîte à secrets. Elle doit être au grenier. Les vieilles photos, on les met toujours au grenier.

— Je me demande si Parrain ne les a pas rangées dans ma chambre, plutôt. Il stockait ici tout ce qui m'appartenait.

— Entre tes fringues, tes Barbies, tes bouquins… autant chercher une aiguille dans une meule de foin, répond Brice, découragé.

Rachel sourit en regardant son téléphone.

— Déjà ? demande Brice qui se mêle décidément de ce qui ne le regarde pas.

— Déjà quoi ?

— Il t'a déjà écrit ?

— Oui... Lis…

Quand te reverrais-je ?
Chaque seconde loin de toi me semble une éternité.
A.

Brice détourne la tête avec un :

— Pfff !

— Je vis un rêve éveillé ! Jamais j'ai éprouvé quelque chose d'aussi fort et pur. Je suis sûre qu'il était ancré en moi, dans mon corps, dans ma tête, dans mon cœur. C'est pour ça que je ressens ces émotions incroyables. C'est un coup de foudre, une seconde chance. Paros a toujours été une source de bonheur pour moi. Rien de mal peut m'arriver ici, j'en suis convaincue. Alors, ne commence pas à me mettre des idées noires dans la tête. Depuis qu'il m'a parlé, je vois la vie en rose. Tout en lui me fait craquer : son physique de dingue, son charme, son allure, sa gentillesse, son intelli…

— Stoooop ! On a compris ! C'est bon ! Il est parfait ! l'interrompt Brice.

— Si Kate Middleton et le Prince William semblent aujourd'hui filer le parfait amour, c'est parce qu'ils se sont donné une seconde chance. Et pareil pour Ben Affleck et J-LO, argumente Rachel, convaincue que Brice sera sensible à cette comparaison people.

— Sauf que toi, t'es feuj et lui arabe… c'est un simple détail. En plus, t'es connue. Tout le monde sait que t'es une figure du judaïsme et du sionisme. Il a dû se renseigner. A mon avis, c'est du baratin son histoire. Il a tout inventé. C'est cousu de fil blanc ta « rencontre » romantique, déclare-t-il en mimant les guillemets avec ses doigts.

— Ouh là là ! Qu'est-ce que tu m'exaspères ! Occupe-toi de tes oignons ! Il me plaît, un point c'est tout. Le reste, je m'en contrefous. T'as compris ?

— Bon, ben, tu viendras pas te plaindre s'il te séquestre, menace Brice.

— T'es pas net ! On nage en plein délire ! déclare Rachel, horripilée.

— Je l'ai déjà vu quelque part ton type, mais je me rappelle plus où.

— Attends, maintenant que j'y pense, y'a eu une alerte pendant la conférence… On a tous été évacués. C'est à partir de ce moment-là qu'il m'a embarquée avec lui et qu'on s'est éloignés des autres… T'as peut-être raison de te méfier de lui, dit Rachel en se grattant la tête.

— Ah ! Tu vois ! s'écrie Brice.

— Mais sinon, il était très comme il faut. Il m'a pas paru intégriste le moins du monde. Et puis si c'était le cas, il aurait pas pu rentrer à l'hôtel. Il aurait été blacklisté illico. Y'avait des agents du Mossad qui rigolaient pas, sur les toits et dans la salle. Non ! C'est sûr, tu gamberges pour rien ! lui assure Rachel.

— Si tu l'dis…

— Le fait que j'aie une relation sérieuse avec un garçon, ça te pose un problème ? demande Rachel, sans prêter attention à sa remarque et persuadée de sa mauvaise foi.

— Pas du tout ! Je serais trop content pour toi ! affirme Brice.

Ils mettent sens dessus dessous les étagères et tiroirs de la chambre de Rachel à la recherche de ses fameuses photos. Elle pousse un cri de victoire au bout d'une demi-heure d'investigation entre les rires et les batailles d'oreillers (il y en a des dizaines, de tous les formats, petits, grands, plats, énormes, blancs, colorés…).

— Bingo ! Aide-moi ! crie-t-elle en portant à bout de bras une malle imposante posée tout en haut du dressing.

— Ça pèse un âne mort, ce truc ! Attention, je lâche tout !... hurle Brice, en récupérant l'énorme boîte qu'il jette au sol.

Un amas indescriptible de photos, d'enveloppes, de jouets… s'éparpille en vrac sur les dalles de marbre blanc.

— C'est la caverne d'Ali Baba, ma parole, s'exclame Brice.

Installés pieds nus à même le sol glacé, ils fouillent, sans mot dire, dans cette montagne impressionnante d'objets. Rachel écarte de la main les photos d'elle enfant pour se concentrer sur celles du dernier été. Coup de chance, elle avait rassemblé dans une grande enveloppe celles du fameux anniversaire d'Héléna, sous le titre « LNA Birthday », écrit avec des crayons de toutes les couleurs.

— Des polas, j'adore ! dit Brice, émerveillé.

— Regarde ! C'est lui ! s'écrie Rachel, éberluée, au bout de quelques minutes.

Elle s'empare d'une photo de groupe où tous les jeunes se livrent à des pitreries. Ils sont une bonne cinquantaine, serrés comme des sardines pour entrer dans le cadre. Parmi les plus grands, elle pointe résolument du doigt l'un d'entre eux.

— Eurêka ! C'est lui ! On reconnaît ses yeux océan et ses cheveux noirs. Ils sont tellement brillants qu'on ne voit que lui. Qu'est-ce qu'il est beau ! Il a l'air si innocent ici, si naïf. Mais quelle idiote, j'ai été ! murmure-t-elle, dépitée par son aveuglement de l'époque.

Brice se penche vers Rachel juste avant qu'elle ne tourne la tête dans l'autre sens, ce qui provoque une collision entre eux. Après ce choc, ils sont pris d'un fou rire incoercible. Rachel se frotte le crâne, prévoyant une belle bosse après cet incident, tout en montrant la fameuse photo à Brice. Face à l'évidence, celui-ci se voit contraint d'admettre la réalité. Il ne peut plus nier l'évidence : l'homme sur la photo est bien Amir. Rachel l'a donc bien connu avant. Amir n'a pas menti. Brice réalise que ses soupçons étaient infondés et qu'Amir ne peut en aucun cas être considéré comme un usurpateur.

— T'es pire qu'un mari jaloux toi, en fait ! conclut Rachel avec un sourire malicieux.

— Oui, ma biche ! Je t'aime d'amour, tu l'sais, hurle Brice en l'entraînant dans une danse effrénée à travers la villa qui résonne de leurs rires et de leur complicité.

— Hey Google ! Joue Céline Dion… S'il suffisait d'aimer, crie-t-il à tue-tête.

Et les voilà partis dans un ballet totalement débridé, de pièce en pièce, aussi désertes que rutilantes. C'est à celui qui hurlera le plus fort. Leur amitié est vraiment belle à voir. Ils prennent conscience de l'extraordinaire privilège de vivre de tels moments ensemble. Ils ne cessent de se répéter qu'ils s'adorent. C'est encore plus authentique que s'il y avait de la sensualité dans leur relation, car ce lien semble indestructible. Ils chantent si fort qu'ils couvrent la voix sublime de la Diva. Ils s'amusent même à imiter l'accent canadien, ce qui ajoute une touche d'humour décapant à leur délire musical.

« S'il suffijait qu'on s'aimeee, s'il suffijait d'aimer
Si l'on changeait les choses un peu, rrrien qu'en aimant donner
S'il suffijait qu'on s'aimeee, s'il suffijait d'aimer
Je ferrrais de ce monde un rrrêve, une éternitsé
S'il suffijait qu'on s'aimeee, s'il suffijait d'aimer
Si l'on pouvait changer les choses et tout rrrecommenssser
S'il suffijait qu'on s'aimee, s'il suffijait d'aimer
Nous ferions de ce rêve un monde
S'il suffijait d'aimer »

Brice porte Rachel qui s'est tordue la cheville en arrivant à Sephora.

9

La nuit de Rachel s'est déroulée à l'image de la veille, agitée, peuplée d'histoires successives sans queue ni tête, avec maints rebondissements. N'y tenant plus, elle se lève à l'aube, se précipite à la salle de bains, prend une douche parfumée à la papaye, puis enfile une robe fluide bleu turquoise pour se fondre dans le paysage de la Grèce.

Déterminée, elle prévoit de quitter discrètement les lieux et d'aller retrouver Amir. Elle se déchausse pour traverser silencieusement la villa endormie, tous volets clos. Elle avance à pas feutrés, chaussures à la main, de peur de réveiller Brice, même s'il a le sommeil lourd, en principe. Rachel ne se reconnaît plus, elle d'habitude si craintive, attendant qu'on la courtise et évitant de faire le premier pas. Depuis qu'elle a quitté Amir devant les grilles de Sephora, elle ne pense qu'à lui, à leurs échanges passionnés, à ses caresses enivrantes, à cette soirée tellement romantique dans des endroits extraordinaires qu'il a choisis sans hésiter.

A l'extérieur, l'air est frais, avec une température très appréciable avant la canicule de la journée. Rachel se sent portée par d'heureux présages pour cette nouvelle journée qui se dessine à l'horizon. Elle a pris le taureau par les cornes. C'est elle qui tient les rênes de son destin pour une fois. Elle est bien décidée à prendre sa vie en main et à saisir toutes les opportunités qui se présenteront sur son chemin.

Elle se dirige d'un pas décidé vers le village, à la recherche du bar où Amir se rend chaque matin. Une fois arrivée à Naoussa, elle est déconcertée par le foisonnement de cafés. Elle s'attendait à n'en trouver qu'un seul, fréquenté principalement par les Grecs, mais la réalité lui réserve un éventail bien plus large. Elle s'attelle donc à une vaste prospection, scrutant chaque recoin pour trouver celui qui pourrait bien être l'homme de sa vie. Elle pénètre dans les établissements situés le long de la côte et sillonne les terrasses nichées au cœur de charmantes ruelles pavées.

Au bord du découragement, elle repère un charmant estaminet au bord de l'eau, idéal pour déguster un café à la première heure ou siroter un verre le soir. Cet atmosphérique café bohème détonne par rapport aux autres avec son carrelage rétro, ses tables en marbre et en bois bleu, son papier peint floral et ses objets d'antiquités. Une petite arche de bougainvilliers longe le mur, créant une harmonie de couleurs éclatantes entre le rose vif et le bleu des volets. Et c'est là qu'il lui apparaît, royal, vêtu de lin blanc de la tête aux pieds, pantalon ample et chemise aux manches retroussées. Il passe sa main dans ses cheveux bruns fournis, légèrement poivre et sel sur les tempes. Captivée, elle s'arrête net pour l'observer. Son cœur bat la chamade, emporté dans un rythme haletant. Une vive douleur étreint sa poitrine et un frisson la parcourt de la tête aux pieds, la faisant grelotter.

Le regard d'Amir est partiellement dissimulé derrière un journal au format tabloïd qu'il tient à bout de bras devant lui.

D'un geste lent, il le pose sur la table pour absorber une gorgée de café. De larges lunettes de vue aux verres teintés lui confèrent un look de star énigmatique. Rachel reste figée sur place devant ce tableau qui semble inspiré d'une œuvre d'Edward Hopper : lui, seul au milieu de cette place pittoresque, dans ce petit café traditionnel au mobilier de bois bleu et de paille, avec une vue à couper le souffle.

Elle finit par oser s'approcher de lui. À peine la voit-il, qu'il se lève instantanément. D'un geste gracieux, il dépose un baiser sur sa main qu'il prend habilement. Elle est aux anges. Son trouble est tel qu'elle craint de paraître stupide à ses yeux. Se reprochant d'adopter son éternelle attitude d'ado attardée, elle s'efforce de reprendre le contrôle de la situation. Elle ne veut plus afficher une soumission évidente envers un homme qui pourrait en profiter pour lui marcher sur les pieds, la maltraiter, puis l'abandonner. Ne pas répéter les mêmes erreurs devient son adage. Qui dit Paros, dit nouveau départ, nouveau tempérament, nouveau caractère. Pour y parvenir, elle sait qu'elle doit entreprendre un important travail sur elle-même. Pleinement investie dans cette quête de soi, elle ressent la nécessité de se réinventer et d'explorer des facettes inexplorées de sa personnalité. Prête à déployer des efforts soutenus, elle aspire à faire rejaillir la meilleure version d'elle-même. Elle est convaincue que ce n'est que grâce à cette métamorphose qu'elle s'affirmera et trouvera enfin le bonheur.

Elle prend son courage à deux mains, pousse un grand soupir et lance d'une voix détachée, feignant la surprise :

— Ah ! C'est toi ?

— Eh bien, oui, c'est moi ! T'es là par hasard ? C'est pas pour moi ? demande-t-il d'un ton crédule.

— Euh… Non… Je viens souvent dans ce quartier pour faire mes courses… Regarde là-bas… dit-elle en désignant le marché aux poissons des pêcheurs. Y'a une vente à la criée tous les mardis.

— Oui mais aujourd'hui on est mercredi… répond-t-il, moqueur.

— Ah bon ? Je me perds dans les jours, ici… C'est pas grave, j'acht'erai ce qu'il y aura… J'essaie de manger du poisson tous les jours à Paros. J'ai pas envie de viande, affirme-t-elle avec une grimace.

Rachel s'empêtre dans ses explications, au lieu de lui avouer tout simplement qu'elle est venue pour le retrouver. Mais il ne prête guère attention à ses justifications abracadabrantes et l'invite à le rejoindre à sa table. Elle s'installe en face de lui et commande « un café turc » au serveur, venu immédiatement vers elle. Amir rectifie courtoisement :

— Elle veut dire un café grec.

Rachel se pince les lèvres devant une telle maladresse. Elle sait pertinemment que Grecs et Turcs ne font pas toujours bon ménage, surtout depuis la crise chypriote.

— Tu peux pas imaginer à quel point je suis heureux de te voir ! dit Amir en la dévorant des yeux.

Rachel sort des lunettes de soleil noires de son grand panier en osier brodé d'une étoile, prétextant que la lumière intense la gêne. En réalité, cette ruse lui permettra de ne pas se démasquer devant cet habile séducteur. Satisfaite de son stratagème, elle se sent plus libre pour enclencher la conversation avec cet homme qui la fait chavirer. Elle est bien décidée à en savoir plus sur lui et à le pousser dans ses retranchements. Hors de question de s'embarquer dans une relation nébuleuse sans savoir où elle met les pieds. Pourtant, son cœur lui appartient déjà.

— Quand on s'est quittés, j'avais 18 ans, c'est ça ? demande-t-elle.

— T'avais dix-huit ans, oui. Et moi, 20, confirme Amir se demandant où elle veut en venir.

— Tu as fait quoi après ? Tes lettres étaient écrites de Paris, je crois...

— Au début oui, je vivais à Paris. Enfin, j'habitais au Maroc mais je suivais mes études à Paris. Quand on s'est rencontrés, j'étais en vacances avec des potes à Paros. On voulait faire de la planche à voile. En fait, j'ai passé tout l'été avec toi, je les ai jamais revus.

— Ah bon ? demande Rachel, carrément étonnée par cette nouvelle révélation.

— Quand je suis rentré à Paris, j'ai terminé ma deuxième année de médecine. Ensuite, je suis parti aux États-Unis, à l'université de Syracuse. Et j'ai obtenu un diplôme d'architecture.

— D'architecture ?

— Oui… Après ma dépression, suite à tu sais quoi, je suis passé par une grosse remise en question. Je me suis rendu compte que j'étais pas fait pour la médecine. J'ai décroché une bourse Erasmus et je me suis orienté vers quelque chose qui me plaisait depuis toujours, l'architecture, explique Amir.

— Et ça marche pour toi ?

— Oui, super ! Je suis architecte… Alors, et toi ? Que fais-tu de beau dans la vie ? demande-t-il avec entrain.

— Attends ! J'ai pas fini, répond Rachel, bien déterminée à le cerner totalement.

— Ah ! Mais c'est une interview dans les règles de l'art ! s'exclame-t-il en riant.

— Ça te dérange ? T'as des choses à cacher ? demande Rachel, d'un ton provocateur.

— Pas du tout ! Je t'écoute… répond calmement Amir.

— T'es marié ? T'as des enfants ?

— Ah ! Nous y voilà… Coquine ! Déjà jalouse ? remarque-t-il.

— Non, mais je veux savoir, c'est tout, répond fermement Rachel.

Elle prend conscience qu'elle s'est aventurée sur un terrain glissant. Si elle persiste dans cette voie, elle risque de se faire haïr par cet homme qui exerce sur elle une attirance brûlante. Elle se sent désorientée, incapable de savoir quelle posture adopter. Doit-elle maintenir sa méfiance ou succomber au charme impérial de ce personnage au dandysme assumé ?

*

Le piège

Interrompant brusquement leur échange, Amir invite Rachel à une « promenade à la découverte des recoins secrets du village ». La simple présence de cette créature hors du commun remplit Rachel d'une agitation si intense qu'elle tremble de tout son être. En se levant de sa chaise, elle s'emmêle maladroitement dans les volants de sa robe, luttant pour éviter une chute vertigineuse sur les pavés usés de la vieille ville. Amir la rattrape in extremis en poussant un cri de frayeur, puis ils partent tous deux dans un éclat de rire si bruyant qu'il suscite l'intérêt des passants. Sans y prêter attention, Rachel se réfugie dans les bras d'Amir qui ne rate pas cette occasion en or pour l'enlacer et l'embrasser avec effusion sur la joue et dans le cou. La rousse flamboyante à la longue crinière bouclée se pâme de délice, les jambes en coton et la tête au paradis.

Les regards sont braqués sur Rachel, resplendissante dans sa tenue résolument eighties. Elle l'a sélectionnée parmi ses vêtements d'adolescente. Elle était si fière de rentrer dedans qu'elle a opté sans hésitation pour ce style indémodable. Pas de décolleté provocant, mais un simple jupon à carreaux vichy bleu et blanc resserré à la taille pour souligner sa silhouette gracile.

— Tous les mecs te matent avec ta dégaine sexy... On dirait BB à Saint Trop' ! T'as un temps d'avance sur les tendances. s'exclame Amir, admiratif.

Rachel fait alors tourbillonner sa jupe avec la grâce et l'audace innées d'une enfant. Elle s'élance dans une pirouette aérienne, portée par ses ballerines vernies qui lui donnent une légèreté de danseuse. Amir se déclare séduit par une telle sensualité naturelle. Rachel ne laisse pas transparaître une once de gêne et continue à se pavaner comme si de rien n'était. Un vent libérateur souffle dans son esprit, ce qui ne lui ressemble pas du tout. Où est passée la femme coincée sous une avalanche de préjugés, rougissant à chaque compliment ? Amir la magnifie et lui insuffle une assurance inébranlable. Elle bénit son choix de chaussures, les pavés étant à la limite du praticable. Il la tient par la main et elle a l'impression de flotter.

Amir la conduit à travers les ruelles sinueuses où les bougainvilliers s'entrelacent entre les maisons blanchies à la chaux pour se frayer un chemin.

— C'est un coin idéal pour découvrir un aspect plus authentique de l'île de Paros, lui explique Amir.

Ils s'emballent devant chaque monument, chaque fleur, chaque personne assise sur une chaise de paille devant sa maison. Amir joue au guide chevronné en prononçant dans un grec impeccable, le nom exact d'un moulin, d'une basilique, d'un musée. Au gré de leur balade, Rachel découvre les vieilles églises et les façades blanches typiques de cette petite île des Cyclades au charme fou qui est désormais la sienne. Elle peine à croire en un tel bouleversement. Il semble que ce nouveau lieu de résidence soit bien aspecté par les astres et qu'il lui apporte amour, succès et bonheur. L'héritage par excellence des Cyclades !

— T'as deux minutes ? lui demande Amir, pris d'une lubie soudaine.

— Euh… Oui… Pourquoi ? répond Rachel, avec inquiétude.

Elle craint de tomber dans un guet-apens, redoutant que sa naïveté ne lui joue encore des tours. Avec cette simple question, elle remet en cause cette rencontre providentielle. Elle avait cru au Prince Charmant, et voilà qu'il pourrait se révéler être un bandit de grand chemin, un escroc traqué par toutes les polices du monde, un tueur en série ou un violeur de touristes françaises. Brice avait raison. Elle aurait dû se méfier plutôt que de se précipiter au premier rendez-vous. Il est rusé. Il savait qu'elle viendrait le rejoindre au café du matin, en lui donnant cette précision avant de la quitter devant le portail de sa villa.

Plantée face à lui, elle ose le regarder droit dans les yeux et l'interroge avec une apparente assurance qui ne reflète en rien son trac intérieur.

— Quelle mouche te pique ? demande-t-elle froidement.

— Je te propose de venir dans mon appart'. C'est petit mais hyper moderne. Il est tout neuf, et surtout, il a une terrasse haut perchée avec vue sur la mer. J'ai l'impression d'avoir la tête dans les nuages. J'y passe ma vie, dit Amir, à des années-lumière d'imaginer les interrogations soudaines de Rachel à son égard.

— Pourquoi ? On est bien, dehors. Il fait pas très chaud aujourd'hui… répond Rachel.

— Tu veux que je te dise la vérité ? lui demande-t-il d'une voix grave.

Il s'approche d'elle si près, qu'elle sent son souffle chaud sur son visage. Rachel s'attend aux pires aveux car tout lui laisse croire qu'il ment :
- Le mystère entourant sa vie dont elle ne connaît que peu de détails, à l'exception de ses études d'architecture aux Etats-Unis.
- Sa religion musulmane. Elle n'a pas éclairci sa présence insolite à la conférence du B'nai Brith, à laquelle seuls des Juifs étaient conviés, en dehors de la Presse et des institutionnels.
- L'alarme incendie qui s'est déclenchée dans la salle de conférence, laissant planer l'éventualité qu'il s'agissait d'une alerte à la bombe. L'idée lui traverse l'esprit qu'il serait venu pour la prendre en otage. Peut-être est-il un espion agissant au nom de la Palestine, cherchant à s'en prendre à une figure du judaïsme pour obtenir la libération de prisonniers palestiniens en Israël. Et c'est elle qu'il aurait ciblée.
- Il l'interrompt brusquement ou fait la sourde oreille lorsqu'elle tente d'en savoir plus sur sa vie personnelle, sa famille, ses enfants.

Elle, la blanche colombe, naïve et innocente, qui croyait débuter une magnifique love story, va tomber de haut en découvrant la vérité. Tout se brouille dans sa tête. Prise dans le vertige de ses suppositions macabres, elle s'écrie sans réfléchir :

— Tu plaisantes !

— Pardon ? demande-t-il, ne comprenant rien à sa remarque.

— Non ! Rien ! Tout, tout va bien, bafouille-t-elle en s'écartant de lui à une distance d'au moins un mètre.

Tant qu'elle restera à l'extérieur, elle se sentira en sécurité. Il ne peut rien lui arriver avec le monde qui fourmille dans les rues. Il lui suffira de crier à l'aide si jamais il la menace avec une arme ou tente de la kidnapper.

— Bon, je reprends, dit Amir calmement. Tu veux que je te dise la vérité ?

— Oui, répond-elle d'une voix si faible qu'il doit tendre l'oreille pour l'entendre.

Elle perd tous ses moyens, attendant avec anxiété la sentence qui va s'abattre sur elle. Machinalement, elle ferme les yeux, préférant ne pas affronter la réalité qui la terrifie. Elle se boucherait bien les oreilles, mais n'ose pas le faire.

— J'ai envie de sentir ta peau contre la mienne… lui murmure-t-il d'une voix suave.

Elle blêmit.

— Je te choque ? Pardon si je t'ai blessée, c'était pas mon intention. Mais voilà, je me sens tell'ment en harmonie avec toi que j'ai envie de te tenir tout contre moi.

C'était donc ça, tout simplement ! Pourquoi avait-elle laissé son esprit divaguer et nourrir de si sombres suppositions ? Elle s'autoflagelle intérieurement, se reprochant d'être aussi raciste. S'il n'avait pas été musulman, elle n'aurait jamais envisagé qu'il puisse la tromper. Elle a été jusqu'à le suspecter carrément d'être terroriste. Alors, est-elle prête à assumer une telle relation ? Elle se le demande. Pourtant, comment passer à côté de cet élan si prometteur, de cette fascination étonnante qui les unit l'un à l'autre ?

— Euh… c'est-à-dire que… parvient-elle difficilement à répondre.

— Et puis, c'est pas comme si on venait de se rencontrer. On se connaît depuis plus de vingt ans, poursuit-il avec ruse pour la convaincre.

Le cœur de Rachel s'emballe, oscillant entre l'appréhension et le désir ardent de succomber à cette force irrésistible qui les lie depuis si longtemps. Et il embrasse si bien ! Ses baisers lui donnent le vertige, avec un enchevêtrement de sensations qui transcende le simple acte physique, pour atteindre une véritable connexion spirituelle. Du jamais vu pour cette femme en quête d'amour depuis toujours.

Flairant ce dilemme, Amir indique d'un geste du doigt un chemin étroit qui serpente devant eux.

— Mon appart' est au bout de la rue. C'est un immeuble avec plein de voisins. Si tu cries, on t'entendra ! déclare-t-il en riant.

— Qu'est-ce que tu racontes ? C'est pas ça, mais…

— Mais quoi ? Tu m'aimes pas, c'est ça ? T'es pas attirée par moi ? C'est à sens unique ?

— Mais non ! Pas du tout ! Tu n'y es pas du tout ! se défend-elle.

— Alors quoi ? Dis-moi, ma Rachel, supplie-t-il.

Ce « ma » possessif le fait avancer dans son entreprise de séduction qui va crescendo. Elle lui appartient désormais. Rachel fait mine de retirer quelques cailloux de ses ballerines, ce qui lui permet de prendre le temps de réfléchir avant de répondre.

Elle trimbale avec elle ses déceptions sentimentales à répétition. Elle avait fini par s'enfermer dans une grande solitude. Cette histoire d'amour arrive au bon moment parce qu'elle n'y croyait plus. Il y a quelque chose de miraculeux dans leur rencontre. Ce deuxième coup de foudre est un cadeau de la vie qu'elle se doit d'accepter, sinon elle serait bourrée de remords et s'en mordrait les doigts. C'est comme une séance de rattrapage que lui offre le destin.

Elle relève la tête brusquement, laissant le sang affluer à son visage qui rougit de nouveau. Sa décision est prise.

— Oui ! lance-t-elle, déterminée, en regardant Amir droit

dans les yeux.

— Oui, quoi ? demande-t-il n'en croyant pas ses oreilles.

Rachel est à nouveau prise de tremblements. Elle cache ses mains dans les poches de sa robe à godets, mais sa voix intimidée trahit son inquiétude tétanisante.

— Oui ! Je veux bien aller chez toi… précise-t-elle.

Il lui saute spontanément dans les bras et l'embrasse chaleureusement sur la joue en clamant à qui veut l'entendre :

— Elle vient chez moi ! Youpiiii !

Rachel se détend face à son emballement contagieux. Elle brûle d'envie de profiter de l'instant présent, de vivre pleinement cette rencontre inédite avec un homme à la fois beau, intelligent et fou d'elle. Aucune ombre ne doit ternir ce tableau idyllique.

Il l'emmène, en sautant à grandes enjambées, vers une petite rue adjacente qui monte tellement que Rachel peine à reprendre son souffle.

— Il faudrait que je me remette au sport, moi ! plaisante-t-elle, se sentant désormais complètement à l'aise.

Amir adresse un salut à une femme d'un certain âge, aux formes généreuses, confortablement installée sur une chaise en paille et en bois bleu cérusé par le temps. Ses jambes sont si écartées que l'on peut apercevoir sa culotte blanche ornée de dentelle, rappelant le panty des années 60 à l'époque des mini-jupes. Elle semble être la gardienne de la résidence devant laquelle elle trône majestueusement. Ils contournent habilement la dame pour pénétrer dans le hall.

— C'est la concierge de l'immeuble, explique Amir, dès qu'ils franchissent l'entrée.

— Ah oui… C'est bien ce qui me semblait, répond Rachel avec un sourire complice.

— Elle parle pas un mot de français, ni d'anglais d'ailleurs. Elle fait le ménage et gère tout ici. Elle est sympa, mais vu qu'elle s'exprime qu'en grec, c'est un peu chaud pour discuter. Alors, à part des sourires, des mercis et des bonjours, je lui dis pas grand-chose !

— Je veux bien te croire, acquiesce Rachel en riant.

Alors que l'ascenseur s'élève lentement vers les étages supérieurs, Rachel se laisse bercer par une mélodie envoûtante et terriblement suggestive. L'espace étroit les oblige à s'effleurer dangereusement, rendant ce voyage côte à côte d'une volupté exquise. Les paroles de la chanson de Calogero, « En apesanteur », qu'elle intègre à toutes ses playlists, résonnent dans sa tête. Cet air est son échappatoire, son refuge dans les moments de doute et de lassitude, surtout après ses ruptures les plus douloureuses. Elle a mémorisé chaque phrase, chaque refrain, comme un leitmotiv qui l'aide à retrouver son équilibre et à garder le cap dans l'adversité. Les paroles insufflent en elle une dose de rêverie, la transportant dans un univers où tout devient possible.

Rachel ferme les yeux pour s'imprégner de ces minutes fantastiques. Elle se sent légère, comme si elle pouvait véritablement s'envoler, et se libérer des poids qui entravaient son chemin jusqu'ici. C'est une bulle de bien-être au milieu de ses incertitudes et de ses préjugés. Elle sourit, baignée par cette douce atmosphère, tandis que l'ascenseur continue sa course vers les hauteurs.

Elle discerne la respiration régulière d'Amir contre sa peau et se laisse enivrer par l'odeur captivante de son parfum, « Eau Sauvage ». Au fil des années, elle ignorait pourquoi cette fragrance à l'âme chic et enveloppante l'attirait autant, allant même jusqu'à imbiber les languettes dans les parfumeries pour en inhaler profondément l'essence. Elle était véritablement shootée à cette signature florale et raffinée, à cet équilibre subtil entre la bergamote et la touche vibrante de lavande. Désormais, elle réalise que c'était pour le retrouver, lui, Amir, qui est là contre elle, l'invitant à des heures incandescentes.

Le pantalon en lin d'Amir caresse subrepticement les jambes nues de Rachel. Aucun des deux ne parle. Le silence fait grimper la tension sensuelle de cet épisode hors du temps.

« J'arrive à me glisser
Juste avant que les portes ne se referment
Elle me dit « quel étage »
Et sa voix me fait quitter la terre ferme
Alors
Les chiffres dansent
Tout se mélange
Je suis en tête-à-tête avec un ange
En apesanteur
Pourvu que les secondes soient des heures
En apesanteur
Pourvu qu'on soit les seuls
Dans cet ascenseur
Elle arrange ses cheveux
J'ai le cœur juste au bord des yeux
Et sans la regarder je sens la chaleur
D'un autre langage
Alors
Les yeux rivés
Sur les étages
Pourvu que rien n'arrête le voyage »

Lascive, Rachel remet de l'ordre dans ses cheveux qu'elle a toujours du mal à discipliner lorsqu'elle ne les raidit pas. Petite, on la surnommait « la décoiffée ». Elle passe lentement sa langue sur ses lèvres sèches. Amir l'observe et la trouve irrésistible. Soudain, il la plaque contre l'immense vitre et se colle à elle dans des étreintes ardentes. Leurs lèvres se rejoignent dans une communion irréfléchie, ouvrant des abîmes d'extase fabuleuse. Sans poser ses yeux sur lui, Rachel perçoit la chaleur magnétique de sa peau sous sa chemise déboutonnée. Sa jambe droite se lève pour entourer la taille d'Amir. Il la saisit pour se serrer encore davantage contre elle. Leurs corps sont enchevêtrés inéluctablement l'un dans l'autre. Un désir extrême électrise chaque fibre de leur être. Rachel se sent transportée au Paradis. Elle partage cette intimité fougueuse avec un homme beau comme un Dieu tout en étant sur le qui-vive à chaque étage et à chaque éventuelle ouverture de porte, ce qui rend leur effusion terriblement excitante. L'adrénaline est à son comble.

6ème étage. Dring ! Fin du tsunami émotionnel. L'ascenseur s'immobilise brusquement en un soubresaut chaotique, interrompant le doux voyage onirique de Rachel. La montée n'est pas assez longue pour atteindre le septième ciel. La voix froide et impersonnelle d'Amir résonne dans l'espace confiné, dissipant les pensées érotiques de Rachel. Elle réalise qu'elle a inventé cette scène torride.

Rachel est une personne débordante d'imagination. Son âme romanesque la pousse à envisager sa vie comme une succession de scénarios. Ça n'arrête jamais dans ma tête.

Par exemple, elle a toujours rêvé de faire l'amour dans des lieux insolites, notamment dans l'ascenseur, mais aussi à la plage, dans un train, dans une cabine d'essayage, dans les toilettes d'un avion… Cette envie subliminale de se faire surprendre est troublante pour la gêne qu'elle procure, ce qui augmente le plaisir.

Tout être humain possède, paraît-il, un fantasme

sexuel qu'il aimerait accomplir. Elle n'a donc jamais culpabilisé à ce sujet. Chez Rachel, celui-ci a toujours été secrètement rêvé en attente de la personne qui saura combler ce désir. Elle vient de le réaliser avec Amir mais seulement psychologiquement, hélas. Elle se rend compte qu'il n'avait pas bougé et qu'il attendait patiemment d'arriver à destination, sans tenter le moindre geste d'approche. Par crainte de son jugement, elle n'osera jamais lui avouer ses pensées.

Alors que les portes de l'ascenseur s'ouvrent sur l'étage demandé, sa chanson suggestive continue de trotter dans la tête de Rachel, telle une complice fidèle, dans la perspective d'une journée monumentale.

— Just arrived ! lance Amir.

La lourde grille se referme derrière eux, emportant le charme de ce rêve inoubliable. Un frisson délicieux parcourt le corps de Rachel. Elle sait que ce n'est qu'un début, une étape dans leur histoire.

*

Un été brûlant

Un seul appartement à l'étage les accueille, avec un paillasson portant l'inscription prometteuse « Welcome » en lettres noires. Amir, muni d'un trousseau de clefs digne de Barbe Bleue, se lance dans la tâche fastidieuse d'ouvrir la porte. Rachel observe avec amusement ses tentatives successives, alors qu'il essaie chaque clef l'une après l'autre.

— T'es sûr que c'est bien chez toi ? Tu t'es pas trompé d'appart' ? lui demande-t-elle, d'un air ironique.

Finalement, la plus petite des clefs, d'un doré éclatant, s'avère être la bonne.

— Tu devrais mettre des étiquettes sur tes clefs, ajoute-t-elle en riant.

— En fait, j'ai toute ma vie là-dedans, ma voiture, mon appart' à Paris, mon cabinet d'archi, ce studio et j'en passe, boîtes aux lettres, caves… Bref ! Un véritable arsenal, explique-t-il.

Rachel éclate de rire devant un tel micmac organisationnel qui révèle un caractère fort sympathique. Ce qu'elle apprécie chez Amir, c'est son flegme britannique, quelles que soient les circonstances. Elle se rappelle les crises de nerf insupportables de son ex-mari à la moindre contrariété, évier bouché, fuite d'eau… et perte de clef.

Il règne une fraîcheur agréable dans l'appartement plongé dans une obscurité totale, comme toutes les maisons grecques, en raison de la chaleur plombante à l'extérieur. Amir entrouvre les persiennes à l'aide d'une télécommande minuscule, puis se dirige, impatient, vers le balcon, en invitant Rachel à le suivre.

— Tu vas halluciner quand tu vas voir ça ! lui dit-il.

Rachel le rejoint, très disciplinée, tout en laissant son regard vagabonder dans cette pièce unique, judicieusement agencée avec une immense cuisine laquée brillante, un salon en cuir blanc et un espace bureau équipé d'un ordinateur impressionnant d'au moins vingt pouces au gris sidéral, qui doit appartenir à son locataire.

— La classe ! se dit Rachel, pour qui un intérieur revêt autant d'importance que l'allure vestimentaire, lorsqu'il s'agit de détecter une personnalité.

— C'est pas moi qui l'ai designé mais il me convient. C'est une déco que j'aurais pu créer, explique Amir, comprenant à demi-mot l'analyse de son invitée.

Ils accèdent à la terrasse par une petite marche, qu'il l'aide courtoisement à franchir en lui tendant la main. Elle apprécie ses égards. Ses précédents compagnons en étaient totalement dépourvus. Ils n'auraient même pas eu l'idée de faire ce geste, peut-être d'un autre âge, mais si élégant. Rachel ne peut retenir un cri d'émerveillement devant le panorama époustouflant qu'elle découvre.

— C'est pour ça que je loue ce studio tous les ans, pour cette vue de ouf ! Dès que le proprio veut le vendre, je l'achète ! déclare Amir.

Amir nomme joliment cet espace fantastique, son « rooftop ». Sa superficie doit correspondre au double de celle du studio tout entier. Il est conçu comme un bar d'hôtel branché, avec des arbres et des tables en bois et faïence. Deux transats rayés bleu et blanc, aux couleurs locales, invitent un couple d'amoureux à flâner ou à se prélasser, cocktail à la main.

— C'est pour qui le deuxième transat ? se hasarde à demander Rachel.

— Rassure-toi, c'est pour l'équilibre. Et j'ai souvent des potes qui s'affalent comme des limaces pour bronzer en se tartinant de Monoï. Moi, c'est pas mon truc de lézarder au soleil.

Rachel enregistre scrupuleusement toutes les informations qu'il distille au compte-gouttes, pour tenter d'esquisser le profil de cet homme qui pourrait correspondre à son idéal masculin.

Elle trouve étrange qu'il ne mentionne jamais de femme. Il est venu seul en vacances, et d'ailleurs, elle ne remarque aucune trace de présence féminine ici. Pas de cadre photo non plus. Elle sait qu'il est architecte, qu'il a fait ses études aux Etats-Unis, qu'il réside à Paris, et qu'il vient à l'île de

Paros chaque été depuis « leurs » dernières vacances, espérant la retrouver. Elle apprend maintenant qu'il n'aime pas bronzer. Rachel, qui adore dresser des listes de tout, de courses, de projets, de « pour » et de contre », pour un copain, un job, ou des vêtements… envisage de créer la liste « Amir », dès son retour à Sephora. Son ami Brice se fera un plaisir de l'aider dans cette élaboration drastique. Elle veut tout connaître de celui qu'elle envisage comme l'homme de sa vie.

Le rooftop d'Amir offre un spectacle pictural captivant sur le port de Parikia, où accostent des bateaux de toutes tailles : yachts somptueux de milliardaires, voiliers évoquant des romans historiques, bateaux à moteur ultra rapides, ferries imposants, et même répliques de célèbres navires de pirates, tels que le Black Pearl du capitaine Jack Sparrow. Les nombreux parasols colorés, soigneusement alignés, parsèment les jolies plages privées au sable fin comme du sucre. La Méditerranée s'étend à l'infini, sans vagues, aussi sereine que leur passion naissante.

Il est midi trente. Le soleil atteint déjà son zénith, annonçant le début d'un après-midi encore plus chaud que d'habitude. Ils retrouvent la fraîcheur de l'appartement où Amir a enclenché la climatisation avec une assurance déconcertante. Rachel se sent intimidée par sa présence. Elle est envahie par un trac fou, telle une rock star avant de monter sur scène. En revanche, lui semble tout à fait à l'aise, pas impressionné le moins du monde par sa présence.

— Est-ce mauvais signe ? se demande Rachel.

Il l'invite à s'asseoir. Elle s'installe timidement sur le bord de l'immense canapé d'angle en cuir étincelant. Elle recouvre ses jambes avec sa robe vichy, tirant dessus avec acharnement jusqu'à ce qu'elle atteigne ses chevilles. Elle s'en veut d'avoir l'air si emprunté face à ce Seigneur en territoire connu. Il lui propose de choisir entre Champagne ou Spritz avec une courtoisie teintée d'un charme irrésistible.

— Euh… De l'eau, s'il te plaît… Un verre d'eau… Je suis déshydratée, répond Rachel.

Elle préfère éviter l'alcool, de peur de perdre ses moyens et de se sentir encore plus troublée à ses côtés. Elle se souvient de son aventure avec un type qui ressemblait à un héros de la série télévisée « Alerte à Malibu ». Bodybuildé, un Marcel rouge dévoilant ses biceps gonflés à l'hélium assorti d'un short ultra moulant et de claquettes avec des socquettes… le summum de la bof attitude pour elle, et pourtant…

C'était sa première fois dans un camping. Une idée saugrenue comme souvent, juste pour tester si c'était mieux qu'un hôtel cinq étoiles. De Mojito en Mojito, ce prof de fitness l'a courtisée de manière lourde, mais son accent américain a eu raison d'elle. Elle n'arrêtait pas de rire, de relever sa jupe en se caressant les jambes. Il l'avait entraînée dans son bungalow. « Allonge-toi ! » « Déshabille-toi ! ». Elle exécutait ses ordres comme une bonne élève tout en continuant à rigoler de plus belle. Elle avait découvert les plaisirs de la fessée, des menottes et du bandeau sur les yeux. Quelques heures plus tard, elle s'était réveillée nue dans ses bras, avec un sacré mal de crâne et le souvenir d'avoir fait une grosse bêtise. Elle s'était enfuie du camping comme une voleuse, de peur de le revoir.

Mais, elle garde un souvenir mémorable de ce naufrage sensuel. Elle n'avait jamais rien connu de tel avec Paul, son mari, peu porté sur le sexe et avec qui elle devait faire des ronds de jambe pour le plaisir charnel. C'était son premier homme après son divorce. Une telle expérience ne s'était jamais reproduite. Mais avec Amir, sait-on jamais… Elle a le sentiment qu'avec lui, elle accepterait tout et qu'elle l'assumerait. Elle ne s'enfuirait pas à l'aube comme avec le GO de « Camping Paradis ». Elle se demande quand et comment il osera l'aborder. De toute façon, elle sait avec certitude « qu'elle passera à la casserole » comme Brice l'a si subtilement prévenue avec son langage imagé, en lui glissant des préservatifs dans la poche.

— De l'eau ? Bien sûr, pas de souci… comme tu veux, répond-il.

Amir sort avec dextérité une bouteille d'eau minérale géante de la porte du réfrigérateur. Il dispose un service de verres bleus sur un plateau argenté, en remplit un d'eau fraîche, agrémenté d'une rondelle de citron sur le rebord. Puis, il lui tend le verre en glissant à l'intérieur une paille en bambou écolo. Quand un simple verre d'eau prend des airs de cocktail de bartender ! C'est toute la classe d'Amir.

Il s'empare d'une tablette et diffuse, dans son loft à l'atmosphère agréable, des musiques de films sur une chaîne audio ultra performante. Le son résonne avec une clarté et une puissance telles qu'il transporte Rachel dans des univers chimériques et des histoires d'amour légendaires. Ghost, The Parent Trap, Il était une fois en Amérique, Love Story, Un homme et une femme, Diamants sur canapé, Titanic, Coup de foudre à Notting Hill, Autant en emporte le vent… Comment fait-il pour la toucher ainsi en plein cœur ? Aucun mot n'est échangé entre eux, tant ils sont étourdis par ces mélodies ensorcelantes. Il s'installe à ses côtés, se collant littéralement à elle.

Ils écoutent silencieusement ces airs mythiques. Au bout de quelques morceaux, Amir prend la main de Rachel qu'il caresse consciencieusement. Presque machinalement, Rachel se tourne vers lui. Son visage livide s'approche de celui d'Amir et ils scellent leurs lèvres entrouvertes l'une contre l'autre. « La chanson de Lara » du Docteur Jivago résonne dans l'appartement à la pénombre retrouvée grâce à la télécommande qu'Amir manie avec dextérité pour créer différentes ambiances.

Amir se couche sur son corps indolent, qu'il allonge délicatement sur le canapé. Ils s'embrassent avec fougue en se caressant mutuellement dans une symbiose absolue. Rachel remonte le chemisier d'Amir et découvre avec délice la douceur incroyable de sa peau parsemée d'une multitude de grains de beauté. Amir glisse sa main sous la robe de Rachel, dont les plis vaporeux se soulèvent sans effort.

Epuisés par leurs ébats passionnés, ils se rassoient, de plus en plus proches l'un de l'autre, la jambe gauche de Rachel posée sur la jambe droite d'Amir. Plus aucune gêne ne l'habite à présent qu'elle s'est livrée totalement à lui. L'heure est à la confidence qu'on se susurre à l'oreille. Après des années d'attente, Rachel finit enfin par avouer ses sentiments à Amir.

Elle lui apprend qu'elle avait gardé leur belle histoire au fond d'elle par crainte du jugement de la société, refusant de sombrer dans cet amour interdit. Pourtant, au plus profond d'elle-même, elle mourait d'envie de le rejoindre et de lui déclarer sa flamme. Le temps avait suivi son cours. Rachel avait accepté un mariage de raison et s'était trouvée comblée par la naissance de trois merveilleux enfants. Après son divorce difficile et sa liberté retrouvée, elle avait cherché en vain, inconsciemment, cette passion d'adolescents qu'ils avaient vécue autrefois, mais ne l'avait jamais retrouvée. Sa vie sentimentale s'était ainsi transformée en un enchaînement d'échecs, de déceptions et de ruptures traumatisantes. Ainsi se résume son passé, dénué de toute relation intime épanouie, alors qu'elle aurait pu vivre heureuse avec Amir, cet homme rencontré par hasard un soir d'anniversaire, qu'elle avait aimé éperdument, puis délibérément ignoré dès son retour à la réalité, condamnant ainsi leur amour à l'oubli et au silence. Elle se reproche amèrement d'avoir laissé passer toutes ces années, d'avoir perdu ce temps précieux. Mais maintenant, elle lui fait la promesse solennelle de ne plus jamais te quitter.

Essoufflée par son récit empli d'émotions, de colère et de tendresse, elle s'interrompt et attend avec impatience les confidences d'Amir. Le moment est venu pour lui de se livrer à son tour, de partager ses sentiments les plus intimes avec elle.

Une larme s'échappe involontairement des yeux d'Amir, terriblement ému par les mots bouleversants prononcés par celle qu'il aime par-dessus tout. Rachel, touchée par cette vulnérabilité, lui essuie tendrement la joue. Elle n'a jamais vu un homme pleurer de la sorte. Cette sensibilité à fleur de peau, cette tendresse débordante, cette aura exceptionnelle qui émanent de lui, le rendent unique à ses yeux.

Ils sont assis face-à-face. Il tient à la regarder droit dans les yeux pour qu'elle saisisse la sincérité de sa déclaration. Lui qui est habituellement si souriant, si plein d'enthousiasme, arbore maintenant une expression grave, signe de l'importance capitale de cet instant.

— J'étais fou amoureux de toi. Tu es mon premier amour. Mon unique amour. Tu m'as quitté, il y a plus de vingt ans, et plus rien ne comptait. Depuis, je n'ai jamais cessé de t'aimer. J'ai refusé toutes les autres femmes dans ma vie amoureuse.

Son air mélancolique en dit long sur la profondeur de ses confidences.

Après la lettre de rupture de Rachel, Amir a coupé les liens avec les siens et a tout abandonné. Il s'est retrouvé seul sur un voilier, se persuadant qu'il voulait renouer avec la nature et avec lui-même. En fait, il était juste en train de fuir. Ses parents ont déclaré sa disparition à la police. La réalité a évidemment fini par le rattraper. Il lui a donc fallu refaire surface. Il est parti s'installer aux Etats-Unis pour suivre ses études et a décroché haut la main un diplôme d'architecte. Puis ce fut le retour en France et ses vacances chaque été à l'île de Paros dans l'espoir de revoir Rachel. Il l'a cherchée partout, sur les réseaux sociaux, ou en questionnant ses amis, son parrain… Sans succès, jusqu'à ce jour où il a appris qu'elle était mariée et qu'elle attendait un enfant. Malgré tout, il n'a jamais renoncé à la retrouver. Et aujourd'hui, le destin la remet à nouveau sur sa route. C'est un miracle.

— J'ai même écrit une chanson que tu connais certainement parce que c'est devenu un tube. Avec les droits d'auteur, je pourrais arrêter de travailler. Je l'ai composée en quelques minutes, sous le coup de l'émotion. Elle a dormi longtemps dans un tiroir et un matin où j'étais encore plus nostalgique que d'habitude, je l'ai publiée sur Facebook. Un type m'a écrit. C'était une société de production. Il l'a proposée à une star qui a craqué immédiatement pour les mots déchirants de ce texte.

— Ah bon ? Qui est-ce qui la chante ? Je connais ? demande Rachel.

— Oui, tu la connais ! Qui ne la connaît pas ?

— Dis-moi…

— Elle est canadienne…

— Je donne ma langue au chat.

— Cathy Cassell…

— Ah bon ?

— Philip O'Brian a composé la musique, j'ai écrit les paroles, explique Amir fièrement.

— C'est quoi, le titre ?

— Pour que tu m'aimes un jour.

— Ah oui ? J'adore cette chanson ! C'est dingue ce truc ! s'exclame Rachel, admirative.

Amir se met à fredonner, la voix émue mais rauque, captivante comme à son habitude, cette chanson qu'il a écrite pour Rachel et qui appartient désormais à la postérité. Elle est effarée d'être celle qui a inspiré ces paroles sublimes. Qui l'aurait imaginé ? Certainement pas elle qui a souvent chanté à tue-tête dans sa voiture ce hit éternel, en pastichant avec humour la célèbre chanteuse.

« J'ai compris ta lettre
J'ai bien compris, merci
Cohérente et banale
Ta destinée n'est plus ici
Que les choses sont brisées
Que les roses sont flétries
Que l'été de Paros
C'était l'été d'avant
Que si tout change et tout lasse
Les amours aussi passent. »

— Cette chanson est dédiée à tous ceux qui ont aimé si fort qu'ils ont perdu leur raison de vivre. C'est une ode à l'amour qui ne meurt jamais… déclare-t-il.

Les mots d'Amir résonnent comme une vérité universelle, une mélodie triste et belle qui évoque les âmes éperdues, les cœurs meurtris par le poids de leurs choix d'antan.

Les deux amoureux s'étreignent avec force, réalisant qu'ils

ont manqué une grande partie de leur existence. Rachel a cherché ailleurs ce qu'elle avait sous les yeux. Amir a construit des barrières pour se protéger des blessures de l'amour. Leur chemin a été jonché de ronces, les laissant errer sans jamais atteindre l'essentiel : un amour absolu.

Rachel ressent le lourd fardeau de la responsabilité. Ce désastre est survenu par sa faute, et uniquement par sa faute. Elle se blâme d'avoir laissé échapper l'opportunité en or de vivre une passion avec Amir, cet homme qui l'a toujours aimée sans relâche. Les regrets l'assaillent, mais elle préfère regarder l'avenir en face plutôt que de se morfondre dans des souvenirs moroses. Amir partage le même état d'esprit. A cet instant, alors que leurs corps sont enlacés et que leurs âmes se rejoignent, un espoir fusionnel les anime, balayant avec lui les erreurs du passé.

Ils savent qu'ils peuvent enfin vivre cet amour tant désiré, rattraper le temps perdu et construire un avenir où leur passion brillera au grand jour. Peu importe les différences, la religion, leurs familles ! Rachel se sent prête désormais à affronter toutes les embûches pour affirmer son amour envers l'homme qui fait battre son cœur depuis toujours. Evidemment, trop heureux de trouver une issue heureuse à sa destinée, Amir lui pardonne, lui qui a toujours su que Rachel était la femme de sa vie envers et contre tout.

Ils renouvellent leur pacte de sang, scellé il y a plus de vingt années, en prononçant le vœu solennel de s'aimer pour l'éternité. Ils se tiennent les mains en se regardant droit dans les yeux, avec une dévotion empreinte de romantisme. Amir déclare avec panache :

— Toi, ma flamboyance, mon étoile filante qui a traversé mon passé et ma jeunesse comme une comète, je suis si heureux que tu illumines mon présent et mon futur.

Rachel éprouve le besoin irrépressible de le serrer dans ses bras.

— Je meurs d'envie de t'embrasser encore, dit Amir, dans un souffle sensuel.

Ni une ni deux, il se précipite sur elle et réalise ses vœux, en plus fort.

Leur histoire d'amour hors norme peut défrayer la chronique, ce n'est plus leur préoccupation. Ils la considèrent, quant à eux, comme une aventure épique qu'ils ont la chance de traverser. Ensemble, ils se sentent invincibles, se proclamant les Roméo et Juliette des temps modernes. La force de leur passion continuera de les embraser, résistant même aux tempêtes provoquées par leurs divergences religieuses. De la douleur de leur longue séparation jusqu'au firmament de leurs retrouvailles, leurs baisers se noient dans la puissance d'un happy ending.

Rachel sur la terrasse du studio d'Amir qu'il appelle son « rooftop ».

10

3, 2, 1, soleil !

Rachel s'est rapidement adaptée au look estival et festif de l'île de Paros, comme en témoigne son ensemble tee-shirt et short rose flashy à la mode Barbie. Elle s'observe attentivement dans l'immense miroir vénitien du hall :

— Miroir, mon beau miroir, dis-moi de quoi j'ai l'air ! Tu ne trouves pas que j'ai embelli ? Je suis désirée ! Désirée par une bombe atomique!... lance-t-elle, d'un air enjoué, tout en sortant de l'intérieur climatisé.

Pensive, elle se tient appuyée sur le rebord en fer forgé de la terrasse. Très satisfaite de son magnifique hâle doré, elle peut exhiber ses jambes sculptées par les longues promenades, pieds nus, sur le sable. Aidée par un écran total plébiscité par les stars, sa peau diaphane a pu bronzer progressivement sans brûler. Le soleil brille intensément dans le ciel azuré, tandis que la brise marine fait voler sa chevelure rousse et volumineuse, soigneusement bouclée au fer. Comme un toc, elle s'amuse à faire tirbouchonner ses mèches aux reflets lumineux. Elle contemple l'immensité de la mer Égée, dont les eaux cristallines s'étendent à perte de vue. Un sourire conquérant illumine son visage, car elle sait que cette nouvelle vie est porteuse de promesses et de découvertes.

Dans ses bagages, Rachel a emporté son amour pour les langues ainsi que sa passion pour l'histoire et la mythologie. Ses études de grec ancien au lycée ont été une porte d'entrée vers l'étymologie et une orthographe exemplaire en français. Désormais, c'est le grec moderne qui la captive. Elle se souvient des vacances passées à l'île de Paros, où elle se débrouillait tant bien que mal pour lire les panneaux de la route ou les enseignes de boutiques, avec quelques rudiments de grec parlé. Aujourd'hui, elle aspire à une maîtrise complète de cette langue magnifique qui résonne depuis la nuit des temps. Cet énorme challenge ne l'effraie pas, bien au contraire. Elle se sent émoustillée par la difficulté de l'entreprise. Plus rien ne saurait lui résister depuis qu'elle est amoureuse ! Elle se réjouit à l'idée d'explorer les subtilités linguistiques du grec, de s'immerger dans sa richesse culturelle et de pouvoir échanger avec les habitants de l'île, de manière encore plus authentique Ce nouveau chapitre de sa vie ressemble à un immense Nouvel An, où elle prend une multitude de bonnes résolutions, parmi lesquelles cet apprentissage occupe une place centrale.

Rachel se sent portée par une vague d'exaltation et de détermination. Elle sait que ce projet, parmi tant d'autres, enrichira son expérience et la rapprochera encore davantage de la beauté et de l'âme de cette terre grecque qui devient peu à peu son chez-soi. Avec une détermination renouvelée, elle lève les yeux vers l'horizon et se prépare à s'immerger dans cette aventure enivrante, prête à dévorer pleinement chaque instant de sa renaissance dans les Cyclades.

Aujourd'hui, elle ne verra pas Amir, pris par une série de

rendez-vous dont il n'a pas dévoilé la teneur. Quant à Brice, il passe la journée à Athènes. Elle compte bien mettre ce mercredi en solitaire à profit, pour prendre du recul et savourer tout ce qui lui arrive.

*

Des lendemains qui chantent

En ce jeudi matin, Rachel émerge de son sommeil, encore groggy par l'épisode intense vécu avec Amir. Elle sursaute à l'arrivée inquisitrice de Brice, qui dépose sur son lit king-size un plateau garni d'un petit déjeuner comme elle les aime, orange fraîchement pressée, tranche de pain complet croustillante, café à la vanille… Comme touche finale, une rose blanche dans un soliflore en porcelaine qu'il a dû dénicher dans l'une des nombreuses armoires de la propriété. Cette attention matinale dissimule une curiosité maladive. Brice se demande ce que son amie a bien pu faire avec son nouveau « mec » et il est bien décidé à la cuisiner pour la faire parler.

Rachel s'éveille, le sourire aux lèvres, drap pudiquement remonté jusqu'au cou. Même si Brice est homo, il n'en demeure pas moins un homme.

— Comment ça va, ma poulette ? Je t'ai ratée quand t'es rentrée ! D'ailleurs, c'était à quelle heure, ma belle Cendrillon ? commence Brice.

Assis sur le bord du lit, Brice fait sa cancanière, rôle qu'il tient à merveille. Mais, pour une fois, Rachel n'a pas envie de se confier à lui.

— T'es dans le déni, ma vieille ! Tu vas mettre combien de temps pour voir la réalité en face ? Tu peux pas être avec un type pareil ! poursuit Brice.

— Mais de quoi tu t'mêles ? répond, furieuse, Rachel.

— C'est pour ton bien, ma chérie ! Tu m'connais ! Tu sais que moi, les préjugés je m'en contrefous, mais là, tu fonces droit dans l'mur.

— Et pourquoi ? Tu veux bien me l'dire ? demande Rachel.

— Ben ! Parce que !...

— Parce que quoi ? Explique-toi ! insiste Rachel pour le pousser dans ses retranchements.

— Parce que t'es juive et qu'il est arabe ! Tu te vois le présenter à tes parents ? Et tes potes feujs, n'en parlons pas ! Ou ils te rient au nez ou ils te renient ! T'as l'choix ! Tu vas te retrouver seule comme un rat mort ! Alors ça, la solitude tu vas l'avoir ! affirme fermement Brice.

— Laisse-moi gérer ! Je suis consciente, depuis notre rencontre, que c'est un amour impossible nous deux. Mais je sais pas comment t'expliquer… Dès qu'on se quitte, on veut se retrouver et on essaie de pas rester longtemps loin l'un de l'autre. J'aime son regard enfantin sur les choses. Je l'aime ! Voilà ! C'est tout… De quoi l'avenir sera fait ? J'en sais rien... On verra bien. Je veux vivre l'instant présent… assure Rachel avec conviction

— Je te vois venir avec tes gros sabots ! Tu les as vus, tes yeux de cocker ? Moi, j'connais bien ces yeux-là, et c'est des yeux d'a-mou-reu-se. Alors, amuse-toi ! Ça oui ! Tu peux t'amuser ! T'éclater même ! Mais pas te faire passer la bague au doigt ! recommande Brice.

— Ah, mais j'en suis pas là ! On vient à peine de se retrouver ! Laisse-moi le temps de me remettre de mes émotions ! Mais ce qui est sûr, c'est que je suis heureuse ; ça fait longtemps que j'avais pas été aussi épanouie et bien dans ma peau, dans ma tête, dans mon corps. Et c'est grâce à lui ! tambourine Rachel.

— T'es une idéaliste, ma chérie… Tu crois toujours que les choses vont s'arranger, mais t'en es au même stade qu'il y a plus de vingt ans. A l'époque, t'avais eu l'intelligence de renoncer… Fais pareil ! C'est un conseil que j'te donne. Ou alors, j'ai une idée…

— Ah oui ? Laquelle, demande Rachel, intriguée.

— Tirez-vous sur une île déserte, sans internet ni téléphone. Là, vous aurez peut-être une chance de roucouler tranquill'ment.

— N'importe quoi ! Faut vivre avec son temps, mon vieux ! C'est dépassé, ces histoires de racisme. On n'en est plus là !

— OK mon chou… As you want ! (ndlr : Comme tu veux, en anglais)

— Cet homme, c'est sans doute ma dernière chance de bonheur, murmure Rachel, le regard perdu dans le vide.

— Ah ben, si tu l'prends comme ça, j'peux pas lutter, conclut Brice.

Rachel a l'estomac noué, une sensation familière qui l'envahit à chaque fois qu'elle est amoureuse. A part du café, elle peine à avaler quoi que ce soit d'autre. L'amour, pour elle, rime avec régime garanti. Brice, avec ses côtés « mère juive », la force à manger en affirmant qu'elle risque de dépérir. Rien n'y fait !

Elle fouille dans tous ses placards, bien décidée à être plus resplendissante que jamais. Bien qu'ils ne se soient pas fixé de rendez-vous, elle parie qu'ils se verront à coup sûr aujourd'hui. D'ailleurs, elle en est déjà, ce matin, au neuvième SMS enflammé de son nouvel amoureux transi.

Rachel file prendre une douche froide, puis se dirige, serviette blanche enroulée autour de son corps frissonnant, vers son bureau où trône son ordinateur portable, resté fermé depuis son arrivée à l'île de Paros. Jusqu'à présent, elle s'est contentée d'accéder à beaucoup d'informations depuis son téléphone ou sa tablette. Parmi une multitude de SPAMS, elle ne relève que quelques mails intéressants, notamment ceux de ses enfants qui lui envoient des photos, des cœurs et des messages joyeux agrémentés d'une multitude de smileys. Ils déclenchent instantanément un sourire sur son visage. Elle se sent aimée. Elle s'empresse d'enregistrer les photos dans les dossiers correspondant aux prénoms de chacun d'entre eux.

Soudain, elle fronce les sourcils en découvrant un courrier laconique de la police grecque, accompagné d'une pièce jointe. Intriguée et inquiète, elle lit à haute voix, le contenu de cette nouvelle inattendue.

CONVOCATION

Le Capitaine de Police Sotíris Alexandrópoulos
Invite : Rachel Danan
Service : Direction de la Sécurité Publique
A se présenter le 29 juillet à 14 heures 30
MUNIE DE LA PRESENTE CONVOCATION
A l'adresse suivante :
Police Grecque Athènes
Motif : Audition suite à votre participation à la conférence du B'nai Brith Ile de Paros Hôtel Poséidon Jeudi 15 juillet

— Brice ! Ramène ta fraise ! s'écrie Rachel, assez fort pour qu'il puisse l'entendre à l'autre bout de la villa.

— J'arrive ! répond-il en se précipitant vers elle.

— Qu'est-ce que c'est qu'ce truc ? demande-t-elle en lui montrant le mail tout en suivant le texte du doigt pour qu'il le lise attentivement.

— Tu m'as pas dit qu'il y avait eu une alerte et que vous aviez été évacués ? demande Brice.

— Oui, mais c'était une alarme incendie. Après, j'en sais

pas plus parce que c'est à ce moment-là qu'Amir m'a emmenée dehors. Il venait d'me dire qu'il me connaissait. J'étais tell'ment surprise par cette rencontre que j'ai à peine fait gaffe à la sirène.

— Oui, toi, une évacuation d'urgence tu zappes, alors qu'une escapade en amoureux, tu fonces. T'es trop toi ! C'est pour ça que j'tadore, lui dit-il en lui collant un baiser bruyant sur sa tête penchée vers l'ordinateur.

— Sérieus'ment… Tu trouves pas bizarre qu'ils me convoquent pour ça ? Pourquoi moi ? demande Rachel, interloquée.

— Oui, c'est vraiment étrange, j'suis d'accord. Ils veulent peut-être entendre tous les responsables pour leur annoncer quelque chose, suggère Brice.

— J'espère bien ! Ils vont quand même pas me suspecter d'avoir mis l'feu !

— T'es sûre que c'était une alarme incendie ? demande Brice.

— Pas vraiment ! C'est ce que j'ai entendu au micro, je crois.

— C'est rien, écoute… T'y vas et tu verras bien. De toute façon, t'as rien à t'reprocher.

— Exact !

*

Les jours heureux

Rachel et Amir vivent un bonheur infini et ne se lâchent pas d'une semelle, sauf la nuit. Pour l'instant, Rachel préfère dormir seule. Il faut dire qu'elle a toujours détesté partager son lit avec un homme, même lorsqu'elle est éperdument amoureuse. C'est une intimité qui la met mal à l'aise et qui, selon elle, est anti-glamour au possible. Amir respecte ce choix, mais ne peut s'empêcher de lui proposer de rester avec lui chaque soir, vivant cette séparation comme un véritable déchirement. Elle a toujours eu du mal avec les « on » et les « nous », préférant vivre seule chez elle plutôt que de s'installer avec quelqu'un, même lorsqu'elle est engagée dans une relation. C'est pourquoi, autour d'elle, on a toujours considéré qu'elle chérissait sa vie de célibataire. Pourtant, les couples d'amoureux l'ont toujours fascinée. Cette ambivalence chez Rachel a souvent été à l'origine de ses ruptures.

En attendant, Amir et Rachel tirent des plans sur la comète. Malheureusement, le séjour d'Amir doit bientôt toucher à sa fin. Il s'efforce de trouver une solution pour le prolonger. L'idée du télétravail le tente, mais cette option exigerait de nombreux allers-retours entre la Grèce et la France. De plus, il devrait se résoudre à sous-traiter certaines tâches, comme la supervision des chantiers. Rachel ne lui impose rien, car elle s'en voudrait d'être la cause de son échec professionnel. Il excelle dans sa profession qu'il chérit par-dessus tout. Elle ne souhaite en aucun cas l'obliger à renoncer à cette activité à la fois lucrative et gratifiante.

Aujourd'hui, il veut partager avec elle ses réalisations dont il se déclare très fier. Pour qu'elle comprenne précisément la nature de son travail, il lui lit son profil sur un portail internet de référencement d'architectes :

Architecte spécialisé Rénovation/Extension. Expats are welcome. Paris.

Amir Hayat, architecte de formation américaine, exerçant depuis plus de 20 ans à Paris sur des projets de grande envergure, je vous présente un aspect de mon métier : le travail de rénovation ou l'extension de l'habitat individuel. De nos jours, l'immobilier étant de plus en plus inabordable, il est dans l'intérêt des propriétaires d'investir dans leur

propre logement et de concrétiser leurs rêves, avec l'assistance d'un professionnel expérimenté.
Diplômes : Bachelor of Environmental Design, Master of Architecture, New York Polytechnic University, Certification, HQE Certifiction Bois

— Waouh ! Trop fort ! Respect ! s'exclame Rachel, inconditionnelle de tout ce qu'entreprend son amoureux.

— Merci ! T'es gentille ! Maintenant, si je veux rester ici avec toi, je dois me dépatouiller avec tout ce qu'il y a en cours et les projets… Quel casse-tête !

— Ne fais pas ça ! Rentre comme prévu ! On pourra se voir régulièr'ment. On peut alterner. Un coup, c'est toi qui viens. Un coup, c'est moi qui te retrouve à Paris. La France risque de me manquer à force. Comme ça, on ne se lassera pas l'un de l'autre, ajoute-t-elle en l'embrassant tendrement sur la bouche.

— Jamais, je me lasserai de toi ! Jamais ! Tu m'entends ? Et puis…

— Quoi ? Dis-moi…

— Et puis, si je te laisse ici… Un autre type va te mettre le grappin dessus et tu vas me quitter. Je pourrais pas supporter une deuxième rupture ! Tu l'sais, ça ?

— Mais oui ! Ne t'en fais pas ! Je te jure fidélité ! déclare Rachel solennellement en levant la main droite, comme les Américains au tribunal.

— Et toi ? Parle-moi de toi… de ton métier, de tes passions, de tes hobbies ? demande Amir, impatient de tout savoir sur l'être aimé.

— Oh, tu sais, moi j'ai abandonné mes études pour me consacrer à mari et enfants, alors tu sais…

— T'as jamais travaillé ?

— Non ! Mais quand je me suis retrouvée seule, j'ai eu envie de changer les choses. J'ai fait une liste avec deux colonnes, ce que j'aime et ce que j'déteste. Après un brainstorming avec moi-même, j'ai trouvé l'idée de génie.

— Ah oui ? C'est quoi ? demande Amir, curieux.

— J'ai créé un blog de recettes juives de toutes les traditions, ashkénazes et séfarades que j'ai appelé « CooknFamily ». Et je revisite ces recettes. J'ai mis à contribution ma mère et mes tantes. Il cartonne mon site, et mes réseaux sociaux idem. Comme j'ai des milliers de vues, j'ai des annonceurs. Bref, je fais ça depuis chez moi, j'ai pas de patron et ça me rapporte de l'argent. Je gagne sur toute la ligne, explique Rachel.

— Chapeau ! C'est top ! s'extasie Amir.

— J'ai atteint l'état de flow, enfin ! Et c'était nouveau pour moi qui avais passé ma vie à m'occuper des autres sans jamais penser à moi.

— L'état de quoi ? demande Amir perplexe.

Rachel cherche sur son téléphone la définition et la lit victorieuse à Amir.

— C'est ça… Voilà… « En psychologie positive, le flow – mot anglais qui se traduit par flux, zone, ou expérience optimale, est un état mental atteint par une personne lorsqu'elle est complètement plongée dans une activité et qu'elle se trouve dans un état maximal de concentration, de plein engagement et de satisfaction dans son accomplissement. » Voilà… Je pensais à rien d'autre qu'à ce que je faisais. Je me réalisais enfin. Alors j'ai poursuivi et je me suis perfectionnée chaque jour.

— C'est génial, ça ! Bravo ! dit Amir.

— Je sais pas si c'est vraiment un travail mais bon… En fait, je me suis autoproclamée critique et journaliste culinaires, grâce à un type qui a été mon coach en quelque sorte, déclare Rachel.

Elle choisit délibérément de ne pas évoquer le fait qu'elle était éperdument amoureuse de cet homme avant de s'apercevoir qu'il était un habile menteur.

Pourtant, celui qu'elle a affublé du surnom de « L'Imposteur de Los Angeles » a véritablement bouleversé sa vie et elle lui en est finalement reconnaissante.

— C'est bien, d'avoir des mentors ! Tu attires ces gens-là avec ta bienveillance ! Ça m'étonne qu'à moitié ! répond Amir, fervent admirateur de Rachel.

— T'es chou ! En plus, tu sais qu'je fais du bénévolat dans des associations juives... le CRIF par exem… commence-t-elle à expliquer.

Amir lui coupe brusquement la parole en plein milieu de sa phrase, se lève d'un bond et propose à Rachel d'aller boire un verre au bord de l'eau.

— A nous, la mer et les criques ensoleillées ! s'exclame-t-il joyeusement.

Bien qu'étonnée par cette soudaine interruption de leur conversation, elle le suit, heureuse de pouvoir s'aérer au bras de son Prince Charmant. Elle se délecte de leurs balades sur la plage, main dans la main. Avant Amir, elle observait avec envie les autres couples qui partageaient cette complicité. Elle se sent tellement chanceuse que cela lui arrive à elle aussi.

Amir n'a de cesse de lui faire découvrir toutes les facettes de leur île d'amour, que ce soit les tavernes traditionnelles, les restaurants luxueux ou les bars sophistiqués. Amir adore tout, c'est un boulimique de la vie. Il la dévore à pleines dents. Il façonne Rachel à son image, gaie, pétillante, bourrée de joie de vivre, à l'instar de la foule de jeunes qui fréquentent ces lieux branchés chaque soir. Son enthousiasme est contagieux. Rachel n'attendait que cela pour bousculer le ronron tristounet et sans surprises d'une existence réglée comme du papier à musique. Une révolution pour elle. Amir est un magicien.

Il sait aussi abandonner les endroits bondés et bruyants pour rejoindre de paisibles villages traditionnels, comme Lefkes et Marpissa, dont ils savourent la beauté et la sérénité. Il lui avoue que c'est elle qui le rend ainsi, qu'il l'espérait depuis si longtemps. Durant vingt ans, il avait vécu dans une sorte de torpeur dont il ne pouvait ni ne voulait s'extirper. A présent, à ses côtés, il peut enfin profiter de chaque moment de bonheur, qu'il soit petit ou grand.

Amir lui confie que lorsqu'il l'a rencontrée pour la première fois, elle l'avait impressionné.

— Quand on était plusieurs, dès que les autres partaient, je me disais « Ah non, je vais m'retrouver seul avec elle ! ».

— Oui, je m'en souviens ! Je croyais que tu m'détestais ! Déjà que je me trouvais moche, c'était pas fait pour me rassurer.

— En réalité, tu m'intimidais à un point inimaginable. Je priais pour qu'il y ait du monde avec nous, et dès qu'on était seuls, c'était la panique totale. J'arrivais pas à prononcer un mot. Je pouvais même pas te regarder.

Ils décident de célébrer le départ imminent d'Amir avec l'une de ces soirées mémorables dont il a le secret. Conscients que, quoi qu'il advienne, ils se retrouveront, le blues de la séparation reste relatif.

Ils se dirigent avec entrain, main dans la main, vers Apostolis Ouzeri, restaurant mythique de l'île de Paros, fréquenté surtout par les locaux et situé un peu à l'écart du centre. Au cœur de Parikia, cette authentique taverne grecque offre un environnement très relaxant face à la plage de Livadia et une vue magnifique au coucher du soleil depuis la terrasse ombragée.

L'ardoise à l'extérieur annonce, à la craie blanche, les plats typiques méditerranéens et grecs, plébiscités par leur très fidèle clientèle, tels que l'aïoli de Marseille, la bouillabaisse, la poutargue. Rachel se déclare « morte de faim » et prête à engloutir un menu complet, entrée, plat, dessert. Son histoire d'amour avec Amir étant à présent au beau fixe, elle a retrouvé non seulement l'appétit mais aussi une fringale incontrôlée toute la journée. Cependant, inquiète à l'idée de prendre un gramme, elle se prive ou prend garde à ne se nourrir que de plats light, grillés avec un filet de jus de citron, et surtout jamais de plats cuisinés ni de sucreries.

En entrant, ils constatent que ça parle grec dans une brume ambiante provoquée par les nombreux plats chauds qui circulent entre les mains encombrées des serveurs débordés mais efficaces. Un groupe de pêcheurs, pour lesquels Apostolis cuisine depuis près de 30 ans, refait le monde autour d'une partie de cartes, comme dans un film de Pagnol.

Rachel et Amir commandent à l'unisson le poisson frais grillé du jour et des feuilles de vigne, accompagnés du vin rosé de la maison. En raison de la cacophonie générale, ils observent, pour une fois, un silence collégial et savourent une vue imprenable sur la mer, aussi calme qu'un lac. Pour patienter, car qui dit succès dit souvent longue attente, ils se régalent d'une assiette généreuse de mezzés colorés à partager, servie avec un petit verre d'ouzo par personne. C'est çà les saveurs de l'été grec. Voilà un moyen parfait de se regarder dans le blanc des yeux sans la moindre lassitude. Après un repas délicieux mais frugal, ils se laissent tenter par le dessert yogourt-griottes-sirop, offert par le patron. Rachel fait une exception à son régime draconien, en acceptant ce mets incontournable.

Portée par l'élan fusionnel de leur amour, Rachel grimpe sur le podium en tirant Amir par le bras. Totalement désinhibée, elle vise de se lancer dans un karaoké endiablé en duo avec lui, pour le plus grand plaisir du public en train de festoyer. L'ambiance lui évoque la scène culte du film « Lost in Translation », « Wild Night in Tokyo ». Pour pousser le jeu jusqu'au bout, elle se coiffe d'une perruque rose dénichée dans le panier « déguisements » installé à côté de l'écran géant. Décomplexée, elle empoigne le micro pailleté pour chanter « Brass in Pocket » des Pretenders, avec une justesse aussi approximative que celle de Scarlett Johansson dans la comédie dramatique oscarisée de Sofia Coppola.

Ensuite, sous le regard radieux des clients braquant leurs téléphones sur eux, Amir et Rachel se lancent, ensemble cette fois, dans une interprétation pleine de ferveur de « I Will Survive » de Gloria Gaynor, suivi d'un tube de Jennifer Lopez, « Let's Get Loud ».

L'animation survoltée enchante également le personnel du restaurant, qui partage en live la soirée, sur les réseaux sociaux.

Une taverne grecque traditionnelle

11

Le 29 juillet, jour de la convocation à l'hôtel de police d'Athènes, est arrivé à toute allure. Amir a décidé d'annuler son vol de retour pour l'instant, ce qui réjouit Rachel. Heureusement, il avait acheté un billet échangeable et remboursable. Il prendra un autre avion dans quelques jours, à la dernière minute.

Rachel s'est résolue à accepter de passer ses nuits avec Amir, ne parvenant plus à le quitter le soir. Toujours très matinal, il la réveille doucement à 6 heures pour pouvoir passer un moment précieux en sa compagnie, avant son départ. Il tient à ne perdre aucune seconde de leur relation. Pourtant, aujourd'hui, exceptionnellement, ils ne passeront pas la journée ensemble.

D'un bond, Rachel saute du lit et se dirige vers la salle de bains attenante. Elle en ressort fraîche comme après quinze jours de vacances. Elle attrape la robe choisie la veille et disposée sur le fauteuil du salon, avec ses ballerines vernies soigneusement placées en dessous. Amir se régale à la regarder se préparer. Il s'installe confortablement et l'observe vaquer à ses rituels matinaux : s'habiller, se maquiller, se coiffer… Parfois, il lui tend une brosse à cheveux ou avance un siège… pour lui faciliter la tâche. C'est ainsi qu'il conçoit la vie : être là pour rendre chaque chose aussi simple que possible pour elle. Rachel apprécie ces petites attentions qui lui ont tant manqué dans sa vie et qui lui procurent une sérénité et un équilibre qui ressemblent étrangement au bonheur. Même si ce ne sont que d'infimes marques d'affection, elles valent tout l'or du monde à ses yeux.

Rachel sort fièrement deux ravissantes tasses en céramique, peintes à la main, du vaisselier acheté par son parrain dans une petite échoppe, alors qu'il flânait dans une ruelle autour de Monastiraki, hors des sentiers battus. Bien qu'il ne s'accordait pas du tout avec la décoration de la villa, il adorait ce meuble traditionnel. C'était sa manière de soutenir le commerce et l'artisanat grec en restant « local », expliquait-il à la petite Rachel. Elle l'appréciait particulièrement parce qu'il était à sa taille. Elle pouvait accéder à son bol de corn-flakes du matin bien plus facilement que dans l'impressionnante cuisine intégrée aux meubles destinés à des géants. Elle continue donc à l'utiliser avec plaisir.

Elle remplit ces tasses, de café parfumé au caramel, à partir d'une machine fraîchement acquise et indispensable à son bien-être. Ensuite, main dans la main, Rachel et Amir se dirigent vers le solarium pour savourer leur petit-déjeuner en contemplant le lever de soleil. Ils réalisent à quel point cet instant à deux est précieux. Il règne un silence complice entre eux. Ils n'ont pas besoin de se parler pour se comprendre. En amour, un silence vaut mieux que les mots. Rachel, réputée pour être un véritable moulin à paroles, est surprise par son changement de personnalité qu'elle n'aurait jamais cru possible. Ils dégustent des tartines beurrées et du jus d'orange frais en faisant l'éloge de la lenteur. Le monde qui les entoure s'efface, ne laissant place qu'à l'autre. Leur amour grandissant vibre en harmonie avec cette nature apaisante qui semble célébrer leur union.

Dans l'intimité de ce matin féerique, leurs émotions s'expriment à travers de tendres regards, des sourires complices et des gestes prévenants. Leurs cœurs battent à l'unisson dans une fusion totale. Ils sont connectés d'une manière si profonde qu'ils peuvent lire les pensées de l'autre avant même qu'elles ne soient formulées. Ils se découvrent et s'épanouissent dans la présence l'un de l'autre. Ils ne font qu'un. Rachel comprend à quel point l'amour peut être doux comme un murmure, puissant comme le silence et brûlant comme les rayons caressants du soleil grec. Un simple effleurement de la main de cet homme la met dans tous ses états. Elle, qui se complaisait à lire des romances, est désormais l'héroïne de sa propre histoire d'amour, où chaque instant est un nouveau chapitre, où chaque émoi l'emporte dans un tourbillon d'aventure et de passion.

Amir garde un œil attentif sur l'heure pour s'assurer que Rachel ne soit pas en retard. Sa montre n'est pas seulement un gadget électronique, c'est un véritable allié dédié à sa forme et à sa santé, équipé d'un processeur bicœur ultra-rapide pour des performances optimales. Toutes ses informations importantes, des cartes d'embarquement aux tickets de cinéma en passant par les divers codes, sont soigneusement organisées et toujours à portée de main. Cette petite merveille technologique est une véritable bénédiction pour Amir, de nature très distraite. Elle lui permet même de retrouver des objets égarés en un clin d'œil. Mais ce n'est pas tout : cet accessoire va au-delà de l'utilitaire en permettant à Amir de localiser ses proches. Au début, cette fonctionnalité avait suscité l'inquiétude de Rachel, craignant d'être surveillée, elle qui déteste la jalousie. Mais avec le temps, elle a réalisé que cela la rassurerait, surtout à l'idée de se perdre ou d'être en danger. Heureusement, elle n'en avait pas parlé à Brice qui se serait empressé de lui démontrer que c'était une raison de plus de se méfier de lui.

Elle doit embarquer sur le ferry de 8 heures en direction d'Athènes. La durée moyenne de la traversée est de 4 heures et 53 minutes, ce qui la fera arriver aux alentours de midi, juste à temps pour son rendez-vous prévu à 14 heures 30. Bien qu'elle minimise la gravité de la convocation, hors de question pour elle d'être en retard. Elle ne s'attend qu'à une formalité ou à des questions sur la liste des invités, mais étant donné qu'elle n'est pas l'organisatrice, elle ne pourra pas leur être d'un grand secours.

Au grand désarroi de son amoureux éperdu, elle doit donc écourter ce moment aussi simple que sublime, comme tous leurs instants partagés. Elle n'avait pas l'intention de prendre un petit-déjeuner aussi copieux qu'à l'hôtel et se serait contentée d'un café bu vite fait. Mais il a tellement insisté qu'elle a consenti à lui accorder ce petit plaisir matinal. Elle n'a pas jugé utile de lui expliquer la raison de son absence. Par discrétion, Amir n'a pas non plus cherché à obtenir plus de précisions.

Il n'a de cesse de l'embrasser, sur la main, dans le cou, sur le front et bien sûr sur la bouche, ce qui aboutit inévitablement à un baiser enflammé et interminable. Ils vivent une belle histoire qui ne s'étiole pas malgré les journées successives passées ensemble.

Rachel se lève brusquement, en priant Amir d'accélérer le mouvement :

— Tic Tac ! Tic Tac ! … Ça y est, c'est l'heure du grand départ, déclare-t-elle en se levant.

Cette journée semble minutieusement orchestrée pour Rachel, entre le ferry et son rendez-vous à Athènes. Sacrifier un peu de temps avec son amoureux avant le départ, pour un partage exquis, les yeux dans les yeux, est un geste naturel. Mais parviendra-t-elle à être à l'heure car le temps tourne ?

Amir a élégamment proposé de l'accompagner au port. Ensuite, il devra la laisser, à son grand regret. Sans elle, il est totalement désemparé, ne sachant pas comment occuper ses journées. Ils quittent Sephora, sans un mot, d'un pas pressé, Amir suivant Rachel qui se retourne sans cesse pour voir où il est. Sa démarche d'escargot traduit sa hantise de se séparer d'elle. Elle le rassure en lui criant joyeusement :
— Je ne pars que quelques heures ! On se retrouve ce soir, darling !

*

Bienvenue à la police !

Après une traversée agréable, bercée par le rythme régulier des vagues sur une mer lisse comme de l'huile, Rachel arrive pile à l'heure annoncée à Athènes. La chaleur est écrasante en cette mi-journée. Elle se protège du soleil sous un large chapeau de paille qui lui couvre le regard et lui confère une aura de mystère à la manière des icônes hollywoodiennes Greta Garbo ou Lauren Bacall. D'un pas fébrile, elle se dirige vers son rendez-vous qui s'annonce peu réjouissant, guidée par le GPS de son téléphone.

La tension monte alors qu'elle franchit les portes imposantes du commissariat, dont l'architecture de verre rappelle les gratte-ciel. Des agents impassibles lui indiquent le chemin en l'escortant jusqu'à une salle d'attente où le temps semble s'étirer éternellement. Sans savoir pourquoi, Rachel sent l'angoisse l'envahir. Une boule d'appréhension se forme dans son ventre, tandis que son esprit s'emballe pour tenter de comprendre la raison de sa présence ici. Elle regrette d'avoir trop mangé avant la traversée en bateau et se sent toute barbouillée.

La conférence du B'nai Brith à l'Hôtel Poséidon, au milieu du mois de juillet, s'annonçait davantage comme un cocktail VIP que comme un événement politique. Cette date et ce lieu associés à l'été, au tourisme et à la légèreté, qui lui paraissaient si festifs, se transforment subitement en un amalgame d'incidents et d'interrogations.

Les bruissements étouffés des autres auditions flottent dans l'air, alimentant son imagination déjà en pleine ébullition. Assise, le cœur battant à tout rompre, Rachel se prépare mentalement à cette entrevue. Les minutes s'égrènent lentement, prolongeant l'incertitude qui la ronge. Son anxiété s'accélère, tout en étant mêlée à une curiosité maladive. Que va-t-on lui révéler ? Quels secrets seront dévoilés au cours de ce rendez-vous ?

— Il s'est forcément passé quelque chose, analyse Rachel en son for intérieur.

En dehors de l'alerte incendie, elle ne voit pas ce qui aurait pu poser problème. Le fait d'être à l'étranger n'arrange rien à son inquiétude, même si la Grèce n'est pas réputée pour être pro-palestinienne ou engagée particulièrement contre Israël. Preuve en est l'organisation de cette conférence rassemblant autant de personnalités notables du monde entier. Que s'est-il produit dans les coulisses de cette conférence ? Quel épisode a bien pu attirer l'attention des autorités ? Quelles vérités obscures se dissimulent derrière cet événement en apparence anodin ?

Rachel gamberge et son imagination va bon train. Elle se rassure en se persuadant qu'elle n'a rien à se reprocher et qu'elle ne risque rien en affrontant les policiers grecs. Après tout, on n'est pas dans un pays réactionnaire ou totalitaire !

Guidée par un policier aussi muet qu'un garde royal, Rachel pénètre enfin dans le bureau vitré du capitaine Sotíris Alexandrópoulos, dont la plaque en bronze sur la porte témoigne de son importance hiérarchique. La pièce, baignée dans une lumière tamisée par les stores à lamelles partiellement fermés, dévoile un décor new-yorkais avec des meubles en bois sombre et des livres anciens soigneusement alignés sur des étagères transparentes. Assis derrière son imposant bureau en chêne, le capitaine Alexandrópoulos, dégage une autorité naturelle qui tétanise la pauvre Rachel. Il est habillé en civil, avec un costume légèrement ringard, selon l'œil averti de Rachel. Il retire maladroitement sa veste qu'il jette en vrac derrière son fauteuil. Elle remarque de larges auréoles de transpiration sous ses bras. Pourtant, la climatisation fait régner une température quasi hivernale dans cet espace d'au moins 60 mètres carrés. Comme toujours lorsqu'elle se sent intimidée, Rachel s'installe au bord de son siège. Reprenant ses esprits, elle croise élégamment ses jambes et entame la conversation :

— Je peux savoir pourquoi on m'a convoquée ? demande-t-elle fermement.

— Oui... Oui... Vous le saurez bien assez tôt, répond sèchement l'officier dans un français impeccable tout en fouillant dans sa paperasse désordonnée.

Ils l'ont certainement choisi pour interroger les personnes francophones présentes à la conférence. Sa ligne directe ne cesse de sonner. Il répond en grec, mais Rachel devine qu'il fait attendre d'autres individus convoqués comme elle. Elle s'en réjouit d'ailleurs, analysant que son entretien sera plus rapide s'il doit interroger beaucoup de monde et qu'elle pourra se précipiter dans les bras de son amoureux. Celui-ci l'inonde de textos, mourant d'impatience de la retrouver. Elle éteint son portable sous l'œil réprobateur de l'officier, bien qu'il soit en mode vibreur.

D'une voix éraillée et solennelle, le capitaine lui demande de décliner son identité dans les moindres détails. Chaque réponse est consignée dans son imposant ordinateur qui semble remonter à l'époque d'Hérode, ou tout du moins aux premiers balbutiements de l'ère informatique. Il y inscrit avec application, chaque renseignement d'un seul doigt, comme sur une vieille machine à écrire.

Rachel pousse un grand soupir pour se préparer à répondre aux questions avec calme et assurance. Son regard soutient celui du capitaine qui essuie inlassablement les gouttelettes de sueur perlant sur son front. Cette scène déclenche en elle un vif sentiment de dégoût. Elle le compare inévitablement à Amir, si beau, si élégant, aux vêtements soignés et à la peau parfumée de manière délicate. Ce type aux cheveux gras et à l'allure déglinguée est à cent lieues de l'homme qu'elle aime tant.

Le capitaine Sotíris Alexandrópoulos toise Rachel de son œil noir perçant et, d'un ton péremptoire, commence par lui dévoiler la vérité dissimulée derrière l'évacuation qu'elle a vécue :

— Ce n'était pas une simple alerte incendie… En réalité, nous avons découvert un colis piégé.

En prononçant ces mots, il semble la tester. A la manière des physionomistes dans les aéroports internationaux, en période de plan Vigipirate, il lui lance brutalement cette information pour scruter ses réactions. Un test de vérité, en quelque sorte.

Un frisson de panique parcourt le corps de Rachel, saisie par la gravité de la situation. Les paroles du Capitaine résonnent dans la pièce, créant une atmosphère lourde de tension. Il explique que, pour faire toute la lumière sur ces faits troublants, il est nécessaire d'interroger l'ensemble des participants à la conférence. Une attention particulière est accordée aux responsables des associations juives, dans l'espoir de recueillir des informations précieuses permettant d'identifier les auteurs de cette tentative d'attentat. La protection et la sécurité de ces institutionnels sont également une priorité, au cas où l'un d'entre eux serait pris pour cible. Sachant qu'ils ont échoué dans leur entreprise, les coupables risquent de renouveler leur opération en s'attaquant directement à des sites symboliques ou pire à des êtres humains.

L'annonce de cette enquête approfondie la jette dans un profond désarroi. Elle prend conscience qu'elle a peut-être échappé à la mort. Cependant, elle se sent illégitime dans ce rôle de témoin et cherche à écarter la lourde responsabilité qui pèse désormais sur ses épaules.

— Hélas, je n'ai pas grand-chose à vous dire. Je n'ai parlé à personne, et je n'ai rien remarqué, ni colis suspect ni personne étrange, commence par dire Rachel, avec persuasion, en s'exprimant posément et en mettant toutes les négations.

Comme à l'aéroport en Israël, l'officier lui pose des questions concernant d'éventuels objets remis par quelqu'un ou des échanges avec des étrangers. Evidemment, elle pense à Amir. C'est juste avant l'alerte qu'il l'a reconnue. Ils se sont ensuite dirigés vers la plage et n'ont plus remis les pieds à la conférence. Mais elle ne prononce aucun mot le concernant. Elle maintient fermement qu'elle ne connaissait personne et qu'on ne lui a rien remis, ni paquet, ni enveloppe, ni quoi que ce soit d'autre.

Rachel réalise l'ampleur de cet incident et du rôle crucial qu'elle et les autres participants à la conférence pourraient jouer dans le travail d'investigation des profilers. Les médias ne tarderont pas à relater les faits, ce qui inquiètera sa famille à coup sûr. Elle qui se croyait en parfaite sécurité dans une destination de loisirs commence à penser qu'on ne peut être à l'abri nulle part, dans ce monde de fou.

Les battements de son cœur s'accélèrent tandis qu'elle se prépare à partager tout ce qu'elle sait, espérant que cela puisse contribuer à éclaircir ce mystère et à garantir la sécurité de tous. Chaque détail, aussi infime soit-il, pourrait être la pièce manquante permettant de résoudre cette énigme mystérieuse. Elle évoque ses échanges avec l'hôtesse d'accueil, celle qui l'a placée dans les rangs, ses voisins de droite et de gauche, le vieil homme digne à l'accent polonais et la dame « fille de Sean Connery et de Simone Veil ». Puis elle s'arrête là, se gardant bien d'évoquer sa rencontre insolite avec Amir. Consciente qu'il pourrait paraître suspect, elle préfère taire sa présence.

— De toute façon, il doit bien figurer dans la liste des participants et il sera convoqué comme moi à la police, se dit-elle pour se donner bonne conscience devant ce non-dit.

Elle quitte le Capitaine après lui avoir fourni tous les détails la concernant, jusqu'à ses habitudes de déplacement. Il lui demande de le tenir informé de tout événement ou rencontre hors du commun. Puis, il la salue en lui faisant un baisemain aussi inattendu que déplacé. Jamais un policier français ne se comporterait ainsi. Il semble vouloir se conformer aux bonnes manières à la française, mais Rachel fait tout son possible pour réprimer un éclat de rire face à cette attitude grotesque.

En sortant du bureau, elle est accueillie par un sacré brouhaha dans le couloir. La foule s'est amassée désormais. Hommes et femmes sont assis sur des chaises le long du mur, formant une rangée dissolue et bruyante. Parmi eux, Rachel reconnaît des visages qui ont participé à la conférence, notamment « Simone Veil ». Le Capitaine a du pain sur la planche. S'il doit entendre chacun pendant une dizaine de minutes au minimum, il ne quittera pas son travail avant tard dans la soirée.

À la sortie de l'hôtel de police, Rachel est accablée par la canicule insupportable de la capitale. Instinctivement, elle respire vigoureusement pour reprendre son souffle. Elle se sent tout à coup libérée, car elle était oppressée dans ce bureau étroit, face à cet officier inquisiteur qui ne lui inspirait guère confiance. Si être interrogée par la police en France n'est jamais agréable, cette situation devient encore plus inconfortable lorsque l'on se trouve à l'étranger. Elle a hâte de s'éloigner de cet environnement hostile et de regagner sa chère île de Paros, bien plus paisible que la capitale grecque où s'entassent des milliers de touristes et d'habitants. Soulagée, elle marche d'un pas rapide, en sautillant, pour attraper le premier ferry. L'idée de retrouver la quiétude de Sephora et de laisser derrière elle cette journée préoccupante la requinque totalement.

Cette fois, elle doit absolument parler à Amir et lui révéler la raison de sa journée à Athènes. De toute façon, il doit avoir reçu une convocation également, puisqu'il assistait à la conférence. Pourtant, il n'en a pas soufflé mot. Etrange ! Dans le hall du commissariat, ils étaient tous là à attendre leur tour, mais pas lui. Peut-être le Capitaine le recevra-t-il plus tard. Après tout, il devait y avoir au moins 300 personnes dans la salle. Impossible d'entendre tous les témoignages en une seule fois pour un seul homme.

Elle rallume son téléphone et découvre avec stupeur 52 messages en attente… tous d'Amir ! Un sourire radieux se dessine instantanément sur son visage. Elle se sent comblée d'aimer et d'être aimée en retour. Elle a la certitude que, quoi qu'il arrive, il sera toujours là pour elle dans les moments difficiles. Cette seule pensée la réconforte infiniment. Après avoir longtemps ressenti une profonde solitude dans la vie, elle a enfin trouvé une âme bienveillante prête à se dévouer corps et âme pour elle. Elle en est intimement persuadée. Désormais, elle n'est plus seule pour affronter son destin.

En accélérant sa course vers le port, elle compose le numéro de son nouvel amour. Elle brûle d'impatience à l'idée d'entendre sa voix. La première sonnerie vient à peine de retentir qu'il décroche avec des interjections successives marquant son anxiété.

— Ah !... Mais !... Comment ?... bafouille Amir, tout essoufflé.

— Oui ? On se calme… Qu'est-ce qui se passe ? répond Rachel, amusée.

— Ça va, chou ? J'étais tellement inquiet ! Tu répondais pas. J'ai même vérifié si y'avait pas eu un accident de ferry. Je t'ai appelée mille fois… T'aurais pu me rappeler pour me rassurer ou m'envoyer un texto au moins… Même ma montre ne t'a pas géolocalisée, déverse-t-il d'une traite, sans reprendre sa respiration.

Elle prend conscience qu'il ne lui a toujours pas demandé la teneur de cette journée qui lui a semblé interminable. Pourtant, il doit en mourir d'envie, mais il respecte sa liberté et attendra qu'elle lui en parle si c'est son souhait. Quelle classe !

— Oh là là ! Mais tu joues les mères juives ! Alors, comme ça, j'peux pas m'absenter ? Je suis pas libre ? s'exclame Rachel, provocatrice mais si flattée qu'il se tracasse pour elle à ce point.

— Non ! T'es pas libre ! Je t'attache au radiateur, moi. Je te mets des menottes, répond-il en faisant mine d'être sérieux.

Ils partent alors dans un éclat de rire libérateur, lui pour oublier la peur de la journée, elle pour échapper au stress de son audition.

— T'arrives à quelle heure à Paros ? J'irai t'attendre et après… après… dit-il mystérieusement pour ménager son suspense.

— Euh… Arrête, tu me mets l'eau à la bouche… répond Rachel, intriguée.

— Après, on ira manger au bord de la mer dans une paillotte dont on vient de me parler. Il paraît que c'est le top du top ! poursuit Amir, ragaillardi à l'idée de son retour imminent.

Comme la vie est belle avec lui ! Rachel ne s'est jamais sentie aussi heureuse.

Le ferry de 8 heures en direction d'Athènes

12

Rachel partage sa vie avec Amir depuis plusieurs mois déjà. Elle juive, lui musulman, ils filent le parfait amour.

Une période sublime et sans nuages, avec une complicité totale, tant sur le plan physique qu'intellectuel. Ils commencent à tisser des projets ensemble et promettent de ne plus jamais se quitter.

Ils ne peuvent plus se passer l'un de l'autre. C'est comme s'ils étaient une seule et même personne. Ils éprouvent le besoin d'être toujours ensemble, et vivent très difficilement le fait d'être séparés. Souvent, l'absence de l'autre est une souffrance. Cette relation presque trop forte leur fait un peu peur. Ils sentent que derrière cet amour fusionnel, il y a peut-être un danger… Et si tout cela venait à prendre fin ? Ils ont tellement été échaudés dans le passé que chaque moment à deux les transporte de joie. Ils remercient leur bonne étoile.

Dans les relations fusionnelles, il est fréquent que la dépendance affective annihile une personnalité, que chaque individu sacrifie une partie de son identité, et efface sa personnalité, ses besoins, ses désirs, pour être en parfaite symbiose avec l'autre. Pas chez Amir et Rachel où chacun est une émulation pour l'autre et le porte vers le haut. Leur amour est idéal car il n'est pas égoïste. Même si chacun a un pincement au cœur lorsqu'il voit l'autre s'éloigner, la jalousie est tempérée par le besoin de rendre l'être aimé heureux. C'est ce qui prime avant tout. Oui, l'amour idéal existe. Amir et Rachel le prouvent malgré un profil que tout oppose sur le papier. Ils trinquent souvent « A la vie à l'amour ! » et ces bonheurs simples les emplissent de joie.

Les deux tourtereaux sont de parfaits anonymes résidant à l'île de Paros, et pourtant, leur portrait est apparu dans les grands quotidiens israéliens. Ils n'avaient pas cherché à médiatiser leur amour, mais un journaliste chevronné, en vacances à Paros, les a surpris en train de s'embrasser sur une plage et a eu l'idée d'en faire un article politisé après s'être renseigné sur leur aventure plus que romanesque.
« Devant la flambée de la violence et les commentaires haineux sur les réseaux sociaux, j'ai ressenti l'obligation de partager cette belle histoire. », écrit le reporter.
Le journaliste établit un parallèle entre la romance de Rachel/Amir et un mariage judéo-musulman qui a été perturbé par des manifestants d'extrême-droite près de Tel-Aviv.
Cet article a fait le tour du monde, mais Rachel et Amir n'y prêtent pas attention. Ils veulent juste savourer leur nouveau bonheur si mérité et bénissent le hasard qui les a réunis en Grèce, loin de la France, d'Israël, du Maroc et de tous les esprits hostiles.

Amir a tranché, concernant sa carrière. Il a opté pour les allers et retours entre Paris et la Grèce, en cas de rendez-vous importants ou de suivis de chantiers. Le reste du temps, il vit avec celle qu'il aime et dont il ne peut plus se séparer, Rachel. Vive le télétravail, les e-mails, les visios et le téléphone ! D'ailleurs, depuis ce changement de situation, le chiffre d'affaires de son cabinet d'architecte a grimpé. Il n'a donc aucune mauvaise conscience à avoir pris cette décision.

Cependant, leur histoire d'amour ne s'annonce pas comme un long fleuve tranquille car rien ne les prédestinait à vivre ensemble, malgré leur liberté respective.

Rachel est juive et Amir est arabe, deux religions qui se sont toujours opposées dans l'histoire de l'humanité, bien qu'ayant en commun d'être toutes deux sémites. Agés maintenant de 43 ans pour elle et de 45 ans pour lui, ils ont décidé de braver les interdits pour vivre cet amour impossible au grand jour. Ils sont tous deux transportés par une passion idyllique dont ils ont toujours rêvé et qu'ils acceptent enfin. Pourtant, ce choix n'est pas sans difficulté.

De son côté, Rachel découvre avec Amir, l'amour sans enfants. Cette love story parvient à insuffler de la fraîcheur et de l'intensité dans la vie de cette femme discrète, voire effacée, qui avait autrefois sacrifié cette passion pour ne pas heurter famille et société. Aujourd'hui, elle n'a plus d'autre choix que de franchir enfin le pas. Si le destin les a réunis à nouveau, c'est qu'elle ne peut plus refuser le bonheur qui s'offre à elle. Ce serait « péché », comme elle se plaît à dire. Son passé, qui s'est nourri de déconvenues et de décisions difficiles à prendre, est loin derrière elle. Désormais, avec Amir, tout est une évidence. Elle a bondi, avec une fluidité déconcertante, de la naïveté à la confiance en soi.

*

Seconde chance

Rachel se souvient à présent parfaitement de leur rencontre, romanesque au possible. C'était il y a vingt-quatre ans, elle avait vécu un véritable coup de foudre pour ce jeune homme parfait en tous points, aérien, attentionné et sublime. Elle s'était immédiatement éprise d'une tendresse infinie pour lui, et entre eux, naquit une relation d'une intensité exceptionnelle. Ils devinrent vite inséparables malgré les quolibets et le rejet de leurs amis, hostiles à cette union atypique. Une juive, religieuse et pratiquante qui plus est, avec un arabe, c'était une hérésie à leurs yeux !

Mais cette histoire s'est transformée en un banal amour d'été pour Rachel. Ils étaient jeunes et insouciants. Et c'est ainsi que, lorsque les vacances prirent fin et que Rachel regagna l'environnement familial, entourée de ses parents, frères et sœurs, elle prit la décision de rompre tout lien avec ce jeune homme. Elle ne se sentait pas prête à affronter les défis qui accompagnaient cette relation interdite.

Amir, se doutant que le conflit entre les deux religions était la cause de son silence, lui écrivait des arguments poignants pour la convaincre de vivre avec lui :

« Dans ma religion, il est dit aussi qu'il est préférable de se marier avec une musulmane. Mais c'est bien le Bon Dieu qui t'a mise sur ma route. Moi je fais le choix de l'amour. »

Cependant, Rachel restait de marbre face à ses suppliques.

Amir était son premier amour, et pourtant, il avait été complètement effacé de sa mémoire. Rachel s'était mariée et avait fondé une famille en mettant au monde trois enfants. Après son divorce douloureux et quelques aventures éphémères, sa bonne étoile l'a ramenée à l'île de Paros, le lieu féerique de leur coup de foudre, où elle n'avait pas remis les pieds depuis toutes ces années. Plus de deux décennies se sont écoulées, et alors qu'elle avait complètement chassé cette romance de son esprit, la passion est revenue, encore plus puissante et vibrante qu'elle ne l'aurait jamais imaginé. Leur amour est magique, intense, exclusif. Il n'est pas question pour Rachel de passer à côté de cette seconde chance.

Hélas, le tableau n'est pas aussi idéal du côté de l'opinion publique. Depuis qu'ils ont affiché leur relation au grand jour, Rachel subit un déferlement de haine et d'insultes portant sur leur romance hors des sentiers battus. On la qualifie de traîtresse et de renégate. Etrangement, c'est elle qui est l'objet de cet acharnement, tandis qu'Amir est épargné. Les réseaux sociaux se déchaînent contre elle. Elle est victime d'une hallucinante campagne de harcèlement. Un hashtag s'est même créé sous le nom #ShameOnRachel (#HonteSurRachel). Elle subit de plein fouet les injustices crasses d'Internet. Elle fait l'objet d'une vague de messages racistes, d'auteurs évidemment anonymes. Elle n'aurait pas bronché s'ils n'avaient pas été assortis de menaces de mort. Pour se protéger, elle a déposé une main courante à la police qui est remontée en haut lieu. Les policiers ont refusé qu'elle porte plainte. Puis, une enquête a même été ouverte pour « injure publique à caractère raciste ». Cette procédure n'est pas due à sa déposition, mais à des signalements de posts haineux transmis par la plateforme « Pharos » au pôle de lutte contre la haine en ligne du parquet.

Rachel ne s'est pas arrêtée là. En tant que Présidente du CRIF, elle a soulevé le problème. Malgré les moyens modestes de l'association, cela ne l'a pas empêchée de s'attaquer au sixième site le plus fréquenté de la planète, qui, en Bourse, pèse 23 milliards de dollars. Elle a eu l'idée ingénieuse de se rapprocher d'autres organismes. C'est ainsi qu'avec SOS Racisme, SOS Homophobie et l'ONG J'accuse, le CRIF a assigné en justice la filiale française du géant américain. Une procédure en référé a été enclenchée devant le tribunal judiciaire de Paris. Les quatre associations exigent la nomination d'un expert judiciaire pour comprendre enfin quand, où et comment ce réseau social modère les messages haineux qui se propagent sur la plateforme.

Grâce à cette action d'ampleur, Rachel a réussi à obtenir le soutien de la communauté juive, qui ne tolère pas qu'on s'attaque à ses responsables, quelle qu'en soit la raison. Amir est époustouflé par une telle force de persuasion, provoquant ce beau retournement de situation.

Sa propre famille, en revanche, la rejette, et ne souhaite plus la voir. Seuls ses trois enfants cautionnent ce qu'ils considèrent comme « une belle histoire », trop heureux que leur chère maman irréprochable ait enfin trouvé le bonheur. Les jumeaux qui font toujours tout à deux, ont même envoyé à leur frère Michaël, une photo de Rachel et Amir avec cette légende évocatrice : « C'est le nouveau crush de Mam' ! ».

Ainsi, bien que retirés du monde à l'île de Paros où ils vivent désormais, Rachel et Amir ne sont pourtant pas épargnés par les désagréments liés à leurs différences religieuses.

Amir s'est installé définitivement dans la propriété de Rachel. Les attaques incessantes persistent, malgré leur espoir qu'avec le temps, elles s'estomperaient. Rachel et Amir sont-ils prêts à tout sacrifier pour vivre pleinement leur histoire d'amour ?

*

L'amour incandescent

Ce matin, Amir interpelle affectueusement Rachel :

— Tu vas être contente, chou.

— Ah oui ? Pourquoi ? demande Rachel en embrassant longuement son cher amoureux, sur sa poitrine imberbe, sous sa chemise entrouverte.

Amir est interrompu par Bob qui lui mord le pantalon, en tirant dessus de toutes ses forces pour lui demander de sortir. Il secoue la jambe pour l'écarter, ce qui provoque les foudres de Rachel. Elle ne tolère pas qu'on maltraite son « bébé », car elle s'est terriblement attachée à ce Jack Russell, dernier compagnon de son parrain.

— Y'a un post de dingue sur nous… poursuit Amir, enfin libéré de Bob qui a fini par se décourager.

— Ah ben, ça change ! répond Rachel, désabusée et s'attendant au pire.

— En même temps, ton succès d'influenceuse a grimpé grâce à cette polémique sur nous deux.

— Je m'en serais bien passée, figure-toi ! J'étais contente de m'exiler à Paros pour être anonyme, explique-t-elle.

— Ah ben moi, c'est tout l'contraire ! Inutile de se cacher quand on est heureux. C'est génial de s'unir à quelqu'un et de le crier au monde entier, clame haut et fort Amir.

— Oui mais… Tu vois bien… J'ai peur que ça gâche tout…

— Excuse-moi, chou… C'est à cause de moi tout ça, lui répond Amir.

— T'y es pour rien, mon ange. Y'a 24 ans, j'avais pas le courage d'affronter la vindicte populaire. Aujourd'hui, je m'en fiche totalement.

— Bon alors, je te le lis ce post qui va te faire sauter de joie ? Posté par Lady Lara, la princesse anglaise… Rien qu'ça ! *Rachel and Amir are so cute!* (ndlr : Rachel et Amir sont si mignons ! en anglais) en commentaire d'une photo de nous deux, prise sur mon Facebook, la seule que j'ai mise d'ailleurs. Faut dire que t'es craquante dessus. La belle et la bête !

Sur la photo, Rachel ne sourit pas. Son regard, semblant égaré, vous foudroie.

— Comment ne pas succomber à ces yeux d'un bleu azuréen ? poursuit Amir, plus amoureux que jamais.

Tout est fait pour les mettre en valeur : un visage marqué juste comme il faut, une cascade de cheveux d'un blond vénitien remarquable et une bouche sensuelle à souhait.

— Arrête, t'es trop beau sur ta photo de profil et puis tu me regardes avec tellement d'amour que ça rend jaloux la terre entière, répond Rachel, tout aussi éprise de lui.

— En attendant, ce post est devenu viral ! En fait, elle te soutient officiellement comme ça.

— C'est génial, mais je me serais bien passée d'être le porte-drapeau des mariages mixtes.

— Toutes les jeunes filles rêvent devant l'union de Rachel et Amir. On n'aurait pas pu imaginer une chose pareille quand on avait 20 ans, conclut Amir.

Soupirant de lassitude devant ce climat nauséabond de racisme, Rachel se dirige vers le studio qu'elle a aménagé pour son blog culinaire.

La maison est tellement vaste qu'elle a aménagé une pièce dédiée à chacune de ses passions et aussi à celles d'Amir :

- La gym, avec des appareils de fitness achetés d'occasion par Amir sur internet. « Une véritable affaire ! » s'était-il vanté en récupérant le matériel d'une salle de sports qui avait mis la clef sous la porte.
- La couture, avec la machine Singer offerte par sa chère maman, et des tissus de toutes sortes prêts à être transformés en merveilles.
- Un coin dédié à la peinture, où Rachel laisse libre cours à son penchant pour l'aquarelle. Elle crée des tableaux en y ajoutant des phrases évocatrices propulsant l'imagination vers des contrées chimériques, là où les rêves prennent vie.
- Une bibliothèque. Avec son immense baie vitrée et ses fauteuils Chesterfield, elle invite à l'évasion, tout comme les nombreux livres, reliés et contemporains, qu'elle contient. Ici elle bouquine, voit un film, fait la sieste…
- Un bureau pour Amir. Elle lui a organisé un univers de travail avec ordinateur et rangements. Elle a réuni ses

planches de plans d'immeubles, d'intérieurs de maisons de rêve, de salles de musées prestigieux qu'il rénove avec originalité… Une incitation à rester auprès d'elle.
- Un studio de YouTubeuse. Ses gestes, chorégraphiés comme un ballet, sont capturés par la caméra virtuose de Brice, artiste hors-pair. Plus qu'une histoire de casseroles, ses films content des récits d'hommes et de femmes, des vies de famille, des coutumes ancestrales, des instants de bonheur… C'est ce qui déclenche l'enthousiasme autour de chacun de ses posts. Elle est addicte à la musique incessante des notifications de « likes » dès la publication d'une nouvelle recette. Elle ne s'en lasse pas. Ensuite, elle analyse et compare ses vidéos en effectuant une étude marketing approfondie pour comprendre les raisons de la popularité de certaines par rapport à d'autres. C'est un véritable métier !

Rachel et Amir prennent plaisir à échanger mutuellement autour de leurs univers professionnels, bien que ceux-ci soient radicalement différents. Ils se montrent impressionnés par le travail de l'autre. Cette admiration réciproque devient une source inépuisable d'inspiration. Ils n'ont jamais été aussi créatifs et assoiffés de succès, chacun s'épanouissant dans son domaine respectif avec une énergie débordante.

*

Désamorcer les sujets qui fâchent

Le rire leur permet souvent d'éviter les conflits. Cependant, sans pour autant faire dans l'angélisme, certains sujets peuvent générer des « conversations animées » mais ils sont désamorcés par des concessions. Chacun fait un pas vers l'autre.

À commencer par les habitudes alimentaires. La viande

casher est imposée en sein de la villa, mais Amir mange ce qu'il veut à l'extérieur, par exemple du porc, car il n'est absolument pas pratiquant. Rachel, elle, s'adapte lors des sorties, en choisissant davantage des plats à base de poisson.

Sur le plan politique, ils changent souvent de chaîne de télévision pour éviter les embrouilles. Rachel s'insurge contre ceux qui remettent en question le Premier Ministre israélien qu'elle soutient de manière inconditionnelle, quel que soit son parti politique. Aussi, Amir fait fort de rester sur sa réserve lorsqu'il s'agit du conflit israélo-palestinien. Leur première grande dispute les a vaccinés. Il faut dire que Rachel est une véritable activiste pro-sioniste. Elle bondit, à coups d'arguments historiques, pour défendre Israël, sa seconde patrie après la France. Amir s'était lancé dans un procès virulent contre Israël, ce qui a fait sortir Rachel de ses gonds. Elle a même claqué la porte de Sephora, pour prendre l'air en ville et se calmer. « Ce que fait le gouvernement israélien dans les territoires occupés, c'est criminel. » avait osé déclarer Amir. Inacceptable pour Rachel qui avait pensé, à ce moment-là, qu'avec un juif, de telles discussions n'existeraient pas.

Cependant, tous les deux s'accordent sur ce point, mis en avant par Amir :

— Quand tu parles avec un mec qui a entre 18 et 25 ans, dans les manifs, tu constates souvent qu'il y a une méconnaissance totale de l'histoire du conflit au Proche-Orient. Moi, quand je vois un tel niveau de bêtise et de racisme chez certains, je deviens pessimiste.

Alors qu'ils sont assis tendrement sur le canapé, Amir hésite à engager une discussion délicate. Rachel est si réceptive aux émotions d'Amir qu'elle le questionne directement :

— Qu'est-ce qui te tracasse mon choupinet, ça va pas ?

— Je sais pas comment tu vas prendre la chose…

commence timidement Amir.

— Mais quoi ? Allez, dis-le ! T'as peur de moi maintenant ? demande Rachel.

— Mes parents veulent venir me rendre visite… et donc…

— Et donc ?

— Et donc te rencontrer. Ils ont hâte de te connaître.

— C'est dingue ça ! Tes parents sont pratiquants et ils se moquent totalement que je sois juive ou arabe. Et les miens, qui, soi-disant, donnent des leçons d'antiracisme à la terre entière, ne veulent plus entendre parler de moi depuis qu'ils savent que je te fréquente.

— On va dire que du côté de ma famille, y'a pas eu de réflexions négatives ou hostiles, mais quelques interrogations, corrige humblement Amir.

— T'as d'la chance ! Quand je pense qu'on m'a forcée à épouser cette mocheté d'homme, uniquement parce qu'il était juif et avocat… Résultat : en plus, il me trompait. Donc, c'est pas parce que tu te maries avec un juif que ton mariage est garanti de réussir.

— Chacun fait comme il peut, chou. Ils sont pas les seuls à réagir comme ça. Ils veulent ton bien… rétorque Amir, indulgent envers ses beaux-parents.

— Bon, en tout cas, j'ai envie de les rencontrer, moi aussi, tes chers parents. Ils ont l'air cool, s'exclame Rachel.

— Vrai ? Génial ! Je vais vite les appeler et leur envoyer leurs billets d'avion. Ils vont sauter au plafond ! Par contre, prépare-toi à bien te marrer. Ils sont un véritable folklore à eux seuls. Rien qu'leurs fringues, ça vaut l'détour ! Tu vas halluciner… Bref, c'est une autre époque, mais ils sont super ! J'les adore ! explique Amir, fou de joie à l'idée de réunir tous ceux qu'il aime.

Aussitôt dit, aussitôt fait. Amir a déniché, en agence, un vol direct pour le jeudi suivant, soit une petite semaine plus tard.

Il a opté pour une livraison express des billets afin que ses parents les reçoivent en temps voulu. Les frais d'expédition ont fini par dépasser le prix du voyage. Il avait envisagé d'acheter les billets en ligne et de les faire récupérer par ses parents à l'aéroport, mais il craignait que cette démarche ne les déroute.

Et voilà notre Rachel, mettant les petits plats dans les grands pour accueillir « son papa » et « sa maman ». Elle fait des allers-retours au marché pour remplir le réfrigérateur de légumes frais, de poissons savoureux et de spécialités uniques, telles que la moussaka et les feuilles de vigne… Elle commande chez son épicier favori une fêta maison pour parfaire ses salades grecques composées de tomates, thon, œufs durs, feuille de chêne, olives noires, huile d'olive première pression… c'est son plat favori qu'elle déguste quotidiennement…

— What else ? … dit toujours Rachel en optant pour ce déjeuner simple, léger et complet.

La maîtresse de maison met, pour une fois, son grain de sel dans le ménage de Pénélope. Acte audacieux en théorie, mais accepté avec bienveillance par la gardienne des lieux après quelques explications. Rachel souhaite, en effet, entreprendre de vider les placards pour apporter une bouffée de fraîcheur à l'intérieur et laisser de la place à ses invités, afin qu'ils puissent ranger leurs affaires et se sentir comme chez eux.

Elle prépare méticuleusement la chambre jaune, la plus lumineuse, en drapant le lit king-size de lin imprégné d'un parfum printanier à la lavande. Sur une table ornée de carreaux peints à la main avec des aquarelles représentant Santorin, elle dispose un vase destiné à accueillir au dernier moment un bouquet de fleurs du jardin, une corbeille de fruits frais et colorés, des bouteilles d'eau minérale plate et gazeuse… Un accueil de Princes pour sa nouvelle belle famille. Elle a hâte de faire leur connaissance et compte bien les séduire malgré leurs cultures antinomiques.

*

Examen de passage Jour J

Amir s'est rendu à l'Aéroport International d'Athènes pour accueillir ses parents. C'est la première fois qu'ils prennent l'avion. Pour rendre visite à leur fils en France, ils préféraient opter pour la formule train + bateau.

Soudain, une symphonie de klaxons retentissants, digne d'un cortège nuptial, annonce leur arrivée à Sephora, dans la petite voiture de location d'Amir, astiquée pour l'occasion. La grille s'ouvre grâce au système de reconnaissance automatique des plaques d'immatriculation. Le véhicule format poche s'engouffre dans le jardin et se gare pile devant le perron, sans doute pour éviter au couple de marcher sur les graviers.

Amir, en gentleman, sort en premier, puis se dirige avec empressement vers la portière du côté passager pour tendre une main secourable à sa mère. Une femme typiquement orientale se dégage péniblement de son siège après s'être débattue avec sa ceinture de sécurité. Les traits de son visage trahissent un certain mécontentement, laissant deviner un voyage éprouvant. Une résille noire retient l'intégralité de sa chevelure grisonnante, coiffée en un chignon impeccable. D'un geste machinal, elle rectifie sa position à l'aide d'une pince qu'elle plante avec énergie dans ses cheveux. D'une taille minuscule, ne dépassant guère les 1,50 mètre, elle porte une robe longue noire dont les manches sont bordées de dentelle blanche. Rachel devine, avec sympathie, le cousu main. Elle a probablement choisi sa tenue de gala pour l'occasion. Sous son bras, elle tient un grand panier en osier qu'elle a extirpé du coffre avec énergie. On sent la maîtresse femme.

Le père d'Amir émerge à son tour de l'arrière du véhicule. Il semble se déplier tant il est grand et sec. Du haut de son 1m90, il avance lentement vers son fils, en baissant la tête d'un air humble. Rachel l'observe avec curiosité. Revêtu d'une gandoura blanche, il arbore avec fierté une tenue traditionnelle marocaine. Heureusement, à ses pieds, il a opté pour des mocassins noirs, plus pratiques pour prendre l'avion et courir dans les aéroports que des babouches. Pendant ce temps, Amir se démène avec deux énormes valises qui semblent peser une tonne, tandis que ses parents, eux, portent de grands cabas en nylon à carreaux rouges et blancs, davantage adaptés aux emplettes qu'aux voyages.

— Un vrai déménagement ! s'exclame Rachel, à l'abri de leurs regards.

Elle ne peut s'empêcher d'être impressionnée par leur apparence à la fois unique et pittoresque. Ces personnes dégagent une simplicité et une authenticité qu'il lui faudra apprivoiser.

En parfaite maîtresse de maison, elle a conçu, de ses mains de blogueuse culinaire, un impressionnant apéritif dînatoire avec les spécialités de la série « Friends ». Evidemment, ce sitcom est totalement étranger à ses convives, qui n'ont même pas la télévision. Mais c'est son petit boost à elle de puiser des idées de recettes originales dans ses films préférés, pour éprouver du plaisir à cuisiner. Elle a sélectionné cinq recettes cultes de la série, à préparer à la maison : le sandwich aux boulettes de Joey Tribbiani, les mac & cheese de Monica

Geller, le diplomate anglais de Rachel Green, le meilleur cheesecake du monde de Chandler et bien sûr, le café filtre du Central Perk, le coffee shop dans lequel la joyeuse bande d'amis passe le plus clair de son temps. Ce dernier choix n'est pas anodin, car ses parents, tout comme la plupart des habitants des pays méditerranéens, sont de fervents buveurs de café, dégustant tasse après tasse tout au long de la journée, de préférence à renfort de carrés de sucre.

Rachel porte un toast à leur rencontre en faisant cliqueter, de bon cœur, sa flûte de Champagne contre celle d'Ahmed, ce vieil homme sage au regard attendrissant et aux cheveux blancs. Il s'est contenté d'un Champomy, comme un enfant, car il ne boit pas d'alcool :

— A celui qui a élevé l'amour de ma vie ! s'exclame Rachel avec une solennité touchante.

Sa relation avec son « beau-père », comme elle le nomme déjà, est très spéciale. Elle voue une admiration sans bornes à son parcours en tant qu'ébéniste talentueux et autodidacte, qui s'est cultivé en lisant la Bible, les Lagarde et Michard, toute la collection de la Pléiade, et en lisant le dictionnaire comme un roman.

Oui, les parents d'Amir sont véritablement remarquables. Ils forcent le respect. Rachel est déjà profondément attachée à ce couple exceptionnel, dont Amir lui dévoile régulièrement des aspects de leurs profils respectifs.

*

La vie de famille

Le séjour des parents d'Amir se déroule à merveille, rythmé par les promenades en bord de mer, les albums photos à feuilleter et les ateliers cuisine captivants. Salhia, la mère d'Amir, s'est immédiatement prise d'affection pour Rachel, allant même jusqu'à la surnommer « ma fille ». Elle lui prodigue des conseils précieux pour son blog culinaire « CooknFamily » et lui dévoile des recettes que Rachel s'empresse de publier sur les réseaux sociaux, en les adaptant à sa pâte si particulière. Ces posts, illustrés de photos alléchantes, génèrent des centaines de « likes » ainsi que de nouveaux followers, provenant essentiellement du Maghreb.

Au début, l'approche audacieuse de Rachel pour revisiter les plats emblématiques de l'Algérie, du Maroc et de la Tunisie a provoqué la réprobation de cette cuisinière chevronnée. Mais la vieille dame a finalement reconnu que les jeunes peuvent être séduits par des recettes plus rapides à réaliser et mieux adaptées à la vie moderne, sans pour autant renier les traditions culinaires séculaires.

— Qu'est-ce que tu veux mettre sur ton téléphone aujourd'hui, ma fille ? demande Salhia, studieuse, en évoquant les vidéos quotidiennes que Rachel tient à diffuser sur Instagram.

Ses abonnés attendent, en effet, au moins une publication par jour, parfois même davantage. En influenceuse, Rachel doit se démarquer, en offrant systématiquement du contenu innovant et d'excellente qualité qui suscitera des « j'aime », des partages et des stories. Elle ne lésine pas sur les moyens pour imaginer des films toujours plus « dingues ». Elle ne manque jamais de poser une question pour encourager son public fidèle à réagir, ce qui se traduit souvent par des commentaires pertinents, bien que parfois réduits à des onomatopées ou des émoticônes, que Rachel ne parvient pas toujours à décrypter.

— J'ai bien envie aujourd'hui de publier la recette des beignets de Hanouka de ma grand-mère Sarah-Elise… suggère Rachel.

— Hanouka ? demande Salhia.

— Oui… C'est le Noël juif, en gros. On fait plein de gâteaux délicieux… A commencer par les beignets. C'est une tuerie !

— Ah oui, je me souviens… Ma voisine, Madame Sarfati, faisait cette fête chaque année. Elle allumait une bougie tous les soirs sur un chandelier. On le voyait à sa fenêtre. Elle nous donnait toujours des beignets. C'était une bénédiction, cette femme ! Elle me manque beaucoup depuis son départ en 62. Elle me rendait plein de services, se rappelle avec nostalgie Salhia.

Rachel évoque, à son tour, ses souvenirs autour de ce mets incontournable de la tradition juive, lors de cette fête annuelle.

— Ma chère mamie, je me rappelle quand elle préparait les beignets. J'étais toute petite, je devais avoir entre 6 et 8 ans. Elle laissait la pâte lever pendant des heures et des heures. Ensuite, elle façonnait des anneaux, tous incroyablement identiques, comme s'ils avaient été tracés au compas. Elle les plongeait dans l'huile bouillante. Elle les égouttait soigneusement, puis elle les disposait sur un grand plat et elle les saupoudrait de sucre. Eh bien, ce plat restait toujours vide parce que, dès qu'un beignet bien chaud et croustillant était prêt, on se jetait dessus, mes cousins et moi. Résultat, quand il n'y avait plus de pâte, l'assiette était vide. Plus aucun beignet à présenter ! Mais elle se fâchait jamais. C'était un ange, ma grand-mère. Vous me faites un peu penser à elle.

Après avoir écouté religieusement cette histoire qui la touche profondément, car elle lui rappelle son enfance, Salhia prend Rachel dans ses bras pour la réconforter.

— Juifs et Arabes, on a les mêmes traditions, les mêmes plats, la même éducation. On est comme des frères ! déclare-t-elle avec conviction.

— J'suis d'accord avec vous, mais bon, on est souvent des frères ennemis, ajoute Rachel, avec lucidité.

Salhia ne répond rien et observe avec intérêt le studio de Rachel se mettre en place. Aménagé dans la cuisine, il est éclairé par deux projecteurs aux multiples couleurs pour les filtres, utilisés abondamment par Rachel. L'un met en lumière Rachel et ses mains habiles, l'autre sublime cette pièce de vie, révélant ses ustensiles, poêles, fours, et tout ce qui s'y trouve.

L'endroit est à l'image de Rachel, avec une décoration qui lui ressemble et des objets qui lui tiennent à cœur. Cet espace revêt une grande importance pour ses vidéos et ses stories, au point qu'elle ne manque pas une occasion de le présenter à sa communauté. Récemment, elle a exposé fièrement son tout nouveau plateau qu'elle utilise pour son podcast. Tout y est soigneusement agencé, de l'éclairage aux toiles de fond, en passant par l'utilisation d'un matériel photographique de pointe. Rien n'est laissé au hasard. Rachel s'est offert le nec plus ultra de la technologie, grâce aux conseils avisés de Brice, expert en marketing d'influence.

— C'est un véritable métier ! explique Rachel à Salhia, éberluée par une telle mise en scène.

A tâtons, les deux hommes de la maison rejoignent le duo de blogueuses, plus complices que jamais. Amir demande à son père de rester silencieux en posant un doigt sur ses lèvres. Installés face au studio, ils peuvent admirer le tournage « en live » de la préparation des beignets, tout en restant invisibles pour les spectateurs.

Rachel présente sa belle-mère à ses abonnés dans le rôle de l'assistante chargée de la préparation des ingrédients. Une première ! Celle-ci affiche une certaine fierté face à cette marque de confiance et se montre volontiers sur les réseaux sociaux. En réalité, elle ne se rend pas compte que c'est comme si elle apparaissait en direct à la télévision. Sa présence crée le buzz et crée même un véritable engouement. Toutes les femmes peuvent s'identifier à elle. Comme elle ne parle pas bien le français, Rachel lui a demandé avec délicatesse de ne pas s'exprimer. Mais, ses gestes et sa façon de s'habiller touchent directement les followers de Rachel, qui partagent, commentent comme jamais et l'interrogent sur l'identité de cette guest-star chaleureuse et modeste.

Rachel est au comble du bonheur avec cette nouvelle famille qui l'admire, la soutient et qu'elle chérit comme si leur lien était de sang. Elle sent le regard bienveillant d'Amir sur elle, ce qui lui donne des ailes. Portée par l'amour qui l'entoure, elle brille plus que jamais, rayonnant de grâce et de charisme dans cette vidéo précise, pétillante, efficace et minutieusement orchestrée.

L'écran diffuse la recette qui défile comme un prompteur.

Beignets de Hanouka « Sufganiyot »

Ingrédients

500 g de farine
30 cl d'eau chaude
1 cs de sel
25 g de levure

Préparation

Diluer la levure dans l'eau.
Dans un saladier, mettre la farine et le sel, mélanger.
Faire un puits et verser la levure diluée.
Bien mélanger.
On doit obtenir une pâte molle et collante.
Pétrir pendant 10 mn jusqu'à ce qu'elle soit lisse.
Couvrir avec un torchon et laisser reposer pendant 1 h.

Préparer un bain de friture et un bol d'eau froide.
Mouiller les mains, prendre un peu de pâte de la taille du creux de la main.
Faire un trou au centre et poser sur l'huile chaude à feu moyen.
Retourner à mi-cuisson et égoutter sur du papier absorbant.
Saupoudrer de sucre en poudre.

Salhia jongle avec les poêles et s'active aux fourneaux sans avoir besoin de directives. Dès la recette terminée, elle range la cuisine à la vitesse de Mary Poppins.

Rachel conclut sa vidéo de cinq minutes onze, qui sera compilée en une minute trente pour Instagram, derrière son plan de travail impeccable. Sa robe passe-partout est revêtue de son élégant tablier de chef arborant fièrement le logo « CooknFamily ». Elle cultive l'art subtil des réseaux sociaux en affichant une parfaire maîtrise, avec sourire et décontraction, comme si elle était chez elle.

— Qu'ils soient fourrés, enrobés de sucre ou nature, les beignets sont emblématiques de la fête juive de Hanouka. Alors, épatez vos amis et organisez un atelier des chefs avec ma recette. Elle est simple, nécessite peu d'ingrédients, et, surtout, surtout, elle est hyper facile à réaliser ! Il faudra juste vous armer de patience, car la pâte doit bien lever avant d'être transformée en cercles parfaits. Je vous donne rendez-vous demain à la même heure pour une recette de derrière les fagots qui va vous faire halluciner. D'ici là, partagez vos astuces pour faire des beignets, en commentaires. Je vous embrasse ! Et prenez soin de vous !
CooknFamily vous souhaite un bon week-end, à cuisiner bien sûr !

Amir et Ahmed, emportés par une euphorie débordante, se permettent d'applaudir, ce qui produit le plus bel effet, comme si un public assistait au tournage. Envieux, les spectateurs expriment leur désir de participer également à une diffusion en direct. Gros succès pour cette vidéo qui récolte pas moins de 3500 likes, accompagnés de réflexions chaleureuses et de partages dans de nombreux pays, y compris le Maghreb. L'impact est si colossal qu'il est difficile à mesurer.

Depuis maintenant cinq ans, Rachel, blogueuse, instagrameuse et tiktokeuse, a su faire ses preuves dans le monde de la communication, devenant une véritable influenceuse. Grâce à son authenticité, son naturel et sa passion qu'elle transmet à travers ses publications, elle a réussi à fonder une solide communauté qui lui fait confiance. Elle éprouve une réelle satisfaction à la voir s'enrichir de membres chers à ses yeux, ceux d'Afrique du Nord.

Dès que les lumières s'éteignent, Amir, qui trépigne d'impatience, se précipite dans les bras de Rachel pour la féliciter, mais elle affiche une mine déconfite.

— T'as vu ? dit-elle en lui montrant ses mains.

— Quoi ? demande Amir.

— J'ai complèt'ment oublié de me faire les ongles. Regarde-moi ça, ils sont tout écaillés… C'est la cata ! On n'a dû voir que ça ! En plus, c'est pas mon genre ! Moi qui ai toujours les mains nickel… C'est la honte ! Je vais jeter cette vidéo. Pas question de la laisser en ligne ! enchaîne Rachel, agacée par ce manque de professionnalisme.

— Pas du tout ! C'était génial ! T'es parfaite comme t'es ! Ce qui compte, c'est ta passion, ta personnalité qui crève l'écran. Et puis, même si y'a des p'tites imperfections, ça fait tout l'charme, tu l'sais bien. Ce serait vraiment dommage de ne pas la laisser en ligne, cette vidéo. En plus, y'a ma mère dessus… Je t'assure, t'exagères. Personne n'a rien vu ! On croit que c'est la lumière qui éclaircit tes ongles, répond-il, plus inconditionnel que jamais.

— Tu crois ? répond Rachel d'un air tristounet, en se faisant cajoler par Amir pour son plus grand bonheur.

Une ruelle de l'île de Paros

13

Rachel n'a plus eu de nouvelles depuis sa convocation au commissariat de police d'Athènes. Aussi, elle a complètement écarté cet épisode peu réjouissant, de ses préoccupations. Convaincue qu'ils avaient dû se laisser emporter par leur imagination, elle pense que le colis suspect n'était rien de plus que la valise d'un touriste distrait. Sinon, elle aurait certainement été tenue informée de la suite des événements.

Les parents d'Amir ont pris leurs quartiers dans le studio de leur fils, soucieux de ne pas déranger les amoureux. Ils ont décidé de passer quelques semaines à l'île de Paros, dont le climat et le mode de vie, pas si éloignés de ceux du Maroc, les ont totalement séduits. De plus, cela leur permet de voir régulièrement leur unique enfant, ce qui les ravit d'autant qu'ils s'ennuyaient ferme à Marrakech, sans famille et à la retraite.

Ce matin, Amir a pris le premier avion pour Paris afin de régler un problème technique lié à la construction d'un immeuble dans le XVIème arrondissement. Rachel se retrouve donc seule à Sephora. Elle compte bien en profiter pour se refaire une santé. Leur relation est tellement forte qu'elle l'épuise. Elle n'a de cesse de vouloir lui plaire en faisant attention à tout, régime, vêtements, beauté… Ce célibat lui offrira l'occasion de relâcher la pression, de trouver des astuces pour recharger les batteries. Elle pourra passer ses journées sans maquillage, en chaussettes et Birkenstock, s'accorder des petits craquages pour booster sa bonne humeur, comme se défouler sur les Petits Ecoliers ou les bonbons Michoko, tout en navigant sur des sites de vente en ligne ou en écoutant du Chopin (Amir déteste la musique classique qui lui donne le blues, dit-il). Côté ménage, Pénélope étant une fée du logis, la maison restera toujours irréprochable, ce qui permettra à Rachel de se détendre pleinement.

Les parents de Rachel, après avoir découvert le pot aux roses, avaient coupé les ponts avec leur fille depuis un certain temps. Lorsqu'elle a appris qu'elle partageait la vie d'un Arabe, sa mère a proféré des lamentations en judéo-arabe, dont Rachel a compris le sens, grâce au ton employé. Pour résumer, cette femme pieuse mais étroite d'esprit se demandait ce qu'elle avait fait au Bon Dieu pour mériter cela.

Désespérés d'être fâchés avec l'un de leurs enfants, ces chers Mamili et Papili viennent finalement de renouer le contact avec elle, tout en lui intimant l'ordre de retrouver la raison. Cependant, Rachel continue de faire la sourde oreille, trop heureuse d'être inaccessible, à l'autre bout du monde.

Ils ne sont pas les seuls à lui demander de rendre des comptes. Ses amis de la communauté juive ont également été choqués par cette union inappropriée. A tous ces « médisants de bas étage », comme elle les qualifie, Rachel confirme son histoire d'amour avec Amir, une de ces rencontres qui n'arrivent que rarement dans une vie. Seuls les habitants de Paros, voisins et commerçants, ne prononcent pas la moindre remarque désobligeante à leur égard, puisqu'ils les ont toujours vus ensemble.

Peu après le départ d'Amir pour l'aéroport, Rachel se réveille en nage, après une nuit peuplée de cauchemars épouvantables. Amir se noyait dans une mer déchaînée. S'accrochant à la rambarde du pont d'un bateau de croisière abandonné, elle faisait tout son possible pour le rattraper, sans succès. Chaque fois qu'elle parvenait à agripper sa main, il lui glissait entre les doigts et était à nouveau emporté par les vagues, puis revenait à elle dans un cycle implacable, sans qu'elle puisse le sauver. Superstitieuse, Rachel craint que ce rêve soit un mauvais présage. Elle qui tremble de peur en avion, est morte d'inquiétude à l'idée que le vol d'Amir puisse connaître le même sort tragique que celui de Marcel Cerdan allant rejoindre Edith Piaf à New York.

*

La routine quotidienne

Comme tous les matins, profitant de la fraîcheur des rues encore désertes, Rachel emmène Bob en promenade. Impatient, le petit chien tonique attend depuis une bonne heure déjà devant la porte, en aboyant joyeusement pour manifester son désir de sortir. Il ne lui manque que la parole à ce chien. Il est si intelligent que Rachel n'a pas besoin de le tenir en laisse dans ces moments-là. Il chérit la liberté et connaît cette île comme sa poche. C'est même lui qui, au début, a aiguillé Rachel vers les commerces essentiels fréquentés par son parrain.

Leur parcours est toujours le même, tel un rite immuable qui réjouit à la fois la maîtresse et son fidèle compagnon. Arrivée au bout de la ligne droite, Rachel lui fait plaisir en se livrant à son sport favori, le lancer de bâton, mais avec une adaptation. Depuis qu'elle a appris que ce jeu était très dangereux pour les chiens et qu'il pouvait causer des lésions graves au niveau de la bouche, en y laissant des échardes ou des épines, elle a opté pour un jouet en corde ultra résistant, dégoté dans l'atelier de réparation de son parrain. Bob n'y voit que du feu et s'amuse tout autant.

Après une dizaine de minutes d'allers et retours dignes d'un sprinter, Bob reprend le chemin en sens inverse, suivi par Rachel. Plongée dans ses pensées, elle avance d'un pas régulier, ses yeux ne quittant pas Bob, mais l'esprit ailleurs. Bien qu'elle ne l'utilise pas, elle prend toujours la laisse de cuir tressé, assortie à ses tâches noires, qu'elle tient dans sa main, au cas où. Il n'y a pas un arbre où Bob ne s'arrête pas pour lever la patte et faire un petit pipi symbolique, comme une question de principe. Il est aussi sportif qu'Amir, et ils aiment courir ensemble dans une émulation commune, rivalisant pour dépasser l'autre. Deux énergiques complices, véritables gamins dans l'âme !

A son arrivée à Sephora, Rachel récupère le journal quotidien grec déposé sous le portail par le facteur à vélo. Son parrain avait souscrit un abonnement qui se prolonge encore pendant quelques mois. Cependant, bien qu'elle en profite actuellement, elle ne prévoit pas de le renouveler, n'étant que peu intéressée par les faits divers qui se déroulent en Grèce. Elle préfère rester informée grâce aux alertes des médias sur les applications de son téléphone.

Ensuite, elle se dirige vers son refuge chouchou où elle flâne avec délice : le jardin de curé qu'elle bichonne avec amour chaque jour. En le découvrant, elle a eu un véritable coup de cœur pour cet endroit, composé de multiples petits carrés aux tracés harmonieux. Un joyeux mélange organisé, dans une palette de couleurs chatoyantes, évoquant la campagne bucolique. Potager, fleurs, plantes médicinales et aromatiques... Ici, on se soigne, on célèbre, on médite. Elle cueille des fleurs pour parfumer la maison. Elle sélectionne des herbes pour donner du peps à ses salades fraîcheur. Elle cultive des plantes selon les recettes légendaires transmises de génération en génération pour soulager les petits maux, migraines, douleurs de dos, piqûres d'insectes… C'est un véritable sanctuaire de biodiversité. Son esprit s'évade volontiers en imaginant le curé assis sur un banc, son bréviaire à la main. Cet univers incarne à merveille l'âme poétique de son parrain. Elle aime s'y ressourcer, méditer, réfléchir à l'avenir, ou tout simplement oublier les aléas du quotidien. C'est là qu'elle assouvit sa passion pour la lecture en dévorant des romans d'amour et de belles histoires qui lui font du bien au moral.

Elle s'installe sur l'une des chaises Sénat, inspirées des sièges iconiques du Jardin du Luxembourg à Paris. Parfaites pour lire et se détendre. Elle ouvre le journal avec difficulté, tant il est grand une fois déployé. D'ordinaire, elle commence par parcourir les pages loisirs, les adresses de restos, de bars, les bons plans ou les événements culturels. Mais aujourd'hui, son regard se fige sur la Une qui affiche en titre imposant : « Un suspect arrêté dans la tentative d'attentat de la conférence du B'nai Brith ». Une photo de l'individu occupe trois colonnes. Bien que le visage de l'homme soit dissimulé sous sa veste, elle reconnaît son pantalon, ses chaussures et surtout cette main… C'est Amir ! C'était donc ça, la véritable raison de son départ ! Il lui a menti en prétextant un voyage précipité en France. Ainsi, il lui cachait qu'il était le principal suspect dans cette sombre affaire.

— Mais c'est pas possible ! s'exclame Rachel.

Sans prendre la peine de lire l'article, elle se précipite sur son téléphone, les mains tremblantes, et appelle Brice à la rescousse. Depuis quelque temps, elle l'héberge dans la petite cabane de jardinier nichée au bout du parc. Rachel la compare à la maison du garde-chasse dans le célèbre roman « L'amant de Lady Chatterley ». Brice en a fait un pied-à-terre paradisiaque, petit mais confortable, qu'il a décoré avec goût de ses mains d'artiste. Il préférait ne pas « déranger » depuis que Rachel fréquentait Amir et que celui-ci s'était installé chez elle. Plutôt que de le voir déserter son environnement, Rachel a eu l'habileté de lui proposer cette dépendance charmante, parfaitement adaptée à sa vie de célibataire.

— Brice ! Brice ! Viens… Ramène tes fesses immédiatement ! Y'a urgence ! Je suis dans le jardin de curé ! hurle-t-elle d'une voix paniquée.

Cinq minutes plus tard, Brice déboule, torse nu, en caleçon « dérangeant », selon les termes pleins de reproches de Rachel.

— Ah, faut savoir, ma vieille ! C'est urgent ou c'est pas urgent ? J'ai suivi à la lettre la pub de Mac Do « Venez comme vous êtes ! », lui répond-il avec humour.

Impatient de pouvoir jaser, Brice s'est empressé de venir aux nouvelles, se demandant ce qui pouvait justifier l'affolement général de sa chère amie, habituellement flegmatique en toutes circonstances.

Rachel brandit le quotidien et le pose fermement sur la table en verre, devant sa chaise. Elle tape résolument sur le papier pour aplatir les plis, puis elle pointe du doigt l'article en question.

— Regarde ! La photo ! déclare-t-elle.

— Ben oui… Quoi ? Ils ont trouvé le type de l'alerte incendie de ta conférence ? répond Brice en se contentant de lire la légende et le titre.

— Oui… Enfin… Euh ! C'est juste un suspect pour le moment… corrige Rachel.

— Tu parles… Suspect… Suspect… T'as vu comme ils le cachent ? Ils doivent être sûrs de leur coup, s'ils mettent ça à la Une du canard. Tu t'rends compte, ma chérie, t'as échappé à un attentat ! Mais faut pas te mettre dans des états pareils… Il a rien fait ce type finalement. Plus de peur que d'mal, comme on dit, affirme-t-il en collant un bisou bien claquant sur la joue de sa copine adorée.

— Mais non… C'est pas ça ! Tu l'reconnais pas le mec ? Regarde bien… déclare Rachel.

Brice se penche au-dessus du journal, le nez pratiquement collé au papier. Tout à coup, il relève la tête, le visage blafard.

— Jure ! C'est ton chéri ? J'y crois pas ! C'est Amir ? C'est sûr que c'est lui ? On dirait lui, mais on se trompe peut-être… Des types avec un pantalon blanc et une chevalière au doigt, y'en a plein la Grèce et la planète. Il a pas pu te cacher un truc pareil quand même ! C'est pas possible ! Quand je pense que toi… Tu dors Amir. Tu respires Amir. Tu vis Amir ! déclare-t-il sans prendre sa respiration.

Rachel s'attendait à ce que Brice saisisse l'occasion pour déblatérer sur le compte d'Amir en la sermonnant qu'il l'avait mise en garde, qu'elle ignorait tout de ce type et qu'elle ne devait pas s'engager tête baissée dans cette aventure. Mais non ! Brice est effondré pour elle et plein de sollicitude comme toujours. Il la prend dans ses bras, la serre fort contre lui pour tenter de la réconforter. Sa préoccupation première, c'est elle et le chagrin que cette nouvelle peut lui causer.

— Si c'est vraiment lui, il doit y'avoir mistake (ndlr : erreur en anglais). Ce s'rait pas la première fois que les flics se gourent, ma caille. Vérifions que c'est bien lui d'abord. T'as essayé de l'appeler ? Il est où d'ailleurs ? Vous êtes toujours fourrés ensemble d'habitude… ajoute-t-il pour prendre les choses en main.

— Il est parti d'urgence à Paris pour régler un litige. Du moins, c'est ce qu'il m'a dit. Je me demandais comment il avait pu trouver un avion aussi vite, en catastrophe. Il m'a juste envoyé un texto… Il est même pas repassé à Sephora pour prendre une valise. Il m'a dit qu'il se rendrait à son studio et qu'il en profiterait pour voir ses parents. Du coup, je l'ai pas vu avant son départ.

— Tu parles, ils ont dû l'arrêter dans la rue. Pour un truc pareil, ils plaisantent pas. Si ça s'trouve, il a les agents secrets israéliens à ses trousses. On n'est pas dans la merde ! D'ici qu'ils te soupçonnent et qu'ils t'accusent de complicité… Tu sais que c'est presque aussi grave que d'être coupable ? assure Brice.

— Arrête de me foutre la trouille. Je suis mal, Brice, tu peux pas imaginer ! C'est un truc de dingue ! J'arrive pas à croire un seul instant qu'Amir puisse me mentir. Même quand il va ach'ter du pain, il me le dit, alors tu penses… un attentat…

— Ben, parler de la boulangère, c'est plus facile que d'avouer être terroriste !

— Arrête ton délire ! T'es fou ! Et puis, ça lui ressemble pas tout ça. OK on évite de parler de la Palestine parce que je sais ce qu'il pense, mais de là à commettre des attentats. Amir ne f'rait pas d'mal à une mouche.

— Oui, mais tu m'as dit toi-même qu'il était muet comme une carpe quand tu lui as demandé ce qu'il avait fait pendant 20 ans… Et puis, il t'a pas caché ce qu'il pensait par rapport à Israël, renchérit Brice.

— Il a des idées de gauche, tout simplement… Il pense que les Israéliens sont d'horribles capitalistes qui ont pris la terre de ces pauvres Palestiniens… Voilà ! Basta ! Ça fait pas d'lui un terroriste.

— Mouais, répond Brice dubitatif. Tu lui pardonn'rais tout à ton Amir. S'il était criminel, tu l'aid'rais à cacher le corps par amour.

— C'est vrai… Enfin, c'est ce que je pensais jusqu'à présent, mais je déteste le mensonge... consent Rachel, consternée.

— Et c'est pas qu'un p'tit mensonge, ça, confirme Brice.

— Je dois en avoir le cœur net. Je vais aller au commissariat, décide Rachel en se levant de son siège.

— T'es fada ? Ça y est, elle est folle ! Elle a pété un câble ! Tu vas pas te jeter dans la gueule du loup ? C'est pas de la rigolade ça. Si c'est vrai, il va prendre perpète ton Amir, et t'es pas prête de le revoir à moins qu'ce soit pour lui apporter des oranges.

Rachel fronce les sourcils car elle a oublié ses lunettes et veut lire le texto, émanant d'un numéro inconnu, qu'elle vient de recevoir.

Madame,

Je suis l'avocat d'Amir.

Il m'a chargé de vous dire qu'il est innocent. Il ne voulait pas vous inquiéter. C'est la raison pour laquelle il vous a dit qu'il partait à Paris.

Il vous demande de le croire. Il vous aime et il lui tarde de sortir de ce guêpier. Il subit le délit de « sale gueule », si on peut dire.

Vous pouvez m'appeler pour me demander de ses nouvelles.

Voilà ! Soyez rassurée, je vais le sortir de là.

Maître Yves Tarouka.

Rachel se rassoit, blême, prise de palpitations. Elle l'aime tellement qu'elle est incapable de prononcer le moindre mot. Brice s'empare du téléphone qu'elle a laissé tomber sur la table après avoir lu le SMS, tant elle est abasourdie par tout ce qu'elle apprend. Après l'avoir parcouru, Brice s'empresse de la tranquilliser.

— Voilà ! Tu vois… T'es soulagée ? C'est rien. Tu vas bientôt l'avoir dans tes bras, ton Amir. Et tout ça ne s'ra qu'un mauvais souvenir.

Un malheur n'arrivant jamais seul, Rachel reçoit un e-mail de l'école de théâtre de New York où son fils aîné, Michaël, poursuit ses études. Le directeur réclame les frais de scolarité du trimestre dernier. Selon lui, le jeune homme ne serait pas des plus attentifs en cours, se rendant coupable d'absences répétées et faisant preuve d'un manque général d'intérêt pour toutes les matières. Une situation difficile à comprendre pour sa mère, d'autant plus que le jeune homme est passionné de théâtre, et qu'il caressait depuis toujours le rêve d'intégrer cette école prestigieuse, d'où sont issus les plus grands acteurs. De surcroît, il bénéficie de versements mensuels substantiels de la part de son père, censés couvrir ses dépenses quotidiennes et ses frais universitaires.

Rachel ne sait plus où donner de la tête. Soucieuse de régler en priorité cette question purement matérielle, elle transfère le message à son ex-mari en lui demandant de trouver une solution ASAP (ndlr : as soon as possible, traduire « aussi vite que possible »). Elle tente de reprendre son souffle en respirant profondément, submergée par ce climat anxiogène. Alors qu'elle voyait la vie en rose, tout s'effondre brusquement, comme un château de cartes.

— Tu croyais qu'il était seul, qu'il avait pas d'femme dans sa vie ? C'est bien c'que tu m'as dit, non ? Lis ce passage, dit Brice en désignant une partie de l'article fleuve qu'il s'applique à lire entièrement.

Rachel parcourt le texte, effarée. Elle tombe de haut en lisant ces lignes qui lui apparaissent troubles, à travers ses yeux pleins de larmes. Il est mentionné qu'Amir serait marié à une Américaine musulmane qui aurait disparu depuis cinq ans. Les enquêteurs ont supposé qu'elle aurait rejoint la Syrie, emmenant avec elle leur unique fille pour se joindre au djihad. Et dans ce cas, on suspecterait Amir de partager ses idéologies extrémistes. Bien qu'il ait signalé leur disparition aux autorités policières françaises, qui lui auraient fait part de la probabilité de leur décès, la police grecque le suspecte aujourd'hui de savoir où elles sont. Aurait-il menti ? Aurait-il berné la police ? A-t-il gardé des contacts avec elles ?

Le cœur de Rachel est plongé dans un état de sidération indescriptible devant ce dilemme insurmontable : déception ou tristesse. Déception car elle hait la dissimulation. Force est de constater qu'Amir lui a caché la vérité, ou du moins qu'il a omis de mentionner cet épisode de sa vie en lui laissant croire qu'il était célibataire sans enfant. Mais en même temps, tristesse car elle réalise la lourdeur du fardeau qu'il doit porter depuis toutes ces années, sans savoir si sa femme et sa fille sont toujours en vie ou si elles ont connu une fin tragique.

Malgré les forts soupçons qui pèsent sur lui, Rachel connaît la véritable nature d'Amir, sa bonté et sa bienveillance. Elle refuse de croire qu'il pourrait partager les pensées jusqu'au-boutistes de sa femme si elles étaient avérées, et qu'il serait impliqué dans des activités terroristes. Cependant, elle ne peut s'empêcher de se poser mille questions contradictoires : était-elle en danger en le fréquentant ? S'était-elle bercée d'illusions en croyant à cet amour exclusif ?

Au-delà de l'issue de l'enquête, Rachel sait que leur relation sera mise à l'épreuve. Quelle que soit la vérité qui émergera, elle est consciente qu'elle devra faire face aux conséquences de ces révélations fracassantes et prendre des décisions difficiles et irréversibles.

Dans cette période tumultueuse, Rachel ressent un besoin impérieux d'obtenir le soutien de ses proches. Cependant, elle se demande bien vers qui elle pourrait se tourner. Elle aimerait chercher des conseils auprès de personnes de confiance, susceptibles de l'aider à prendre du recul, à évaluer les différentes options et à lui apporter la force nécessaire pour faire face à cette situation inattendue. Malheureusement, sa famille saisirait cette opportunité pour enfoncer le clou et déclarer qu'ils avaient eu raison de se méfier de cette liaison qu'ils jugent indigne. Non seulement cette union suscitait déjà la désapprobation générale en raison des origines ethniques d'Amir, mais ces informations ahurissantes risquent d'attiser encore davantage les flammes de la discorde. Évidemment, la personne qui pourrait lui prodiguer les meilleures recommandations serait l'Imposteur de Los Angeles, mais il afficherait certainement sa jalousie maladive face à ce rival. Rachel se retrouve donc définitivement désemparée face à ce cataclysme.

— C’était trop beau pour être vrai cette histoire, déplore-t-elle.

Devinant les pensées de Rachel, Brice lui souffle à l’oreille :

— Je suis là, moi, ma chérie.

— Oui, c’est vrai, excuse-moi… J’ai l’impression tout à coup que je suis seule au monde au milieu de ce raz de marée qui déferle sur moi.

Brice ne peut s'empêcher, pourtant, d'en rajouter une couche :

— Déjà qu’c’était pas facile d’assumer de vivre avec un arabe, alors là c’est l’pompon ! Soupçonné de terrorisme… Eh ben ma belle, t’es pas dans l’pétrin !

— Merci d’me rassurer ! J’ai besoin d’aide, pas qu’on m’accable !

— Tu sais très bien que j’te soutiendrai quoi qu’il arrive. Mais bon, tu pourrais disparaître quelque temps, te faire oublier quoi… Qu’est-ce que tu vas foutre dans ce bordel ? T’as pas mérité ça !

— Mouais… C’est sûr ! J’ai l’impression que c’est un cauchemar. Je vais me pincer et me réveiller, dit Rachel, au bord des larmes.

— Pour moi, l’idéal, c’est de se mettre au vert… A condition qu’ils te tombent pas dessus pour t’interdire de sortir du territoire.

— Ne me fais pas peur ! Quelle horreur ! Y’a pas pire ! Et Amir, le pauvre, il doit être terrorisé !

— Le mot est bien trouvé, réagit Brice avec ironie.

— Oh ça va, arrête ! Tu ferais mieux de te taire, réplique Rachel qui n’a pas du tout envie de plaisanter.

— Bon, moi je vais préparer un p'tit déj. Je te rappelle que tu m'as levé du lit à l'aube et que j'ai même pas un café dans l'ventre.

— C'est vrai. Excuse-moi ! J'ai envie d'un double, non d'un triple jus d'orange pressée, moi, renchérit Rachel.

— Je m'en occupe. Va te rafraîchir et installe-toi sous un parasol, sur la terrasse… J'arrive ! dit Brice, avec son énergie et sa positive attitude légendaires.

Rachel n'attend pas une minute pour s'exécuter. Elle se précipite sous la douche et savoure une eau glacée sur sa peau frissonnante, pour remettre ses idées en place.

Les moulins de l'île de Paros

14

L'avenir reste incertain, mais Rachel est déterminée à soutenir Amir et à préserver leur amour, quel que soit le dénouement de cette affaire délicate. Son amoureux est en garde à vue pour l'instant. Dans le cas d'infractions telles que le trafic de stupéfiants, le terrorisme, le banditisme, le proxénétisme, etc, celle-ci peut durer jusqu'à 96 heures, voire 6 jours. Ce pauvre Amir va donc peut-être se faire harceler par des flics acharnés pendant cette longue période. Une terrible épreuve pour lui. Il doit regretter d'être resté à Paros et Rachel ne peut s'empêcher de culpabiliser. Il serait retourné en France, en sécurité, sans elle. Elle est persuadée qu'il était au mauvais endroit au mauvais moment et qu'il est absolument innocent. Quel manque de chance cette tragédie alors qu'ils venaient à peine de se retrouver ! Rachel se demande si leur couple n'est pas maudit.

Aucune nouvelle information n'a filtré depuis son arrestation et les esprits échauffés se sont tus. La vie a repris son cours. Mais Amir reste toujours entre les mains de ses accusateurs.

La quête de la vérité revêt une importance cruciale pour Rachel. C'est sa manière de prêter main-forte à l'homme de sa vie. Elle décide de mener sa propre enquête approfondie, en s'efforçant de recueillir des informations, de retracer le parcours d'Amir au cours de ces 24 années loin d'elle et de connaître le sort réservé à sa femme et à sa fille. Bien que ce voyage émotionnel éprouvant soit susceptible d'être semé d'angoisses et d'embûches, Rachel est déterminée à découvrir ce qui s'est réellement passé et pourquoi on accuse Amir du pire des crimes.

Elle commence par scruter ses réseaux sociaux, une véritable mine de renseignements lorsque l'on souhaite en apprendre davantage sur quelqu'un. Clics et re-clics. Agrandissements de photos. Captures d'écrans. Le dossier nommé « Enquête Amir » sur son ordinateur se remplit rapidement. Elle finit par tomber sur l'un de ses posts, datant de trois ans, à l'occasion du Ramadan. Amir adresse ses vœux à sa famille en précisant bien qu'il ne le pratique pas. Rachel pousse un « ouf » de soulagement. Il ne lui a donc pas menti au sujet de ses convictions religieuses. Un bon point en sa faveur. Comme toujours, elle fouille dans les profils de toutes les personnes qui ont liké ce post. Et bingo ! Son attention est attirée par une certaine *Jasmine H.* qu'elle suppose être Jasmine Hayat (le nom de famille d'Amir) et qui lui a envoyé trois cœurs rouges qui palpitent. Elle se connecte à son compte, mais il est privé. Elle lui envoie illico une demande d'amitié. En attendant un éventuel accord, elle peut tout de même accéder à certaines de ses publications et à quelques photos. Mini-jupes, cheveux blonds courts coiffés à la Lady Di, élégance et talons aiguille… Cette femme semble être une personne évoluée, loin d'être une extrémiste révolutionnaire, prête à poser des bombes par idéologie. Si c'est bien elle, les flics auraient rapidement dû se rendre compte qu'elle ne correspondait pas à l'archétype d'une djihadiste. Rachel poursuit ses investigations en surveillant régulièrement si Jasmine a accepté qu'elle fasse partie de ses contacts. Elle ne trouve personne d'autre qui pourrait correspondre à la femme d'Amir. En ce qui concerne leur fille, qui serait une jeune fille, aucun commentaire ne semble approprié à une adolescente.

Indépendamment de ses recherches, Rachel s'immerge dans l'analyse minutieuse des photos de la présumée épouse d'Amir. Une pointe de jalousie l'envahit. Cette femme est si jolie, si rayonnante. Une businesswoman au look glamour. Elle a visiblement tout pour elle. Rachel se sent infiniment moins séduisante. Elle se demande ce qu'Amir a bien pu lui trouver pour oublier cette splendeur, avec laquelle il a eu un enfant en plus.

Quoi qu'il en soit, Rachel est convaincue qu'il y a méprise sur cette personne. Amir et son épouse semblent être la cible de la police par malchance ou en raison de leur profil d'intellectuels aux noms à consonances arabes. Une telle injustice scandalise Rachel.

La garde à vue d'Amir doit se prolonger, car, pour l'instant, Rachel n'a reçu aucune nouvelle de lui. Cette situation laisse présager qu'il est accusé du pire. Elle a envoyé un texto à son avocat resté sans réponse, ce qui l'inquiète beaucoup. Il lui avait pourtant assuré qu'il la tiendrait régulièrement informée de l'évolution des événements. Ce silence semble peu rassurant.

Pourquoi Amir n'a-t-il pas révélé la vérité à Rachel ? Elle aurait compris s'il s'était marié et avait eu un enfant. Elle-même avait vécu une vie avant de le revoir. Il s'est présenté comme n'ayant aucune relation antérieure, lui faisant croire qu'il ne l'avait jamais oubliée et que sa vie privée était vide, en dehors du travail. Une version romantique, mais, hélas, un beau tissu de mensonges. Comment peut-elle le croire après cela ? D'ailleurs, qu'est devenue cette épouse ? A-t-elle été délaissée pour disparaître ainsi, du jour au lendemain, en emmenant leur fille avec elle ? Un adulte a le droit de disparaître, c'est autorisé, mais enlever son enfant à son père ou sa mère, cela s'appelle du kidnapping. La police aurait dû déclencher le plan « Alerte Enlèvement » après la déclaration d'Amir à la police.

En résumé, le passé d'Amir comporte des éléments troubles, ce qui ne joue pas en sa faveur concernant sa supposée implication dans la tentative d'attentat du B'nai Brith. Sa vie peut paraître simple de prime abord, mais une analyse objective révèle une certaine opacité.

Dans cette confusion, Rachel tient à prendre du recul pour faire la lumière sur la tragédie qu'elle traverse. Consciente qu'elle ne doit pas se laisser aveugler par l'amour inconditionnel qu'elle porte à cet homme qui a illuminé sa vie, elle se déclare décidée à le soutenir dans l'ombre, pour l'aider à surmonter cette mauvaise passe. « Confiance Solidarité » reste sa devise. Elle est persuadée qu'il aurait fait de même avec elle si les rôles étaient inversés. Elle espère ne pas se fourvoyer et croit en l'intégrité d'Amir, cet être exceptionnel qu'elle juge droit, honnête, travailleur... Son prince charmant ne peut pas être un voyou. Cette expérience douloureuse mettra leur couple à l'épreuve, mais elle est prête à sortir les griffes pour préserver ce qui est le plus précieux pour elle aujourd'hui : l'Amour.

Brice a fini par se souvenir où il avait déjà vu Amir. Lors de son voyage à Dubaï, où il rêvait de rencontrer un influenceur icône du milieu gay, il avait été invité à une soirée entre Frenchies. On lui avait présenté l'architecte français qui a participé à la construction de Burj Khalifa, la plus haute tour du monde. C'est en fouillant dans les albums de son téléphone, qu'il a retrouvé une photo de ce cocktail avec Amir, en nœud pap' et baskets, qu'il s'est empressé d'envoyer à Rachel. Evidemment, elle s'est littéralement pâmée devant le charisme de cet homme qui est le sien. Cette révélation ne vient donc en aucun cas alimenter la rumeur d'une quelconque implication de « son » amoureux dans le colis piégé.

*

Confidences dans un nouveau journal intime

Rachel est prise d'une furieuse envie de livrer ses pensées les plus profondes en écrivant ce qu'elle appelle ses « mémoires ». Elle cherche un cahier et déniche, au lieu de cela, un journal intime, qu'elle hésite à utiliser car il est verrouillé avec un cadenas, à l'instar de ceux des adolescentes. Même si elle conserve toujours une touche femme-enfant dans sa personnalité, elle aurait préféré un cahier Moleskine, mais c'est le seul qu'elle ait trouvé. Flambant neuf, il était prêt à prendre la relève de celui qu'elle a consciencieusement tenu chaque jour, durant son enfance et son adolescence, et qui était presque plein. Ce premier journal intime, bien épais, avait été interrompu après ses dernières vacances à Paros, il y a de cela 24 ans. Alors qu'elle revient enfin sur l'île de ses rêves, il est donc essentiel de poursuivre le récit de son aventure grecque. Et elle en a, sans aucun doute, à raconter ! Ce journal d'ado fera l'affaire.

Ces deux journaux symbolisent son existence. Le premier relate sa vie jusqu'à ses 18 ans, puis s'ensuit une longue parenthèse de 24 ans, marquée par un mariage raté et peu d'épanouissement personnel, à l'exception de l'arrivée de ses trois enfants et de son activité de blogueuse. Aujourd'hui, un nouveau chapitre s'amorce avec son retour à l'île de Paros et l'héritage de son parrain. Il est temps d'écrire cette deuxième partie de vie, tant pis pour la parenthèse française qu'elle a traversée sans enthousiasme. Elle réalise que son destin est indissolublement lié à cet endroit sublime de la planète et à Amir, son amour éternel. Elle ne peut pas lutter contre cette évidence. L'obstacle que représente l'arrestation d'Amir n'est qu'une péripétie qu'elle doit parvenir à dominer. C'est une question de vie ou de mort.

Elle se précipite littéralement dans l'évocation de son incroyable histoire vraie depuis son retour en Grèce. Elle compte bien tout dévoiler : l'amour et la trahison, la tristesse et le bonheur, le succès et l'échec qui ont jalonné ses journées. Les mots coulent de sa plume de manière étonnamment fluide, comme si ses souvenirs étaient gravés en elle. Pour aider sa mémoire parfois défaillante, elle consulte son agenda sur son téléphone.

Au bout de trois bonnes heures, elle atteint enfin la date du jour et un sourire de satisfaction illumine son visage. Elle pousse un grand soupir puis parcourt les pages noircies au stylo-plume, en les feuilletant comme on déploierait un éventail. Elle s'agace de ne pas avoir attendu que l'encre sèche, ce qui a occasionné, de temps en temps, quelques taches sur la page précédente. L'époque des buvards est révolue malheureusement. Son cœur bat plus fort à chaque épisode fidèlement retracé dans ces lignes. Elle prend conscience de l'ampleur des bouleversements qui ont marqué sa vie au cours de ces derniers mois. Indéniablement, l'île de Paros est associée à nouveau départ, à liberté, à passion.

— Ce goût pour l'écriture pourrait se concrétiser par un roman, se dit-elle.

En s'inspirant de ces deux journaux intimes., elle pourrait imaginer une énigme tirée de faits réels, mettant en scène une héroïne au destin chaotique et romanesque… elle-même ! Un projet captivant qui pourra lui occuper l'esprit en attendant le retour tant espéré d'Amir.

*

Les raisons de la colère

Amir est relâché de sa garde à vue, complètement innocenté. Cependant, à sa grande surprise, lorsqu'il retrouve enfin Rachel, elle ne manifeste aucune joie. Bien au contraire, elle l'attaque violemment et lui reproche avec véhémence sa fourberie. Dans ses yeux, il lit la douleur mêlée à la colère et à l'incompréhension. Elle exige, en premier lieu, des explications concernant sa femme et sa fille. Pourquoi lui a-t-il raconté toutes ces balivernes ? Comment peut-elle le croire à présent ? Elle tambourine sur sa poitrine avec ses poings fermés, en martelant ses questions successives, prononcées sans prendre sa respiration.

— J'te déteste ! Comment t'as pu m'faire ça ? hurle-t-elle, furieuse.

Amir reste interdit face à l'avalanche d'attaques déchaînées de Rachel. Son regard désespéré exprime son trouble et la profondeur de son amour pour elle. Il ne s'attendait pas à un tel accueil glacial. Il était persuadé qu'elle allait exulter de bonheur et qu'ils allaient fêter son retour en grandes pompes, à coup de Champagne et de baisers torrides. Il tente de se ressaisir et de calmer Rachel, mais ses paroles se heurtent au vacarme des hurlements de sa bien-aimée.

Amir se rend compte à présent de la terrible blessure qu'il a infligée à Rachel en lui cachant la vérité. Il espère pouvoir trouver les mots justes pour restaurer sa confiance brisée et lui expliquer les circonstances tragiques entourant la disparition de sa fille et de son épouse. Il lui assure qu'il n'a jamais menti intentionnellement.

— Mais si seulement tu m'avais dit qu'elles existaient ! Tu m'as fait croire que t'étais célib' et sans enfant. Non, mais quel bluffeur ! J'arrive même pas à y croire ! J'aimais ton regard sincère sur moi. On s'est toujours dit la vérité parce qu'on s'aime, sinon ça n'aurait pas de sens. Et là, tout est cassé ! T'as tout gâché ! Je te le pardonnerai jamais ! Jamais ! Tu entends ? Jamais !

Ecartant le sujet qui fâche, Amir cherche maintenant à se justifier quant à sa garde à vue. Il confie à Rachel que la police l'a interrogé pendant des heures, mais qu'il n'avait aucune information à fournir, et qu'il ne comprenait rien à cette histoire. Après des investigations poussées et un interrogatoire musclé, ils ont fini par admettre qu'il était innocent, qu'aucune charge ne pouvait être retenue contre lui et qu'ils devaient le relâcher.

— Tu peux me croire ! Pourquoi veux-tu que je pose une bombe ? Moi, la politique, c'est pas mon truc, tu l'sais bien. La religion encore moins. Je fais même pas l'ramadan ! explique Amir d'un ton persuasif.

— Ouais, bon, là-dessus, j'veux bien te croire... sinon, ils t'auraient pas remis en liberté. Mais si tout ce micmac n'avait pas éclaté, j'aurais jamais su que t'avais été marié et que t'avais eu un gosse ! Que tu ES marié, parce que t'es même pas divorcé apparemment, puisque tu l'as juste perdue de vue.

Amir demeure pétrifié et silencieux. Il cherche désespérément les arguments pour apaiser Rachel. Il aimerait tant retrouver celle qu'il aime plus que tout au monde. Mais aucune parole ne lui vient à l'esprit pour la convaincre de revenir à la raison.

De son côté, Rachel le trouve plus beau que jamais. Cet enferment lui a fait perdre du poids. Son visage jovial est marqué, ses traits sont tirés, ce qui lui donne une allure romantique irrésistible.

— Il ressemble à Lucien de Rubempré dans « Les Illusions Perdues » de Balzac, se dit Rachel, tout en continuant pourtant à trépigner.

Amir la fait chavirer. Pourtant, elle garde la tête froide et ne laisse pas transparaître l'immense désir qui l'envahit. Elle meurt d'envie de lui tomber dans les bras, de l'embrasser et de l'entraîner sur le lit pour des effusions passionnées. Il lui a tant manqué ! Evidemment, il ne devine absolument pas les véritables pensées de Rachel qui ne montre que haine et ressentiment à son égard.

— Combien de temps encore, tu pensais me raconter tes sornettes ? Me tromper ? Parce que c'est bien ça ! Tu m'as trompée ! Parlons-en du type amoureux qui n'a jamais eu d'autres femmes, jamais vécu d'histoire d'amour… Tu parles ! Baratin ! Paroles… Paroles… Tu devrais avoir honte ! Comment tu oses me prendre pour une quiche à ce point ? vocifère-t-elle.

Rachel, qui jubilait à l'idée de le retrouver, se surprend à le molester et à se montrer agressive envers lui. Ce changement d'attitude est provoqué par la tête de victime qu'arbore Amir. Cela la révolte et elle éprouve du mépris pour cette réaction qu'elle interprète comme de la lâcheté.

— T'es comme les autres mecs en fait. T'es un fieffé mythomane sans scrupules ! lance-t-elle à Amir.

Rachel ne peut s'empêcher de le comparer à « l'Imposteur de Los Angeles ». Comme lui, Amir a une fâcheuse tendance à la fabulation depuis leurs retrouvailles, enjolivant la vérité à sa convenance. Elle en vient à la conclusion qu'elle ne peut plus faire confiance à personne.

Devant le mutisme persistant d'Amir, elle pique une colère noire qui ne lui ressemble pas, mais qui est proportionnelle à l'amour qu'elle lui porte. Sa déception est telle qu'elle ne peut s'empêcher de déverser un flot de reproches et de rancœur sur cet homme qu'elle adore tant.

— Tu sais quoi ? Tu me donnes envie de gerber ! Et moi qui me remettais en question… Je culpabilisais de t'avoir abandonné, y'a 24 ans. Mais c'est à toi de te regarder dans une glace ! Comment t'as pu me faire ça ?

Amir reste toujours silencieux. Son étonnement face à cette soudaine furie le laisse dans une paralysie insurmontable, probablement parce qu'il considère cette crise de nerfs comme légitime. De plus, l'épuisement causé par sa longue garde à vue particulièrement éprouvante ne lui octroie que peu de ressources pour réagir. Bien qu'il puisse inspirer de la pitié, Rachel rejette catégoriquement l'idée de s'apitoyer sur son pauvre sort. Elle refuse d'être à nouveau manipulée, ayant trop souvent été docile dans sa vie pour accepter cette énième trahison.

Son attaque s'intensifie devant cet homme figé, qui bafouille finalement quelques bribes d'explications qu'elle n'entend pas et qui entame des phrases qu'elle interrompt immédiatement. Elle ne lui laisse aucune chance de s'en sortir. C'est elle qui dégaine. Elle se compare à Charles Bronson dans le film « Il était une fois dans l'Ouest ». Comme ce héros ténébreux avec son harmonica, c'est elle la plus forte, agissant avec détermination telle une joueuse de tennis enchaînant les services sans relâche.

A présent, elle décide de passer la vitesse supérieure devant le comportement nébuleux et peu convaincant d'Amir. Elle se précipite dans la chambre, dans *leur* chambre, sort du placard ses chemises, ses caleçons, ses pantalons… Elle traverse la villa, les bras chargés de ses vêtements en vrac et les jette dehors.

— Tiens, dégage ! J'veux plus te voir. Disparais à jamais de ma vie ! hurle-t-elle à Amir.

Dès que la porte a claqué, laissant Amir abasourdi en train de ramasser ses affaires tant bien que mal, elle s'effondre en larmes. Elle se recroqueville par terre contre le mur et sanglote de tout son être. Elle est immédiatement pétrie de remords face à la détresse d'Amir. Une vague de confusion vient s'immiscer dans sa colère. Elle se demande si elle n'a pas été trop rapide dans son jugement, à l'accuser sans connaître tous les faits. Les pleurs remplacent la fureur dans son regard, mais elle reste campée sur sa position.

Elle imagine Amir de l'autre côté de la porte, car elle ne l'a pas entendu fouler le gravier. Il est trop courtois pour oser revenir, s'il en a l'envie. Il est toujours d'une délicatesse exceptionnelle et elle s'en veut de l'avoir traité de la sorte. Mais si son irritation gronde, c'est que cette aventure est la goutte d'eau qui fait déborder le vase. Après tous ses déboires sentimentaux, elle espérait repartir sur de bonnes bases avec cet être si particulier qui a fait battre son cœur au premier regard. Pourtant, dès les prémices de leur vie commune, tout s'effondre. Non, décidément, la chance ne semble pas être de son côté ! Il paie pour tous les individus qui l'ont trompée avant lui.

Rachel et Amir reviennent de loin. Il n'aurait jamais dû gâcher cette victoire sur l'opinion publique qu'ils ont remportée ensemble. Ils avaient dû affronter la haine sur Internet à cause de leur union mixte, entre une Juive et un Arabe. Puis, ils avaient réussi à se faire oublier et Rachel comptait bien couler dorénavant des jours heureux sur son île grecque, loin des regards hostiles. Et voilà qu'il est interrogé par la police et soupçonné d'horribles méfaits. Même s'il a été libéré, cette affaire n'est pas anodine pour leur couple. Rachel se demande si Brice n'a pas raison et si leur amour n'est pas impossible. Elle en conclut qu'elle a bien fait de mettre le holà sur leur relation. Il vaut mieux le faire maintenant, car plus elle attendra, plus il sera difficile de rompre.

Après le départ d'Amir au bout d'un bon quart d'heure, Rachel se confie par téléphone à son ami Brice qui s'empresse de la rejoindre à Sephora. Décidément, c'est la seule personne sur laquelle elle peut compter. Il cautionne à 100% sa réaction, arguant que c'est plus raisonnable et que « un de perdu, dix de retrouvés » et bla bla bla et bla bla bla. Mais Rachel n'est pas pour autant convaincue qu'elle a eu raison d'agir ainsi. Elle pleure de manière ininterrompue, regrettant tout dans sa vie et surtout ce qu'elle vient de faire. Elle craint tellement d'être trahie ou prise au piège qu'elle préfère briser les chaînes avant. Pourtant, au fond d'elle-même, ce n'est pas ce qu'elle ressent, car elle est certaine qu'il l'aime, et elle l'aime aussi.

— Notre histoire d'amour aura duré ce que durent les roses, déplore Rachel, entre deux sanglots.

Epuisée et meurtrie, elle s'affale sur le lit, déclarant à Brice qu'elle ne veut plus voir personne. Etre « meilleur ami » est un statut qui ne s'improvise pas. Brice le prouve chaque jour à Rachel. Il déteste la voir dans cet état, et c'est dans ces moments-là qu'il se sent vraiment utile. Il la tire de sa torpeur, ouvre toutes les portes des placards et joue aux vendeurs d'une boutique « ultra fashion », comme il dit. Il sort les cintres les uns après les autres, en vantant le chic de chaque pièce :

— Cet ensemble jaune… Regardez-moi ça, Mademoiselle ! Vous allez être une vraie poupée là-dedans. Et cette robe vert flashy ? On va vous repérer de loin avec ça…

Ravi d'avoir réussi à faire sourire Rachel, il poursuit en alignant les tenues multicolores sous son nez pour qu'elle puisse faire son choix :

— Allez, choisis une tenue et on file ! Je t'emmène dîner sur la plage. Rien de mieux pour remonter le moral !

Rachel s'exécute, tout en lançant des regards furtifs à son téléphone, dans l'espoir de trouver un message d'Amir. Finalement, elle opte pour une robe noire, en harmonie avec son état d'esprit actuel.

Cette proposition amicale de la part de Brice tombe à merveille pour prendre du recul après la scène mélodramatique qu'elle vient de vivre. Ce qui la surprend le plus, c'est qu'elle n'avait rien prémédité, surtout pas cette attaque virulente contre l'homme qu'elle aime par-dessus tout. En effet, son amour pour lui est si profond qu'elle était prête à excuser tous ses mensonges ou ses trahisons Elle qui avait accepté l'impardonnable par le passé, c'est avec son grand amour qu'elle parvient à se révolter. Une situation abracadabrante qu'elle ne comprend pas, comme si un démon agissait à sa place.

Ils partageaient les mêmes envies, les mêmes désirs, la même vision du monde. Elle avait trouvé la clé pour vivre pleinement grâce à lui. Au lieu de lui en être éternellement reconnaissante, elle détruit tout ce qu'ils ont construit ensemble.

La quête de sens dans sa vie a souvent été inconfortable, voire douloureuse. En cela, Amir a été plus bénéfique qu'une psychothérapie. Pourtant, elle vient de le laisser filer, lui, son âme-sœur. Elle, l'éternelle victime, vient de plaquer l'homme parfait. C'est elle qui le fait souffrir. Pourquoi casser ses jouets ?

Brice, le meilleur ami de Rachel, est styliste dans l'âme.

15

Rachel est atteinte de la maladie de l'attente. Elle fixe depuis plus d'une heure une photo qu'elle tient entre ses mains, et elle pleure silencieusement. En la voyant, on comprend ce qu'est l'amour. Sur ce cliché en noir et blanc, Amir l'enveloppe de ses bras protecteurs. La scène a été capturée au café du village de Paros par un photographe en vacances, fasciné par l'émotion palpable de ce couple. Il doit être visionnaire. L'œil aiguisé du professionnel ne s'est pas trompé. Rachel lui a accordé l'autorisation de l'utiliser, car on ne reconnaît pas leurs visages, dissimulés par un long baiser précurseur de leurs étreintes passionnées. Elle se sentait honorée à l'idée de devenir l'héroïne d'un poster à la Doisneau. Car, cette image rappelle incontestablement la célèbre œuvre « Le Baiser de l'Hôtel de Ville » qui a forgé la renommée de l'artiste. Décidément, entre ce photographe et le journaliste israélien qui avait politisé leur histoire, Amir et Rachel continuent d'inspirer bien des gens.

Aussitôt rentré chez lui aux Etats-Unis, ce touriste talentueux lui avait envoyé la photo au format papier accompagnée de son affiche dédicacée. Rachel en a fait un tableau qui trône au-dessus du piano dans le salon, au milieu de ses objets chinés au gré des antiquaires de Grèce. Elle s'offre souvent des virées chez les brocanteurs ou dans les vide-greniers et ramène des petites lampes, des cadres pour ses chères photos dont elle inonde la maisonnée, des couvre-lits confectionnés par les femmes grecques, des papiers peints 1900…

Elle déplore amèrement son attitude incompréhensible lors du retour d'Amir de sa garde à vue injuste. Pourtant, impossible de revenir en arrière ou de s'excuser. Il a bel et bien disparu. Cette fois-ci, c'est à son tour de ne plus donner signe de vie. Elle réalise à présent la souffrance qu'il a dû endurer, vingt-quatre ans auparavant, lorsqu'elle l'a abandonné.

Depuis le fameux jour de sa libération qui aurait dû être une fête mais qui s'est transformé en rupture dramatique, Amir ne lui a plus donné de nouvelles. Elle l'a cherché partout, au café du matin, dans « leur » restaurant de la plage… Elle a poireauté des heures, en cachette, devant son studio pour surveiller les entrées et sorties. Elle guettait le balcon, espionnait la vie dans l'appartement, volets fermés ou pas… Personne ! Rien ne bougeait. Même ses parents ont déserté les lieux. Un jour, avec l'aide de l'épicier du quartier pour la traduction, elle a interrogé la gardienne de l'immeuble qui lui a appris qu'Amir avait rendu les clefs. L'appartement est désormais vide et bientôt d'autres vacanciers prendront le relais pour trois mois. Il s'agit d'un couple de retraités qui réserve toujours cette location après la rentrée scolaire pour être au calme, hors saison touristique.

Elle scrute *Messenger* et parcourt en boucle leurs échanges les plus récents, toujours à l'affût d'un nouveau message. Hélas, le compte Facebook d'Amir est resté inerte depuis une éternité. Ce n'est pas un foudre de guerre au niveau des réseaux sociaux, mais il lui arrivait parfois de partager une photo de plat ou de voyage… Il évitait cependant de publier des photos de lui, car il déteste s'exposer, contrairement à Rachel qui abonde en albums photos illustrant ses activités de militante ou de blogueuse culinaire. Une simple recherche de son nom sur Google débouche sur des dizaines de pages qui lui sont dédiées, sur ses prises de paroles, ses périples, ses vidéos de recettes… Mais là, sur le profil d'Amir, rien ! Aucun signe de son existence. Il serait mort que ce ne serait pas pire.

Rachel est paradoxale. Elle lui fait, tout d'abord, un procès en bonne et due forme, allant jusqu'à le congédier de chez elle avec pertes et fracas. Ensuite, elle désapprouve ses propres actes et le poursuit comme une pauvre malheureuse. Elle l'appelle en boucle sur son portable, en utilisant tous les tons, de la supplique à la colère, de l'amour à la haine. Elle l'inonde de textos du même acabit, longs, courts, incisifs, amoureux…

C'est moi j'en peux plus, je t'aime, je t'aime

Bref, tous les moyens sont bons pour le récupérer. Mais ses multiples tentatives restent vaines. Amir demeure aux abonnés absents. Elle a même pris son courage à deux mains pour appeler ses parents au Maroc. Elle avait gardé leur numéro, sous le nom « Sa maman », au cas où. Et sa mère lui a répondu gentiment après une seule sonnerie (à croire qu'elle était rivée à son téléphone) :

— Non, ma fille ! Je sais pas où il est. On est partis de ton île parce que sans lui, on n'avait rien à y faire. Et depuis qu'on est rentrés, il nous a pas appelés, je te jure, ma fille ! Bo ! Bo ! J'espère qu'il lui est rien arrivé. Ahmed, viens, là ! J'ai Rachel en ligne. Elle est inquiète. Ton fils… Il a disparu. Qu'est-ce qu'on peut faire ? Dieu préserve ! … J'espère qu'il va bien !

Rachel s'en veut. La seule chose qu'elle a réussie, c'est de causer du souci à ces pauvres gens. S'ils avaient su où il se trouvait, ils l'auraient révélé à Rachel. Même s'ils avaient fait le serment de garder le secret, ils lui auraient avoué pour la rassurer. Ces personnes simples et bienveillantes sont incapables de mentir ou de faire du mal à qui que ce soit.

A présent, Rachel se persuade, avec amertume, de la fin inéluctable de leur histoire. A cause d'elle. Elle aurait dû contenir sa colère, attendre ses explications, ne pas le juger à la hâte… Ah ! Si elle pouvait effacer leur dialogue et tout recommencer ! Elle aimerait rejouer son retour en lui sautant dans les bras, en lui déclarant combien il lui avait manqué et qu'elle ne pouvait pas vivre sans lui. Mais c'est trop tard. Tout est irrémédiablement perdu, et elle se morfond.

Elle se déteste. Son tempérament l'exaspère. Elle rêverait d'agir avec nuances et réflexion, en tournant la langue sept fois dans sa bouche avant de prononcer des paroles irréversibles. Elle a le chic pour « tout foutre en l'air », comme elle le répète si souvent. Même Brice manifeste son désaccord face à son attitude. Lui qui avait auparavant désapprouvé sa relation avec Amir, trouve désormais en celui-ci les meilleures qualités du monde, en reconnaissant avant tout qu'il la rendait heureuse.

Les nuits semblent interminables. Elle se retourne inlassablement dans son lit qui n'a jamais paru aussi vaste, cherchant désespérément sa présence à ses côtés, et soupire de désespoir devant son absence.

Elle aimerait passer à autre chose, d'autant qu'elle doit régler une multitude de problèmes administratifs liés à l'héritage. En plus, les canalisations d'évacuation et la façade de sa maison, semblable à celles des archipels grecs des Cyclades avec son architecture vernaculaire traditionnelle emblématique, nécessitent des réparations urgentes. Elle n'avait pas prévu d'entreprendre de tels travaux avant plusieurs années, mais cela s'impose.

Tout d'abord, des odeurs d'égout dans la maison l'ont alertée. Un expert mandaté par l'assurance a diagnostiqué des remontées d'eaux usées dans les ouvrages apparents. Mais l'artisan tarde à intervenir. Autre gros chantier en perspective, la chaux qui recouvre sa jolie demeure commence à s'effriter sérieusement. Les ouvriers, aussi peu sérieux qu'en France, ne daignent pas répondre à ses appels ou se déclarent débordés. Impossible donc de se débarrasser de ces corvées d'intendance. Elle déplore le temps gaspillé à gérer ces futilités inintéressantes alors qu'elle pourrait roucouler dans les bras de son amoureux. Parallèlement, elle use ses yeux bleus pâles, affectés par une presbytie naissante, à scruter son téléphone dans l'attente d'un texto de *Lui*. Elle ne cesse de consulter sa boîte mail en cliquant avec acharnement sur « envoyer/recevoir », espérant un message de son bien-aimé. En bref, elle ne parvient pas à se raisonner et ne peut s'empêcher de chercher désespérément un signe d'Amir.

Elle aurait pu s'appuyer sur Brice, toujours prompt à la secourir en cas de problèmes matériels, mais il a dû se rendre à Paris pour assister au fastueux mariage juif de son frère aîné. Elle se retrouve donc désespérément seule sur cette île du bout du monde à tenter de résoudre ces incidents qui, de son point de vue, sont purement et simplement des préoccupations de mec. Elle pense tellement fort à Brice que, par une surprenante télépathie, il l'appelle sur *FaceTime*. Ils discutent comme s'ils se trouvaient dans la même pièce.

Rachel saute sur l'occasion pour se livrer à lui, sans retenue. Ils passent une bonne heure à se confier mutuellement, sans trouver le temps long.

Après avoir raccroché, elle appelle Bob, étonnée qu'il ne soit pas à ses côtés. Habituellement, dès qu'elle est au téléphone, il se blottit à ses pieds par curiosité, comme s'il comprenait la conversation.

— Bob ! T'es où ? Viens ici ! crie Rachel, en déambulant dans la villa à sa recherche.

Elle ne s'est pas encore familiarisée à ses habitudes. Néanmoins, Bob s'est attaché à elle autant qu'elle à lui. C'est qu'il n'a plus qu'elle maintenant, d'autant que Pénélope se montre distante envers celui qu'elle nomme de manière impersonnelle « Chien ». Elle avoue ne pas beaucoup aimer les animaux. Elle ne lui ferait pas de mal, mais considère, comme dans tous les pays chauds, que sa place est dehors, en liberté, avec ses congénères.

Rachel apprécie la compagnie de Bob. Pourtant, c'est une première pour elle de cohabiter avec un chien, d'autant que ce cher Jack Russell lui a été imposé comme un « package » avec la maison. Grâce à lui, elle s'est remise au sport. Il l'incite toujours à sortir en aboyant devant la porte ou en lui apportant une balle dans sa gueule pour l'entraîner dehors. Comment résister à sa tête penchée et à ses yeux langoureux et brillants ? Jardin, mer, balades en ville, il est toujours partant. Ils partagent une foule d'activités physiques ensemble. Il l'accompagne avec entrain lors de ses footings quasi quotidiens le long de la plage. Jogging, vélo, et même saut à la corde, il est hilarant à vouloir imiter Rachel. Elle bénit sa compagnie. Elle se sentirait bien seule sans lui.

Très bon sportif, à l'instar de tous les chiens de chasse, Bob aime se dépenser et courir sur le sable. Rachel lui accorde du temps et s'adonne volontiers, pour lui faire plaisir, à son activité favorite, le lancer de jouet en corde. Il excelle dans cet exercice, mieux que tous les autres chiens voisins. On dirait qu'il vise les Jeux Olympiques, tant il se surpasse, chaque jour, en records de vitesse et de hauteur. En ramenant son trophée à Rachel, il dédaigne ses copains à quatre pattes et les nargue, de sa tête relevée fièrement.

Il se sent à son aise dans cette vie de famille au grand air, dominée par les promenades et les randonnées pédestres, à bicyclette et même à cheval. Il vénère tout ce qui l'amène à se déplacer, courir et sauter dans tous les sens, en contact avec la nature et sa maîtresse adorée, Rachel. Mais Bob apprécie aussi les instants cocoon, à dormir tout près d'elle pendant qu'elle travaille.

Rachel lui trouve une grâce innée, héritée probablement de sa race. En cas d'averse, il trouve intelligemment refuge dans le premier abri disponible. Après s'être ébroué jusqu'à être complètement sec, il se couche épuisé. Elle adore son odeur de chien mouillé, que d'autres pourraient trouver désagréable.

Rachel a inculqué à son amour de compagnon à quatre pattes une discipline qu'il n'avait jamais connue du temps de son parrain : un seul repas par jour (le soir), et toujours en laisse (sauf pour le sport et la promenade matinale). Parfois, il se rebelle, renonçant à son obéissance légendaire en jouant les sales gosses, et elle doit courir après lui pendant des heures. Jusqu'à présent, cependant, il ne s'était pas trop éloigné de la villa, se limitant à arpenter leur chemin habituel. Alors, où peut-il bien être ? Rachel ne parvient pas à apaiser son inquiétude grandissante. Elle téléphone à Pénélope, dont c'est le jour de congé. Cependant, elle ignore où il se trouve et ne partage pas son angoisse.

À mesure que le temps s'écoule, elle s'oriente de plus en plus vers la piste de la fugue. Elle enfile ses vieilles baskets et se lance à la recherche de ce cher Bob, le cœur battant. La perspective de le perdre la panique totalement, non seulement par affection, mais aussi en hommage à son parrain. L'idée qu'il puisse être victime d'un accident de voiture la fait frissonner d'effroi.

Elle emprunte les sentiers qu'ils longent habituellement ensemble et interroge les passants en montrant sa photo. Malheureusement, personne ne l'a croisé. Le pessimisme s'empare d'elle peu à peu, mais elle s'accroche à l'espoir avec opiniâtreté. Elle parvient finalement au petit cimetière aux tombes blanches de Lorient. Et là, une surprise poignante l'attend… Bob est assis, la tête tristement couchée sur la stèle de son regretté maître. La scène est si bouleversante que des larmes coulent sur les joues de Rachel derrière ses lunettes noires.

La sonnerie retentissante du téléphone vient rompre brutalement la quiétude de ce lieu de recueillement. C'est Pénélope qui la rappelle, soucieuse finalement de prendre des nouvelles de Bob. En apprenant où Rachel l'a retrouvé, elle révèle en effet que le Chien s'échappe régulièrement de Sephora, parcourant plusieurs kilomètres pour rejoindre son défunt parrain. Elle s'excuse vaguement de ne pas avoir partagé plus tôt cette information cruciale et retourne à ses occupations de jour de repos. Rachel reste interdite face à ce comportement irresponsable. Parfois, elle étranglerait cette femme !

Rachel s'approche doucement du caveau majestueux en marbre blanc, abondamment fleuri, de son regretté parrain. Elle s'agenouille près de Bob et le caresse avec une infinie tendresse. Bob se met à gémir de plaisir et de tristesse, ce qui émeut Rachel aux larmes. Elle le prend dans ses bras en tentant de le consoler.

— Mon Bob… Oui, tu l'aimais tellement ton papa… Mais ne sois pas malheureux. Je suis sûre qu'il veille sur toi d'où il est. Allez, viens mon bébé, on rentre à la maison.

Elle sort l'un de ses biscuits préférés en forme d'os, qu'elle avait apporté pour l'appâter. Bob détourne la tête comme s'il n'avait pas le cœur à ça. Ce chien est décidément exceptionnel. Il a tout d'un être humain.

*

Le vide de l'absence

Les jours s'égrènent comme une lente agonie, et chaque minute qui s'écoule sans Amir l'anéantit davantage. Elle garde sa photo près d'elle. Elle ne dort plus dans leur chambre. Elle ne fait plus de projets ni de to-do-list. Elle n'a plus posté de vidéos sur ses réseaux sociaux depuis des lustres. Elle a perdu l'envie. Pire encore, les souvenirs heureux s'évanouissent peu à peu, effacés par l'incertitude qui pèse sur son cœur brisé. Elle relit leurs anciens échanges, cherchant désespérément un indice, un signe de leur amour passé. Mais la foi vacille comme une flamme prête à s'éteindre. Leur amour, qui autrefois brillait de mille feux, est désormais englouti dans les ténèbres de l'oubli.

Dans la valse des regrets, Rachel reconnaît qu'elle a agi de manière impulsive en le mettant à la porte. Si seulement il avait tenté de se justifier, elle n'aurait pas cédé à cette colère irraisonnée. Elle s'interroge, perplexe, sur les raisons de son éloignement définitif et radical, sans la moindre explication. Elle ne l'imaginait pas aussi rancunier, lui qui était toujours prêt à tout lui pardonner par amour. Pourquoi ce silence ? L'idée qu'il ait retrouvé sa mystérieuse épouse, réapparue miraculeusement dans sa vie avec leur fille, la rend folle de jalousie. La rancœur prend le dessus. Elle en arrive à se convaincre que c'est cette femme qu'il aime réellement, puisqu'il a fondé une famille avec elle. Rachel se sent reléguée au rang de passe-temps ou de bouche-trou et se persuade que leur histoire n'a existé que par simple nostalgie de leur amour d'enfance perdu.

Malgré ses doutes, elle s'accroche à la splendeur de leurs retrouvailles et à cette liberté si chèrement acquise. Tout est survenu en même temps : l'amour absolu et la confiance en soi. Un nouveau départ qui s'annonçait si prometteur. Comment peut-il s'écrouler ainsi, du jour au lendemain ? C'est inconcevable ! Le Bon Dieu ne peut pas lui faire ça. Elle estime avoir mérité ce bonheur. Elle sait que, même si elle devait vivre des millions d'années, elle n'aimerait jamais personne autant qu'elle l'aime. Elle aurait tant voulu que leur amour dure toujours. Désormais, elle se perd dans les méandres des « si » et des « peut-être ». Sa nouvelle assurance s'évanouit inexorablement avec l'absence. Le vague à l'âme plonge son âme meurtrie dans une profonde mélancolie qu'il lui est impossible de surmonter.

Chaque jour sans nouvelles de *Lui* s'ajoute à sa douleur profonde. Bien qu'elle se persuade qu'elle doit laisser le temps panser ses blessures, l'attente devient une épreuve quotidienne. Elle scrute sans cesse son téléphone, espérant ardemment un message de sa part. Cependant, les secondes se transforment en heures, et les heures en jours, sans le moindre signe de son amour perdu.

Brice, toujours à Paris, tente de la réconforter sur *WhatsApp* en supposant qu'Amir traverse certainement une période difficile, qu'il a besoin de réfléchir… Mais ses mots ne parviennent pas à apaiser le vide qui étreint Rachel irrémédiablement. Elle se sent comme une naufragée sur une île déserte, coupée du monde, abandonnée par l'homme qu'elle aime tant. Plus rien ne compte. La solitude pèse lourdement sur ses épaules. Des larmes amères, témoins muets de son désarroi, coulent sans relâche sur ses joues.

Rachel ne cesse de se demander pourquoi il a disparu sans lui laisser la moindre chance de s'excuser. Elle demeure là, effondrée, espérant qu'un jour, peut-être, il reviendra, et que leur amour retrouvera la lumière qu'elle a tant chérie. Mais pour l'instant, seule l'ombre du silence persiste, la plongeant dans un chagrin infini. Elle qui avait abandonné les prières, les jeûnes, les soirs de fêtes et tout ce qui se rapportait à la religion qu'elle accusait d'être la cause de son malheur, se surprend à formuler des vœux et à allumer des veilleuses. Toutes les astuces sont bonnes pour sortir de ce manque de lui, de cet échec dont elle ne se remettrait pas.

Rachel incarne le stéréotype du « romantique sans espoir », une figure semblable à celle du XIXe siècle que l'on retrouve dans le roman éponyme de Marie Price La Touche, « Lady Willoughby ». Elle en présente tous les symptômes. Malgré ses quarante ans bien sonnés, elle conserve des idées naïves sur l'amour véritable, allant jusqu'à se réjouir de voir des inconnus tomber amoureux. Elle choisit de voir le côté positif de ses relations, croyant fermement au succès de chaque rencontre. L'amour semble être inscrit dans ses gènes, un sentiment mystique qui défie, à ses yeux, toutes les formes de négativité du monde. Il rapproche les gens et demeure la seule chose en laquelle l'humanité doit encore avoir foi. Cependant, elle ne perçoit jamais les dangers de donner son cœur aussi facilement à des partenaires qui ne seront pas aussi investis qu'elle. C'est pourtant ce qu'elle a vécu avec des aventures sans lendemain.

Elle a laissé derrière elle un mariage catastrophique qui l'avait rendue mièvre et soumise. Avec sa nature fleur bleue,

Rachel s'est décidée à privilégier les sentiments à la raison. Malheureusement, malgré sa quête constante, elle n'a pas encore atteint le nirvana. La raison en est qu'elle a systématiquement craqué pour des individus peu fiables, se heurtant à leur malhonnêteté et à leurs intentions néfastes. On dit qu'on apprend de ses échecs, mais pas dans le cas de Rachel, qui a continué à s'éprendre d'hommes toxiques. Bien qu'échaudée et jurant de ne plus se laisser avoir, elle retombait amoureuse après chaque rupture, créant invariablement un nouveau cycle d'échecs qu'elle reproduisait avec une crédulité remarquable.

Se peut-il qu'elle idéalise trop les sentiments ? C'était la question qu'elle se posait avant son retour à l'île de Paros et ses retrouvailles surprenantes avec l'inégalable Amir. L'amour avec lui l'a transformée, la rendant épanouie, fantaisiste et imaginative. Avec Amir, l'amour était synonyme de rêves et de folie, transcendait le quotidien et transformait la vie en une éternelle fête. Elle était convaincue qu'il était le bon, l'unique, le premier et le dernier amour de sa vie. La guéguerre des religions les avait séparés à peine sortis de l'adolescence. Quand cet homme impérial est réapparu sur son chemin après toutes ces années chaotiques, elle a succombé à son charme. Même si, à ses côtés, elle percevait le monde à travers des lunettes roses, elle aurait dû tirer des leçons de ses expériences passées. Hélas, comme on pouvait s'y attendre, ce coup de foudre auquel elle croyait dur comme fer s'est éteint brusquement, la laissant abattue pour toujours.

*

Comment le revoir ?

Ils ont vécu un coup de foudre réciproque à deux reprises, avec plus de vingt ans d'intervalle, un scénario digne d'une comédie romantique. Aujourd'hui, ce conte de fées a pris une tournure tragique, mais Rachel refuse de laisser cette histoire se terminer en queue de poisson. Elle ne peut tout simplement pas envisager son avenir sans Amir. Cette seconde chance qu'ils ont eue de se retrouver, un quart de siècle plus tard, ne peut pas être réduite ainsi en cendres. Elle est convaincue que son ange gardien les protège. Elle consulte chaque jour son horoscope et mise sur un thème astral propice pour cette rencontre. Elle veut y croire.

Dorénavant, elle n'attendra plus qu'il l'appelle. Elle doit prendre le taureau par les cornes. Comment peut-elle influencer le destin, ou du moins lui donner un coup de pouce ? Elle saisit son cahier Moleskine pour noter une série d'idées sous le titre très clair : « Comment le revoir ? ». Elle sait pertinemment que s'il se trouvait face à elle, il craquerait à nouveau sans aucun doute. Leur attirance est indéniable, un magnétisme qui opère à chaque regard échangé, au moindre effleurement de la main, voire même à travers un mot banal. Le charme renaîtra comme au premier jour. Rachel doit donc tout mettre en œuvre pour que cela se produise, quitte à utiliser n'importe quelle méthode. Elle n'a plus le temps. Ses dix-huit ans appartiennent à un passé lointain et les années filent à une vitesse folle.

Avant de dresser sa liste miracle, Rachel se replonge dans les lettres qu'Amir lui avait écrites il y a vingt-quatre ans, et qu'elle avait à peine parcourues à l'époque. Elle savait qu'elle regretterait de l'avoir abandonné, mais il lui semblait inconcevable d'agir autrement. Elle devait mettre fin à la relation avec cet homme qu'elle aimait éperdument mais dont la religion était impossible à assumer pour elle. Elle n'était pas prête à subir le regard réprobateur de la société. Elle voulait être la fierté de sa famille, et c'est ce qui devait l'emporter sur ce désir irraisonné.

Aujourd'hui, chaque mot écrit prend un sens profond. Elle ressent en plein cœur les phrases d'Amir qui devaient être prophétiques tant elles résonnent dans la situation actuelle. Elle s'arrête sur un passage où il l'exhortait à accepter leur amour même s'il défiait de nombreuses générations. La voix cassée par l'émotion, elle le lit comme si elle interprétait une pièce de théâtre, bercée par le lyrisme du jeune homme qui n'avait pas peur d'exprimer ses sentiments, ce qui est d'une grande rareté chez un homme.

« Il faut vivre ses amours dans l'instant, car c'est là que se trouve la clé du bonheur, dans cette spontanéité qui éclaire nos vies - Chaque jour de bonheur mérite d'être vécu avec audace, sans crainte de se jeter dans l'inconnu - Prévoir ses sentiments et se protéger dans la sécurité, c'est faire preuve d'une grande prudence, mais c'est aussi risquer de passer à côté des émotions les plus intenses - Dans l'adrénaline de l'instant, dans ces moments où l'amour nous emporte, réside la magie de la vie - Osons vivre dangereusement, embrassons les instants de chaque jour avec passion et enthousiasme, car c'est ainsi que se révèle la véritable essence de l'amour, un feu sacré qui illumine nos cœurs et donne un sens si profond à notre existence - Ne laissons pas la peur du risque ou de l'échec nous freiner, car c'est en osant, en se lançant sans retenue, que nous découvrons le véritable éclat de l'amour - Chaque moment est une occasion précieuse, une invitation à vivre intensément, à aimer avec tout notre être - Alors, laissons-nous emporter par la beauté de l'instant présent, guidés par cette créativité qui nous permettra d'inventer des souvenirs inoubliables, des moments de complicité et d'émerveillement qui resteront gravés dans nos cœurs pour toujours. »

Comment avait-elle pu passer à côté d'une telle passion ? Si seulement elle avait pris le temps de lire ces courriers rédigés au feutre, tantôt d'un noir austère, tantôt d'un bleu électrique, ou encore d'un rouge rageur. Ses états d'âme confus étaient symbolisés par la couleur de sa plume. Elle n'avait pas saisi ces nuances capitales, depuis son jeune âge. Une particularité l'avait cependant déjà intriguée : ces tirets remplaçant les traditionnels points. Elle devrait se pencher sur la graphologie pour l'analyser, car cette ponctuation ne peut que révéler un aspect supplémentaire de sa personnalité. Que ne donnerait-elle pas aujourd'hui pour qu'il lui écrive de tels mots enflammés ?

Elle se prépare à établir une liste exhaustive des actions à entreprendre pour retrouver la trace de son amour perdu. La difficulté étant qu'elle ignore s'il se trouve toujours à Paros ou s'il s'est envolé ailleurs, à Paris, aux Etats-Unis… Elle décide donc de dresser deux colonnes : « À faire » et « À ne pas faire ». Hors de questions de commettre des erreurs ! Elle doit mener cette bataille comme une conquérante et trouver la stratégie adéquate pour aboutir à ses objectifs sans perdre de temps.

Comment le revoir ?

LES DON'T

- **SQUATTER** le trottoir en bas de son studio en attendant qu'il sorte. Epuisant !
- **RAPPELER** ses parents. Ça ne se fait pas !
- **CONTACTER** son pote qu'il voit tous les étés, sauf cette année à cause de moi. Ridicule !

- **ATTENDRE** le facteur
pour le soudoyer. (transfert d'adresse etc…).
Mission coriace !
- **KLAXONNER** en bas de son immeuble. Honteux !
- **BOIRE** un café des heures dans son bar du matin
en l'attendant. Le patron va me repérer.
- **FAIRE** les courses dans son épicerie. Hasardeux !
- **DEAMBULER** à vélo dans les ruelles du village.
Laborieux !

LES DO

- **DEBARQUER** à l'agence immobilière qui lui loue son studio à l'île de Paros en se faisant passer pour sa femme. Facile ! La secrétaire nous a déjà vus ensemble, main dans la main, à se bisouiller toutes les deux secondes.
- **ENQUÊTER** dans tous les lieux qu'il aime à Paros, bars, restos. Il tutoie les serveurs et les proprios.
Ils l'ont peut-être revu.
- **SUIVRE** ses réseaux sociaux.
Déjà fait, mais recommencer avec acharnement.
Cliquer sur chaque profil d'amis pour voir s'ils postent une photo avec lui.
Un vrai challenge ! 5000, c'est son nombre de followers sur Facebook, bien qu'il soit avare de posts.
- **SORTIR** le soir dans les spots chics et branchés qu'il fréquente. Un rêve : le voir ! Si ça se trouve, il est toujours à l'île de Paros.
- **TELEPHONER** à son cabinet d'archi à Paris. Cuisiner sa secrétaire - alias son assistante - pour obtenir des infos fraîches.
- **S'ENVOLE**R vers Paris jusqu'à son bureau. Dernière solution, car pas trop envie de retourner en France pour l'instant. Pas trop emballée non plus à l'idée de prendre l'avion.

- **CONSULTER** une cartomancienne.

Forçons le destin !
Rachel la Winner

*

Superstitieuse Rachel

Rachel pratique la méthode Coué. Par l'autosuggestion, elle répète régulièrement des phrases positives pour se persuader qu'elles se réaliseront. Ainsi, elle croit fermement en la possibilité de recroiser le chemin de l'amour de sa vie et voit cette rencontre comme une occasion exaltante de raviver la fulgurance de leur attirance mutuelle.

Présage de bonne augure, les artisans peintres sont enfin arrivés et travaillent d'arrache-pied sur la façade de Sephora. Rachel s'attarde à contempler, à ses heures perdues, leur technique légendaire pour peindre à la chaux, embellissant ainsi sa si jolie propriété. Le contraste est saisissant. Ils lui ont proposé également de raviver le bleu des boiseries et des trois toits en forme de dômes. La maison s'apprête à rayonner de beauté. De quoi revigorer Rachel et lui donner un regain d'énergie ! Amir sera subjugué lorsqu'il découvrira le résultat. Car, elle ne pense qu'à lui, encore et toujours, dans chacun de ses actes. Elle ne peut s'en empêcher. Il sera si fier d'elle, car il la complimente toujours dès qu'elle entreprend quelque chose. C'est un critère essentiel d'harmonie entre eux. Dans ses yeux, elle se sent belle. Il lui donne une confiance absolue car il croit en elle. On ne l'a pas habituée à ça. Cette attitude change tout dans une vie. Si seulement ses parents avaient adopté cette approche plutôt que de la pousser à se marier coûte que coûte, qui plus est avec un prétendant juif… Si son mari lui avait témoigné autant de sollicitude… La trajectoire de sa vie aurait été différente. C'est la première fois qu'on la traite avec autant d'égards. Elle ne pourra jamais lui être assez reconnaissante.

De plus, avec les canalisations refaites, adieu l'odeur d'égout qui écrasait le parfum envoûtant des fleurs du jardin. Rachel peut donc se consacrer exclusivement à son amour perdu qu'il faut retrouver à tout prix.

Elle pianote d'un air désabusé sur Facebook et tombe sur une accroche publicitaire qui suscite tout son intérêt.
« Tapez le prénom de votre amoureux et le vôtre. Isabella vous révèle ce que les mois à venir vous réservent. Testez une voyance gratuite pour se réconcilier avec votre EX. »

En général, elle ne se fait pas piéger par ce type de publicités, mais voilà une occasion rêvée de rayer un des points de sa to-do-list « Consulter une cartomancienne ». Peu de temps après, elle reçoit un e-mail personnalisé (apparemment) qu'elle lit avec avidité. Tout ce qui touche à Amir la captive. C'est son unique préoccupation. Elle se demande d'ailleurs si elle peut déjà le classer parmi ses « ex », mais peu importe !

Bonjour Rachel
Voici des nouvelles vraiment très bonnes pour vous, peut-être les meilleures
que vous n'ayez jamais reçues depuis de très longues années... ***Ce sont plusieurs changements très importants qui se précisent pour vous...*** *Vous êtes sur le point de voir votre monde totalement changer et ce que vous avez vécu ces derniers mois n'est rien comparé à ce qui vous attend très prochainement...*
Votre vie va complètement se métamorphoser sous tous ses aspects, ***surtout en très positifs !!!*** *Vos petits et grands soucis du quotidien ne seront plus qu'un lointain souvenir... Ce que j'ai vu en détails sur votre vie dans les prochaines semaines est vraiment énorme*

Rachel.
Il est vital que vous en preniez connaissance tout de suite, lisez vite ici ce message important qui vous est destiné aujourd'hui...

Votre amie et dévouée,
Isabella

L'art d'éveiller la curiosité sans rien dévoiler. Malgré la tentation d'en savoir plus, Rachel reste convaincue qu'il s'agit d'une arnaque commerciale. Elle préfère donc écarter cette possibilité, regrettant de ne pas l'avoir classée dans les mauvaises idées. D'ailleurs, déterminée à ne pas abandonner définitivement son listing astucieux, elle décide de tester une phrase des « Don't » : « Attendre des heures en buvant un café dans son bar du matin ». Après avoir épuisé tous les points des choses à faire, elle se tourne vers celles à éviter pour ne laisser aucune opportunité lui échapper. Gonflée d'optimisme, elle croit fermement que c'est la bonne solution, une évidence qu'elle aurait dû appliquer dès le début.

Avec soin, elle peaufine son allure pour lui plaire au premier coup d'œil, en cas de succès. Elle déniche une jupe à l'imprimé provençal qui sent bon les cigales et la lavande. Elle l'assortit à un sac qui fait le beau sur son épaule dénudée grâce à un tee-shirt à l'encolure bateau. Elle chausse ses sandales compensées en cuir et corde, qu'elle affectionne particulièrement, et le tour est joué. C'est joyeux et vivant ! De quoi attirer des ondes positives.

Le cœur palpitant à cent à l'heure après une balade nostalgique à travers les jolies petites ruelles typiquement grecques de Paros, elle atteint enfin ce lieu désormais culte : « Son » bar. Un adorable chaton l'accueille et se frotte contre ses jambes en miaulant. Peut-être l'a-t-il reconnue. C'est le chat de la maison. Amir le caresse toujours négligemment lorsqu'ils prennent un verre ensemble ici. Elle est intimidée par ce petit animal, comme s'il pouvait la juger.

Une dizaine de chaises sont entassées dans un coin, avec des cadavres de bouteilles de rhum sur le sol pavé. Il est trop tôt. La terrasse n'est pas encore installée. Elle en tire une d'un bleu pétant, si lourde qu'elle doit la porter à deux mains, et s'assoit timidement dans un coin de la placette pour ne pas attirer l'attention. Instantanément, un sirtaki s'enclenche et le patron hospitalier reçoit sa première cliente comme il se doit. Il déboule de l'unique pièce de ce bistrot charmant et se hâte de disposer les sièges autour des tables aux mosaïques peintes à la main. En deux temps trois mouvements, ce charmant établissement est prêt à accueillir touristes et locaux. Le bonhomme, qui semble avoir oublié à quoi pouvait servir un rasoir, s'approche de Rachel et la reconnaît visiblement :

— Comme d'habitude, Mademoiselle ?

Elle sourit poliment, flattée d'être reconnue et de se voir attribuer ce terme de civilité à son âge.

— Ils sont malins, ces commerçant grecs, se dit-elle. Ils savent caresser leurs clients dans le sens du poil.

Le café est servi dans un verre, avec un koulourakia fait maison. Elle goûte, sans appétit, une minuscule bouchée de cette pâtisserie grecque traditionnelle pour ne pas vexer celui qui l'offre si généreusement. Depuis la disparition d'Amir, son estomac est noué à nouveau, l'empêchant d'avaler quoi que ce soit en dehors de l'eau.

Son travail de vigie commence. Rachel attend, les nœuds au ventre. Elle guette le bout de la ruelle, dans l'espoir qu'Amir surgisse comme par enchantement, partagée entre l'appréhension et le désir ardent de le surprendre. Chaque personne qui émerge au loin fait naître en elle le vœu que ce soit enfin lui. Son visage s'éclaire à chaque nouvelle silhouette, mais elle découvre une femme pressée, une jeune maman avec une poussette, un handicapé peinant à avancer sur les pavés… À chacune de ces déceptions, elle soupire, absorbe une gorgée de son breuvage corsé, puis dirige à nouveau son regard vers l'extrémité de la rue, priant pour qu'Amir soit celui qui apparaisse enfin.

Chaque instant qui passe semble durer une éternité, et Rachel est suspendue entre l'excitation de le retrouver et la crainte de ne jamais le revoir. Son corps entier est tétanisé à la moindre apparition. Elle se surprend à imaginer alors le moment de leur face-à-face, comme si elle le vivait déjà en direct. L'attente est insoutenable, mais la perspective de le serrer dans ses bras reste plus forte que tout. Au bout d'une bonne heure, cette stratégie ne s'avérant pas concluante, elle repart bredouille, errant à nouveau dans les dédales de l'île de Paros.

Après l'échec du matin, elle tente sa chance le soir. Et la voilà en femme fatale, élégante, insaisissable, arpentant la riviera, sans autres éclairages que les lumières des restaurants. Le tableau inspirerait les plus grands cinéastes. Elle traîne son désespoir dans leurs lieux secrets, bien à eux, où ils ont passé des soirées inoubliables collés serrés, à se caresser et s'embrasser en faisant fi du regard des autres. Elle, la pudique à outrance, ne se serait jamais crue capable d'un tel lâcher-prise. C'est lui la cause de cette liberté. Grâce à Amir, elle ne subit plus le poids des conventions familiales ni le jugement d'autrui. Elle est elle et seulement elle. A ses côtés, elle se sent en sécurité, en confiance totale.

Ces dîners à deux, où elle dansait pieds nus jusqu'au bout de la nuit, ont réveillé en elle des désirs longtemps enfouis au fil des ans. Pulsions érotiques qu'elle avait mises entre parenthèses depuis ses dix-huit ans et qu'elle n'avait jamais retrouvées, car elles étaient étroitement liées à un amour authentique, puissant, entier. Leurs flâneries insouciantes, leurs discussions enflammées, ses baisers sur sa peau salée… Quelle femme n'a pas rêvé un jour de leur nuit torride sur la plage où il avait fait voler ses vêtements sur le sable frais ? Tout demeure gravé dans sa mémoire à nouveau, chaque détail, chaque geste, chaque odeur… Cette quête de l'être aimé, adulé, vénéré, lui a permis de retrouver la mémoire qu'elle avait perdue peu à peu depuis son absence. En cela, sa to-do-list s'avère déjà bénéfique.

*

La valse des remords

Elle n'a toujours pas trouvé la force de réaménager le bureau d'Amir. Elle aime s'y réfugier car il y a encore un peu de lui dans cet espace qu'il appréciait tant. Son ordinateur a disparu, mais ses planches d'architecte jonchent toujours le sol de carrelage brillant, puisqu'il n'a pas eu le temps de les récupérer avec son départ en catastrophe. Elle constate des similitudes avec le syndrome du nid vide qu'elle avait ressenti au départ de ses enfants, où leurs chambres étaient restées intactes.

Pour trouver du réconfort, Rachel parcourt Internet à la recherche d'histoires vraies entre une Juive et un Arabe. Elle constate que ces exemples sont plutôt rares, au point qu'ils attirent l'attention des médias et font l'objet d'articles dans la presse.

— C'est incroyable de nos jours ! se dit Rachel avec un mélange d'étonnement et de révolte. On parle moins de mariages entre personnes de différentes races que de ceux entre Juifs et Arabes.

Les expériences qu'elle découvre ne sont guère encourageantes. En France, où se répercute l'écho du conflit israélo-palestinien, les tensions s'accroissent entre les communautés. Bien que certains soient emportés par la passion et choisissent de se moquer des étiquettes religieuses, beaucoup reculent lorsqu'il s'agit de s'engager réellement dans une relation.

Rachel se demande si elle pourra braver les obstacles qui se dresseront forcément devant elle et vivre leur passion au grand jour, en dépit des divisions persistantes autour d'eux. Ne serait-il pas plus sage d'accepter cette rupture et de ne pas poursuivre une telle aventure sans avenir ? D'ailleurs, Amir a dû en venir à cette conclusion puisqu'il ne donne plus signe de vie. Il est raisonnable, lui ! Au début, il était tout feu tout flamme, mais l'incident du colis piégé a dû le refroidir, ce qui est légitime.

En quête d'inspiration, Rachel poursuit son enquête. Elle est persuadée qu'il doit exister des cas similaires au sien. Peut-être repèrera-t-elle des histoires d'unions entre Juifs et Arabes qui ont réussi à surmonter les différences culturelles et religieuses. S'appuyer sur le vécu d'autres femmes peut être une source précieuse pour nourrir sa propre réflexion. Et les exemples sont légion.

Elle se plonge dans l'histoire de Léa et de son amoureux libanais. Léa, une jeune juive, a dû renoncer à son histoire d'amour avec un Libanais de confession musulmane. « Certains de mes amis me demandaient comment je faisais pour coucher avec un arabe et ils blaguaient en insinuant qu'il était probablement terroriste ou espion, » raconte-t-elle. « C'était très étrange comme situation. D'une certaine manière, c'était excitant de transgresser la « règle ». Mais un jour, il m'a simplement dit que notre relation était impossible et ça s'est terminé. »

Catastrophe ! Ce joli conte s'est malheureusement soldé par un échec. Rachel se sent si proche de ce récit. Amir a lui aussi été injustement accusé de terrorisme. Il doit être habitué à de telles accusations. Elle ne peut pas imaginer vivre ces tourments au quotidien. Pourtant, l'aimer implique de les subir avec lui.

Il doit sûrement exister des cas heureux de relations réussies et assumées. Elle poursuit ses investigations en tapant dans le moteur de recherche, les mots clef « Juive et Arabe ».

Le titre d'un article « Elle juive, lui musulman : ils s'aiment » attire son attention. Bingo !

Sous un T-shirt rose, Juliette affiche un ventre arrondi. Son mari, Rabii, l'embrasse sur le front. Sur le panneau qu'ils tiennent à deux mains, on peut lire : « Je suis un Tunisien musulman. Je suis une Hollandaise juive ». Au-dessus d'une flèche pointant vers le ventre : « Elle est le fruit de notre amour ». Publiée sur les réseaux sociaux, leur photo a été partagée des milliers de fois, aux côtés de nombreux autres selfies de couples mixtes réunis sous le hashtag #JewsAndArabsRefusetoBeEnemies (« les Juifs et les Arabes refusent d'être des ennemis »).

Leur coup de foudre a quelque chose du roman de gare. Rabii travaillait dans l'hôtel où séjournait la jeune femme, en Tunisie. Lorsque Juliette rentre chez elle aux Pays-Bas, la romance se poursuit en visio, sans s'essouffler. Mais Juliette n'a pas encore révélé à Rabii qu'elle est juive, craignant sa réaction. Ayant vécu quelques années en Tunisie, elle raconte avoir été « insultée et menacée » par des Tunisiens à cause de sa judaïté. Finalement, lorsqu'elle lui avoue, Rabii la rassure immédiatement en affirmant que leur amour est plus fort que tout. Les amoureux finissent par présenter leurs familles respectives qui acceptent toutes deux leur choix de vie.

Belle aventure qui redonne du peps à Rachel. Elle poursuit ses recherches et tombe sur un fait divers qui a fait grand bruit en Israël. Le titre du reportage la glace : « On peut laisser passer le grand amour ».

Un mariage judéo-musulman, près de Tel-Aviv, a été perturbé par des manifestants d'extrême-droite israéliens qui ont qualifié les mariés de « traîtres ». Malgré le fait que de nombreux couples mixtes vivent en harmonie, cet épisode démontre que quelques photos d'amour sur internet ne suffisent pas à briser tous les tabous.

Le journaliste qui avait photographié Rachel et Amir sur la plage avait déjà établi un parallèle avec cette manifestation. Elle s'en souvient maintenant. Pour enfoncer le clou, ce reporter publie une étude parue dans le quotidien israélien Haaretz, révélant que 75% des Juifs interrogés refuseraient de se marier avec quelqu'un d'une religion différente de la leur (et 65% pour les Arabes). Rien que ça ! Si en plus, elle a les sondages contre elle…

Malgré quelques exemples positifs, les obstacles et les préjugés demeurent encore bien ancrés dans la société. Elle admire tellement Juliette et Rabii qui ont fait le choix de l'amour malgré les antinomies qui les séparent. Quel courage ! Ce fait réel la conforte dans l'idée que la passion véritable peut franchir toutes les barrières si on lui en donne la chance.

Comme ces héros des temps modernes, Rachel se sent mal à l'aise dans cette époque étrange où l'intelligence artificielle coexiste avec des valeurs d'un autre temps. De toute façon, elle s'en veut. C'est elle qui a mis fin à sa belle histoire avec son amour d'enfance. Elle voudrait pouvoir effacer cette horrible maladresse et proclamer la victoire de la passion sur les préjugés. Aujourd'hui, elle se sent prête à affronter toutes les critiques les plus avilissantes au nom d'Amir. Mais encore faut-il le retrouver !

Sa foi en leur destin ne parvient pas à adoucir la profonde tristesse de leur séparation. Pourtant, elle persiste à croire en leur amour, malgré la rupture radicale qu'Amir lui a imposée. Son être tout entier est habité par lui, et elle ne peut se détacher de la pensée de ses mains douces, de sa voix rauque et de son regard tendre posé sur elle.

L'idéal serait de le croiser par le plus pur des hasards. Mais cette fois-ci, la chance semble lui tourner le dos. Elle a tout tenté pour provoquer le destin, en vain ! Si seulement elle le revoyait ! Au simple regard échangé, elle lui déclarerait, avec une ferveur inébranlable : « Tu vois, tu m'aimes encore ! », et, dans cet instant, tout recommencerait.

Le café du matin d'Amir

16

Le temps qui passe sans nouvelles d'Amir pèse lourdement sur le moral de Rachel. Pour garder une trace indélébile de cette période qui s'écoule irrémédiablement, elle a adopté une habitude singulière : elle symbolise chaque jour par un trait vertical, tracé à la craie blanche sur une ardoise affichée dans sa cuisine. Comme le Comte de Monte Cristo dans son lugubre cachot du Château d'If, elle compte méticuleusement les journées qui défilent au compte-goutte depuis la disparition d'Amir : 34.

Malgré ses efforts infatigables pour suivre scrupuleusement sa liste des « Do » afin de le retrouver, elle n'avance pas dans son introspection. Elle a même ajouté des points supplémentaires dans cette colonne, sans succès. Elle fait chou blanc dans sa méthode pourtant draconienne pour lui remettre la main dessus et ne mange plus, ne dort plus, ne sourit plus. Elle devrait peut-être se rendre à l'évidence et renoncer à le revoir. Il reste introuvable et elle est la plus malheureuse du monde. Qu'est-ce que l'argent par rapport à l'amour ? Elle préfèrerait mille fois être misérable et se blottir dans les bras de celui qu'elle aime par-dessus tout.

Elle ne s'est d'ailleurs pas contentée des « Do », testant aussi chaque idée des « Don't », le vélo, le klaxon, l'appel à sa mère… partant du principe qu'elle serait prête à encaisser les pires humiliations si cela pouvait lui offrir une chance de reconquérir l'homme de sa vie.

Elle eut des idées nouvelles, jamais explorées, comme « S'inscrire sur Meetic », pour le cas où il serait en quête de quelqu'un pour la remplacer. Ce catalogue quotidien d'hommes répondant aux mêmes critères qu'Amir (âge, taille, hobbies…) n'a rien donné, si ce n'est d'accroître son blues. Décidément, ces sites de rencontre ne sont pas faits pour elle. Après son expérience personnelle sur « Tinder », à l'époque où elle enchaînait les conquêtes sans lendemain, elle aurait pu s'en douter.

Elle trépigne d'impatience à l'idée du retour imminent de Brice, certaine qu'il saura lui redonner de l'énergie et de la bonne humeur. Il revient à Paros dans à peine trois heures. Grand ouf de soulagement ! Elle a juste le temps de sauter dans sa petite voiture au rouge flambant neuf pour l'accueillir. Elle s'est décidée à en acheter une, car finalement, elle est souvent amenée à se déplacer, surtout à Athènes.

Terriblement amaigrie par sa diète forcée, Rachel s'autorise un tee-shirt blanc en taille 14 ans, sur un jean flare, moulant aux cuisses puis évasé, et des Converse blanches. Ce look colle parfaitement avec sa moue baby doll. Elle cache ses yeux gonflés de chagrin à l'aide de grosses lunettes noires qui dévorent son visage pâli. Le teint doré obtenu grâce au soleil ambiant de l'île de Paros a disparu totalement à force de rester cloîtrée chez elle.

Brice débarque de son périple en France, les bras chargés de cadeaux, en plus de ses deux valises cabine, une grande et une petite, d'un bleu turquoise éclatant. Elégant, la démarche précieuse, il lève les bras au ciel en apercevant de loin sa chère amie qui s'est protégée de la chaleur accablante sous un chapeau Panama blanc, agrémenté d'un ruban noir. Elle ne supporte plus autant le soleil qu'auparavant, elle qui aimait autrefois lézarder des heures sur la plage en jouant aux crêpes, une demi-heure pile, une demi-heure face. Brice se précipite dans ses bras et tous deux s'enlacent avec un enthousiasme non feint. Il la soulève et la fait tourner avec lui en s'écriant qu'elle est belle et qu'elle lui a trop manqué. On dirait vraiment deux amoureux éperdus !

Ils se dirigent vers Sephora dans les rires enfin retrouvés. C'est Brice qui a pris le volant. Il roule si doucement qu'il peut se permettre de regarder Rachel tout en conduisant. A leur arrivée, comme toujours, la musique de reconnaissance de la plaque d'immatriculation s'enclenche et la grille s'ouvre majestueusement. Rachel pose l'un des bagages de Brice dans le hall sombre et son visage s'imprègne à nouveau de tristesse.

— Ouh là là ! Regarde-moi ça ! Une bouche qui sourit et des yeux qui pleurent, j'aime pas ça… dit Brice en tenant affectueusement le menton de son amie éplorée.

— Heureus'ment que t'es rev'nu. Je tourne en rond toute seule dans cette grande baraque ! dit Rachel en tombant dans ses bras, en larmes.

— Pauvre petite fille riche ! se moque gentiment Brice. Allez ! Allez ! Tu vas me choisir des chansons plus gaies d'abord ! dit-il en voulant changer la playlist sur la tablette.

— T'aimes pas Gainsbourg ? Y'a pas mieux que Gainsbourg. J'avais pas fait attention à ses paroles, mais là j'ai pris le temps de les écouter, c'est sublimissime ! justifie Rachel.

— Oui, bien sûr que c'est chouette Gainsbourg. Mais tu pourrais choisir autre chose que des chansons sinistres.

— Baby Alone in Babylone, la chanson de rupture la plus magnifique de Gainsbourg, poursuit Rachel, persuadée de son bon choix.

— Il était temps que j'arrive ma colombe, soupire Brice. Tu fais comme tous ceux qui sont malheureux, tu te complais dans ton malheur et t'en rajoutes une couche. T'écoutes des chansons qui foutent le blues, tu sors plus. Je suis sûr que tu regardes même des vieux films et que t'as ressorti tes albums photos…

— Exactement ! Je me suis plongée dans mes souv'nirs… à la belle époque de mes vacances à Sephora quand j'étais jeune.

— Mais t'es encore jeune, ma poule !

Brice respecte finalement les goûts de Rachel et ne change rien à sa programmation musicale qu'il trouve pourtant suicidaire. Les mélodies nostalgiques résonnent des enceintes réparties dans chaque pièce de manière judicieuse, jusque dans les placards… « Les dessous chics » prennent la relève de « Baby Alone in Babylone » et se diffusent dans la villa ultra connectée, à la fraîcheur agréable.

— J'adore celle-là ! Gainsbourg se fait pas d'cadeau. Il dresse un autoportrait de lui au vitriol et il s'accuse d'être la cause de sa rupture avec Jane Birkin. C'est un vrai manifeste de ses blessures, sur fond de lingerie féminine. Ma-gni-faïk ! s'écrie Rachel.

— Ouais… T'as raison, c'est so cute Gainsbourg ! confirme Brice tout en fredonnant, avec entrain, ces airs mythiques.

— J'pourrais écrire le même genre de texte sur Amir. C'est à cause de moi si on en est arrivé là. Je deviens dingue. T'imagines ? J'ai plus du tout d'nouvelles ! Rien ! Il s'est évaporé ! J'ai tout essayé… Il a disparu des radars.

— Au fait, t'as pas vu les news ? demande Brice.

— Quelles news encore ? demande Rachel inquiète dès qu'on évoque l'actualité.

— J'ai lu ça vite fait, sur mon appli d'une chaîne info grecque. Ils ont arrêté le type qui a mis le colis piégé à ta conf' du B'nai Brith ! T'as pas vu ? Attends, j'vais essayer de te retrouver ça ! Bon, c'était pas l'affaire du siècle… C'était un pauvre type qui voulait faire son malin.

— Quand je pense que j'ai osé accuser mon Amir… Me méfier de lui, c'était déjà pas classe, mais le suspecter et l'accuser de mensonge… Je suis impardonnable ! Je mérite ce qu'il me fait. Il aurait dû m'insulter même ! Toute sa vie, il a dû supporter ça ! Moi en tant que juive, j'en ai entendu des vertes et des pas mûres, mais lui, avec son nom arabe, ça doit être multiplié par deux. Maintenant, dès qu'il y a un attentat ou une simple agression, on pense forcément qu'c'est un arabe.

— Je t'ai prév'nue, ma caille ! Tu peux pas dire que j'te l'avais pas dit ! Je savais qu'un tel plan t'apporterait que des emmerdes. Tu l'as voulu, tu l'as eu. Voilà l'résultat ! Ce type, il s'accrochait à toi comme à une bouée de sauvetage.

— Quand on a vécu cette vague de dénigrement sur les réseaux sociaux parce qu'une juive et un arabe s'aimaient, j'étais estomaquée… renchérit Rachel.

— Oui… Heureus'ment que t'as réussi à stopper tout ça. Mais si tu devais rev'nir avec lui un jour, tu vois ce qui te pend au bout du nez… Alors, si j'étais toi, je profit'rais de cette pause pour repartir à zéro, oublier cette histoire ou plutôt garder les bons souv'nirs et passer à autre chose… Voilà ce que j'ferais ! Et tu devrais m'écouter !

— De toute façon, je te rassure, même si je voulais remettre le couvert, c'est lui qui veut plus d'moi. Alors c'est réglé, répond Rachel.

— C'est quand même incredible que t'arrives pas à prendre une décision. Arrête de subir et agis ! T'es belle, intelligente… En plus, t'as du fric maint'nant ! Alors, haut les cœurs, sois forte et décide !

Ils filent gaiement vers la terrasse perchée au premier étage de la villa, peu fréquentée par Rachel car ce véritable solarium fait cuire comme du pain grillé. Brice, adepte du bronzage extrême, enfile maillot de bain sur string et s'affale sur une chaise longue qui épouse les formes du corps. Rachel ouvre le parasol gigantesque et cancane sans arrêt pour meubler le silence.

— Alors, tu t'es décidée à passer à autre chose ? l'interrompt Brice.

— J'sais pas, répond Rachel, un peu perdue.

— Allez, ôte-toi d'mon soleil ! réplique-t-il, agacé pour une fois. J'te parlerai quand tu sauras…

— T'es bien désagréable ! rétorque Rachel en s'écartant de Brice pour éviter l'ombre de sa silhouette sur son buste exposé au soleil.

Brice reçoit un texto et se lève d'un bond de son transat pour le lire.

— Tu vas mourir ! s'écrie-t-il.

— Quoi ? Qu'est-ce qu'il y a encore ? demande Rachel, blasée par l'exaltation permanente de Brice.

— C'est mon pote qui fréquente la Jet Set d'Athènes. Il m'invite à une soirée privée, ultra Vi Aïe Pi, ma chérie… chez la reine !

— La reine ? demande Rachel incrédule.

— Oui, enfin chez la fille du Roi Constantin II de Grèce, la princesse Alexia. Waouh ! Waouh ! Ça va être culte ! dit Brice fièrement.

— Classe ! Faut te faire beau et smart ! ponctue Rachel, heureuse pour son ami.

— Toi aussi !

— Quoi, moi aussi ?

— Ben oui ! Tu viens avec moi ! Tu crois pas que je vais te laisser ici, alors que moi je profite ? s'exclame-t-il gentiment.

— Mais j'les connais pas… On m'a pas invitée… répond Rachel.

— C'est une invitation pour deux personnes, ajoute victorieux Brice, en grossissant le faire-part pour lui montrer la preuve.

— Vas-y avec un pote, moi j'ai vraiment pas l'cœur à faire la fête.

— Tu plaisantes ? Sûr que tu vas trouver un bon parti à cette soirée. Ça va être the place to be, tu peux pas manquer ça ! argumente Brice.

— Et elle a lieu où, ta soirée ultra Vi Aïe Pi ?

— A Naxos, une île des Cyclades qui appartient à la richissime princesse, ou presque, disons à 80 pour cent. C'est un peu la Ibiza de Grèce. C'est la mega destination pour faire la fête ici ! La princesse a carrément une propriété sur les trois quarts de l'île… Pour le reste, c'est la plus grande station estivale de la Méditerranée. Tout l'été, de mai à septembre, c'est the fiesta non-stop !

— Qu'est-ce que fait une princesse de cet âge dans une boîte de nuit à ciel ouvert ? interroge Rachel.

— Ah ! Mais elle s'en fiche de ça. Elle doit avoir un château en Espagne. Tu penses bien qu'elle va pas aller sur les dance-floors. T'as vu ? Ils ont marqué « Cette invitation est confidentielle ». C'est pour éviter que la presse People se pointe. Tu parles ! Entre les têtes couronnées et les stars, va y avoir du beau monde. Allez, tu viens, sinon je déserte ta villa et je m'installe ailleurs. C'est non négociable ! affirme avec enthousiasme ce cher Brice.

— Ben t'irais où ?

— Je me débrouillerais… répond-il, menaçant.

— Et puis Bob ? J'vais pas le laisser seul ! argumente Rachel pour se trouver des prétextes.

— Oh, on va bien lui trouver une nounou à ton Bob ! Pénélope se f'ra un plaisir de te rendre service !

— Non ! Justement ! Elle est partie à Athènes au chevet de sa sœur malade…

— Je vais lui trouver une gardienne à ton Baby, j'te dis ! Je m'en occupe !

— Bon, je vais réfléchir, déclare Rachel, toujours obnubilée par le manque d'Amir.

— C'est o-bli-ga-toi-re !

— Si seul'ment il me rapp'lait, dit-elle.

— Toi, t'es idée fixe. Tu peux pas penser à autre chose ? supplie Brice.

— Non ! réplique-t-elle, blessée par son intransigeance.

*

Nous ne nous sommes pas rencontrés, nous nous sommes retrouvés.

Rachel marche pieds nus, chaussures à la main, le long de la plage. Elle jette des cailloux dans la mer et s'émerveille de quelques ricochets. Sa robe chic et vaporeuse s'envole au vent de manière sensuelle, sans le faire exprès. Elle la laisse tourbillonner, se moquant du qu'en-dira-t-on. De toute façon, le site est désert à cette heure si matinale. Bientôt, les ouvriers de la ville déferleront en masse avec leurs engins géants pour nettoyer le sable et le lisser comme un terrain de tennis. Puis, le soleil cognera et ce sera terminé de cette insouciance fructueuse.

Elle chérit ces promenades en solitaire, cet ennui lancinant propice à la rêverie, ce moment d'abandon, de vide de soi où elle peut à l'envi penser à ce qui lui tient le plus à cœur : Amir. Elle se love dans ses souvenirs, imaginant ses longues mains douces sur son visage, ses paroles enchanteresses qui la font fondre de plaisir, ses délicieuses caresses sur son corps abandonné. Lorsqu'ils se sont revus à la conférence du B'nai Brith, l'une de ses phrases l'a profondément marquée :

— Dans un sens, nous ne nous sommes pas rencontrés nous nous sommes retrouvés, comme deux âmes sœurs. Nous deux, c'est une évidence.

Le reverra-t-elle un jour ? Rachel oscille entre la certitude qu'il réapparaîtra dans sa vie d'un coup de baguette magique de sa bonne fée et le désespoir de l'avoir perdu à tout jamais. Dans cette solitude bienfaitrice, elle s'adonne à une superstition réconfortante en choisissant minutieusement de petits galets plats qu'elle ramasse sur le rivage. Elle les tient chacun entre ses doigts et murmure silencieusement ses souhaits, ses espoirs et ses prières pour retrouver son amour perdu. Puis, dans un geste chargé de symbolisme, elle les lance l'un après l'autre dans la Méditerranée, comme autant de bouteilles à la mer. En les observant disparaître dans les flots, emportés par le courant, elle nourrit l'espoir ardent que ses vœux se réalisent.

Rachel trie les galets plats sur la plage.

17

Le Jour J est arrivé à toute allure. C'est le petit matin. Rachel n'a pas dérogé à ses bonnes habitudes. Ces rituels, c'est son équilibre, sans quoi tout s'ébranlerait vraiment. Elle absorbe son citron pressé avec une grimace, savoure ensuite un café parfumé à la vanille, déguste un œuf à la coque sans sel et grignote deux tartines de pain complet avec du bon beurre frais à la coupe… Tout en écoutant une radio française… La plupart du temps, elle traîne tellement que son café est froid quand elle se décide enfin à le boire.

L'excitation est à son comble dans la maisonnée. Sephora bruisse comme une ruche et chacun s'active pour les préparatifs de la soirée « dontmissit » (ndlr : Don't miss It ! A ne pas rater !), comme la surnomme Brice.

— Qui a pris ma brosse à dents ? hurle Rachel à qui veut l'entendre.

Bob aboie en s'asseyant sagement sur les pattes arrière, l'air innocent d'une gravure, comme pour répondre « J'y suis pour rien ! ».

— Ben, c'est moi ! Qui veux-tu qu'ce soit ? Pénélope ? Bob ? répond Brice, la bouche encore pleine de dentifrice.

A nouveau, aboiement du chien-singe-savant qui reconnaît son prénom.

— Mais c'est incroyable, ça ! C'est dégueulasse ! s'exclame Rachel, carrément dégoûtée par ce manque d'hygiène.

Brice a tendance à prendre Rachel pour un camarade de garnison.

— Pourquoi ce s'rait dégueulasse ? On utilise bien le même savon… répond-il.

— C'est pas du tout pareil…

— Ah bon ? Et pourquoi ?

— Euh… Un savon… C'est… autonettoyant, rétorque Rachel, à court d'idées.

— Ah oui ? Tu trouves ? Alors pense à ce que je nettoie en dernier et à ce que tu nettoies en premier avec ce savon… Et on en reparle…

Par les derniers rayons du soleil, Rachel se rend à la « Pink Party on the Beach » au bras de son fidèle acolyte, Brice. Ils doivent embarquer sur un ferry pour Naxos. Le port de Parikia à Paros est assez petit mais très fréquenté en été. Rachel s'agace de l'attente dans une canicule insupportable.

La traversée est houleuse par une mer déchaînée. La tempête sévit avec des vents atteignant 110 kilomètres à l'heure et des vagues à hauteur d'immeubles qui se fracassent contre le bateau. Le soleil couchant tente de se faufiler entre deux murs de nuages gris plomb, en vain… Rachel et Brice calment leur anxiété en commandant un chocolat chaud à la cafétéria où la foule se presse après avoir déserté le pont et la piscine. Les enfants collent leur nez à la vitre et se montrent étonnamment sages malgré le brouhaha ambiant du salon, envahi par des passagers peu rassurés. Heureusement, en une demi-heure chrono, ils arrivent à destination. Rachel, devenue superstitieuse après tous ses déboires, confie à Brice ses pressentiments.

— Qui dit tempête dit mauvais présage.

Mais Brice la taquine gentiment et la rassure en se préparant à débarquer sur la terre ferme.

— Ouf ! s'exclament-ils en chœur, dès leur arrivée au port.

Ils récupèrent leur voiture de location, une décapotable gris métallisé, pour emprunter les routes sinueuses et caillouteuses menant à la villa Kérylos. Ils traversent des plages fantastiques, des villages traditionnels pittoresques, des paysages plus épiques… sous des « waouh » d'émerveillement. Enfin, ils voient poindre à l'horizon la magnifique propriété où ils vont séjourner le temps d'une soirée et d'une nuit. Ils ne repartiront que le lendemain matin car aucun ferry n'assure la traversée après 22 heures.

Construite au tout début du XXème siècle selon le modèle d'une villa grecque de l'Antiquité, Kérylos devait être le lieu de villégiature méditerranéen des rois grecs. Depuis qu'ils ont perdu leur titre, elle est devenue leur résidence principale. Mais pas que… En effet, Arrietta, la fille de la princesse Alexia, diplômée de HEC, a eu la brillante idée, à l'âge de 26 ans, de créer un concept marketing unique : la beauté issue de la vigne (dont la propriété regorge). Une success story incroyable ! La Vinothérapie est née ! Ces cosmétiques sans parabènes se vendent comme des petits pains. Ils sont distribués dans toutes les grandes surfaces, les parfumeries et bien évidemment sur internet... Baptisée Kéria, la marque a installé des spas dans le monde entier et un palace 5 étoiles à Naxos, « Les Sources de Kéria ». Autant dire que la jeune princesse est devenue une cheffe d'entreprise respectée et que son chiffre d'affaires la place actuellement parmi les personnes les plus riches du monde.

A l'entrée de la propriété, la romanesque Rachel s'exclame :

— On dirait Drogheda !

— Drogheda ?

— Oui, le ranch en Australie dans le film « Les oiseaux se cachent pour mourir ». J'ai l'impression d'être le Père Ralph de Bricassart. C'est exactement le même décor. J'entends la musique du film et je ressens la même chaleur et la même émotion.

— Ah oui ! C'est pas tout jeune ça ! Mais tu serais pas plutôt la fille ? L'héroïne ? La rousse incendiaire… comme toi d'ailleurs, Bellissima !

— Meg ? Oui… Bien sûr… C'est gentil… répond Rachel.

Rachel et Brice ont respecté scrupuleusement le dress code qui a ravi Brice, grand fan de rose. Quant à Rachel, c'est justement le soir qu'elle aime le plus impressionner en choisissant des robes longues, élégantes et raffinées auxquelles elle ajoute des bijoux fantaisie. Aujourd'hui, elle a tout bon pour ce dîner exceptionnel. Elle a succombé à la Barbie-mania en cédant, sans complexe, à cette déferlante rose et au style rétro. Elle s'est glissée dans une robe en satin rose fuchsia à bretelles, mettant en valeur sa silhouette callipyge. Côté accessoires, elle a craqué pour des lunettes papillon, un bandana rose, et aux pieds, des mules, roses bien sûr, mais poudrées façon boudoir coquin.

Brice, pour être coordonné, a adopté un look James Bond en smoking rose. Il a chiné l'ensemble dans une boutique vintage pour gays et se réjouit du résultat obtenu. Silhouette mi chic avec un nœud papillon, mi négligée avec un pantalon loose. Pour le reste, il a fait tourner une machine avec un pull rouge et un tee-shirt blanc, l'un a déteint sur l'autre, donnant une nuance de rose parfaite. Aux pieds, je vous le donne en mille, une paire de claquettes à paillettes signées d'un grand couturier, sommet du luxe. Exit leur image d'accessoire de campeur dont on fustige le « schlik schlak » agaçant.

Quand elle aperçut Brice, Rachel eut du mal à retenir un éclat de rire, mais elle le félicita pour son sens aiguisé de la mode. Elle trouve décidément qu'ils forment un beau couple. Dommage que…

*

Coup de foudre à Kérylos

A leur arrivée, la fête bat déjà son plein, et pourtant, il n'est que 18 heures. Le célèbre DJ Snake, mondialement connu, a fait le déplacement pour l'occasion. Il passe davantage son temps à signer des autographes qu'à mixer. Orchestre de grande formation, danseuses folkloriques, musiciens solistes, ballerine en tutu et pointes, prestidigitateurs… La propriété ressemble à un immense village festif pour tous les goûts et tous les âges, le tout sur une toile de fond rose. Car ici, tout est teinté de cette couleur girly, surtout la déco éphémère, conçue par la plus célèbre organisatrice d'événements de Grèce, « Shana Wedding Planner ». De quoi en mettre plein la vue à ce parterre de célébrités et d'invités triés sur le volet. Brice se félicite d'en faire partie. Il n'en revient toujours pas d'ailleurs et envoie des dizaines de textos de remerciements à son pote, patron d'une boîte de nuit de l'île de Paros, qui a eu la gentillesse de lui transmettre son invitation, car il était retenu dans son établissement, bondé tous les soirs de la semaine.

Une expérience unique pour Rachel et Brice qui s'en donnent à cœur joie pour savourer les plus grands Champagnes et des mets rares en passant allègrement dans les différents stands culinaires. Construits autour du thème « La gastronomie rose dans tous les pays du monde », ils sont tenus chacun par un chef à la toque rose.

Aux alentours de 21 heures, un orage spectaculaire éclate avec des éclairs qui déchirent la nuit. Brice plaisante en entonnant la chanson de Zorro dont le légendaire générique lui rappelle ce ciel apocalyptique :
« Un cavalier, qui surgit hors de la nuit
Court vers l'aventure au galop
Son nom, il le signe à la pointe de l'épée
D'un Z qui veut dire Zorro

Zorro, Zorro
Renard rusé qui fait sa loi
Zorro, Zorro
Vainqueur, tu l'es à chaque fois
zouic, zouic, zouic :)
Zorro !
Zorro !
Zorro !
Zorro... »

L'assemblée est invitée par la maîtresse de maison à se diriger sous les chapiteaux et à l'intérieur de la propriété pour se mettre à l'abri. Une cohue d'hommes et de femmes endimanchés tente de se protéger par tous les moyens du bord, un vêtement, un journal ou même un plateau de serveur. Ils s'agglutinent dans les pièces somptueuses de la villa, vidées de tous leurs meubles précieux pour accorder plus d'espace aux invités.

De terribles coups de tonnerre résonnent en écho dans la villa où les invités papillonnent encore dans la bonne humeur. Tout à coup, un bruit tonitruant, bien plus violent que les autres, interrompt les conversations enjouées qui se transforment en cris d'effroi. La magnifique demeure prend feu après avoir été frappée par la foudre. Et c'est la débâcle ! La soirée chic par excellence vire à la fête à neuneu.

Les gens terrorisés s'enfuient dans les hurlements et la bousculade. Rachel tient la main de Brice, mais elle la lâche au bout de quelques minutes car il est happé par la foule. Elle le perd de vue et se retrouve bloquée au fond de la pièce qui sera bientôt dévorée par les flammes. Impossible de sortir de la salle plongée dans le noir. L'électricité est coupée dans toute la propriété. Cette soirée féérique se transforme en cauchemar. La villa luxueuse devient soudainement la maison de l'horreur.

Rachel abandonne toutes ses affaires, ne récupère que son passeport dans son sac pour tenter de se libérer de ce piège effroyable. Mais elle ne voit plus rien, ne distingue pas la sortie, entend seulement des gémissements de terreur ou de douleur, certains étant probablement prisonniers du feu ou même brûlés.

Elle commence à paniquer et à perdre son sang-froid lorsqu'une lumière se dirige vers elle et éclaire son visage affolé, à son grand soulagement. Là, elle croit être morte, transportée au paradis ou frappée d'hallucination… Amir ! C'est Amir ! Il est le seul à avoir encore des chaussures… et une lampe frontale. Tout le monde a pris la fuite, abandonnant tout sur son passage.

— Décidément, dès que je te rencontre, y'a une catastrophe, s'exclame Rachel qui n'a pas perdu son sens de l'humour, malgré la tournure des événements.

— Eh oui ! J'ai le don de mettre le feu aux poudres.... répond Amir, sur le même ton.

— Ouaf ! Ouaf ! s'amuse Rachel.

— Mais cette fois-ci, j'y suis pour rien ! ajoute son sauveur.

— Cette fois-ci ? demande Rachel.

— Non… Je veux dire, j'y suis pour rien… Même pour le colis piégé, j'y étais pour rien évidemment, s'empresse-t-il de corriger.

— Ah ! Je suis rassurée, lance Rachel, toute excitée de le revoir dans un contexte aussi fou que cet incendie.

— Viens ! Faut pas traîner ici… Tout peut s'écrouler ! Et bientôt, le feu va envahir tout l'domaine. Pas par cette porte, y'a trop d'monde qui essaie de sortir par là. Viens ! On va à la cuisine…

— T'as l'air de connaître cette maison comme ta poche, hurle-t-elle pour se faire entendre dans la cacophonie ambiante.

— Oui… Arrietta est une amie d'enfance. T'as dû la connaître aussi, mais tu t'en souviens pas.

— Eh oui, j'avais d'yeux que pour toi, à l'époque !

— On s'est retrouvés à New York. Elle a fait Erasmus comme moi, donc on a entretenu notre amitié.

Ils trouvent le moyen de discuter malgré le tumulte terrifiant et la peur au ventre. C'est le miracle de leur symbiose absolue. Leur couple fusionnel les dépasse autant qu'il les enchante.

Amir constate que la porte est bloquée par le système d'alarme. Impossible de l'ouvrir. Mais il ne se laisse pas décourager. Il s'élance et donne un grand coup d'épaule. Rien n'y fait. Il s'empare du tisonnier de la cheminée et réussit, dans un jeu de levier, à briser la serrure. Rachel l'observe avec admiration, impressionnée par une telle habileté.

— Viens, suis-moi, on va essayer de sauter par la fenêtre. C'est la seule issue possible.

Rachel n'a pas le temps de réfléchir, elle s'exécute et le suit, très obéissante. Ce n'est pas le moment de tergiverser.

Il se dirige d'un pas alerte vers la fenêtre qu'il ouvre à bout de bras, tant le loquet est haut. Réfléchissant à toute allure, il déplace rapidement une table d'époque, pour la placer juste en dessous. D'un bond agile, il grimpe dessus et fait signe à

Rachel d'en faire autant. Par bonheur, la cuisine est épargnée par les flammes pour l'instant. Rachel hésite.

— Y'a pas d'temps à perdre ! Grimpe ! Vite ! implore Amir.

Rachel l'escalade en l'enjambant, sans trouver une chaise pour l'aider. Ils se retrouvent côte à côte sur ce meuble ancien, aux pieds bringuebalants sous leur poids.

Amir saute sans hésiter le premier, puis il attend Rachel en tendant la main fermement dans sa direction, le regard aux aguets balayant tout alentour pour détecter d'éventuels dangers. La hauteur n'est pas insurmontable, mais tout de même, à deux mètres au moins du sol. Sous les supplications d'Amir, Rachel se décide à s'exécuter, en fermant les yeux. Elle est pieds nus car elle a perdu ses mules dans la bousculade. Heureusement, Amir est là pour la réceptionner. Ses bras solides et rassurants l'accueillent lorsqu'elle atterrit, amortissant la chute et l'aidant à retrouver son équilibre.

L'amour et la force de leur lien les portent, faisant de cet instant une épreuve à surmonter ensemble.

Aussitôt sur la terre ferme, ils courent comme s'ils étaient poursuivis par des bêtes féroces, puis traversent l'allée qui mène au portail de *Drogheda*, éclairés seulement par la lampe frontale d'Amir. Rachel lui lance, en lui tenant fermement la main :

— Tu te balades toujours avec ce truc de mineur quand tu vas à une soirée ?

Son souffle court trahit à la fois l'urgence de la situation et une pointe d'amusement face à cette improbable aventure. Les battements de son cœur résonnent dans sa poitrine, mêlant l'angoisse de l'incendie derrière eux et le soulagement d'être en sécurité aux côtés d'Amir. Rachel se sent emportée dans un tourbillon d'émotions contradictoires.

— Non, je l'ai trouvée dans le tiroir du living room. J'avais déjà vu Arrietta la prendre un jour où il y a eu une panne d'électricité. Je m'en suis souve'nu, pourtant ça remonte à au moins vingt ans, cette histoire. Heureus'ment, elle était toujours là, bien rangée à la même place.

— Moi, j'pars avec le gars à la lampe torche ! crie Rachel à la cantonade.

Sa magnifique robe du soir, désormais en lambeaux, lui donne des airs de Cendrillon contemporaine. Ainsi dévoilée, on aperçoit son soutien-gorge rose assorti, épargné par la cohue agressive des invités, préoccupés avant tout par leur propre survie et prêts à écraser les autres pour se sauver. C'est dans ces moments critiques que la véritable nature des gens se révèle. Ces individus, pourtant si distingués en apparence, n'ont pas la classe et la générosité qui devraient correspondre à leur statut privilégié de personnes nanties et choyées par l'existence. Dans ces situations de vie ou de mort, l'instinct primitif revient au galop.

Les vêtements chics d'Amir sont tachés de suie ; à peine devine-t-on le rose en dessous. Malgré cela, il sait imposer son charisme indolent avec un ensemble estival aux couleurs antillaises. Tout lui va à merveille et sa virilité n'en prend même pas un coup, malgré cette couleur fillette. Particulièrement maniaque, il s'efforce de nettoyer les saletés, sans succès, ce qui fait sourire Rachel malgré le contexte dramatique.

Rachel et Amir, sans se lâcher la main, franchissent enfin la grille d'entrée du domaine, après une course effrénée sur un chemin de pavés ingrats qui n'ont pas épargné les pieds nus, en sang, de Rachel. La foule paniquée qui les accompagnait dans leur fuite désespérée se disperse, à droite, à gauche. Il ne reste plus qu'eux. Ils ont l'impression d'être seuls au monde après un cataclysme ou un raz de marée. Des airs de fin du monde.

Arrivés au village, les lumières rassurantes de la ville les accueillent. Ici, le calme règne étrangement, dans l'indifférence totale de la tragédie qui se déroule quelques mètres plus loin. Les badauds se promènent en ignorant le chaos qui sévit à l'autre bout de l'île. Rachel et Amir perçoivent le bruit des sirènes des pompiers qui roulent à tombeaux ouverts vers la propriété.

Ils sont sauvés ! Amir entraîne Rachel vers une terrasse de café donnant sur la mer, dont les eaux calmes contrastent avec le climat de guerre qu'ils viennent de quitter. Ils se déchaussent tout en se tenant toujours la main. Pieds nus dans le sable, chaussures à la main, ils forment un duo romantique à souhait.

Rachel s'effondre dans les bras d'Amir, puis lui déclare avec une voix d'outre-tombe :

— Mon cœur va s'arrêter de battre.

Une vague d'émotions mâtinées de frayeur, d'étonnement et de panique les submerge, après le fiasco de cette soirée qui a viré au drame pour finalement se transformer en conte de fées. Leurs retrouvailles improbables ont quelque chose de lunaire. Ils sont effarés d'être les héros de ce rêve surréaliste.

Amir n'en revient pas d'avoir croisé à nouveau la route de Rachel. Il s'affaire à prendre soin d'elle. Il remet de l'ordre, avec une douceur infinie, dans ses longs cheveux roux en bataille qui lui mangent le visage. Il recouvre sa bretelle de soutien-gorge à l'aide d'un pan de sa robe, avec une sensuelle délicatesse. Il plante ses yeux dans les siens, puis il l'embrasse très vite, très fort, comme assoiffé d'amour. Rachel veut l'embrasser à son tour, mais il pose un doigt sur ses lèvres.

— Chuuuuuuuuttttttt, souffle-t-il.

Elle s'étonne puis, comprenant ce jeu de l'attente, accède à sa demande. Les désirs de Rachel s'étaient fait la malle sous le poids du chagrin et de l'angoisse, comme lui répétait si souvent Brice. Ils sont ravivés instantanément au contact de cet homme dont l'odeur du parfum « Eau Sauvage » l'attire avec l'instinct d'un animal.

Ils s'étreignent enfin avec fougue, dans des baisers alanguis, stupéfaits de retrouver cette alchimie fantastique qui existe entre eux depuis toujours.

C'est l'amour fou. Qui aurait cru que Rachel reverrait Amir dans de telles circonstances ? C'était improbable, presque surnaturel, à l'image de tous les épisodes de leur vie d'ailleurs. Il semble que le destin les remette régulièrement sur le bon chemin, comme s'il ne pouvait pas les laisser s'éloigner l'un de l'autre trop longtemps. Il ne peut pas plus les aider. A eux de profiter de cette troisième chance qui leur est offerte.

Lorsque Rachel s'était retrouvée seule, elle s'était juré de ne plus laisser passer une autre occasion de s'unir à Amir pour l'éternité. C'était un vœu pieux, une promesse dans le vent. Et pourtant, c'est précisément ce qu'elle est en train de vivre, comme un miracle, un cadeau du Bon Dieu.

*

Nager avec les pingouins

Voulant profiter de leur passage à Naxos, Amir invite Rachel à visiter le seul zoo de Grèce qui compte 2000 animaux, nourris et en bonne santé, selon ses dires. Elle le suit en silence, serrant fort sa main qui glisse à cause de l'humidité ambiante. Elle se demande bien quelle idée farfelue il a inventée cette fois-ci pour la surprendre. C'est ce qu'elle adore dans leur relation et c'est ce qui la rend si spéciale. Ce lieu touristique semble familier à Amir.

— C'est fermé ! s'écrie Rachel, victorieuse, impatiente de rentrer à Paros avec son amoureux retrouvé.

A sa grande surprise, Amir longe les grilles jusqu'à une

petite porte en bois arborant, en énormes lettres rouges, l'inscription « FORBIDDEN » (ndlr : Interdit). Sans doute l'accès du personnel. Il ne prête aucune attention aux inquiétudes de Rachel. Il bidouille quelque chose, et elle s'ouvre miraculeusement.

Une fois à l'intérieur, les deux intrus se retrouvent seuls, comme dans un film fantastique, entourés d'éléphants, de girafes et de tigres, tout en maintenant une distance de sécurité. Amir demande à Rachel de s'approcher de lui et l'invite à se baigner avec les pingouins. Les voilà tous les deux pénétrant dans le bassin où ils ont pied, heureusement pour Rachel. Ils rient à gorge déployée, comme deux gosses en train de commettre une grosse bêtise dans le dos de leurs parents.

C'est à ce moment-là que Rachel se dit qu'elle ne veut plus jamais vivre sans Amir.

Amir

18

Après ce week-end mouvementé à Naxos, Rachel se retrouve seule et désemparée à Sephora. Brice n'a pas donné signe de vie depuis le fameux incendie. Elle est terriblement inquiète. Quant à Amir, il a dû se rendre à son bureau d'Athènes pour un appel d'offres à boucler. En effet, c'est dans la capitale qu'il avait trouvé refuge après sa terrible dispute avec Rachel. Ne voulant pas trop s'éloigner d'elle, mais ne souhaitant pas non plus la croiser dans les rues de Paros, il avait eu l'idée d'appliquer son projet de télétravail depuis la Grèce. Et ce fut un succès. Il n'avait pas cherché à revoir Rachel, estimant que leur union était vouée à l'échec et qu'il ne supporterait plus une rupture supplémentaire. Il préférait disparaître à ses yeux. Une multitude de sentiments antinomiques se bousculaient dans sa tête sans parvenir à mettre de l'ordre dans cette turbulence.

A présent, le ciel s'éclaircit. Il n'en revient pas de cette nouvelle chance qui leur est donnée d'être réunis à nouveau. Après vingt-quatre années de silence et des retrouvailles ternies par des incidents de parcours, c'est à nouveau la fusion totale entre eux. Ils ne se quitteront plus. Désormais, ils joueront de discrétion et se protègeront des réseaux sociaux et de la société. Pour vivre heureux, vivons cachés, selon la devise favorite de Rachel.

Un premier regard, un premier sourire, une rencontre. Leur coup de foudre est à inscrire dans les annales des histoires les plus romantiques, avec un début des plus insolites. Tout les opposait, et pourtant ils étaient attirés irrésistiblement l'un à l'autre dès leur plus jeune âge. Le temps, les séparations, les épisodes mélodramatiques liés à leurs différences religieuses, n'ont fait qu'amplifier leur passion irraisonnée. Leur union s'est forgée à travers une série de coïncidences, autant de hasards qui ont renforcé leur amour, le rendant désormais indestructible.

Le destin les a mis à l'épreuve avec des ruptures tumultueuses ou silencieuses qu'ils ont réussi à surmonter, comme s'il leur mettait parfois des bâtons dans les roues pour évaluer la sincérité de leur union. Ils ont eu la chance de vivre plusieurs coups de foudre au cours d'une seule vie, plus intenses les uns que les autres. Le dernier, survenu en plein incendie, aurait pu être à lui seul le début d'une histoire d'amour inédite. Pourtant, ils avaient déjà vécu une expérience tout aussi unique, alors qu'ils étaient encore si jeunes.

Comme toujours lorsque le vague à l'âme l'envahit, Rachel s'installe, les pieds dans l'eau, jean retroussé jusqu'aux genoux, sur le ponton en bois qui semble tout droit sorti d'un roman de Nicholas Sparks. Comment se lasser de ce décor qui s'offre à elle et qui n'est jamais le même sans pour autant changer ? Les paysages côtiers et les ambiances maritimes ajoutent une dimension poétique à ses sensations. Elle contemple la vue qui s'étend au loin à l'infini en se disant que tout est possible. Elle nage en plein bonheur.

Elle décide d'organiser une petite fête dimanche, pour le déjeuner, en l'honneur de leur réconciliation. Amir essaie de l'en dissuader, arguant qu'ils ont été refroidis par les relations sociales, mais elle parvient finalement à le convaincre. Il ne peut rien lui refuser.

Deux jours plus tard, Rachel et Amir sont prêts à accueillir leurs amis communs, ceux en qui ils ont confiance, sauf Héléna qui pouponne. Brice, non plus, ne sera pas présent. Il a enfin donné de ses nouvelles. Lui aussi a vécu une love story pendant la fameuse soirée de Kérylos. Il s'est amouraché d'un « type beau comme un Dieu », prévenant et tout, qui possède une boutique branchée à Athènes. Il s'est déjà installé chez lui et ils connaissent un amour extraordinaire, à la fois physique et intellectuel. Brice réalise des créations que son nouveau compagnon commercialise. Ils sont complémentaires et terriblement amoureux. Il lui tarde de présenter ce « mec de ouf » à Rachel. Elle est heureuse pour lui. Il le vaut bien. Elle ne saura jamais assez le remercier de l'avoir quasiment forcée à assister à cet événement people. Comment oublier que c'est grâce à lui qu'elle a enfin retrouvé l'homme de sa vie ?

Avec cet exemple, l'adage « A quelque chose malheur est bon » prend tout son sens. Cet incendie dévastateur, déclenché par la foudre, qui aurait pu se terminer en tragédie, a provoqué deux coups de foudre. Plutôt amusante, cette convergence entre le sens propre et le sens figuré…

Heureusement, renseignement pris, aucun blessé n'est à déplorer. Tout le monde a pu rentrer sain et sauf. Pour s'excuser, même si elle n'était en rien responsable, la princesse a envoyé à chacun de ses invités un cadeau : un stylo-plume pour les hommes et une bougie aux armoiries de la couronne pour les femmes. Rachel n'en revient pas d'une telle merveille, simple et raffinée, à l'image de la maîtresse des lieux.

Il est treize heures. Toujours personne. Rachel réchauffe une énième fois sa quiche au thon et aux champignons mythique, tout en pestant contre l'incorrection des gens. Ses appels restent sans réponse.

— Ils doivent être sur la route… Ils vont bientôt arriver… déclare Amir pour la rassurer.

Rachel fait les cent pas dans la villa, téléphone à la main, trépignant d'impatience. A 15 heures, ils se rendent à l'évidence. Personne ne viendra.

— C'est à cause de moi, c'est sûr ! se désole Amir, confus d'être la cause de la déception de Rachel.

— Je pourrais en dire autant, ajoute Rachel, en signe de solidarité.

— Pour tout le monde, tu fais une mésalliance. Y'a personne parce qu'ils me détestent. Ils me trouvent pas à ta hauteur, ajoute Amir.

— Ecoute ! On s'en fiche ! On va tout mettre dans des boîtes et go au congèle.

— On a de quoi manger pendant un mois au moins, répond Amir avec le sourire retrouvé.

— Tu sais quoi ? Ils sont jaloux ! conclut Rachel.

— Jaloux ?

— Jaloux de notre bonheur. Tu les vois tous, à draguer tout ce qui bouge ?

— Oui ! Nous, on est heureux ! Je t'aime, ma chérie ! Qu'est-ce que je t'aime !

Le véritable test, c'est bientôt qu'ils le vivront, puisqu'ils ont invité leurs parents respectifs à passer quelques jours à Sephora, ensemble. Après toutes ces péripéties, ils ont besoin de respirer. Rachel pourra dire « Il a rencontré ma famille, ça c'est validé ! ».

*

L'examen de passage

La maîtresse de maison s'active dans les préparatifs. Elle adore les grandes tablées et se réjouit d'accueillir leurs deux familles, bien que la rencontre risque d'être électrique du côté de ses parents à elle. Elle les imagine dédaignant les parents d'Amir, les toisant, cherchant volontiers à les mettre dans l'embarras pour les déstabiliser. Elle s'empressera de venir à leur secours. Cette grande réunion ressemble un peu à un mariage. Ces deux couples sont maintenant âgés. Ils ont mis de l'eau dans leur vin, même si ceux de Rachel considèrent toujours qu'un mariage mixte, surtout avec un arabe, est une honte. « Larchoma » comme ils disent en judéo-arabe.

Rachel prépare un repas à base de plats pieds noirs dont son blog regorge.
— Rien que des spécialités « bien de chez nous », précise-t-elle à Amir.

Elle utilise fièrement les tomates cerises de son jardin potager et toutes les herbes qu'elle cultive avec passion, ce qui l'occupe d'ailleurs beaucoup, thym, romarin… L'huile d'olive a été achetée chez un producteur voisin de sa propriété. Son projet est de cultiver des oliviers pour faire sa propre huile, un rêve qu'elle souhaiterait concrétiser avec Amir.
Elle commence par pétrir le « hallot », le pain traditionnel juif, qu'elle tresse ensuite. Avec un kilo de farine et un sachet de levure boulanger, elle en fait cinq, de différentes formes,

des longs et des boules. Elle les badigeonne de jaune d'œuf du bout des doigts pour qu'ils soient bien dorés et croustillants. Rien que l'odeur du pain qui cuit évoque son enfance, les shabbats en famille dans une atmosphère qui grouillait joyeusement de rires, et aussi de cris, d'engueulades parfois, mais toujours empreinte d'un amour débordant. Habituellement, elle en mange un et couvre les autres d'un torchon pour les garder bien frais. Idéal pour le petit-déjeuner ! C'est sa Madeleine de Proust à elle.

Même si elle la connaît par cœur, Rachel lit scrupuleusement la recette dans un carnet en cuir bordeaux qu'elle possède depuis son enfance, regorgeant de toutes les spécialités transmises par sa mère, qui les tenait elle-même de sa mère, et ainsi de suite… Une chaîne culinaire faite d'amour et de secrets jalousement gardés, se transmettant de génération en génération. Le texte, rédigé de sa main enfantine, avait été dicté par Batshevah pendant qu'elle préparait la pâte. Selon cette cuisinière hors-pair, une fille devait savoir cuisiner pour se marier et « faire plaisir à son époux ». Elle avait édulcoré la méthode de ses aïeules pour en imaginer une version facile et inratable, que Rachel a sacrée « recette officielle ». La blogueuse s'empresse de faire d'une pierre deux coups et de la partager sur ses réseaux sociaux.

Hallot - Pain de Shabbat

<u>Ingrédients :</u>

500g de farine

2 gros œufs ou 3 petits + 2 jaunes d'œuf pour la dorure

2 cuillères à soupe de sucre en poudre

25g de levure fraîche du boulanger

1 verre d'eau tiède (10cl)

1 cuillère à soupe d'huile d'arachide

1 pincée de sel

1 poignée de graines de sésame ou de graines de pavot

Préparation :
Faire le levain : délayer la levure dans un verre d'eau tiède, puis mélanger tous les ingrédients pour en faire une pâte.
Mettre cette boule de pâte dans une bassine. Fariner. Enrober dans un torchon et laisser lever 3h.
Séparer en 3 bâtons, tresser, laisser reposer encore une heure.
Disposer sur du papier sulfurisé, badigeonner d'un jaune d'œuf et parsemer de graines de sésame.
Cuire 15-20 min au four.

Amir ne lui a pas donné de nouvelles depuis deux jours. Il se contente de lui envoyer des textos brefs, ce qui n'est pas son habitude. Il évite de l'appeler, elle le sent bien.

— Qu'est-ce qui se passe encore ? se demande-t-elle.

Au moment où elle pensait que leur relation serait stable et paisible, affichant une sérénité réconfortante, elle se demande ce qui se cache derrière ce comportement surprenant d'Amir. Il aurait pu dormir à Sephora plutôt que de rester à Athènes. Il a prétexté un énième dossier urgent à envoyer, mais il aurait pu travailler dans son bureau qu'elle a aménagé et qui est resté impeccable. Elle se confie par téléphone à Brice qui lui répond du tac au tac :

— Il est pas clair, ce type ! Je te le dis depuis le début, mais tu veux pas me croire. Trouve-toi quelqu'un de cool ! T'es belle, intelligente et tu te turlupines avec un mec compliqué qui t'apporte que des noises dès que vous êtes ensemble. Parce que, reconnais-le, y'a toujours quelque chose. Ça va jamais comme sur des rails, votre histoire.

— Oh, arrête de le dénigrer. Je l'aime, tu comprends ça ? Et j'ai une confiance absolue en lui ! affirme Rachel.

— Alors pourquoi tu m'en parles ?

— Je te dirai plus rien, puisque c'est ça…

— Fais pas ta mauvaise tête, ma bichette. Pas de problème je suis là pour toi. Tu veux que je le flique ? Que je le suive à la trace ? J'ai toujours rêvé d'être détective privé, tu le sais ça… Alors, c'est le moment de réaliser mon rêve.

— Non, pas le fliquer, faut pas exagérer, mais tu peux te renseigner… Discrétos… Maintenant que tu vis à Athènes, tu peux mener ta petite enquête…

Brice promet de s'en occuper. Mais avant de s'atteler à la tâche, il abandonne petit copain et travail pour venir réconforter Rachel. Il en profite également pour récupérer ses affaires dans la cabane de jardinier. Il en laisse quelques-unes, histoire de garder un pied dans la maison, car il compte bien revenir régulièrement à Sephora.

*

Inspecteur Brice mène l'enquête

Brice est comblé de bonheur. Il souhaite ardemment que son amie puisse ressentir la même chose. Aussi, il va tout faire pour l'aider à clarifier la situation avec son amoureux énigmatique. Après quelques pistes infructueuses, il se décide à se rendre directement dans la tanière de l'homme recherché. Muni de l'adresse du pied-à-terre d'Amir à Athènes, il compte mener à bien son enquête comme un professionnel. Battre le fer tant qu'il est chaud.

Il gare soigneusement sa voiture format poche dans une rangée en épi et attend patiemment, tout en guettant la porte de l'immeuble du « suspect ». Il lève régulièrement les yeux vers le septième étage, où se trouve le bureau loft d'Amir.

Bien discret dans sa planque, il a préparé de quoi tenir un véritable siège. Il n'a pas arrêté le moteur pour profiter de la climatisation, même s'il a pris soin de se mettre à l'ombre. Sur le tableau de bord, une boîte ouverte présente de manière plus qu'alléchante ses pâtisseries préférées : une religieuse au chocolat, un éclair au café… Il se dit qu'il aurait pu choisir des gâteaux secs, car la crème ne fait pas bon ménage avec la chaleur. Cependant, il n'a pas pu résister à son péché mignon sous prétexte « qu'on n'a qu'une vie ». Il ne lui restera plus qu'à faire deux heures de musculation le lendemain et « ni vu ni connu j't'embrouille ». Il tient à rester beau, séduisant, *summer body,* pour son cher Allan, l'homme de sa vie, qui est irréprochable, toujours tiré à quatre épingles. Ce n'est pas lui qui se laisserait tenter par des gourmandises à mille calories ! Il représente son antithèse, mais Brice adore sa perfection en tous points.

Soudain, la sonnerie retentissante de l'entrée de l'immeuble parvient aux oreilles de Brice qui avale de travers sa grosse bouchée de gâteau. Une silhouette se faufile furtivement à l'intérieur. Il a réagi trop tard et ne parvient à distinguer qu'un pan de robe blanche avant que la porte ne se referme. C'est donc une femme. Où va-t-elle ? Il lève instinctivement les yeux en direction de l'appartement d'Amir. Il voit celui-ci se diriger vers la fenêtre pour fermer les rideaux. Il aurait donc quelque chose à cacher. Par chance, ce sont des voilages, ce qui permet à Brice de distinguer clairement l'ombre de cette mystérieuse visiteuse. C'est bien la personne qui a pénétré dans la résidence. Les deux individus se tiennent face-à-face. L'inconnue dégage une apparente sérénité, tandis qu'Amir fait de grands gestes. Puis, elle se blottit contre lui et Amir la serre tendrement dans ses bras. Elle est nettement plus petite que lui, ce qui donne l'impression qu'elle a besoin d'être protégée.

Bien entendu, Brice prend des clichés en rafale avec son appareil photo et filme même une partie de la scène à l'aide de son téléphone. Que va dire la pauvre Rachel lorsqu'elle découvrira l'impensable ? Elle sera bouleversée. Elle qui affirmait avoir une confiance totale en Amir, cet homme qu'elle connaît depuis de nombreuses années, devra bien se confronter à la réalité.

Comment pourra-t-il lui montrer ces images ? Il n'en aura jamais le courage. Pourtant, il devra bien lui révéler la vérité. Peut-être que, face à ces preuves accablantes, elle abandonnera définitivement Amir pour tourner la page. C'est du moins ce que Brice espère. Il est presque certain qu'elle jouera de mauvaise foi, en prétendant que Brice plaide à charge contre son prince charmant. Mais elle sera contrainte d'accepter l'évidence.

Brice peut capturer des images d'une netteté impressionnante grâce à son téléobjectif, même à partir d'une certaine distance, ce qui en fait des preuves irréfutables. Il envisage de les imprimer et de les glisser dans une grande enveloppe kraft, s'inspirant ainsi d'une vieille série policière « Maigret ».

La silhouette de l'inconnue en blanc finit par disparaître. Le calme revient dans l'appartement d'Amir. Les stores se baissent. Fin du spectacle.

Brice surveille la porte d'entrée, son appareil photo prêt à dégainer. De temps en temps, il s'écarte de l'objectif pour juger de la situation en réalité. Tout à coup, une femme de petite taille, très menue, sort de l'immeuble. C'est elle ! Un vaste chapeau de paille dissimule son visage baissé. Robe longue moulante blanche, avec des volants en bas façon danseuse de flamenco, espadrilles compensées, et grand panier d'osier sur l'épaule lui donnent un look estival de vacancière.

— Je mettrais ma main à couper que c'est une touriste qu'il a draguée sur la plage, dit l'inspecteur Brice en chuchotant comme si on pouvait l'entendre à l'extérieur de sa voiture.

Une perspective aussi peu rassurante que si Amir connaissait cette créature de longue date. Brice immortalise l'instant par une prise de vue rapide, puis la femme s'évanouit au détour de la rue.

Quelques minutes plus tard à peine, Amir sort de l'immeuble, le pas léger. Mains dans les poches, dans une tenue casual, jeans et veste de costume effortless, chaussures Repetto de cuir fin et lunettes de soleil aviateur vissées sur le nez, il trace son chemin avec une dégaine de star. Brice comprend l'attrait de Rachel pour ce BG (ndlr : Beau Gosse).

Le bel Amir ne semble pas avoir vécu un épisode traumatisant. Décidément, Brice assiste à un véritable ballet, digne d'un Opéra de Wagner : la tension amoureuse, la délivrance puis l'inexorable dissolution vers le trépas. Romantique au possible, mais cela risque de ne pas plaire du tout à Rachel.

Amir se dirige à l'opposé de la direction prise par son invitée surprise. Il sort une clef de sa poche et ouvre sa voiture à distance. Rouge vermillon, elle est garée à quelques mètres de l'entrée, ce qui lui permet de ne pas transpirer et de rester au top de l'élégance. Il démarre en trombe après avoir attaché sa ceinture, enclenché la radio (Brice le voit chercher une fréquence ou une chanson…) et réglé les rétroviseurs. Il semble calme et absolument pas perturbé par cette visite apparemment inopinée. Que peut-il bien dissimuler ? Car il est indéniable qu'il mène une double vie. De plus, il est aux abonnés absents depuis quelques jours et ne répond pas aux appels de Rachel. Tout cela est très louche, décidément. Son amie ne fait pas preuve de paranoïa. Elle a de bonnes raisons de s'alarmer.

Perdant patience, Rachel décide de composer le numéro de Brice plutôt que d'envoyer un texto de plus. Tous ses messages étant restés sans réponse, il est préférable de l'avoir au bout du fil. Depuis qu'elle lui a confié cette mission délicate de suivre Amir, Rachel tremble à l'idée d'apprendre quelque chose qu'elle préfèrerait ne pas entendre.

— T'as commencé ton enquête ? Y'a du nouveau ? Tu l'as vu ? demande Rachel, oppressée, ses questions successives interrompues par des silences empreints d'angoisse.

Brice ne sait pas par où commencer. Il craint de la blesser et de l'attrister.

— Dis-moi la vérité ! Pourquoi tu dis rien, allez ! Il a une nana, c'est ça ? demande Rachel.

— Attends, je peux pas parler là… Je le suis en voiture. J'ai peur de le semer. En plus, y'as des flics partout. Et ils plaisantent pas ici, si on conduit en téléphonant ! Je t'appelle ce soir. Promis !

La voiture d'Amir roule plan-plan le long des larges artères de la capitale, où la circulation dense est une routine quotidienne. Non vraiment, il ne paraît ni troublé ni agacé par la visite de « L'Inconnue d'Athènes ». Brice, habitué à attribuer des surnoms à toutes les personnes qu'il côtoie, l'a baptisée ainsi dans l'album photos qu'il a créé sur son téléphone. Il suit discrètement le véhicule aux couleurs criardes, donc facile à ne pas perdre de vue malgré le trafic intense. Il maintient cent mètres au moins entre eux pour ne pas éveiller les soupçons. Cette filature pépère lui laisse tout le loisir de réfléchir. Il n'aurait jamais imaginé que son exploration de la vie d'Amir produirait de tels résultats dès la première semaine d'enquête. Incroyable ! Cet homme est tout sauf clair, et certainement pas blanc comme neige. Brice se sentirait comblé d'avoir eu raison dans son point de vue sur cette relation biscornue, si ce qu'il avait découvert ne devait pas meurtrir sa chère Rachel.

*

La révélation

Rachel se lance dans ce qu'elle nomme le « ménage de Pâques », une coutume annuelle précédant Pessah (ndlr : Pâques juives), où aucun résidu de pain ne doit subsister dans la demeure, puisque c'est une semaine où on mange exclusivement des matsot (ndlr : galettes non levées). Pas une étagère, pas un recoin n'est épargné par cette opération de nettoyage aux petits oignons. Même si ce n'est pas la période de cette grande fête religieuse, elle retourne la maison de fond en comble pour lui donner un baume de renouveau avant l'arrivée de ses parents et de ceux d'Amir.

Elle est enfin décidée à se débarrasser des vieilleries, des affaires de son parrain, des objets cassés mais gardés au fil du temps dans les placards, des bibelots dont elle ne se servira jamais. Il ne lui reste que deux semaines pour redonner de l'éclat à la villa qui s'était quelque peu endormie ces derniers temps en raison de sa déprime. Elle se fait aider par l'excellente Pénélope, qui gère cette maison comme si c'était la sienne. Sa gaieté donne des ailes à Rachel. Cette gouvernante magistrale ouvre les fenêtres, étend les draps dans le jardin et dispose des petits sacs de lavande entre les piles de linge fraîchement repassé.

La sonnerie du téléphone de Rachel, indiquant qu'il s'agit d'un appel de sa mère avec la chanson « Les filles de mon pays » d'Enrico Macias, la tire de son extrême concentration dans cette tâche fastidieuse, mais ô combien gratifiante pour son moral.

— Allô ma chérie, je dois t'avouer quelque chose. T'es ma fille aînée, ma merveille, commence Batshevah.

Rachel est surprise par ce préambule abrupt, dénué des moindres prémices de courtoisie. Elle pressent que sa mère s'est enfin décidée à lui révéler un lourd secret qu'elle doit déverser sans réfléchir, sinon elle laisserait encore le temps passer et remettrait à plus tard cette confession. En effet, pour préserver sa tranquillité d'esprit, cette femme de tête est adepte de la procrastination.

Introduction en la matière d'autant plus étonnante que sa mère ne lui parle jamais avec autant de tendresse. C'est comme si elle voulait la caresser dans le sens du poil. L'heure est donc grave. Rachel pose torchons et éponges, puis s'assoit dans son fauteuil Chesterfield préféré pour l'écouter avec attention.

— D'abord, je te demande de pas m'interrompre jusqu'au bout. C'est déjà assez difficile pour moi, poursuit Batshevah.

— D'accord… Promis… répond Rachel, de plus en plus anxieuse face à ce qui semble être un aveu choc.

Elle entend sa mère, à l'autre bout du fil, déglutir pour reprendre sa respiration et son courage à deux mains.

— Quand j'ai rencontré ton père, mon cher Jacques, j'étais enceinte.

— T'étais enceinte ? Toi ? s'exclame Rachel, sidérée.

— Je t'ai demandé de pas m'couper la parole…

— Oui, pardon…

Cette conversation lui rappelle la scène culte du film de Claude Lelouch, « Itinéraire d'un enfant gâté », où Belmondo prodigue des conseils à Anconina sur l'art de ne pas laisser transparaître l'étonnement, même face à des révélations incroyables. L'acteur iconique lui explique aussi qu'il deviendra bientôt le roi du business en France et que la simple manière de dire « Bonjour » représente un pas capital vers la réussite. Cette approche du coaching surpasse de loin toutes les formations modernes en management. Pourtant, Rachel, tout comme Anconina, a du mal à ne pas réagir à la déclaration stupéfiante de sa mère.

— J'étais la honte de la famille, poursuit Batshevah. Mes parents étaient désespérés. Ils ont voulu me trouver d'urgence un mari… juif, tu peux t'en douter. Alors, ils sont allés voir le Rabbin qui a organisé des rencontres avec des jeunes de la communauté. Le premier que j'ai vu, c'est Jacques. Il m'a aimée au premier regard sans me demander d'explication par rapport à ma grossesse ou au père de cet enfant. On s'est mariés cinq semaines plus tard en extrême vitesse pour ne pas que mon ventre grossisse. J'étais enceinte de trois mois. Quand t'es née, six mois après, on a dit que t'étais prématurée. Tout le monde a accepté cette explication sans poser de questions.

— Hein ? Quoi ? Tu m'as menti toute ma vie, Mamili ? s'écrie Rachel, la gorge serrée.

— Désolée ma chérie ! Je voulais te le dire depuis longtemps. Les années ont passé, et à chaque fois je me disais que c'était pas l'moment. En fait, ça n'a jamais été l'moment.

Après un long silence pesant, Rachel reprend de l'assurance pour en savoir plus.

— Mais c'est qui mon père ? Mon père biologique, je veux dire.

Rachel reste stupéfaite que cette mère, d'ordinaire si rigide en matière de conventions, ait pu commettre une telle faute en étant mère célibataire et en ayant un enfant d'un autre homme que son mari. Cela semble inconcevable !

Bien que sa différence physique par rapport à ses frères et sœurs l'ait toujours interpellée, elle n'aurait jamais pu imaginer une chose pareille. Sa chevelure rousse, unique au sein d'une famille où tous arborent des cheveux bruns et frisés, l'a toujours intriguée. Cependant, elle se contentait de la réponse de sa mère selon laquelle elle était la copie conforme de son grand-père roux aux yeux bleus et à la peau pâle. Ses propres yeux, d'un bleu translucide, ajoutaient encore à sa singularité.

— Alors, c'est qui mon père ? Tu le sais bien quand même ! Ne me dis pas que t'as fait un gosse au premier venu après une cuite ou je n'sais quoi d'autre ! s'insurge Rachel, s'autorisant à présent tous les culots.

Rachel n'a jamais manqué de respect à sa mère, et lui répondre avec une telle agressivité lui aurait paru impensable avant cette discussion.

— Tu l'as deviné je pense, répond-elle, la voix tellement basse que Rachel la fait répéter une deuxième fois.

— Je l'ai deviné ?

— Oui... Y'a quelqu'un de ton entourage... tu as toujours dit que c'était bizarre qu'il ait tes cheveux, la même couleur, je veux dire...

— Parrain ? C'est Parrain ? répond immédiatement Rachel.

— Oui... répond Batshevah, sur un ton monocorde. On a toujours fait comme si rien ne s'était passé, histoire de ne pas froisser mon Jacques.

— Mais pourquoi vous n'êtes pas restés ensemble ? Il t'a laissée tomber ?

— Il voulait parcourir le monde. On était des gamins. Je lui ai pas dit que j'étais enceinte. Je voulais pas qu'il m'en veuille de ne pas réaliser ses rêves.

— Mais comment il a pu devenir mon parrain ? C'est malsain ! C'est glauque ! Pourquoi je l'ai revu ? Pourquoi ?...

Batshevah interrompt Rachel.

— Quand il est rev'nu de son premier tour du monde, il a cru que je l'avais oublié. J'étais mariée et j'avais un enfant...

toi. Bien que la ressemblance soit frappante, il n'a pas pensé que tu pouvais être sa fille, explique Batshevah.

— Incroyable !

— C'est plus tard, quand tu as eu dix ans, qu'il m'a posé la question. Il a recoupé les événements et en calculant bien, il a compris que c'était lui le père. Il a toujours respecté mon vœu que tu saches rien. Et voilà ! Aujourd'hui, t'hérites de ses biens, c'est normal.

— Mais pourquoi est-ce qu'il est dev'nu mon parrain ? C'est quoi ce titre bidon ?

— C'était un cousin éloigné de ton père. C'est moi qui ai eu l'idée de lui demander d'être ton parrain quand tu es née. J'ai utilisé ce lien de parenté pour justifier ma demande. C'était ma manière de vous réunir tous les deux. Mais lui ne savait pas à l'époque que t'étais sa fille. Pour lui, la religion n'avait pas grande importance, pourtant il a quand même assisté à ta brith ledah (ndlr : le baptême juif pour les filles). Il a pris son rôle de parrain très au sérieux.

— Mais c'est machiavélique ! C'est dégueulasse ! déclare, furibarde, Rachel.

— J'ai fait ce qui me semblait le mieux pour toi, rétorque Batshevah.

— Il s'est jamais marié. Il a jamais eu d'enfant, le pauvre, déplore Rachel, se sentant tout à coup responsable de la solitude de cet homme, si cher à son cœur. Il devait t'aimer encore…

— Voilà, ma fille, tu sais tout. Pardon de t'avoir caché la vérité. Mais là, je voulais absolument tout te dire avant de venir te voir en Grèce.

— Oui et par téléphone, c'est plus facile… ironise Rachel.

— Mummm, marmonne Batshevah.

— Quand on parlait des secrets de famille, tu disais toujours que ça risquait pas d'arriver chez nous parce que tout était limpide. Eh ben !... T'es une menteuse, en fait ! Une sacrée menteuse ! hurle Rachel, hors d'elle.

— Tu peux m'en vouloir, je le comprendrais…

— J'ai gâché ma vie à cause de toi. Si j'en suis là aujourd'hui, c'est par ta faute, avec ta morale à deux balles. Tu parles ! T'aurais pu balayer devant ta porte avant de donner des conseils aux autres, poursuit Rachel.

— Tu sais, à force, avec le temps, j'avais oublié le passé. Pour moi, t'es notre fille, à Jacques et à moi, comme tes frères et sœurs.

— Arrête ! C'est facile de dire ça ! Quand je pense que tu m'as obligée à me marier avec ce connard à qui j'ai fait des gosses en plus, tout ça parce qu'il était juif.

— Tu les aimes, tes enfants, non ?

— Bien sûr que je les aime, c'est pas la question !

— Je voulais juste que tu sois heureuse, ma fille. Je dois te laisser maint'nant. Il faut que je prépare Shabbat. Ton père va rentrer de la synagogue.

— Et allez, continue ! T'as bonne mine de préparer Shabbat ! T'as pas de honte à la figure avec toutes tes cachoteries ! Parce que c'est un péché de mentir je crois, dans le judaïsme. « Tu ne mentiras pas », c'est un des dix commandements, vocifère Rachel.

Batshevah raccroche brusquement, attristée et sans voix, face à la colère de sa fille qui ne l'a pas habituée à une telle insolence à son égard. Rachel s'en veut immédiatement d'avoir été aussi peu respectueuse envers elle. En y réfléchissant bien, sa mère force son admiration. Quel courage il lui a fallu pour vivre avec ce lourd secret ! Quel chagrin elle a dû ressentir en voyant partir son amoureux alors qu'elle attendait un enfant de lui ! Quelle angoisse elle a dû vivre pendant que Rachel partageait, tous les étés, des moments uniques avec son parrain, en ignorant tout de leur lien de parenté. À cet instant, Rachel comprend à quel point sa mère a sacrifié sa propre vie et son bonheur pour le bien de sa famille.

*

Le rapport de Brice

Brice arrive dans tous ses états à Sephora, une grande enveloppe marron bien épaisse à la main, qu'il brandit triomphalement comme un Oscar. Il colle, vite fait, deux bises à Rachel qui l'attendait devant la grille, impatiente de connaître le résultat de sa filature. Il avance jusqu'à la terrasse d'un pas pressé, suivi de près par la maîtresse des lieux, en laissant échapper des onomatopées incompréhensibles : « Waouh ! » « Pstt ! » « Birk ! »… Rachel se demande bien ce que cache cet état d'excitation incontrôlé.

Il jette son butin sur la table en mosaïque pour préparer Rachel à son rapport qui aura, c'est certain, l'effet d'une bombe.

— C'est quoi ce courrier ? lui demande Rachel, perplexe.

— Des photos… répond Brice.

— De qui ?

— Devine un peu !

— D'Amir ?

— Yeeeessss ! s'exclame fièrement Brice.

— Tu l'as suivi ? T'as réussi ? T'as appris quelque chose ? Dis-moi ! Allez ! Accouche ! Sinon, j'te tue ! s'écrie Rachel, à bout de nerfs devant ce suspense insoutenable.

Elle tend la main pour s'emparer du fameux pli cacheté. Brice tape fermement sur son bras pour lui signifier de ne pas le faire.

— Stooop ! Minute papillon ! s'exclame-t-il.

— Ah, mais qu'est-ce que t'es pénible quand tu t'y mets, lui dit Rachel.

— J'ai bien fait mon boulot déjà. Tu pourrais me remercier.

— Oui… Oui… Merci… répond hâtivement Rachel, de plus en plus pressée d'en savoir plus sur ses recherches.

— J'ai joué à l'Inspecteur Gadget ou plutôt à Sherlock Homes, ça fait plus sérieux…

— J'espère qu'il t'a pas vu… discret comme t'es, avec tes fringues de Boys Band, ça m'étonn'rait pas qu'il t'ait repéré ! lance Rachel, moqueuse.

— Non ! Il a rien vu ! J'ai assuré !

Brice relate enfin, à renfort de détails précis, sa méthodologie d'investigation. Il explique comment il a discrètement suivi Amir, prenant soin de ne pas éveiller ses soupçons et choisissant des endroits stratégiques pour l'observer sans être repéré. Il s'est également renseigné sur les habitudes et les activités régulières d'Amir, ainsi que sur une multitude d'autres éléments cruciaux. Il a suivi Amir au cours de ses moindres déplacements pour comprendre son mode de vie et localiser d'éventuelles destinations récurrentes. Ensuite, il a surveillé son appartement-bureau pendant de longues heures, observant les entrées et sorties de l'immeuble ainsi que les visiteurs qui se rendaient chez lui. C'est là qu'il a finalement obtenu le jackpot.

Rachel est suspendue au récit de Brice et boit littéralement ses paroles.

— Bon, il est temps de te montrer les photos, ma chérie… commence Brice.

Il déchire solennellement le haut de l'enveloppe et sort un paquet de clichés en noir et blanc qu'il étale devant Rachel, comme un jeu de cartes.

— And the winner is… dit Brice, pastichant une cérémonie de remise de prix.

Rachel découvre alors l'inimaginable : Amir en compagnie d'une inconnue, une femme assez jeune dont le visage n'est pas très distinct, dissimulé derrière un chapeau ou les rideaux de l'appartement, mais dont on peut deviner qu'elle est de la même génération qu'elle.

— Cette allure me dit quelque chose… Si seulement t'avais pu prendre son visage, j'aurais trouvé… dit Rachel, estomaquée.

— J'ai tout essayé, agrandir les photos, découper et retoucher les clichés sur Photoshop… impossible… J'ai pas pu faire mieux… Pourtant, avec mon objectif, je peux zoomer, même à distance, explique Brice, particulièrement fier de son matériel pointu.

— Mouais, murmure Rachel en se grattant la tête pour fouiller dans sa mémoire.

— Ça m'a tout l'air d'être une gonzesse qu'il a récupérée sur la plage. C'est une touriste, c'est sûr ! T'as vu ses fringues, espadrilles et tout… Est-ce qu'on porte des espadrilles pour un rendez-vous amoureux ? demande Brice pour rassurer Rachel.

— Il l'emmène dans son appart', il ferme les rideaux pour se ménager de l'intimité… Arrête, c'est évident qu'ils sortent ensemble, rétorque-t-elle.

— Voilà… Moi, j'ai fait mon job ! Maintenant à toi de voir ce que t'en fais…

— Maintenant je comprends pourquoi il me répond à peine depuis quelques jours. Tu vois, j'suis une vraie sorcière. Je commence à le connaître… J'ai bien vu qu'il y avait anguille sous roche, analyse Rachel.

— Il a dû la rencontrer sur la plage… Y'a un paquet d'nanas qui draguent en vacances.

— J'suis pas sûre… Si seul'ment je pouvais me rappeler où je l'ai vue, cette femme.

— Tu me sers une orangeade ? Moi être déshydraté ! enchaîne Brice pour détendre l'atmosphère.

— Bien sûr, excuse-moi mon BriBri… répond Rachel en se levant, toujours perdue dans ses pensées et ses souvenirs.

Elle se trouve dans la cuisine lorsque Brice l'entend pousser un cri.

— Eurêka ! J'ai trouvé ! s'exclame-t-elle, victorieuse, tout en continuant à préparer la collation de Brice qui prend des airs de goûter.

— Quoi, ma poule ? répond Brice en la rejoignant, intrigué.

— Jasmine H ! lui hurle Rachel, en l'empoignant fermement.

— Mais arrête ! Tu me fais mal, s'écrie Brice, feignant de vouloir s'extirper de ses bras.

— Jasmine H… c'est elle qui like avec des cœurs rouges tout ce que poste Amir sur Facebook. Je l'avais trouvée quand on s'était séparés la première fois, affirme Rachel, heureuse d'avoir enfin deviné.

— Tes sûre ? Oui… Pourquoi pas… Ce serait donc pas une touriste alpaguée sur la plage ? enchaîne Brice.

— Non… Ça m'étonnait d'Amir, de toute façon… C'est pas du tout son genre de ram'ner chez lui une fille qu'il connaît à peine.

— Euh… A part toi, taquine Brice.

— Moi, c'est différent. Je te rappelle qu'on avait vécu une belle histoire d'amour quand on avait dix-huit ans.

— Bon alors, c'est qui cette Jasmine H ? T'avais trouvé ? demande Brice.

— Non… Je l'avais demandée en amie parce qu'elle a un compte privé… Elle a jamais répondu. Elle a pas l'air d'être accro aux réseaux sociaux… comme Amir d'ailleurs, constate Rachel.

— OK… Et t'en déduis quoi ? demande Brice.

— Déjà, Jasmine, c'est un prénom arabe. T'es d'accord ? explique Rachel.

— Oui… Comme Amir, confirme Brice.

— Encore plus… Amir, ça peut faire israélien, c'est ce que je croyais d'ailleurs au début. Jasmine, y'a pas litige, c'est arabe.

— OK ! OK ! confirme Brice, ne comprenant pas où elle veut en venir.

— L'initiale H., j'ai pensé que c'était pour Hayat comme le nom de famille d'Amir… Sur les photos qu'elle a publiées, elle était plus sexy d'ailleurs…

— Vive Snapschat et ses filtres ! déclare Brice, adepte de cet outil essentiel.

— Mais c'est bien elle, j'en mets ma main au feu, ajoute Rachel.

— Si elle s'appelle Hayat, t'en déduis quoi ?

— C'est sa femme… Tu sais bien, il a été marié, il a même eu une fille avec elle… Il s'était bien gardé de me le dire d'ailleurs. C'est toi qui l'avais lu dans le journal quand il s'est fait arrêter par la police. Ensuite, il me l'a confirmé… Bien obligé ! Quand je pense qu'il m'a fait croire qu'il avait jamais eu de relation sérieuse et qu'il pensait toujours qu'à moi, pendant toutes ces années, affirme Rachel, évoquant ses blessures encore vives.

— C'est un grand baratineur devant l'Eternel, cet Amir… Et ça marche apparemment, s'exclame Brice.

— C'est ça, moque-toi de moi !

— Et pourquoi ce serait pas sa sœur, cette Jasmine Hayat… lance Brice, perspicace.

— On met pas des cœurs rouges à un frère. Et Amir n'a pas de sœur.

— Ouais, t'as raison, ma caille. Bon, il revoit sa femme, alors… Et tu vas faire quoi ? demande Brice, à court d'idées face à cet embrouillamini.

— Franch'ment, j'en sais rien… Je sais plus… répond Rachel, étonnamment plus déçue et déboussolée que malheureuse.

— En tout cas, c'est un beau menteur, ton Amir. J'sais pas comment tu peux encore avoir confiance en lui. Ça fait combien de fois qu'il te fait des coups tordus ? C'est le roi de l'entourloupe.

— Oui… mais il trouve toujours une explication. Et ensuite, je regrette… Alors là, pas question que je fasse d'erreurs… Je vais tourner ma langue sept fois dans la bouche avant de l'attaquer.

— Mais tu comptes faire quoi ? Tu vas tout lui dire ? Tu vas lui parler des photos ? Tu vas lui dire que je l'ai suivi ? demande Brice, aussi curieux qu'embarrassé à l'idée de ternir son image.

— Ben non ! Je vais quand même pas lui avouer que je l'ai fait suivre… Il m'en voudrait à mort et ce serait terminé, répond Rachel.

— T'as une autre idée ? demande Brice.

— Je vais tâter l'terrain… Je vais lui demander ce qu'il a fait ces derniers jours et pourquoi il m'évite… Je jugerai après, suggère Rachel.

— Il va t'embrouiller encore ! Il va pas se vanter de revoir sa femme. Et toi, tu vas t'écraser comme d'hab'. Tu me fais d'la peine, ma chérie. C'est un si bon coup au lit, ce type, que tu peux pas t'en passer ? ajoute Brice, déterminé à la secouer.

— Arrête d'être vulgaire ! C'est pas une question de sexe, répond Rachel.

— J'veux bien te croire, mais tous les voyants sont au rouge, tonne Brice.

— C'est une histoire d'amour. Je l'aime ! Tu comprends ça ? Et je suis sûre qu'il m'aime aussi. Je peux pas m'tromper à ce point-là ! Quel intérêt il aurait à me mener en bateau ? lui demande-t-elle.

— Oui, t'as peut-être raison. Par contre, il est pas clean. Moi, je pourrais pas supporter un type qui ment comme il respire, argumente Brice.

— Il doit avoir peur que je le quitte… C'est ce qu'il me dit à chaque fois… Du coup, il préfère se taire sur certaines choses…

— Il a la trouille que tu lui voles dans les plumes. Et là, t'aurais de quoi lui souffler dans les bronches. Revoir en douce sa femme, ou son ex-femme, j'en sais rien, c'est pas joli joli… conclut Brice.

A ce moment-là, ils entendent une voiture s'engager dans l'allée de graviers de la villa. Elle se penche par-dessus la balustrade en fer forgé pour voir qui arrive. C'est un véhicule orange.

— Amir ! s'écrie Rachel, complètement affolée.

Elle range en catastrophe les photos dans l'enveloppe et se précipite dans le salon pour les glisser au fond du tiroir d'une commode en bois cérusé blanc. Une fois revenue sur la terrasse, Brice a disparu. Il la hèle depuis le bas et hurle gaiement :

— A bientôt, ma belle ! Je file.

— Tous aux abris ! lui répond-elle, moqueuse.

Amir sort de la voiture et salue Brice. Ils échangent quelques mots qui semblent juste courtois, puis Brice quitte la propriété en sautillant joyeusement.

Amir grimpe, quatre à quatre, les marches de marbre blanc menant à la terrasse ombragée. Il s'approche de Rachel avec un sourire ravageur. Leurs regards se croisent, et Rachel croit percevoir un mélange de nervosité et d'embarras dans son expression.

— Bonjour, Rachel. Comment ça va ? demande Amir, en gardant une certaine distance.

— Salut, Amir. Je vais bien, merci. Et toi ? répond Rachel, d'un ton identique, simplement amical.

Elle tente de paraître calme malgré le tourbillon de questions et d'émotions qui l'assaillent.

— Ça va, ça va... Très occupé ces derniers jours, tu sais ce que c'est, dit-il en jetant un coup d'œil autour de lui pour chercher un sujet de conversation.

Rachel ne s'attendait vraiment pas à cette froideur ahurissante de la part d'Amir. Cette entrée en matières, faite de banalités, comme s'il s'adressait à une étrangère, lui paraît très suspecte. Il a toujours été sincère et n'a jamais adopté une attitude détachée envers elle. Il est désormais indéniable qu'il cache quelque chose. Cela ne fait plus aucun doute. Peut-être va-t-il lui annoncer qu'il la quitte, qu'il a rencontré quelqu'un d'autre, ou qu'il a retrouvé sa femme. Rachel se prépare au pire et affine sa stratégie. Elle avait prévu de l'affronter, de l'interroger pour qu'il avoue ses mensonges, mais elle se retrouve soumise et effacée, appréhendant que leur histoire ne se termine ainsi.

— J'imagine que t'as beaucoup à faire, oui… lui dit-elle, en essayant difficilement de masquer ses tourments et son désarroi.

Amir balaie son regard, semblant craindre que des oreilles indiscrètes ne traînent, puis il s'adresse enfin à Rachel d'un ton posé.

— Écoute, Rachel, y' a quelque chose que je dois te dire, commence-t-il.

Le cœur de Rachel s'emballe. L'instant fatidique est arrivé.

— Vas-y, je t'écoute, répond-elle.

Amir respire profondément pour trouver les mots justes. Puis, il prend la main de Rachel, doucement mais fermement, et la fixe avec intensité.

— Rachel, j'ai eu l'occasion de réfléchir à notre relation, à ce que nous partageons et... je ne veux pas te dissimuler quelque chose d'important, ajoute-t-il.

Le ton de son préambule trahit une certaine vulnérabilité mais aussi de l'assurance. Rachel retient sa respiration, se demandant quelle révélation pourrait bien suivre. Les secondes paraissent s'étirer à l'infini, jusqu'à ce qu'Amir poursuive sa phrase. Après un court moment qui semble durer une éternité, il déclare, les yeux plein de larmes :

— Je t'aime, Rachel. Ça… n'en doute jamais !

Les paroles d'Amir résonnent dans l'air, laissant Rachel muette devant cet instant de vérité insupportable. Cette introduction n'annonce rien qui vaille et lui fait craindre une rupture imminente. Son esprit s'embrouille. Elle sent que leur histoire est sur le point de prendre un tournant décisif. Que va-t-il dire ensuite ? Est-ce le moment où tout va basculer ? Elle demeure sans voix, figée sur place, terrifiée par la perspective d'une déclaration fatale. Son bonheur aura duré si peu de temps. Leur amour était-il voué à l'échec, comme le prévoyait son cher Brice et même Pénélope, qui avait mis son grain de sel dans cette aventure car elle n'a jamais porté Amir dans son cœur ?

— Y'a quelque chose que tu dois savoir, énonce Amir d'une traite et d'une voix sourde. Ma femme est revenue...

Rachel a l'impression que son cœur va s'arrêter de battre tant il s'emballe. Tout devient flou dans sa tête. Son corps est envahi de picotements, des fourmis parcourent ses jambes en coton. C'est sûr qu'elle va s'évanouir. Pourtant, elle doit affronter la réalité, aussi douloureuse soit-elle. Elle maintient ce face-à-face déchirant auquel elle rêverait d'échapper. Fuir, prendre les jambes à son cou, se boucher les oreilles pour ne pas entendre la terrible vérité. C'est ce qu'elle meurt d'envie de faire, mais elle reste là, immobile, les pieds collés au sol, telle une statue pétrifiée. Elle est incapable de prononcer un mot ou de bouger.

Sa femme est revenue. Cette annonce cingle Rachel en pleine figure, confirmant que son sixième sens ne l'a pas trompée. Ses pressentiments se concrétisent. Elle avait eu raison. Il va l'abandonner du jour au lendemain, effaçant leur coup de foudre romanesque comme s'il n'avait jamais existé. L'amertume la gagne et elle lutte pour retenir ses pleurs.

Pourtant, Amir tient à poursuivre son récit sans se laisser perturber par le désespoir palpable de Rachel. Il reste déterminé à aller jusqu'au bout, malgré l'impact dévastateur de ses confessions.

— ... et elle traverse actuellement une période difficile. Elle menace de se suicider si je la quitte, explique Amir, son expression devenant de plus en plus sombre. Notre fille la soutient… Elle veut qu'on reste ensemble.

Le monde de Rachel vacille. Elle avait envisagé de nombreuses révélations possibles, mais celle-ci la terrasse totalement. Elle saisit maintenant le sens de l'expression « avoir le cœur gros » avec ce poids qui s'est insinué dans sa poitrine. Elle détourne le regard en s'efforçant de maîtriser l'immense trouble qui l'envahit, une confusion tissée d'incompréhension, de tristesse et de sentiment d'injustice.

Amir ajoute, d'une voix chargée d'émotions contenues :
— Je ne veux pas que tu sois mêlée à tout ça, Rachel. Je comprendrais que tu ne puisses pas supporter cette situation. Je suis pris dans une impasse et je ne sais pas quoi faire.

Il lui demande de choisir. Il ne la met pas devant le fait accompli. C'est à elle de décider si elle souhaite poursuivre leur relation en toute connaissance de cause. Elle s'attendait à ce qu'il lui annonce qu'il n'avait pas d'autre option que de la quitter, qu'il ne pouvait pas courir le risque que sa femme mette à exécution ses menaces. Au lieu de cela, il lui laisse le choix. Elle croit rêver ! L'art de la manipulation. De cette manière, il se lave les mains et évite toute responsabilité dans une éventuelle séparation. Ce serait donc à elle de lui demander de rompre. C'est le monde à l'envers.

Bien qu'elle brûle d'envie de se révolter, de lui lancer ses quatre vérités, de lui signifier qu'il l'a une fois de plus dupée, qu'elle ressent une aversion envers lui pour toutes ces déceptions, elle reste silencieuse, déconcertée par cette accumulation d'informations qui la plongent dans un anéantissement total.

Il n'est donc pas divorcé. Il est toujours marié. Un mensonge de plus confirmé. Elle qui avait toujours refusé d'entretenir une relation avec un homme marié se retrouvait sur le point de s'engager pour la vie avec quelqu'un qui avait sciemment triché sur sa situation sentimentale.

Les annonces successives d'Amir se bousculent dans l'esprit de Rachel. La complexité de la situation l'accable. Elle l'aime tellement ! Elle est partagée entre l'égoïsme de le garder à tout prix, même s'il est marié à une autre, ou la lucidité d'accepter la fin inéluctable de leur histoire.

Elle est convaincue qu'Amir l'aime aussi, mais elle se trouve confrontée à des difficultés auxquelles elle ne s'attendait pas. Leur histoire passionnelle se heurte à des rebondissements tellement surprenants. Leur amour serait-il décidément impossible ? Après les obstacles liés à la religion, voilà que la loi vient entraver leur bonheur. Un mariage, c'est sacré. Elle ne peut envisager une relation adultérine avec son premier amour. Pourtant, ils ont mérité d'être ensemble après toutes les épreuves qui se sont dressées sur leur chemin et ce quart de vie passé loin l'un de l'autre. Il aurait dû lui dire la vérité dès le début, elle aurait immédiatement mis fin à leurs rendez-vous et elle ne serait pas aujourd'hui meurtrie de douleur à l'idée de le quitter. Pourquoi a-t-il été si fourbe ? Comment lui faire confiance désormais ? Peu importe, maintenant c'est trop tard. L'emprise a fait son chemin. Son cœur sera à jamais brisé si elle devait se séparer de celui qui lui a redonné le goût de vivre.

Elle se rappelle du bracelet en or avec des menottes, chargé de symbolisme, qu'elle avait offert à Amir, accompagné d'un message manuscrit à l'encre noire, sur un bristol, écrit avec application, en lettres anglaises :
« Rachel x Amir
À toi qui as donné un sens à ma vie.
Toi qui illumines mes jours et mes nuits.
Toi qui m'aimes comme personne d'autre ne m'a aimée.
Toi qui m'as guidée pour devenir la femme que je suis aujourd'hui.
Toi qui m'as donné la force de réaliser mes rêves les plus fous.
Mon âme sœur pour l'éternité.
Tellement d'aventures à vivre et à graver dans nos mémoires. »

Ce simple message souligne l'importance de ces trois mots « Je t'aime ». Pourtant, aujourd'hui tout s'écroule comme un château de sable. De femme comblée, Rachel passe à femme trompée et répudiée.

Comme un robot, elle se dirige vers la fraîcheur du salon climatisé. Elle espère que ce nouvel environnement lui apportera des ondes plus positives. Amir la suit, tout penaud. Elle s'installe sur le bout du canapé, redresse la tête et fixe Amir froidement. Dans ses mains, elle tient l'enveloppe qu'elle ouvre lentement, d'un air mystérieux pour semer le trouble, avant d'étaler les photos prises par Brice, en éventail. Tel un joueur d'échecs dévoilant sa pièce maîtresse, elle abat ses cartes avec fermeté.

— C'est qui ? demande Rachel, en pointant du doigt la femme sur les clichés. C'est elle ? C'est ta femme ?

— Oui… répond Amir, effaré par ces photos volées.

— Mais j'comprends pas… Comment peux-tu me cacher des rendez-vous pareils ? Elle doit te contacter régulièrement en plus. Si ça s'trouve pendant que tu couchais avec moi, elle t'envoyait des textos amoureux, s'insurge Rachel.

— N'importe quoi ! répond Amir.

— Quoi, n'importe quoi ? Elle t'aime ou elle t'aime pas ? demande Rachel.

— Tu veux pas qu'on change de sujet ? supplie Amir, en faisant les cent pas pour éviter le regard accusateur de Rachel.

— Tu peux pas te défiler éternellement, Amir ! C'est pas possible ! Je peux pas accepter tous tes mensonges ! C'est du concret, ça… cette femme… TA femme et toi… dans TON appart'… Et tu tires les rideaux en plus pour qu'on n'vous voie pas ! s'écrie Rachel, hors d'elle.

— Tu m'espionnes ? C'est ça, tu m'espionnes ! s'exclame-t-il, en essayant de dominer la situation.

— C'est pas moi qui ai pris les photos ! J'aurais pas pu garder mon calme. J'aurais été lui arracher les cheveux, répond Rachel, folle de rage.

— C'est qui alors ? demande-t-il.

— N'inverse pas les rôles, s'il te plaît. C'est pas moi la coupable.

— Tu vois bien qu'on peut pas continuer comme ça… Tu me fais suivre… Tu payes peut-être un détective privé pour me surveiller… et qu'il te rapporte des photos comme preuves… Je te croyais vraiment pas capable de faire un truc pareil…

— Mais j'avais pas l'choix ! T'étais insaisissable. En plus, on doit officialiser notre union et on a invité nos parents. Qu'est-ce que j'vais leur dire aux miens ? Et toi ? Tu vas leur dire quoi à tes parents ? Des balivernes encore ? Ils ont tout organisé pour passer quelques jours ici. Mais t'imagines ? Pourquoi tu me fais ça ? Je te le pardonnerai jamais. C'est comme si tu me plantais le jour du mariage. Y'en a qui font ça… ça existe… des salopards sans élégance ! hurle-t-elle sans parvenir à se calmer.

— Je comprends… C'est pour ça que je te demandais de décider ce que tu voulais faire, répond Amir avec un calme déroutant.

— Mais tu crois t'en sortir comme ça ? J'apprends que t'es marié… alors que tu prétendais être libre comme l'air. Un coup elle disparaît, un coup elle réapparaît, un coup elle veut vivre à nouveau avec toi… Tu me mets devant le fait accompli et tu me fais croire que c'est à moi de décider ? Mais c'est vraiment monstrueux ! T'es un vrai salaud ! poursuit Rachel sans relâche.

Les mots d'injures fusent. Rachel ne peut refréner sa colère. Mais tout à coup, elle s'effondre en larmes, désespérée. Amir se met à genoux devant elle, prend ses mains et observe tendrement son visage éploré. Il essuie doucement les larmes qui perlent sur ses joues, douces comme du satin. Elle succombe à son charme, fatalement. Comment résister à ses yeux saphir et à sa chevelure épaisse d'un noir lumineux qu'il balaye régulièrement de ses mains longues et fines de pianiste ? Comment ne pas se laisser enivrer par son odeur qu'elle respire avec avidité ?

Amir dépose un baiser sur le nez de Rachel, droit comme celui des statues grecques, puis retrousse délicatement l'extrémité avec une délicatesse infinie. Ce geste pourtant anodin a toujours eu le pouvoir de la faire craquer, et il le sait. Elle sent son souffle lent et calme sur son visage. Il s'approche dangereusement de ses lèvres, les scrutant comme s'il les découvrait pour la première fois. Il les dévore du regard, plutôt. Elle frémit de plaisir.

Elle glisse sa main dans les cheveux de cet amoureux impossible jusqu'à la nuque, puis la laisse descendre dans son dos, en caressant sa peau douce criblée de minuscules grains de beauté. Il frissonne de désir.

Rachel se redresse légèrement. Elle rejette sa chevelure rousse et indisciplinée d'un revers de main habile pour dévoiler son visage, totalement ensorcelé par l'homme qu'elle ne veut plus quitter, quoi qu'il arrive.

— Aime-moi ! Prends-moi contre toi ! Là, tout de suite ! s'écrie-t-elle, laissant derrière elle tous les griefs qu'elle lui adressait encore quelques minutes auparavant.

Emoustillée par la lecture de son premier roman érotique, dégoté dans la bibliothèque de son parrain, Rachel compte bien mettre en pratique certaines scènes qui l'ont enflammée. Ce serait à elle d'enseigner à Amir les gestes et les positions qui font grimper aux rideaux. Elle aspire à acquérir, aux côtés de celui qu'elle aime profondément, une ultra légèreté nouvelle. Joindre le désir physique à l'amour pur des sentiments serait un rêve absolu pour celle qui revient de loin en matière d'éducation sexuelle. Le fait d'avoir enchaîné les aventures n'y est pas pour rien dans son évolution de mentalité.

Le nez droit de Rachel, semblable à celui des statues grecques.

19

Rachel a rendez-vous avec Héléna. Elle ressent un besoin vital de se confier à son amie de toujours, celle qui la comprend mieux que quiconque, d'autant qu'elle est à l'origine de sa rencontre avec Amir. A l'époque de leurs dix-huit ans, elle avait encouragé Rachel à poursuivre sa relation avec Amir, mais Rachel avait fait la sourde oreille. C'est aussi vers Héléna qu'Amir s'était tourné pour obtenir du soutien face au changement radical d'attitude de Rachel, après leur été magique, dès son retour en France.

Héléna est la seule personne de l'île de Paros avec laquelle Rachel a maintenu un lien, que ce soit par téléphone ou grâce à ses nombreux passages furtifs à Lyon pour lui rendre visite, avant de séjourner à Paris ou sur la Côte d'Azur.

N'étant pas juive, Héléna a du mal à comprendre cette éducation stricte qui empêche Rachel de s'unir à Amir en raison de ses origines arabes. Quand Rachel rappelle que les Arabes sont, dans l'histoire, perçus comme les ennemis jurés du peuple juif, Héléna ironise en comparant cette situation à une hypothétique rancune éternelle des Français envers les Allemands, soulignant ainsi l'absurdité de certaines tensions persistantes.

Héléna est la voisine de Rachel puisqu'elle réside dans la propriété familiale attenante à Sephora. Elle a pris possession des lieux après le départ de ses parents pour les États-Unis, où ils ont rejoint leur fille aînée. Cette dernière requiert de l'aide, car elle élève seule ses quatre enfants depuis le décès accidentel de son mari, alors qu'elle était enceinte de son quatrième garçon.

Héléna et Rachel sont inséparables, unies comme les doigts de la main, et ne ratent pas une occasion de se retrouver, que ce soit pour des broutilles du quotidien comme la salière ou la tondeuse, jusqu'aux confidences intimes.

A quarante-deux ans, Héléna vient de mettre au monde une petite fille avec six semaines d'avance. Elle lui a donné le doux prénom mythologique d'Athéna, la déesse grecque de la sagesse, des arts et de la guerre.

Elle mène une vie amoureuse dissolue en ayant mis au monde trois enfants de trois pères différents. Cependant, elle quitte un homme avant d'en trouver un autre, sans jamais tromper son partenaire, car elle incarne l'honnêteté et la droiture, tout en étant totalement libérée. Pour elle, mettre fin à une relation lorsque la passion s'éteint est une démarche naturelle. Elle aspire à une existence tumultueuse et semble s'épanouir pleinement de cette manière. Son attitude contraste avec celle de Rachel, qui a toujours vécu dans un cadre étroit dont elle n'a pas réussi à se défaire jusqu'à présent. Néanmoins, malgré ces différences, les deux amies s'entendent à merveille, sans rivalité, sans se comparer ni se jalouser.

Héléna a proposé à Rachel de célébrer son heureux événement autour d'une bouteille de Champagne. Après neuf mois d'abstinence, privée de son breuvage pétillant préféré, elle est ravie de s'en délecter à nouveau. De plus, elle a pris la décision de ne pas allaiter sa fille, jugeant cette tradition dépassée.

— Je suis pas une vache ! avait-elle déclaré à Rachel qui prônait ce mode d'alimentation bénéfique pour le bébé.

Rachel compte bien profiter de ce moment privilégié pour partager ses préoccupations avec Héléna et solliciter ses précieux conseils concernant l'imbroglio dans lequel elle s'est fourrée avec Amir.

Sublime déesse grecque, Héléna apparaît étonnamment amincie malgré son récent accouchement, dans une robe drapée bleue flashy, par une température caniculaire. Impériale dans sa tenue asymétrique, avec un chignon méché qui souligne sa grâce altière, elle est tout simplement majestueuse. Rachel éprouve une profonde admiration pour elle. Comment fait-elle pour être impeccable en toutes circonstances, jamais négligée ni décoiffée ? Même lorsqu'elle s'exprime avec un langage de charretier, elle conserve une distinction royale. Le tout, sans la moindre prétention. Qui plus est, Héléna se montre généreuse et s'investit pleinement dans des actions humanitaires en faveur des personnes défavorisées et des femmes victimes de violences.

Elle est tout simplement parfaite, cette Héléna ! Hors du temps, on ne lui donne pas d'âge. Elle aurait pu vivre au XIXème siècle tout en incarnant une modernité étonnante. Elle n'a jamais vraiment exercé de métier. Elle bénéficie d'un tel réseau qu'elle se contente d'être « apporteuse d'affaires ». Sur un simple coup de fil, elle récolte ce qu'un individu lambda mettrait des années à gagner en travaillant de manière acharnée. Son aura force le respect ! Ce n'est qu'avec ses anciens amants éconduits qu'elle se montre impitoyable car, en matière d'amour, elle ne badine pas. Avec les hommes, elle n'est pas un modèle d'équilibre et craque volontiers pour ce que Rachel qualifie de « n'importe quoi ». En un temps record, elle a épousé un Mexicain, un Australien et maintenant un Hongrois, ce qui lui permet de parler couramment plusieurs langues avec une aisance déconcertante. Parce qu'elle épouse en plus, tout en s'entourant de notaires et d'avocats, bien sûr, parce qu'elle ne perd pas le nord même lorsqu'elle tombe follement amoureuse. Rachel se dit qu'elle devrait prendre exemple sur elle. Cependant, malgré ses nombreuses tentatives pour s'inspirer de son amie, Rachel n'arrive pas à adopter un détachement similaire en matière de relations amoureuses. Elle se plaît à comparer leurs caractères ainsi : cœur d'artichaut vs cœur de pierre.

— Tu vas en faire tourner des têtes avec cette tenue sexy, ma chérie ! s'exclame Rachel en collant une bise unique, sur la joue d'Héléna.

Puis, elle se précipite dans la chambre pour découvrir la petite merveille qu'elle n'a pu voir que brièvement à la clinique, le jour de sa naissance.

— Je te présente ta filleule ! annonce officiellement Héléna à Rachel, terriblement honorée par cette marque d'affection et de confiance.

Héléna est la sœur que Rachel s'est choisie. Elles aiment se donner des titres de parenté, même si elles n'ont aucun lien de sang.

Elles laissent la minuscule princesse, toute de rose vêtue, dormir paisiblement après des gazouillis gagas au-dessus de son précieux berceau de dentelle. Ensuite, elles se dirigent, main dans la main, en sautillant joyeusement comme deux gamines, vers le salon panoramique et sa vue époustouflante sur la Méditerranée. De son aménagement avec le choix des couleurs, du mobilier et des luminaires, à sa décoration avec miroirs, tapis, bougies, Héléna a su trouver l'inspiration pour créer l'univers de ses rêves. Cette maîtresse de maison exemplaire et épouse attentionnée l'a adapté à merveille pour András, son nouvel époux et papa d'Athéna. Dédiée aux moments de détente, comme à son espace de travail à domicile, cette pièce de vie joue la carte de l'environnement multifonctionnel avec ordinateur portable, rangements et une bonne connexion WIFI. L'ambiance est aussi fraîche qu'à l'Ice Kube Bar de Paris qui maintient un glacial -20°C et propose d'enfiler doudoune et gants pour déguster de délicieux cocktails soigneusement préparés par des mixologues…

Rachel admire la classe naturelle d'Héléna qui s'assoit sur le canapé, avec un sublime jeu de jambes sous sa robe fendue à l'effet froissé.

— T'exagères pas un peu avec la clim ? Gla Gla… dit Rachel, en frottant ses mains le long de ses bras pour se réchauffer.

Héléna hausse les épaules tout en servant une coupe à Rachel. La chambre du bébé respecte une température idéale, c'est tout ce qui compte pour cette maman poule. Elle déteste transpirer.

— Alors, comment vont les amours, ma Rachou ? demande Héléna, impatiente de tout savoir sur le roman Amir/Rachel.

Rachel déblatère sur le compte d'Amir en déversant tous ses mensonges, qu'ils soient réels ou par omission. Elle conclut en interrogeant Héléna sur l'attitude à adopter.

— Tu l'aimes ? Oui ou non ? lui répond Héléna, en savourant son Champagne cordon rouge, bien frappé comme elle l'aime.

— Bien sûr que je l'aime ! J'en suis raide dingue ! J'ai un vide dans l'estomac quand on se dispute. Il est noué… C'est horrible tell'ment ça fait mal, répond Rachel en se tenant le ventre.

— Eh bien, explique-toi vraiment avec lui ! Mets-le face à ses responsabilités et observe ce qui se passe. Tu as commencé à le faire, mais tu t'es laissée attendrir par son charme. Tu dois être plus maligne, et surtout, lui faire comprendre qu'il risque de te perdre. Ensuite, à toi de juger si t'es prête à tout pardonner, même des infidélités ou des trahisons, de la part d'un homme que t'aimes à la folie.

— Je suis bien avancée avec ça… se plaint Rachel, encore plus indécise sur l'attitude à adopter.

— Moi, dans ces cas-là, j'agis. Quand je suis foll'ment amoureuse d'un homme et que ça tiraille partout tellement je l'ai dans la peau, je fais tout pour le garder. Je préfère ça à la fadeur… Un couple gnan gnan, une petite vie étriquée, ordinaire, sans plaisir et surtout, sans désir, c'est pas mon truc, tu l'sais bien. Toi, avec ton Amir, ça vibre ! C'est puissant ! Ça fait mal ! Donc, garde-le ! C'est une femme d'expérience qui te le dit ! Quand on a la chance de rencontrer l'amour, il faut pas le laisser s'échapper, sous aucun prétexte.

Rachel la regarde éberluée devant une telle analyse. Il est vrai qu'elle ne se sent pas prête à renoncer à Amir.

*

Le come-back de Brice

En arrivant à Sephora, Rachel est prise au dépourvu en découvrant un invité-surprise qui fait son grand retour : Brice. Il se précipite dans ses bras en larmes. Entre deux sanglots, il lui révèle que sa relation avec son compagnon, celui qu'il croyait être « l'amour éternel de sa vie », a pris fin.

Son partenaire refuse d'assumer ouvertement son homosexualité et préfère cacher Brice à ses amis, à sa famille, à ses clients... ou au mieux, le présenter comme un cousin de France. Face à cette situation, Brice a décidé de mettre un terme à leur histoire, en souhaitant prendre du recul et réfléchir.

— Avant qu'il fasse son coming-out, je serai à l'EPAHD, édenté et invalide ! Alors je passe à autre chose. Vive la liberté ! Je suis cé-li-ba-tai-re, s'écrie-t-il, en reprenant du poil de la bête.

— Mon pauvre Brice ! C'est vraiment pas facile l'amour, décidément !

— Pour toi non plus ? Y'a encore de l'eau dans l'gaz avec ton Apollon typé au regard océan ? demande Brice.

— T'as la mémoire courte… Les photos… lui rappelle Rachel.

— Ah oui ! Les photos… J'avais oublié mon enquête d'Inspecteur Gadget. Qu'est-ce que j'ferais pas pour tes beaux yeux, ma douce Rachel ?

— T'es chou, c'est vrai… confirme Rachel tristement.

— Alors c'est qui cette nana ? Sa maîtresse ? Quel beau salaud celui-là ! enchaîne Brice, sans attendre sa réponse.

Rachel pénètre silencieusement dans la maison, dépose son large sac-besace avec calme sur le fauteuil du salon, tout en laissant ses pensées vagabonder. Elle remet de l'ordre dans ses cheveux fournis, plus roux que jamais sous le soleil de l'île de Paros, devant le miroir du hall. Puis, elle livre à Brice l'explication époustouflante d'Amir au sujet de sa visiteuse mystérieuse qui est en fait sa femme. Brice l'interrompt parfois par des interjections impatientes, des exclamations d'étonnement ou des désaccords marqués, des « Oh ! », des « Ah ! », des « Non ! », mais Rachel poursuit son histoire abracadabrante.

Après avoir discuté avec Héléna, Rachel attend maintenant de savoir ce que Brice pense de toutes les informations qu'elle a découvertes sur la vie réelle d'Amir, pour décider comment réagir. C'est son petit sondage à elle. Elle lui pose donc la question qui lui brûle les lèvres.

— T'en penses quoi ? Je le quitte ou j'accepte ? Je lui plante un ultimatum au risque de le perdre ? Je fais quoi ?

— Tu veux mon avis ? Sentiments et trahisons, ça fait pas bon ménage, répond Brice avec expérience.

Décidément, le mensonge règne en maître dans l'existence de Rachel. Apprendre que son père n'était pas son véritable père et que son père biologique était en réalité son cher parrain, a été un choc considérable pour elle. Heureusement, à son âge, la révélation est moins violente. Cependant, elle réalise qu'elle a été élevée dans un climat de tromperie. Entre ce lourd secret de famille et les strictes valeurs morales juives auxquelles elle a été contrainte d'adhérer, et qui ont contribué à l'échec de sa vie sentimentale, elle éprouve l'amère sensation d'avoir été manipulée tout au long de sa vie. Il serait temps de se rebeller. Mais, cette nouvelle déception venant de la personne qui lui est la plus chère au monde, son Prince Charmant, la laisse totalement anéantie. Comment se remettre d'un tel traumatisme ? Cet échec supplémentaire lui ôte toute volonté de se libérer du joug qui lui a été inculqué depuis son enfance.

Elle ne sait plus à quel saint se vouer pour trouver de l'aide dans sa réflexion. Du côté de ses enfants, les jumeaux qui sont la prunelle de ses yeux sont profondément investis dans leur école d'excellence. Elle préfère éviter de leur ajouter ses problèmes personnels à leurs préoccupations déjà nombreuses. Ils ne comprendraient pas.

Quant à son fils aîné, Michaël, leurs rapports sont devenus compliqués depuis plusieurs mois. Accro aux jeux d'argent, le jeune homme d'à peine 23 ans s'est installé à Las Vegas avec sa petite amie, Irina Jackmann, dont la famille possède l'un des casinos les plus luxueux de la ville. Il a quitté New York et son école de théâtre tant rêvée pour cette vie bling-bling.

— Mon pauvre fils si sensible doit se faire rouler dans la farine comme moi, j'en suis persuadée ! se dit Rachel, en pensant à sa girl friend, inconnue jusque-là.

Rachel ne peut donc pas demander de conseils à ce fils qui a longtemps été son confident et qui a toujours été présent avant son départ à l'étranger, s'interposant entre son père et elle pour la défendre quand il devenait violent.

Guidée uniquement par les avis partagés de ses deux amis les plus proches, Héléna et Brice, Rachel réalise que la décision ultime lui appartient en totalité. Personne d'autre ne peut la prendre à sa place. Cette fois-ci, elle doit agir plutôt que d'attendre que le destin tranche pour elle. Elle se prépare donc à affronter l'homme qui suscite en elle tant d'ambiguïtés, tout en laissant éclore des rêves prometteurs pour l'avenir : Amir.

Certes, le chemin à parcourir demeure incertain, mais sa détermination demeure inébranlable. Elle saura puiser en elle la force nécessaire pour écrire un nouveau chapitre de sa vie. Elle est bien déterminée à laisser derrière elle les mensonges et les déceptions qui ont jalonné son passé pour repartir sur des bases saines et solides.

La magnifique propriété d'Héléna

20

Après ses effusions passionnées avec Amir et les échanges amicaux de la veille avec Héléna puis avec Brice, Rachel se trouve déchirée entre l'envie de pardonner et une profonde rancœur. Elle a rendez-vous avec Amir aujourd'hui, ce qui provoque en elle un tumulte incontrôlable. Comment oublier sa fourberie qui a assombri leurs retrouvailles idylliques ? Comment ne pas lui en vouloir ? Comment faire comme si rien ne s'était passé ? Ce qui est certain est qu'elle aspire à voir la vie en rose en dominant la situation et en proclamant haut et fort « C'est moi qui dis quand, c'est moi qui dis où, c'est moi qui dis comment ! ».

A l'affût de tous les atouts pour que cette journée débute sous de bons auspices, Rachel mise sur le pouvoir des couleurs. Elle entreprend des recherches pour déterminer la couleur qui fera succomber Amir à son charme. Elle écarte le bleu censé apaiser et chasser le stress, le vert qui favorise la tranquillité et un retour à la nature, le jaune réputé pour stimuler la concentration et l'organisation, et l'orange supposé chasser les idées sombres, stimuler la bonne humeur et l'intellect. Elle retient finalement le rouge. Cette couleur éveille les sens physiques et les passions les plus profondes, comme le désir, l'amour, la sensualité. Elle suscite les émotions et incite à agir, comme un billet pour un voyage vers l'inconnu. Bien que ce ne soit pas sa couleur favorite car elle ne s'harmonise pas avec le roux de ses cheveux, peu importe, c'est ce qu'il lui faut !

Nourrie par l'énergie de l'île de Paros en ébullition permanente, Rachel s'est métamorphosée en une femme avide d'amour. Le rouge semble donc prédestiné à ce nouveau tempérament de feu. Dans une jupe en tulle pour virevolter toute la nuit et un top aux épaules dénudées laissant entrevoir son nombril, elle incarne l'essence des stars de cinéma, confiantes et bien dans leur peau. Ainsi sulfureuse et même un brin déjantée, elle aspire à surprendre l'homme de sa vie avec une allure « Remise des Oscars ». Mais, derrière cette façade rayonnante, se cachent des tourments intérieurs, une inquiétude profonde, voire une pointe de panique. Elle a l'impression que sa vie toute entière repose sur ce simple rendez-vous.

Cette fois-ci, c'est elle qui a choisi le lieu pour affirmer son nouveau pouvoir de décision. Dans la perspective de lui en mettre plein la vue, elle a réservé une table au Fanari Beach à Antiparos, autre île tout aussi magnifique que Paros, où Brice l'avait invitée un soir de blues. De la vue de la piscine, ils s'étaient laissés envoûter par le bleu de la mer tombant amoureux du bleu du ciel qui change de couleur lorsque le soleil commence à se coucher. Elle souhaite faire découvrir cette plage paradisiaque à l'homme de sa vie, malgré la perspective d'une mise au point qui promet d'être houleuse.

Ils doivent se retrouver sur place. L'inquiétude de Rachel grimpe à chaque minute qui s'écoule. Lui, d'ordinaire d'une ponctualité irréprochable, affiche déjà un bon quart d'heure de retard. Et s'il avait choisi de se défiler ? S'il avait décidé, une fois de plus, de disparaître, par lâcheté, l'abandonnant à ses états d'âme ?

Rachel connaît l'aversion d'Amir pour les explications et les règlements de compte qui débouchent de manière inévitable sur des chamailleries et des débats sans fin. Il préfère vivre au jour le jour, avec une philosophie du « sans prise de tête », mantra qu'il lui suggère inlassablement d'adopter. Cependant, pour Rachel, d'une intégrité absolue, d'une rectitude inébranlable, incapable de se résoudre à une situation malsaine, cette approche est inconcevable. Elle avait déjà bravé les recommandations familiales en fréquentant un « arabe », il ne fallait tout de même pas se plier à tout.

Installée au bord de la mer, sous un parasol XXL en paille, Rachel sent des nœuds se former dans son estomac en l'attendant. Impossible d'apprécier le paysage d'une stupéfiante beauté qui s'étale devant elle. Etonnamment, la plage est déserte. Elle comprend maintenant pourquoi certaines personnes ne supportent pas le bruit de la mer. Ce son répétitif et implacable lui semble tout à coup anxiogène, et ces vagues incessantes, ces fracas et ces glissements deviennent une épreuve pour ses nerfs.

D'un œil distrait, elle parcourt le menu alléchant de ce spot sublime. Tout ce qu'elle aime ! Une cuisine méditerranéenne misant sur des poissons fraîchement pêchés, des ingrédients de haute qualité. Amir, féru de grands vins, va certainement se délecter de la sélection des vignobles grecs. Mais son esprit est ailleurs. Elle n'a pas le cœur à ces choses superficielles. Va-t-il venir ? Voilà ce qui la préoccupe.

Soudain, des mains se posent doucement sur ses paupières par-derrière. Elle sursaute puis reconnaît la douceur de cette caresse familière et les effluves boisées mêlées à des notes citronnées du parfum « Eau Sauvage ». C'est lui ! Elle fait volte-face dès qu'il retire ses mains, reste assise tout en le regardant de ses yeux brûlants. Il lui sourit. Elle est au paradis. Il se penche vers elle, la soulève habilement, l'enlace et la fait tournoyer avec la grâce de Ryan Gosling dans la comédie romantique « La La Land ». Elle a tout oublié, les reproches, sa femme, ses mensonges. Elle se laisse emporter, avec bonheur, par l'instant présent. D'un coup de baguette magique, il a balayé tous ses soucis et ses dilemmes. Elle comprend qu'elle ne peut pas lutter, seulement baisser les armes, se rendre, accepter cet amour, sinon il resterait caché au fond de son cœur aussi longtemps qu'elle vivrait.

— Restaurant, Swimming Pool, Bar, Hotel, Beach... Relax... On va être bien, s'exclame joyeusement Rachel, en lisant les panneaux accrocheurs écrits en anglais.

Elle tente maintenant de reprendre le contrôle de la situation. Elle refuse de se laisser influencer par sa présence magnétique. Pourtant, un simple baiser de lui sur sa joue la fait chavirer.

— Alors, qu'est-ce qu'on fait ? Comment tu vois les choses entre nous ? Tu envisages de réaménager avec ta femme ? Explique-moi l'concept… Parce que là, j'suis perdue, demande Rachel, d'une voix posée.

— Honnêt'ment, j'en sais rien. Elle a déboulé à Paris dans mon cabinet d'archi, apparemment.

— Mais, je croyais que c'était elle qu'on avait photographiée dans ton bureau d'Athènes, rétorque Rachel.

— Oui… Mais ensuite, elle est partie direct à Paris. J'ai eu la faiblesse de pas la mettre à la porte. Elle a pris ça pour du consentement.

— Bien sûr ! Pas folle la guêpe ! On sait jamais sur un malentendu… ça peut marcher.

— Oui, elle est maligne… En plus, elle implique Leila. Ma fille est géniale, je l'adore, mais elle soutient sa mère, explique Amir.

— En même temps, c'est pas comme si elle avait deux ans, ta fifille. Elle s'adaptera bien un jour à la nouvelle vie de papa, non ? Tu penses pas ? ironise Rachel.

— Oui… Bien sûr… répond Amir, évasif.

— Moi, j'agis comme ça avec mes enfants. Ils ont pas leur mot à dire sur ma vie privée ! Ils le savent. Et d'ailleurs quand ils me voient heureuse, ils le sont aussi. Donc tout va bien ! C'est une éducation, tu sais… explique Rachel.

— Je suis d'accord avec toi, mais je sais pas comment faire… Je déteste les conflits. Avant, Leila courait par monts et par vaux, on la voyait jamais. Et maintenant que je voudrais qu'elle vole de ses propres ailes, c'est là qu'elle s'accroche à moi. Mais elle m'a tellement manqué, j'ai cru que j'la reverrais jamais. Alors, j'ai tendance à tout lui pardonner, ajoute Amir, embarrassé.

— C'est la voix d'son maître. Elle est manipulée par sa chère mère, analyse froidement Rachel.

— Oui… Je sais. Mais que faire ? Si elle se suicidait, je m'en voudrais à vie. C'est la mère de mon seul enfant.

— C'est du chantage. Elle le f'ra pas ! C'est évident. Mais tu ressens quoi pour elle ? demande Rachel, voulant en avoir le cœur net.

— Rien ! On a dû s'aimer six mois avant notre mariage et dès qu'on a vécu ensemble, c'était la bérézina. Ça fait bien longtemps que je l'ai pas touchée.

— Eh ben, mon vieux, il faut que tu tranches, sinon ça peut durer vingt ans ton histoire. Ou bien… j'ai une idée… lance Rachel, ingénieuse.

— Ah oui, laquelle ? demande Amir.

— Balance-lui quelqu'un dans les pattes. Si elle rencontre un autre homme, elle te fich'ra la paix ! assure Rachel avec de grands gestes.

— Ouh là ! Je suis pas doué pour ce genre de trucs… répond Amir, déconcerté.

— Elle t'a bien quitté pour vivre avec un autre type sans te donner de news. Un autre mec, je te dis, c'est ce qu'il lui faut ! Elle t'embêt'ra plus après, crois-moi !

— Faux… Elle est d'abord partie seule. Elle a rencontré son intégriste d'amoureux après, corrige-t-il.

— Si tu veux… C'est pareil…

— T'as peut-être raison… Mais je sais pas comment t'expliquer.... Je suis incapable d'agir. J'aim'rais que quelqu'un décide pour moi ou que les choses se règlent toutes seules, explique Amir, complètement déboussolé par ce qui lui arrive.

— Je connais ce sentiment. C'est moi qui ai inventé l'concept. Mais on peut se rebeller contre ça. En tout cas, j'ai besoin de savoir ce que tu décides. On va pas faire ménage à trois, hein ?

Désemparée, Rachel reste rêveuse. Comme à son habitude, elle tortille les mèches de sa chevelure rousse qu'elle balance vers l'arrière. Ce qu'elle semble ignorer, c'est que jouer avec ses cheveux, en particulier les mèches, appartient au langage gestuel de l'amour. Ce geste insignifiant se veut une véritable parade. L'art de dégager les cheveux du visage lui permet de dévoiler son cou, d'exposer ses aisselles et de faciliter ainsi la diffusion des phéromones. Tout est dans les cheveux ! Rachel n'en est pas consciente, mais elle adopte des attitudes instinctives destinées à séduire l'autre sexe, en l'occurrence Amir. Et ça marche !

Extrêmement troublé, Amir dépose des baisers successifs et humides sur sa nuque dénudée, dont il respire avec voracité le parfum fruité « Coco Mademoiselle ». Cette fragrance, à la fois orientale, lumineuse et sensuelle, lui fait tourner la tête et le transporte loin des tracas du quotidien. Rachel se laisse faire. Ils s'enlacent avec la fougue de ceux qui se sont retenus pendant longtemps. Ils s'embrassent fiévreusement sans prêter attention aux autres convives qui les regardent avec envie. C'est maladroit et puissant.

A peine remis de ce vertige qu'il doit hélas écourter, Amir entraîne Rachel vers le Beach N'Bar, comme s'il connaissait parfaitement cet endroit où il n'a pourtant jamais mis les pieds. D'un œil averti, il repère immédiatement les corners les plus attrayants de cet endroit mythique.

Ils commandent, en guise de dessert que Rachel qualifie de « raisonnable », une salade de fruits rafraîchissante. En sirotant leurs cocktails, ils ne manquent pas une seconde de la vue sur les eaux cristallines, dans le confort de leurs transats collés l'un contre l'autre. Puis, ils poursuivent ce moment idyllique en s'allongeant sur la plage de sable blanc, enlacés, bouquin en mains et sourire aux lèvres. Les deux amoureux filent enfin le parfait amour !

Les transats de Rachel et Amir

21

— Je sais ce que je veux et ce que je n'veux plus. Je n'ai plus l'intention de subir et d'accepter certaines choses, affirme Rachel avec assurance au cours de sa conversation téléphonique avec Amir.

Avant d'envisager une réconciliation avec lui, elle ressent le besoin impérieux de lever le voile sur son passé obscur qui surgit au moment où leur idylle s'était installée dans une insouciance bienfaitrice. Elle s'interroge sur les caprices du destin qui, de manière récurrente, les rapproche puis les met à l'épreuve. Même si c'est pour tester la force de leur amour, c'est un coup de poignard dans le dos que reçoit Rachel et elle se demande bien comment elle pourra se sortir de cette situation imprévisible.

Elle est disposée à écouter les explications d'Amir et à le croire sur parole lorsqu'il affirme ne plus éprouver d'affection pour cette femme qui s'accroche à lui. Cependant, il lui a caché la vérité pendant tous ces mois de fusion totale, et la pilule est difficile à avaler. Alors, elle en vient à lui poser un ultimatum pour qu'il prenne enfin une décision ferme, ce qui n'est toujours pas le cas. Dans cette attente, elle refuse qu'il s'installe à Sephora et il vit seul dans son bureau-studio d'Athènes, malheureux comme les pierres, suppliant Rachel de partager à nouveau ses nuits avec elle comme avant.

Aujourd'hui, ils ont décidé d'avancer sérieusement dans leur réflexion. Pour en discuter, ils se rendent en ferry au restaurant Mario, situé sur une charmante petite place du port de Naoussa. Un emplacement enchanteur à l'extrémité de la baie, à la décoration minimaliste et raffinée. Le nec plus ultra de la sortie à Paros. La grande terrasse, offrant une vue imprenable sur les bateaux amarrés, ajoute à l'ambiance surréaliste de ce lieu de pèlerinage.

— Cet endroit dégage une incroyable énergie positive, déclare Amir, en respirant profondément l'air marin comme s'il manquait d'oxygène.

Cette valeur sûre est encore une trouvaille d'Amir. Ce dénicheur de bonnes adresses aurait pu diriger l'office du tourisme de Paros ou être guide touristique, tant il déborde d'ingéniosité pour épater Rachel. Il compte bien l'amadouer avec des environnements sublimes qui la mettent dans de bonnes dispositions. Rachel est consciente que l'île de Paros joue en faveur de sa love story avec Amir. La mer, le sable, le soleil sont propices au baisers, aux effusions, à la sensualité. C'est d'ailleurs ici, qu'il y a vingt-quatre ans, elle a vécu sa plus belle histoire d'amour avec le même homme. « Sea, sex and sun Le soleil, au zénith Me surexcite », comme l'a si joliment écrit Gainsbourg.

Amir a réservé une table pour deux, face à la mer. D'une ambiance féérique. Il attend la réaction de Rachel avec anxiété, mais il est bien décidé à tout mettre en œuvre pour la reconquérir. Ce ne sera pas chose aisée, car elle n'est pas à prendre avec des pincettes depuis le retour improbable de sa femme cachée et de leur fille unique, en prime.

Avec ce choix raffiné et original, Rachel ne peut être qu'aux anges. Pour l'occasion, la propriétaire de Sephora a même décidé d'immortaliser cette soirée exceptionnelle avec son appareil photo numérique. Elle classera ces clichés dans son album « Souvenirs à 2 ».

Elle porte une robe blanche toute simple, dos nu, qui laisse à peine entrevoir ses genoux, des lunettes de soleil noires et un chapeau de paille à larges rebords. De son côté, Amir a opté pour un bermuda de couleur bleue, un t-shirt blanc, un pull en coton marine élégamment déposé sur ses épaules en cas de fraîcheur, ainsi qu'un petit bob blanc. Tous deux savourent ce moment privilégié dans ce restaurant en bord de mer. Rien de mieux que la Dolce Vita pour discuter de sujets épineux !

Amir retarde le moment d'aborder le problème et préfère apprécier pleinement cette parenthèse hors du temps. Rachel se laisse faire, peu décidée non plus à entrer dans un énième conflit avec cet homme dont elle est décidément follement amoureuse. Ils consultent avec attention la carte illustrée d'aquarelles, dans les rires et les questions qui fusent sur chaque plat, hésitant entre l'un ou l'autre. Le propriétaire, Mario, vient en personne leur présenter sa cuisine grecque authentique, en expliquant avec une fierté assumée, qu'il travaille uniquement à partir de produits frais, locaux et de qualité, issus de sa propre ferme. Ensuite, il dévoile toute son imagination créative qui lui a valu le rang très convoité de « meilleur restaurant de Naoussa ».

Finalement, Rachel craque une fois de plus pour une salade grecque, mais revisitée par le Chef dans une version façon crumble. Divin, paraît-il ! Amir, quant à lui, jette son dévolu sur le poulpe, un choix quelque peu déconcertant pour Rachel car elle le compare à une pieuvre ou une méduse, à quelque chose d'écœurant en somme. Mais elle n'en souffle mot. Pour le dessert, ils tombent d'accord sur un seul gâteau au chocolat pour deux, Rachel n'ayant plus vraiment d'appétit après ce repas sans faute. Assiette posée au centre de la table, chacun déguste ce succulent moelleux avec ses propres couverts, tout en se dévorant des yeux. Sans le savoir, ils recréent un célèbre extrait de « La Belle et le Clochard », où les deux héros chiens partagent un unique plat de pâtes. Depuis la sortie de ce film de Disney, plus personne ne mange les spaghettis à la bolognaise aux boulettes de viande de la même façon. Alors qu'ils tentent d'attraper le chocolat fondu avec leurs fourchettes respectives, ils se retrouvent à tenir le même morceau qui s'étire en un long ruban, traversant la distance entre leurs deux bouches, tel un spaghetti sans fin. Ils en dévorent chaque bout l'un après l'autre, en se rapprochant peu à peu, jusqu'à ce que leurs lèvres se rejoignent en un tendre baiser, recréant ainsi la magie de cette scène culte du dessin animé.

— On reviendra ! déclare Rachel avec un sourire rêveur.

Trop heureux de constater que Rachel envisage de le revoir, Amir décide d'entrer dans le vif du sujet. Il est grand temps de lui révéler toute la vérité sur son passé qu'il a gardé secret trop longtemps, par crainte de la perdre.

— Je dois te parler de Jasmine…

Le seul fait de prononcer son prénom glace déjà Rachel. Elle y voit une intimité et un attachement qui la font frémir de jalousie.

— Jasmine ? répète-t-elle comme si elle ne savait pas de qui on parlait.

— Oui… Ma femme… Enfin, mon ex-femme… même si on est encore mariés légalement…

— Ton ex-femme ou ta femme ?

— Ça fait un bail que c'est fini entre nous, je te l'ai déjà dit... soupire Amir.

— Vous avez quand même eu un enfant. Elle s'est pas faite par l'opération du Saint-Esprit cette gosse, dit Rachel, incapable de prononcer le moindre mot affectueux, même à propos de sa fille.

— Je t'ai pas parlé d'elle parce que j'avais peur de te perdre. D'ailleurs, c'est ce qui est en train de se passer, je le vois bien à ta tête. Et cet enfant, c'est avec toi que j'aurais aimé l'avoir.

— Tu comptes faire quoi ? Dis-moi la vérité ! insiste Rachel, bien décidée à lui tirer les vers du nez.

— Je dois d'abord t'expliquer ce qui s'est passé. Tu verras que tout ce qui m'est arrivé depuis que je t'ai retrouvée est lié. D'abord, j'étais convaincu que je reverrais jamais Jasmine. Elle était portée disparue depuis des années. Donc pour moi, elle n'existait plus, j'étais sincère.

— Et t'as rien fait pour la chercher ? On se volatilise pas comme ça !

— Si, j'ai essayé ! J'ai signalé sa disparition à la police, mais un adulte a le droit de disparaître. Donc, on m'a envoyé sur les roses, en sous-entendant qu'elle m'avait largué pour un autre homme. J'étais le cocu de service, ce qui a bien fait marrer l'agent qui a pris ma déposition. J'ai donc renoncé à cette plainte.

— Pauvr' chou… dit Rachel, gardant une certaine distance malgré ce premier mot gentil.

— Et c'est justement cette disparition qui m'a mis dans le pétrin pour l'attentat de la conférence. Ma plainte avait été consignée en main courante donc il en restait des traces. Quand les flics et les RG ont épluché les CV de chaque participant inscrit, ils sont tombés dessus. Comme on est musulmans tous les deux, ils ont vite fait le raccourci et en ont déduit que ma femme et ma fille avaient rejoint le djihad. Ils ont imaginé que j'étais complice et que j'étais en phase avec leurs idées. Ils m'ont pris pour une sorte de vigie qui planifiait des attentats terroristes en Europe. T'y crois ? s'exclame Amir complètement effaré par ce manque de chance.

— Ah oui ! C'est graaaave ! répond Rachel, des frissons

plein le corps. Et… du coup, elle était passée où, en fait ?

— Elles étaient parties au Maroc toutes les deux. Comme entre nous, c'était dispute sur dispute, elle a préféré retrouver sa famille, mais sans m'en informer, évidemment. J'ai toujours pensé que les flics savaient qu'elle était là-bas. Ils l'ont peut-être même interrogée, mais ils m'ont rien dit parce qu'ils doivent respecter la confidentialité quand quelqu'un veut disparaître, explique Amir d'une traite.

— Elle aurait pu divorcer d'abord, faire les choses proprement. Peut-être qu'elle essayait de te faire flipper, c'était sa manière de te récupérer, suggère Rachel.

— Ouais… Ben, ça n'a pas marché ! Et quand t'es réapparue dans ma vie, c'était pire encore, parce que je savais que je ne pouvais rien officialiser avec toi tant que j'étais encore marié.

— A quel moment t'as retrouvé sa trace ? demande Rachel, captivée.

— Elle m'a téléphoné… le lendemain de la conférence. Je venais de te retrouver et patatras, voilà qu'elle rapplique ! J'ai cru que j'allais devenir fou, tellement c'était pas de bol. Ça m'a tout gâché ! Je savais pas comment me dépêtrer de ce boulet. J'l'avais pas vue depuis dix ans, onze ans même. J'ai cru qu'elle était morte ! Et voilà qu'elle refait surface parce qu'elle a besoin de moi et surtout de mon fric.

— Elle te fait du chantage ? C'est ça ?

— Oui… En fait, j'ai appris la vérité après, grâce à Leila qui m'a tout raconté… Elles ont vécu un peu l'histoire du film « Jamais sans ma fille ». Tu l'as vu ce film ?

— Oui, bien sûr ! J'ai adoré ! Ça m'a vraiment marquée ! Avec Sally Field…

— J'ai eu beaucoup de peine pour ma fille, bien sûr, parce que c'est ma fille et que je l'aime. Mais j'ai jamais compris dans quel guêpier Jasmine s'était fourrée ! J'aurais pu porter plainte pour enlèvement d'enfant, mais j'ai pas voulu en arriver là. Je préfère laver le linge sale en famille. Et puis, je me disais que Leila grandirait et qu'elle finirait par me retrouver parce qu'on était très proches tous les deux quand elle était petite. Je lui laissais faire à peu près tout ce qu'elle voulait. Je la couvrais même par rapport à sa mère.

— Ah oui ? T'es comme ça, toi ? s'étonne Rachel.

— Oui… Par exemple, quand elle avait une dizaine d'années et qu'elle voulait passer le week-end chez une copine, elle mettait une jupe longue avec des collants opaques et un chemisier col Claudine bien sage. Mais je savais qu'en-dessous, elle avait une robe mini pour imiter Britney Spears. Sa mère se rendait compte de rien. Leila n'a jamais pu supporter son côté strict et coincé. Et moi, je disais rien évidemment.

— Pourtant sur les photos, elle a plutôt l'air moderne ta Jasmine, s'étonne Rachel.

— Maintenant oui, mais pas à cette époque… Elle a beaucoup changé, répond Amir en reprenant son souffle.

— Et alors… Qu'est-ce qu'elle est devenue ? J'ai hâte de connaître la suite… C'est un vrai roman, ton histoire.

— A Marrakech, Jasmine s'est mise à fréquenter un cercle de philosophie sur l'islam. Et là, elle a rencontré un type dont elle est tombée amoureuse. Evidemment, moi je savais toujours rien de tout ça. Elle a toujours menti comme elle respire…

— Pour une religieuse, c'est pas très politiqu'ment correct… rétorque Rachel qui plaide à charge contre cette femme qu'elle ne connaît pas mais qu'elle déteste comme une rivale.

Amir poursuit ses explications sans relever les critiques acerbes de Rachel qu'il trouve légitimes d'ailleurs.

— Ce mec, c'était un intégriste musulman qui a voulu tout de suite la façonner à sa manière, la mettre dans un moule. Il l'a forcée à porter la burqa… à réciter les prières et tout l'tralala... ... C'était un intello... Ingénieur ou un truc de ce genre. Un jour, il est parti en séminaire en Allemagne et Jasmine en a profité pour fuir le Maroc et se libérer de son emprise.

— Ah oui... C'est l'histoire de « Jamais sans ma fille », t'as raison ! Elle a dû avoir la trouille de sa vie, commente Rachel avec une nouvelle compassion.

— Oui... Je crois... Mais moi, j'ignorais tout ça. Je l'ai appris après, quand Leila me l'a raconté. Le type a lancé un mandat de recherche contre elle, mais comme ils se sont pas mariés en France, il n'a aucun droit. C'est un fou furieux !

— Ah, mais ils se sont mariés ? demande Rachel stupéfaite.

— Oui, ils ont fait un mariage religieux. Il l'a exigé... Mais ça n'a aucune valeur. En plus, elle était toujours mariée avec moi légalement.

— Ah oui, un mariage religieux, ça n'a aucune valeur juridique, confirme Rachel.

— Je faisais la sourde oreille quand elle a voulu venir me voir à l'île de Paros, d'autant que je t'avais retrouvée. Jusqu'au jour où elle m'a mis la pression. Elle m'a menacé de se jeter par la fenêtre si je rev'nais pas vivre avec elle.

— Elle est givrée, ma parole ! C'est elle qui se tire et après elle revient comme une fleur. Mais elle se prend pour qui, celle-là ? Je vais lui remettre les pendules à l'heure, moi, elle va voir.

— Non ! Tu n'vas rien faire ! C'est à moi d'agir ! répond Amir.

— Evidemment ! Je dis ça comme ça... C'est pas mon genre d'intervenir de cette manière... le rassure Rachel.

— Comme je savais qu'elle me suivait, j'ai préféré ne plus te voir. J'avais trop peur qu'elle te fasse du mal. Elle est prête à tout pour obtenir ce qu'elle veut, je l'sais, explique Amir.

— C'est pour ça que tu répondais plus ? demande Rachel.

— Oui… Et les photos que tu as, c'est le seul rendez-vous que je lui ai donné. Il valait mieux qu'on se rencontre à Athènes plutôt qu'à l'île de Paros. Elle aurait pu croiser des gens que je connaissais. Elle est arrivée chez moi, remontée à bloc ! Je lui ai expliqué que c'était trop tard, qu'elle avait voulu partir et que maintenant, il était hors de question que je revienne vivre avec elle.

— Tu lui as parlé de nous ? demande Rachel, en l'interrompant.

— Non, j'ai pas voulu tout mélanger. Et elle ne devait pas penser que je la laissais à cause d'une autre. Même sans toi, je ne serais pas rev'nu avec elle.

— Ah je préfère ça ! J'ai jamais voulu être une briseuse de ménage. C'est pour ça qu'il m'a toujours été impossible de fréquenter un homme marié.

— C'est tout à ton honneur, répond Amir.

— Mais comment expliques-tu que tu l'embrasses sur la photo ? demande Rachel.

— Je l'embrasse pas ! Elle s'est collée contre moi en pleurant, je savais vraiment pas quoi faire. Je voulais juste la calmer pour qu'elle parte.

— Tu vois comme quoi on peut interpréter des choses sans savoir. Pardon d'avoir douté de toi… dit Rachel.

Amir pousse un grand soupir puis développe son discours comme s'il voulait se débarrasser d'un lourd fardeau.

— Malgré mes aveux très clairs sur ce que j'pensais d'elle, elle a débarqué dans mon cabinet d'archi à Paris et dans notre appart. Apparemment, elle a tout vidé. Elle a embarqué les choses les plus précieuses, des tableaux, des bibelots, des bijoux…

— Qu'elle prenne ! Et surtout qu'elle nous fiche la paix ! s'exclame Rachel, scandalisée par ce genre de comportement.

— Je suis d'accord avec toi. Bref, j'ai entamé une procédure de divorce, mais ça risque d'être long. En plus, je vais m'appauvrir. On était mariés sous le régime de la communauté des biens… Normal, vu qu'on était étudiants quand on s'est mariés et qu'on n'avait pas de biens, ni l'un ni l'autre. Mais du coup, elle peut récupérer la moitié de mon patrimoine, même de ma société. Ce qui est dégueulasse parce qu'elle a jamais travaillé d'sa vie… mais c'est comme ça ! C'est la loi ! Ça, plus les frais de procédure, t'imagines ce que ça représente comme budget ?

— Oui… Je te rappelle que j'ai divorcé moi aussi, précise Rachel.

— Je voudrais obtenir un arrangement à l'amiable en lui donnant ce qu'elle réclame. Le but, c'est que j'en sois débarrassé le plus vite possible et que je sois enfin libre, ma Rachel. Libre de vivre avec toi au grand jour. Je t'aime tellement ! Tu me pardonnes ? Dis ! Tu me pardonnes de t'avoir caché ça ? J'ai tell'ment cru que j'la reverrai jamais que j'étais sincère… Ça faisait si longtemps qu'elle ne donnait pas signe de vie, que j'avais fini par oublier qu'elle existait. C'est l'histoire de l'attentat qui a remis de l'huile sur le feu, j'en suis sûr…

Rachel ne peut plus contenir son émotion face à ce récit romanesque au possible. Décidément, le fait qu'Amir soit musulman n'a pas simplifié sa vie. Elle saisit les mains de cet homme blessé et les embrasse une à une. Puis, les glissant derrière son dos, elle frissonne au contact de leur chaleur contre son corps. Elle se blottit contre sa poitrine aussi étroitement que possible. C'est un délice de se sentir prisonnière de ses bras amoureux et protecteurs. Au bord du vertige, en levant les yeux, elle découvre son regard embué. Amir est le seul homme à pleurer aussi facilement. Il est habité par une sensibilité très féminine tout en dégageant une virilité irrésistible qui fait craquer la sensible Rachel. Elle se hisse sur la pointe des pieds pour atteindre ses lèvres et dépose un baiser langoureux qui en dit long sur son amour pour lui. Elle n'aurait jamais rêvé une fin aussi merveilleuse à cette épopée fantastique que lui a contée Amir. Un dénouement totalement en sa faveur. Elle a gagné !

Elle patientera jusqu'à l'acceptation de sa demande de divorce. En attendant, elle laissera à Amir le soin de gérer la situation, prête à l'épauler si besoin, mais sans s'immiscer dans cet épisode qui leur appartient à tous les deux.

Pour Rachel et Amir, seul l'avenir compte, et non ce sombre passé. Ensemble, ils effaceront les tempêtes qu'ils ont traversées, en grande partie à cause de Rachel. Elle se sent responsable de cette perte de temps, puisqu'elle n'avait pas accepté ce premier amour magnifique qui s'offrait à eux, en raison de leurs différences religieuses. Aujourd'hui, elle a largement dépassé ces préjugés. Peu importe l'opinion publique ! Ils s'aiment et c'est une bénédiction divine. Ceux qui ne veulent plus les côtoyer, tant pis pour eux. Leur bonheur avant tout !

Naoussa, Paros, Grèce

22

— Dans 24 heures, je serrerai Madame Hayat dans mes bras…

Amir trépigne d'impatience à l'idée de ce grand jour. Il n'en revient pas d'épouser la femme de sa vie, Rachel ! Il l'avait demandée en mariage lorsqu'ils n'avaient que dix-huit ans pour elle et vingt ans pour lui. C'est seulement vingt-sept années plus tard qu'il parvient enfin à réaliser ce rêve fou, le mariage entre une juive et un arabe.

Pour relâcher la pression, il se lance dans sa « rando » matinale quotidienne. Amir a toujours eu une attirance particulière pour l'endurance et pratique natation, tennis, ski, marathon, golf… En réalité, Amir est bigorexique car il souffre d'une dépendance au sport. Addiction assez difficile à accepter et à partager pour son entourage, notamment pour Rachel qui ne le suit que sur de petites performances, balades à vélo, longueurs de piscine, footing...

Marcher entre mer et montagne, un plaisir toujours renouvelé pour Amir, un privilège qu'il savoure presque quotidiennement, avant son café au bar du matin. Cette île grecque, aux paysages enchanteurs, regorge de trésors naturels. Niché au cœur de l'île, le centre de Paros propose des multitudes de sentiers pour les amateurs de randonnées en montagne. Vivre à l'île de Paros est une chance inestimable qu'il apprécie plus que jamais. Pour lui, c'est l'île du bonheur, l'île qui a sacré son amour pour Rachel.

Il aime orchestrer ses journées avec la précision d'un horloger, une habitude qui pourrait frôler la maniaquerie. On est loin des to-do list de Rachel qui doit se recadrer régulièrement pour accomplir les tâches importantes et atteindre ses objectifs. L'un est méthodique et routinier, l'autre est créative et foisonne d'idées. Pourtant, cette union fait étrangement bon ménage.

Rachel tient à respecter scrupuleusement la tradition de passer la nuit seule, sans son futur mari, la veille du mariage. Shana, de l'agence « Shana Wedding Planner », devenue son amie après la Pink Party de Naxos, lui a prodigué un avis précieux :

— Reste zen ! Le plus important est de créer un événement à ton image, entourée uniquement de ceux qui t'aiment !

La future mariée a souhaité suivre ce conseil à la lettre, mais malgré cela, elle se retrouve avec près d'une centaine de convives, charmés par l'idée de ce mariage en Grèce. Parents, enfants, meilleurs amis venus de France, mais aussi représentants de la communauté juive, ont tous fait le déplacement pour l'occasion.

Paul, son ex-mari, s'est déclaré fou de rage, par un mail incendiaire, qualifiant cette cérémonie de « grotesque » à l'image de sa « folle » d'ex-femme. Elle n'a même pas daigné lui répondre, le laissant ruminer sa haine et sa rancœur. Il papillonne de moins en moins, l'âge venant, l'embonpoint et la calvitie avec. Il se retrouve seul et bourré de regrets d'avoir laissé filer sa femme. Il ferait presque pitié à la bienveillante Rachel.

Les invités sont arrivés progressivement au cours des derniers jours. La plupart d'entre eux ont loué des appartements, tandis que d'autres séjournent à l'hôtel. La famille de la mariée a élu domicile à la villa, assez gigantesque pour accueillir un « bataillon », comme dit Rachel. Les jumeaux, Lisa et John, retrouvent avec bonheur leur frère aîné, Michaël, qu'ils n'ont pas revu depuis sept longues années. Ils papotent et se chamaillent comme du temps de leurs 10 ans. Quant à ses amies inséparables de Lyon, Shana, Priscilla, et Jessica, elles partagent une petite maison en bord de mer pour une semaine et sont excitées comme des puces à l'idée de ce grand jour. Elles ne font qu'y dormir, tellement elles sont comblées de partager chaque moment des préparatifs avec Rachel. Sephora bourdonne de rires sonores et de cris joyeux. Rachel a rempli son cocon de tous ceux qu'elle aime. Quel bonheur ! C'est à n'y pas croire !

Batshevah, la maman de Rachel, s'émerveille devant cette splendide résidence qu'elle découvre enfin. Son père, Jacques, affectueusement surnommé « Coco », demeure toujours aussi fair-play, s'abstenant de tout commentaire désobligeant concernant le parrain de Rachel, qui n'est autre que l'ex-amoureux de sa chère épouse et le père biologique de Rachel. Le temps a fait son œuvre et il y a prescription. Quoi qu'il en soit, il a toujours considéré Rachel comme sa propre fille, et même dans les cas de discordes, il ne lui a jamais jeté à la figure, sa non-filiation. Elle lui en est profondément reconnaissante, maintenant qu'elle a découvert la vérité sur ses origines. Rachel a pu enfin digérer l'annonce tonitruante de sa mère. Elle l'avait blessée au début, mais elle la perçoit maintenant comme un atout en or. En fait, elle se trouve chanceuse d'avoir eu deux hommes protecteurs à ses côtés : l'un incarnait le quotidien, la sagesse et la raison, tandis que l'autre symbolisait l'été, la liberté et la folie. Même si elle ignorait que son parrain était en réalité son père, elle a toujours ressenti une complicité et une symbiose absolue avec lui. Le lien du sang devait parler.

Rachel garde Pénélope par pure gentillesse, car elle commence à se demander si une simple femme de ménage, plutôt qu'une gouvernante à temps plein, ne serait pas suffisante pour s'occuper de la villa. Elle doit également employer un jardinier-paysagiste et un responsable pour l'entretien de la piscine, sans oublier divers prestataires ponctuels, bûcheron, peintre, entre autres… Une vraie entreprise à gérer, ce qu'elle déteste, l'administration n'étant décidément pas son fort. Mais elle s'est laissée convaincre par sa mère et a décidé de ne pas se séparer de celle qui s'est occupée de son parrain jusqu'à ses derniers jours.

— C'est pas facile de trouver quelqu'un comme elle. Elle repasse même les torchons ! s'est exclamée Batshevah pour défendre le rôle de Pénélope.

Parallèlement, Batshevah et Salhia, les deux belles-mères, ont flashé l'une pour l'autre. Elles se vouent une admiration mutuelle sans bornes et se comprennent à 100%. Elles partagent leurs bons tuyaux pour une maison impeccable ou des recettes de cuisine à tomber. Seule source de chamaillerie, le couscous, chacune défendant avec conviction que le sien est incontestablement le meilleur au monde. Pour les réconcilier, une brillante idée a germé dans l'esprit de Rachel : créer une recette mixant les astuces de l'une et de l'autre, à publier sur ses réseaux sociaux. Les deux complices ont découvert avec enthousiasme le résultat de cette expérience culinaire originale. Ce projet tombait à pic pour Rachel qui avait pris un sacré retard sur ses publications vidéos. Elle craint de perdre des abonnés si elle ne communique pas plus assidûment. Depuis qu'elle a retrouvé Amir, son esprit est imprégné de lui, et elle peine à se focaliser sur quoi que ce soit d'autre que ce doux vertige de l'amour.

Couscous façon Salievah (un mélange de Salhia et Batshevah pour ne pas faire de jalouse)

Rachel termine sa vidéo en partageant ses bons plans, comme toujours :

Le secret ?

- une semoule ultra légère qu'il faut travailler pendant des heures, en la roulant avec de l'eau tiède mélangée à du safran. Reproduire l'opération 3 fois de suite, en laissant évaporer dans une couscoussière pendant une demi-heure entre chaque étape.

- Légumes du marché et viandes du meilleur boucher.

Mon conseil : déguster le couscous avec de la pastèque et du raisin.

Le tandem Salhia/Batshevah adhère à la version particulièrement originale de ce plat mythique qui fédère traditions juive et musulmane. Et si le couscous devenait le totem de l'union entre Rachel et Amir ? Mettre un terme aux conflits grâce à la gastronomie et se réconcilier autour d'un bon repas, voilà un magnifique objectif qui ne semble plus du tout utopique.

Rachel est rayonnante. Le bonheur lui sied à ravir !

*

Ile divine

Amir occupe, depuis quelques jours, son bureau d'Athènes, où il héberge ses parents, son ami d'enfance Abel, choisi comme témoin, ainsi que deux cousins venus de Paris pour quelques jours à l'île de Paros. Ils ont joint l'utile à l'agréable en ayant planifié leurs vacances autour du mariage. Compte tenu de la petite taille du studio, il a acheté des matelas gonflables, cédé son lit à ses parents, et dort sur le canapé. Il règne la même excitation contagieuse dans les deux résidences d'Amir et de Rachel.

Parmi les invités, le jour des noces, se joindront les Pariens, les habitants de l'île de Paros, voisins ou nouveaux amis du couple. Héléna sera là, bien sûr, ainsi que le maître d'hôtel de leur resto préféré, le « proprio » du bar du matin, les connaissances d'Amir et même les commerçants fidèles, comme l'épicier et le boulanger… En dressant cette liste, Rachel a pu revivre tous les merveilleux moments de leur rencontre, de leurs parenthèses merveilleuses et de leurs rendez-vous inoubliables. Des instants souvent simples qui, grâce à la magie d'Amir, se sont métamorphosés en souvenirs voluptueux.

C'est l'effervescence sur l'île pour le mariage de l'année ! En dehors de la période touristique, Paros s'empare d'une toute autre atmosphère et se réduit à un village intimiste et paisible. Les rues qui, l'été, résonnent du bouillonnement de millions de visiteurs, laissent place au rythme régulier des résidents qui se connaissent tous et se disent bonjour à chaque fois qu'ils se croisent. Les ruelles étroites, les places ombragées et les petites boutiques retrouvent le charme authentique et traditionnel de ceux qui ont fait de cette île leur chez-soi. Le mode loisirs se réinvente en mode laborieux, avec des habitants vaquant à leurs occupations, des enfants allant à l'école, des familles se réunissant le dimanche… La vraie vie reprend. Rachel ne soupçonnait pas un instant que cet endroit aussi remuant l'été, puisse se transformer ainsi, en un coup de baguette magique, quasiment du jour au lendemain. Elle qui n'avait connu que la frénésie estivale bruyante et tapageuse de l'île apprécie encore davantage sa nouvelle patrie hors saison.

Rachel a veillé à ne pas froisser certaines personnes qui étaient proches de son parrain et leur a envoyé un faire-part, même s'ils ne font pas partie de son cercle d'amis.

Pénélope, aux premières loges, assure avec brio l'intendance de la villa Sephora. Elle excelle dans cette mission. Rachel bénit sa présence en un moment pareil, car elle n'aurait jamais pu s'en sortir seule Elle s'amuse de voir Batshevah se quereller avec elle pour régner sur la cuisine. Cet endroit est le domaine de chacune, difficile de les en exclure. Finalement, elles parviennent à s'entendre et discutent recettes typiques et tâches ménagères.

— Mamili, t'es mon invitée. Pour une fois, repose-toi. Ne fais rien ! Va te promener avec Papili, supplie Rachel.

— Ah, mais tu vas pas bien, ma fille ? A quoi je sers alors ? rétorque Batshevah en faisant tourner son annulaire sur sa tempe pour signifier à sa fille qu'elle est « zinzin », comme elle dit souvent.

Rachel, constatant que mettre la main à la pâte lui procure autant de plaisir, renonce à la convaincre de se laisser aller à l'oisiveté. De toute façon, elle en serait incapable.

*

La victoire de l'amour

C'est le grand jour ! D-Day !

Rachel rêvait d'un mariage juif avec l'homme de sa vie. Son amour pour elle est si profond qu'Amir a accepté sa demande sans la moindre hésitation. Comme il est circoncis, Rachel a pu obtenir l'autorisation de célébrer leur union au sein d'une synagogue libérale, moins stricte en termes de critères religieux qu'une synagogue traditionnelle. Quel pied de nez aux détracteurs hostiles à leur union !

La cérémonie est officiée par Brigitte Horvilleur, une amie de longue date de Rachel, écrivaine et femme rabbin française affiliée à l'organisation juive libérale « Judaïsme en mouvement ». Elle est donc habilitée à célébrer un mariage non conventionnel au sein de la synagogue. Rachel lui a réservé la dépendance de Sephora qu'occupait Brice, pour une seule nuit, en raison de son agenda surbooké. Évidemment, ce mariage mixte sensationnel attire l'attention de la presse politique en Israël ainsi que de nombreux médias à travers le monde, dont la France.

La synagogue Etz Chaim, également connue sous le nom de synagogue Ioannina, se dresse majestueuse au 8 rue Melidóni, dans le quartier de Thissío à Athènes. C'est ici, au cœur de ce monument chargé d'histoire, que se célèbre la consécration de l'amour entre Rachel et Amir, qui réunit deux cultures souvent en opposition, juive et arabe, tels le yin et le yang, le noir et le blanc, le jour et la nuit, le feu et la glace.

La foule, sur son 31, se presse dans une cohue innommable malgré les efforts des deux hôtesses qui tentent de faire respecter l'ordre. De nombreuses places ont été préalablement réservées et payées par quelques généreux donateurs, en soutien à la communauté juive.

Des chants liturgiques s'échappent des orgues, dont l'éclat de l'étain et du bois a été ravivé spécialement pour l'événement. Ils sont entrecoupés de pauses soigneusement étudiées pour susciter le suspense, comme un prélude à l'émotion à venir. Au cœur de la salle, richement ornée d'éléments décoratifs opulents qui reflètent la finesse de l'architecture en bois peint et des plâtres mudéjars, trône la Houppa, le dais traditionnel évoquant une arche de cérémonie laïque.

Soudain, la Hatikva, l'hymne national israélien, enveloppe l'assemblée dans un calme collégial, empreint de respect pour ce chant d'espoir et de recueillement. Les paroles de « Yerushalaim shel zaav » bouleversent littéralement les participants. La mélodie résonne en écho, à travers les murs de pierre et les vitraux qui racontent l'histoire de l'Ancien Testament. Yossi Azoulay, le chanteur israélien catalogué « chanteur de mariage », enchante l'auditoire par son interprétation de « Boi Kala », une adaptation de la chanson « Con te partirò » d'Andrea Bocelli, avec des paroles appropriées à une cérémonie juive. Idéale pour créer une ambiance chair de poule. Une chorale de jeunes garçons, vêtus de costumes noirs et de chemises blanches, entonne le chœur, déclenchant ainsi un frisson général parmi les participants, quel que soit leur âge.

Les femmes portent toutes un châle blanc sur leurs épaules, tandis que les hommes sont coiffés de la même kippa blanche. Ces deux accessoires en satin brillant, offerts par deux jeunes-filles à leur arrivée, sont élégamment brodés des initiales « R A » (pour Rachel et Amir).

La musique d'opéra continue de se répandre dans cet édifice monumental, dont la taille démesurée rappelle celle d'une cathédrale. Elle envahit l'auditoire, séparé en deux, à gauche par les hommes et à droite par les femmes. La salle immense est tellement bondée que quelques femmes et enfants ont trouvé refuge au balcon. Les invités se laissent emporter par cette symphonie grandiose. Un orchestre composé de violons, de violoncelles et de quatre tambours donne de l'ampleur à la voix de ténor du chanteur, ajoutant une dimension encore plus bouleversante à sa performance.

*

L'arrivée des mariés

Amir fait son entrée, d'un pas déterminé. Conscient qu'il n'est pas la vedette de cette journée et que les convives attendent impatiemment l'arrivée de la mariée, il traverse la longueur de la synagogue en un temps record. Peut-être est-il également pressé d'accueillir sa promise. Vêtu d'un smoking impeccablement équipé d'un nœud papillon très protocolaire, il dégage un charisme étonnant. La veste est entièrement recouverte d'un talith blanc aux longues franges. Ce châle de prière est lui aussi brodé aux initiales « R A ». La kippa blanche, posée sur ses cheveux noirs jais, est du plus bel effet. Les femmes lui jettent des regards de convoitise à faire pâlir de jalousie Rachel. Heureusement pour elle, elle n'assiste pas à ce défilé. Quoi qu'il en soit, Amir n'a d'yeux que pour elle, n'attend qu'elle. Son cœur bat à cent à l'heure. Vivre la magie de cet endroit sacré empreint de solennité, pénétrer dans une synagogue pour la première fois en étant le « héros », s'unir à celle qu'il aime depuis sa jeunesse et enfin épouser une juive, lui, l'arabe dont on ne voulait pas... Tous ces ingrédients réunis donnent un mélange détonant.

Le futur marié est suivi de son ami-témoin, Abel, et de ses parents. Il marche jusqu'à la Houppa, en attendant l'arrivée de la mariée. Le dais nuptial a été imaginé par Brice. En designer, il a dessiné cette arche spectaculaire, abondamment fleurie de roses blanches exclusivement. Un véritable investissement qu'il a offert à sa chère et tendre amie.

Tel un rayon de lumière, Rachel apparaît dans une tenue peu conventionnelle mais tout simplement divine. Elle apporte avec elle une émotion visible qui transcende la cérémonie. Elle traverse le tapis blanc de l'allée centrale au bras de son père, fier d'un tel honneur, sous les regards médusés d'admiration des invités. La jeune femme est somptueuse dans une robe blanche rétro, ornée de manches longues à volants et de broderies anglaises. Pas de traîne pompeuse, mais un voile aérien recouvre sa chevelure rousse, habilement relevée en un chignon souple, laissant quelques boucles glisser sur ses épaules.

Après une longue marche lente et princière, Rachel arrive enfin à la hauteur d'Amir, ému aux larmes. Ils se regardent et l'expression de leurs visages exprime l'intensité de l'émotion qui les submerge. Amir s'approche lentement d'elle pour relever son voile. Ce geste symbolique signifie qu'il souhaite vérifier qu'il s'agit bien de son épouse. Cette tradition fait sourire intérieurement Amir, mais lui permet surtout de découvrir avec joie, le visage lumineux et impeccablement maquillé de sa chérie.

Le marié soulève ensuite son talith et enveloppe la mariée comme signe de protection.

*

L'échange de vœux entre Rachel et Amir

Amir retire délicatement le talith de la tête de Rachel et lui chuchote à l'oreille que le moment est venu de leur échange de vœux. Intrigué, le public essaie de tendre l'oreille. Le vidéaste, à l'affût du moindre instant crucial, s'approche de leurs visages, espérant enregistrer leurs paroles malgré leur discrétion. Bien que les mots demeurent inaudibles pour l'assistance, il est indiscutable qu'un expert en lecture labiale pourrait décrypter leur conversation en observant attentivement leurs lèvres, s'il parvient à les filmer. Rachel possède une parfaite maîtrise de la langue des signes qu'elle a pratiquée avec Rébecca, sa sœur née sourde-muette. Elle est donc habituée à lire sur les lèvres. Par mesure de précaution, elle tire son voile de tulle devant leurs visages pour garantir que leurs déclarations restent confidentielles, conformément au souhait d'Amir. Elle tient à respecter sa volonté.

A côté de cette mise en scène royale orchestrée par Rachel et surtout par Brice, Amir aspirait à s'accorder un moment de grâce. Il a ainsi préparé un discours brûlant d'amour, destiné à Rachel et à elle seule. Cette dernière frémit d'impatience à l'idée de ce moment privilégié en cette journée extraordinaire. La rabbine avait été informée de cet aparté entre les deux époux, afin qu'elle attende la fin de leurs déclarations respectives avant de poursuivre la cérémonie religieuse. Ils ont appris, tous les deux, leurs textes par cœur pour les prononcer parfaitement, sans avoir besoin de notes.

Amir commence.
« Je t'aimerai éternellement...
J'ai attendu ce moment pendant 27 longues années.
Chaque instant, chaque épreuve, tout a laissé une trace indélébile en moi.
Mais aujourd'hui, cette empreinte prend une nouvelle forme, elle devient l'âme de ce moment, la vérité de ta présence et l'indicible de ta beauté.
Tout ce que nous n'avons pas pu saisir sur le vif lorsque nous étions jeunes, submergés par nos émotions, reste gravé à jamais dans nos souvenirs.
Et tout ce que nous allons vivre ensemble, chaque aventure à venir, me comble de bonheur et de gratitude.
À toi, ma belle Rachel, pour l'éternité. »

Rachel a du mal à retenir ses larmes. Pourtant, elle doit, à son tour, prononcer un discours qu'elle a voulu bref et sobre. En effet, le public pourrait s'agacer de ne pas prendre part à ce clou du spectacle. Elle tend ses deux mains vers celles d'Amir qu'elle tient tendrement en le fixant droit dans les yeux :

« Amir, mon cher et tendre amoureux.
Tes mots sont plus précieux que tout.
Que la route a été longue pour atteindre ce nirvana, ce bonheur absolu de m'unir à toi pour la vie !
Nous avons dû lutter contre des préjugés ancestraux pour vivre notre amour au grand jour.
Il m'a fallu du temps et d'amères expériences pour comprendre que nos destins étaient liés.
Je te demande pardon si je t'ai fait souffrir, mon doux, mon tendre, mon merveilleux amour.
Mon cœur déborde de joie et de reconnaissance en cet instant.
Je t'aime de tout mon être et je suis impatiente de partager chaque moment de notre avenir ensemble.
Notre amour est une bénédiction que je chérirai éternellement, tout comme toi.
À nous, pour toujours. »

Les mariés s'engagent face-à-face, laissant de côté les formalités et les textes officiels. Leur promesse est si sincère que les mots émanent de leur cœur, ce qui les rend infiniment plus précieux que toutes les prières du monde.

Espiègle et coquette, Rachel se tourne vers le photographe qui les mitraille pour obtenir un splendide portrait de leur couple.

— N'oublie pas d'appuyer sur le bouton « yeux rouges »… lui lance-t-elle.

Amir éclate de rire, allégeant ainsi l'atmosphère sacrée. Ensuite, il reprend son sérieux sous le regard réprobateur de l'assistant rabbin. La cérémonie peut reprendre son cours après cet interlude personnel. Amir et Rachel ont scellé leur union avec leurs propres engagements et un contrat moral.

Les deux époux rejoignent ensemble la Houppa où les attend la rabbine. Ils partagent une coupe de vin qu'elle a bénie au préalable.

Enfin, vient le moment tant attendu d'échanger les alliances, sous le regard impressionné de leurs deux témoins, Héléna et Abel, les amis d'enfance de Rachel et Amir. Amir passe l'anneau à l'index droit de Rachel, en récitant d'une voix tremblante d'émotion :

— Tu m'as consacrée par cet anneau selon la loi de Moïse et d'Israël.

Puis il enfile le sien. Les bagues ont été offertes par Héléna. Elle a tenu à respecter la tradition en choisissant des joncs en or sans fioritures. Cependant, elle a ajouté son petit grain d'ingéniosité en gravant leurs prénoms ainsi que les deux dates de leur rencontre et de leur union. 27 ans les séparent.

Ensuite, la rabbine lit le contrat de mariage, la Ketouba, que les mariés et les témoins signent. Vient la lecture des sept bénédictions du mariage, les Sheva Brahots, devant une autre coupe de vin. Amir chuchote en plaisantant à Rachel :

— On va finir complèt'ment pompètes, si ça continue comme ça…

C'est alors qu'Amir se lance dans une scène qu'il attendait impatiemment, l'ayant déjà vue dans des films. Il brise un verre avec son pied droit sous la Houppa. Ce bruit est lié à une superstition : plus il est fort, plus il est censé éloigner les esprits malveillants. Ils en ont grand besoin, tous les deux, après avoir vécu autant d'actes racistes, de trahisons et de malédictions. En outre, selon cette tradition, plus il y a de morceaux de verre, plus le couple se destine à une vie heureuse. Amir s'en donne donc à cœur joie en le piétinant de toutes ses forces ! C'est ainsi que se termine la cérémonie religieuse.

Amir vit un rêve éveillé. Il n'en revient pas d'avoir fait un mariage juif, d'autant plus qu'il partage ce moment magique avec l'amour de sa vie depuis toujours. S'il se pince, peut-être réalisera-t-il que cette féerie n'est qu'illusion. Et pourtant, tout est bien réel. La centaine d'invités applaudit, chante et vient féliciter les mariés, complètement submergés par l'intensité du moment et par la bousculade.

Brice, Abel et quelques-uns de leurs amis, tous célibataires, se prêtent au rituel de s'asseoir sur la chaise placée sous la houppa, en formulant le vœu de se marier à leur tour. La mère de Rachel les a motivés en leur jurant que cette superstition fonctionne à coup sûr. Après tout, ils ne risquent rien à tenter le coup. C'est une véritable procession, tellement il y a de cœurs à prendre.

Les youyous accompagnent joyeusement la fin de la cérémonie. Ces longs cris aigus et modulés, poussés par les femmes juives séfarades et musulmanes, membres de la famille et proches de Rachel et Amir, portent bonheur aux mariés en leur souhaitant longue vie. Le soleil estival et le ciel bleu de la superbe île de Paros sont de bons présages et enchantent les invités, prêts à célébrer ce mariage au restaurant situé au bord de la plage, réservé par Rachel.

Rachel et Amir sont désormais unis pour l'éternité ! Cette union symbolise un amour aussi étonnant que passionnel entre les deux tourtereaux qui se sont rencontrés, il y a plus de deux décennies.

*

Mr & Mrs

Le cortège accompagne la sortie éblouissante des mariés de la synagogue, au son de « What A Wonderful World » de Louis Armstrong.

Rachel, rayonnante, tient Amir d'une main et de l'autre brandit triomphalement son bouquet rond composé de roses blanches, piquées de quelques branches de lavande. Le couple d'amoureux s'engage dans l'allée, entouré d'amis et de proches.

Les mariés s'arrêtent majestueusement sur le seuil de la synagogue, dont la porte a été décorée d'une arche de roses blanches, en harmonie avec la houppa. Des applaudissements nourris s'élèvent, alors que le couple aux anges reçoit des jets de brins de lavande, lancés par d'adorables petites filles d'honneur, de leurs paniers en osier. Cette brillante idée de la wedding-planner est saluée par les convives pour son originalité et sa vision écologique de la fête, plus que les traditionnels confettis ou les bulles de savon. Les mariés baissent la tête pour se protéger de cette pluie de lavande, dans une bonne humeur contagieuse. Face à eux, une haie d'honneur, composée à droite de cinq jeunes filles en robes longues bleues tenant des ballons gonflés à l'hélium, et en face, de cinq jeunes hommes en smokings assortis.

Rachel ressent une profonde osmose, presque irréelle, avec Amir. Soudain, une détonation sourde, suivie d'un silence assourdissant, brise cette euphorie générale. Amir, si radieux quelques instants plus tôt, lâche la main de Rachel. Il avance de manière désordonnée, presque mécanique, puis, subitement, il vacille comme si son élan était interrompu net. Interloquée, Rachel reste immobile, son sourire se figeant en un masque de terreur en observant Amir s'éloigner avant de s'effondrer brutalement, terrassé. Rachel assiste, impuissante à cette vision surréaliste. Le choc et l'horreur s'emparent d'elle. C'est le chaos ! La confusion envahit l'assemblée alors que Rachel, dans un état de panique totale, se précipite vers Amir. Elle ne discerne rien des hurlements d'effroi et des sirènes hurlantes, tant son esprit est noyé dans un brouillard d'incompréhension. Chaque battement de son cœur rythme ses pas vers son amour éternel.

Rachel demeure pétrifiée par cette tragédie qui se noue au milieu de ce qui devait être le plus beau jour de sa vie. Son cri de détresse cingle l'atmosphère et résonne dans l'affolement grandissant autour de la synagogue. Elle tombe à genoux devant Amir, ignorant les gens qui se sont agglutinés autour d'eux. Allongé sur le dos, l'homme de sa vie gît à terre, livide. Tentant désespérément de comprendre ce qui se passe, Rachel pose ses mains tremblantes sur le visage de son amoureux, en implorant un miracle. Elle le secoue doucement, le suppliant de revenir à lui.

— Amir ! Amir ! Reste avec moi ! Mon amour ! crie-t-elle d'une voix brisée.

Dans un dernier effort, semblant insurmontable, Amir se tourne légèrement vers elle. D'une voix à peine perceptible, il murmure :

— Je t'aime !

Ces mots simples et puissants s'étiolent de manière lancinante, comme un chant déchirant dans le silence qui s'ensuit.

— A l'aide ! hurle Rachel, désemparée. Appelez les secours ! Vite !!!!

Le regard d'Amir se perd complètement dans le vide. Ses paupières se ferment irrémédiablement, emportant avec elles toute lueur d'espoir et laissant Rachel dans une douleur indicible. Une flaque de sang s'étend peu à peu autour de son corps inerte. La scène semble durer une éternité alors que le tumulte de la foule ébranlée résonne en écho à la souffrance extrême de Rachel.

Le monde s'arrête de tourner. Les cris se confondent avec les sanglots. Rachel reste là, entourée par une marée humaine tourbillonnante, mais elle est seule dans son désespoir. Ses larmes intarissables se mélangent à la lavande qui jonche le sol, tandis que l'éclat du bonheur d'il y a quelques minutes se dissipe dans une noirceur accablante.

La synagogue Etz Chaim, à Athènes

23

Un quart d'heure à peine s'est écoulé entre l'agression d'Amir et son arrivée à l'hôpital. Rachel a tenu à l'accompagner dans l'ambulance. Héléna et Brice ont voulu la soutenir, mais les infirmiers les ont repoussés sans ménagement. Du coup, Brice les a suivis avec sa voiture pour être auprès de son amie dans ce moment aussi terrible qu'imprévisible. Héléna est restée seule sur le parvis de la synagogue, désemparée et impuissante devant cette tragédie surréaliste. Tout au long du trajet, Rachel n'a eu de cesse de caresser la main d'Amir et de déposer des baisers sur son corps inanimé. Mais, il n'a pas repris connaissance durant le transfert. Ensuite, il a été transporté précipitamment au bloc opératoire.

Brice tapote doucement le bras de Rachel pour la réveiller. Elle avait fini par s'assoupir sur sa chaise en plastique grise et inconfortable. L'épuisement de la cérémonie, marquée par le drame incroyable qu'elle a vécu, a fini par prendre le dessus sur son angoisse. Pourtant, l'éclairage glauque des néons l'aveuglait, même endormie. Elle sursaute littéralement au son de la voix de Brice.

Il n'est que cinq heures dix du matin, comme l'indique l'immense horloge du hall. Rachel et Brice ont passé une nuit éprouvante dans cet hôpital désert, alternant sommeil et ravitaillement à la machine à café. Rachel, en robe de mariée maculée de sang, et Brice, en tenue endimanchée toute chiffonnée, paraissent dévastés. Brice a été alerté par l'arrivée d'un jeune médecin, aux lunettes embuées et au regard grave. Vêtu d'une blouse blanche ouverte, celui-ci avance lentement vers les deux amis, aussi muets que terrifiés. Rachel reste assise, incapable de bouger. Elle s'attend au pire.

— Qui a un lien de parenté avec le patient ? demande le médecin.

— Moi, s'exclament-ils en chœur.

— Non, moi ! répète Rachel, lançant à Brice un regard accusateur.

— Pardon, je... commence Brice, totalement investi dans les problèmes de Rachel.

— Je suis sa femme… ajoute Rachel, la boule au ventre, et tétanisée à l'idée de ce qu'elle va entendre.

— Votre mari a eu beaucoup de chance… annonce enfin le médecin dont la plaque indique qu'il est chirurgien et Libanais.

Par bonheur, il s'exprime dans un français impeccable.

— Ah bon ? Vous êtes sûr ? intervient Brice.

Le médecin poursuit sans prêter attention à la remarque incongrue de Brice. Il n'est pas là pour plaisanter.

— La balle a provoqué des lésions, mais uniquement superficielles. Il s'en sort avec une fracture du poignet, probablement due à sa chute. Vous pouvez aller le voir. Une seule personne ! précise-t-il, en voyant Brice se lever.

— Oui… moi… j'y vais… répond Rachel, si bouleversée qu'elle ne parvient pas à déborder de joie devant cette bonne nouvelle inespérée.

— Il doit se reposer. Il a quand même subi un traumatisme et une intervention prolongée pour extraire proprement la balle, poursuit le jeune chirurgien, probablement un interne vu son âge.

— La balle ? répète Rachel, sidérée.

— Oui... Vous n'étiez pas au courant ? On lui a tiré dessus. Heureusement, une seule balle l'a atteint puisqu'apparemment le tireur était éloigné. Vous dormiez quand les enquêteurs sont venus m'interroger. Je crois qu'ils l'ont arrêté. Enfin, c'est pas mon affaire, ça. Vous vous renseignerez, précise-t-il d'un air détaché.

Relâchant toute la pression accumulée au cours des dernières heures, Rachel se jette spontanément dans les bras du chirurgien, en le serrant fort contre elle. Elle le remercie chaleureusement au milieu de sanglots poignants, provoqués à la fois par l'allégresse et le surmenage.

— Merci ! Merci ! Merci infiniment ! Vous êtes un ange ! s'écrie Rachel, laissant éclater son soulagement et sa reconnaissance éternelle envers son sauveur.

Le jeune homme, impassible, demeure raide comme un piquet. Pourtant, il accepte ces effusions chaleureuses avec professionnalisme. Sans esquisser le moindre sourire, il l'invite ensuite d'un geste de la main, à rejoindre le blessé.

Rachel, les jambes tremblantes et l'esprit envahi d'un épais brouillard, traverse l'interminable hall qui dessert les chambres, d'où émanent des gémissements déchirants. Elle croise, involontairement, les regards implorants de patients blafards, semblant simplement espérer un visage familier. Prise d'une tachycardie incontrôlable, Rachel atteint enfin la chambre 107, celle de son amoureux.

La robe de mariée de Rachel

24

Quelques jours plus tard, de nouveau en tête-à-tête à Sephora, Rachel et Amir, le bras dans le plâtre, se plongent dans l'album photos de leur mariage. Leurs réactions sont ponctuées de « Oh ! », de « Ah », d'exclamations enthousiastes comme « C'est dingue ! », de cris et de fous rires, de commentaires sur les tenues audacieuses et les attitudes pas piquées des vers de certains invités. Leur harmonie est belle à voir.

Rachel ouvre résolument son ordinateur portable et se connecte à ses réseaux sociaux qu'elle a un peu négligés ces derniers temps. Elle a du nouveau, du frais, du sensationnel à livrer à ses « followers ». Et gageons que l'influenceuse culinaire qu'elle est va faire monter en flèche son nombre d'abonnés !

La jeune mariée publie trois photos de la cérémonie de sa vie et rédige, sans trébucher sur les mots, un post poétique agrémenté de nombreux hashtags pour plus de visibilité. Elle est tellement fière de ce magnifique mariage qu'elle veut le partager avec le monde entier. Elle fait abstraction des messages haineux qu'elle a pu recevoir mais qui se sont avérés moins nombreux qu'elle ne l'aurait imaginé. L'amour attire le respect des femmes et des hommes partout dans le monde.

« Paros Island
Le jour le plus beau de ma vie
Je me réveille sur le plus haut des nuages, mariée à l'homme de mes rêves, après avoir été submergée par une vague d'amour incommensurable.
C'est à peine croyable.
Merci d'avoir ajouté des rayons au soleil de cette journée radieuse qui restera à jamais gravée dans nos cœurs et dans nos esprits.
J'ai reçu tellement de messages que je m'y perds un peu et il m'est difficile de répondre en direct à tout le monde, mais si vous saviez à quel point cela me touche !
Je souhaite à chacun d'entre vous une vie remplie de bonheur
Merci merci merci !!
Rachel H. »

Ce matin, l'article de Kostas Vaxevanis concernant l'arrestation de l'agresseur d'Amir fait la une du très sérieux « I Kathimerini », le quotidien d'Athènes. Rachel commence à en faire la lecture à Amir qui prête une oreille distraite à ce récit. Ils sont résolument décidés à occulter l'épisode dramatique qui a suivi leur mariage. L'enquête a été confiée à la police judiciaire d'Athènes. Le suspect, un fanatique intégriste turc, un peu simple d'esprit, sortait d'un asile. Il a avoué son crime sans difficulté. Le tir a été effectué depuis la fenêtre d'un hôtel qui jouxte la synagogue. Ayant appris le mariage d'une juive et d'un musulman, il voulait s'en prendre à un « renégat ».

Connu de la justice pour son islam radical et des troubles psychiatriques, l'homme de 26 ans, auteur des tirs contre un architecte musulman qui venait de se marier avec une influenceuse juive, avait déjà été interpelé par la DGSI pour un projet d'attaque dans le très vieux quartier touristique de Monastiráki et incarcéré. Retour sur le profil de l'assaillant.

— Et bla bla bla et bla bla bla, interrompt Amir en embrassant tendrement Rachel sur son nez.

— C'était une journée carrément magique. On a plané pendant cinq jours… On remet ça quand ? Mon rêve, ce serait de refaire la même chose dans dix ans. Même endroit, mêmes personnes ! T'en penses quoi ? demande Rachel.

Amir, toujours aussi fou de désir pour sa femme, l'entraîne dans leur chambre pour un rituel intime, bien à eux. Mais chut ! Rideau ! Laissons-les à leurs doux secrets... Qu'en dites-vous ?

Rachel à l'île de Paros

Playlist

« S'il suffisait d'aimer » Céline Dion
« Baby Alone in Babylone » Serge Gainsbourg
« Les dessous chics » Jane Birkin
« En apesanteur » Calogero
« Perfect » Ed Sheeran
« Ximeroni » Nana Mouskouri & Demis Roussos
« Ziggy - C'est un garçon pas comme les autres » Luc Plamondon et Michel Berger - Starmania
« Brass in Pocket » Pretenders chantée par Scarlett Johansson (Lost in Translation)
« I Will Survive » Gloria Gaynor
« Let's Get Loud » Jennifer Lopez
« Sea, Sex And Sun » Serge Gainsbourg.
« Hatikva » Naftali Herz Imber - Hymne national israélien
« What A Wonderful World » Louis Armstrong
« Boi Kala » Yossi Azoulay - Adaptation de « Con te partirò » Andrea Bocelli
« Pour que tu m'aimes un jour » Céline Dion
« Stayin' Alive » Bee Gees
« Il était une fois dans l'Ouest » Charles Bronson

Musiques de films
« Les oiseaux se cachent pour mourir » Henry Mancini
« Zorro » Claude Germain
« La La Land » Emma Stone et Ryan Gosling
« As Time Goes By » Herman Hupfeld - Casablanca
« L-O-V-E » Nat King Cole - Disney « The Parent Trap » (« A Nous Quatre »)
« Il était une fois en Amérique » Ennio Morricone
« Love Story » Francis Lai
« Un homme et une femme » Francis Lai

« Diamants sur canapé » Audrey Hepburn
« My Heart Will Go On » Céline Dion - Titanic
« Unchained Melody » Righteous Brothers - Ghost
« When You Say Nothing at All » Ronan Keating - Coup de foudre à Notting Hill
« Autant en emporte le vent » Thème de Tara - Max Steiner
« La chanson de Lara » Maurice Jarre - Le Docteur Jivago

« My Heart Will Go On » chanson thème du film Titanic

A PROPOS DE L'AUTEURE
Hélène TAVELLE

Hélène Tavelle est une romancière française. Née à Marnia en Algérie, elle passe son **enfance à Dijon** et suit ses études à **Lyon**. Après avoir été journaliste puis Directrice de l'Office du Tourisme de **Grenoble**, Hélène Tavelle fonde une agence de communication. Femme d'engagement, elle milite contre le racisme et l'antisémitisme, ce qui lui vaut d'être **décorée de l'Ordre National du Mérite** par l'écrivain Marek Halter. Après son premier roman « Un Amour de Confinement », elle enchaîne avec plusieurs titres devenus des best-sellers. Ses romans « Le Secret de Sarah », « Le Code Makeda », « La Danseuse Disparue », portés par les libraires, ont conquis des milliers de lecteurs.
Enigme, aventure, comédie, fiction, voyage, romance, récit historique, les romans d'Hélène Tavelle explorent de nombreux genres parfois au sein d'une même histoire.

ŒUVRES

Déborah - La Rencontre Interdite *Romance*
Déborah a une vie rangée, sans histoires. A 40 ans, mariée et mère d'une ado, elle affiche un parcours professionnel brillant. Lors d'un dépôt de plainte à l'hôtel de police, le coup de foudre avec Anthony, un séduisant officier, bouleverse son existence. Absences, vacances, ruptures… Leurs séparations successives font monter crescendo leur passion brûlante. Leur amour résistera-t-il à la jalousie féroce du mari de Déborah ?

Quatre *Comédie romantique sur l'Amitié*
Cette histoire nous plonge dans le quotidien entre rires et larmes de quatre femmes, unies comme des sœurs. Incarnées par Shana, Priscilla, Katie, Jessica, elles tentent de concilier

vie familiale, professionnelle et sentimentale. Alors que Shana, journaliste télé à succès, vit une love story avec un footballeur, Rodolphe, ses trois amies retrouvent la sérénité après maintes turbulences. Mais dans leur univers, c'est quand le temps semble au beau fixe qu'un orage éclate.

Echappées Belles *Nouvelles*
« Aujourd'hui, c'est fini, j'arrête de passer à côté de ma vie ! » Les héroïnes de ces nouvelles ont toutes en commun de rompre avec leur passé, du jour au lendemain, pour enfin s'autoriser à vivre leurs rêves. Elles n'hésitent pas à tout plaquer pour se réinventer et reconstruire leurs vies.

Un Amour de Confinement *Romance*
Jana, de passage à Deauville, et Mathias, brillant personnage au passé cabossé, font connaissance sur internet pendant le confinement. Ils tombent fous amoureux sur fond de rues désertes et de psychose planétaire. De l'hôtel où elle réside au manoir pittoresque où elle se réfugie, Jana vit une parenthèse atmosphérique qui rappelle l'univers de l'écrivaine Daphné du Maurier. Au fil des pages, on se surprend à retenir son souffle, à l'affût d'une révélation de l'énigmatique Mathias. La rencontre réelle de Jana et Mathias aura-t-elle lieu ?

Le Secret de Sarah *Une énigme tirée de faits réels*
Une brasserie lyonnaise. Un jour de pluie diluvienne. Caroline, une écrivaine à succès, dédicace son dernier roman lorsque Maxime fait son entrée. Lui, diplomate au physique de Viking, qui porte le costume à la perfection. Elle, femme indépendante et séduisante, aux méthodes cavalières qui n'a pas sa langue dans sa poche. Entre eux, un simple regard va sceller la plus surprenante des intrigues amoureuses. Très vite, le doute et la peur s'installent… Entre angoisses insomniaques et recherches frénétiques, l'héroïne sera

plongée dans un passé douloureux, de l'Allemagne nazie à l'Algérie des années 20.

Le Code Makeda *Roman d'aventure*
L'Australien Steve Barns s'installe en Éthiopie après un drame familial. Une découverte inattendue redonne un sens à sa vie. Il se lance alors dans une quête effrénée pour percer le mystère de la légendaire Reine de Saba, appelée Makeda par les Ethiopiens. Avec l'aide de Jane, célèbre archéologue, il tente de déchiffrer le code menant au Temple de la Reine de Saba. Disparitions, empoisonnements, prises d'otages, île perdue et femme mystérieuse… Entrez dans l'aventure avec Steve Barns !

Le Noël de la Seconde Chance *Comédie de Noël*
A 12 ans, Tania rencontre Christophe. C'est le coup de foudre. Ils jurent de se marier quand ils seront grands. Hélas, à 18 ans, ils se séparent et se perdent de vue. 25 ans plus tard, ils se retrouvent et tout recommence. Ils feront tout pour réaliser leurs rêves au risque de briser tout ce qu'ils ont construit. Une romance pétillante où l'esprit de Noël, la neige et l'amour sont bien présents.

La Danseuse Disparue *Thriller*
L'historienne Betty Saint-Clair découvre par hasard une photo en noir et blanc d'une danseuse, accompagnée d'un message manuscrit au dos. Intriguée, elle plonge la tête la première dans une enquête trépidante pour découvrir l'auteur du message et élucider le mystère de la danseuse disparue. Au fil des indices, Betty se trouve entraînée dans un labyrinthe de secrets enfouis, entremêlant amour éternel, château hanté et couple diabolique. Après des siècles de malédiction, cette histoire d'amour pourra-t-elle enfin trouver un heureux dénouement ?

www.helenetavelleecrivain.fr

Et pour m'écrire, une seule adresse :
contact@helenetavelleecrivain.fr

Facebook : helenetavelleecrivain
Instagram : helenetavelleecrivain
Twitter : HTavelleAuteur
YouTube : helenetavelleecrivain
TikTok : helenetavelle

Printed by Amazon Italia Logistica S.r.l.
Torrazza Piemonte (TO), Italy

58192402R00248